LOS LAZOS DE PIEDRA

LAS SIETE ISLAS
LIBRO CUATRO

A.R. KNIGHT

1
VIDA EN LA CIUDAD

La Ciudad Anillada hacía honor a su nombre mientras una suave nevada engalanaba el atardecer. Los faroles encendidos daban forma a los tejados inclinados y a las agradables sombras en los callejones tranquilos. La población, y eran muchos, reía y cantaba, negociaba y compraba al final del día. Wax, después de dos semanas en la ciudad, ya no giraba la cabeza ante la miríada de ruidos, ni arrugaba la nariz por los olores cuando las aguas residuales corrían hacia el mar. Vestía gruesos linos de Rana, reforzados con pieles de Whent, y una nueva espada forjada en Foti en la cadera, más gruesa que un estoque de Kance y menos propensa a meterse en problemas. Botas con borlas y un gorro de lana se sumaban a su nuevo guardarropa, proporcionado por la generosidad de Eujo.

La Segunda Reina de Kance caminaba cerca, los dos dirigiéndose de vuelta a su embarcación para lo que su capitán, Deux, había declarado una cena especial. Un reciente período de calor, a pesar de ser principios de invierno, había abierto un camino a través del hielo marino, o eso decían los rumores, y ahora tenían la oportunidad de dirigirse al norte, hacia Whent. Una celebración esta noche y pronto un embarque hacia esa isla rocosa.

Ni Eujo ni Wax parecían encontrar una sonrisa en su lento deambular. Wax no podía adivinar las razones de Eujo para parecer reacia, pero conocía las suyas propias en la misión en sí, en asumir el manto de una Renovación una vez más y poner a su familia y a sí mismo en peligro. Apenas habían sobrevivido al último ataque de los demonios, sin mencionar a los guardias traidores de Kance, y las pesadillas de ambos habían atormentado a Wax desde entonces.

¿Cuántas más ganaría antes de que alguien ocupara el nuevo asiento en el trono de la Herida?

Los susurros en su mente parpadearon ante el pensamiento. Tres skars, de Vis, Foti y Rana, incrustaban sus pequeñas gemas en el collar de Wax, uno que mantenía escondido bajo las capas. A pesar de todos los honores otorgados entre las Renovaciones, había aprendido que las islas eran a menudo un lugar desesperado, con los skars como un valor más para ser robado o intercambiado. Mejor mantenerlos ocultos, mejor evitar que sus ojos se cruzaran con los de otros.

Qué lejos quedaba el casino de Cassignol en la costa sur de Foti, cuando Wax había sido agasajado, paseado como una celebridad. Ahora, miradas inquisitivas parecían seguir sus pasos, y cada sonido llevaba una amenaza invisible.

—Será bueno marcharnos —dijo Eujo, rompiendo el silencio—. Una ciudad como esta te infecta si te quedas demasiado tiempo.

—La mayoría de las cosas lo hacen. —Wax se liberó de sus sombrías sospechas. Esos sentimientos podían apoderarse de él cuando estaba solo en su camarote, en la oscuridad. Ahora, aquí, tenía un estándar que mantener—. Creo que echaré de menos la cerveza. Supera a nuestro vino dulce cualquier día.

—¿En serio? A mí me encanta un buen giro de mango.

El corazón de Wax se encogió un poco ante eso. La bebida favorita de Sawi también. Jugo de mango fermentado, especiado con un poco de limón y un poco de azúcar. Como todos los mejores vinos de Vis, los almacenaban en lo profundo del agua en barriles herméticos, el único lugar donde el vino podía enfriarse, estabilizarse lo suficiente para mantener su sabor. Luego, en el momento adecuado, la cuerda y la boya marcadas con la fecha correcta se sacaban a la superficie, se abrían o se intercambiaban.

—Mejor encontrar algo para llevar con nosotros entonces —dijo Wax mientras giraban por una calle estrecha y en pendiente. La última parte de los distritos residenciales de Noctia antes de llegar al puerto propiamente dicho—. No puedo imaginar que Whent tenga algo parecido.

—Oh, están más cerca de lo que crees. —La Reina adoptó un atuendo muy parecido al de Wax, ocultando su realeza bajo la ropa estándar de Noctia, marrones apagados, grises y pieles por todas partes—. Un poco de vino de hielo es una delicia.

—¿Conoces entonces las mejores bebidas de las islas?

—¿Sabes lo que hace una Reina, Wax?

—Me estás dando una buena idea.

A pesar de todo el tiempo que habían pasado juntos mientras Deux reparaba el *Filo de la Tormenta*, Wax y Eujo habían evitado hablar mucho de sus pasados, de sus vidas reales. Como si, después de las aventuras en Rana y sus casi muertes, ambos necesitaran adoptar una nueva personalidad. En su lugar, habían recorrido la Ciudad Anillada probando restaurantes, explorando varias tiendas y viendo hasta dónde podían llegar en las fortalezas de Najahn antes de ser notados.

Eso último había sido idea de Torny, un concurso de la bandida para, Wax sospechaba, evitar que simplemente bebiera todas las horas. Los cuatro -Quik, el hermano de Wax y una presencia distante estos días- habían establecido objetivos, como la torre de este Tenet o la biblioteca de aquella escuela, y el primero en lograr una infiltración exitosa ganaba, bueno, más cerveza.

Así que no había hecho mucho para reducir la bebida, pero cuando estabas atrapado en el puerto durante el frío helado del invierno, el entretenimiento era difícil de encontrar. Esta noche, Wax pensó, sería poco diferente.

Pero al menos marcaría un final.

Deux presentó una mesa generosa, cubierta de platos de Kance a los que Wax aún no se había acostumbrado. La isla, con su población aviar y su dependencia de enormes arboledas de bayas, hiedras trepadoras y tubérculos duros, tenía un sabor mucho menos dulce que la fruta llena de azúcar que Wax amaba. Aun así, esta noche, a Wax le costaba evitar que se le hiciera la boca agua cuando Deux colocó una quiche personal -cocinada con huevos frescos- en cada plato. Rellena de escamas de pimiento rojo y espárragos, espolvoreada con cebolla verde y humeante, la ofrenda sugería que no se había otorgado una pequeña recompensa a los comerciantes de Noctia ese día.

Aunque, por otra parte, esta era la primera comida en más de una semana en la que todo el grupo estaba reunido. Bliss y Torny, emparejados como solían estar, ocupaban el lado izquierdo. Sus dedos se movían rápidamente bajo la mesa, y Wax solo captaba parte de la conversación, pero no necesitaba más para adivinar las bromas que iban y venían.

Planes, también, para fiestas posteriores en una de las interminables celebraciones de Noctia.

Fiestas que Wax hubiera arruinado si hubiera sido hace un mes o dos. La alegría se sentía fuera de lugar ahora, en desacuerdo con lo que habían pasado, con lo que los demonios estaban causando en las islas. Cuando Wax confrontó a Bliss al respecto, ella le dio una réplica desafiante, señalando que si iban a morir, mejor divertirse ahora.

Después de eso, dejó de pedirle a Wax que los acompañara.

A la derecha de Wax estaba sentado Quik, más distante que nunca, pero al menos ya no apestaba a decepción. Se había vuelto aún más un fantasma, desapareciendo durante días. Deux murmuró que habían necesitado varios mensajeros para encontrar a Quik y entregarle la invitación. En cuanto a lo que su hermano había estado haciendo, eso marcaba la agenda post-cena de Wax. Recopilación de información sobre su errante Guardián.

Eujo, al menos, llenaba el horario de Wax con oportunidades menos abrasivas. Usaba su rango real y su mutuo estatus de Renovación para conseguir cenas y almuerzos con acaudalados Najahn y habitantes de la ciudad, todos amando la oportunidad de impulsar sus reputaciones con la presencia de los Renovados mientras calmaban sus conciencias ayudándolos con una comida, un regalo de alguna baratija inútil, o una promesa de ayuda futura si alguno de los dos se convertía en el Aegis.

Wax contuvo una sonrisa mientras las comidas, los espectáculos y las invitaciones pasaban borrosas. Al principio estaba nervioso, hasta que Wax se dio cuenta de que todos en Noctia esperaban que no supiera nada de la sociedad civilizada. Esperaban un Vis torpe, perdido y confundido lejos de la selva. Una vez establecido, Wax encontró una distracción maliciosa en jugar con esa idea y luego destruirla, dejando a los anfitriones y otros invitados alternativamente ofendidos o encantados.

Estos últimos eran los que daban la siguiente invitación, generalmente pidiendo a Wax que hiciera lo mismo, para demostrar que las suposiciones de Noctia eran falsas. Que esas personas a menudo vinieran de otras islas no sorprendía en absoluto a Eujo y Wax.

La Reina de Kance, mientras tanto, mantenía su regia boca cerrada, actuando como diplomática. Elogiaba la isla del viento, instaba a comerciantes y artesanos a enviar sus negocios hacia Kance, y actuaba en todo sentido como la embajadora que Wax suponía que era.

Hasta que, tarde por la noche, regresaban a este barco y se desplomaban en sus respectivos camarotes, burlándose de sus obtusos anfitriones todo el camino.

—¿Entonces estás listo? —preguntó Quik, sacando a Wax de su quiche y la ensoñación que lo acompañaba—. ¿De vuelta a la Renovación?

La pregunta vino sin trampas, la honestidad siendo la principal moneda de su hermano.

—Ella lo está —dijo Wax, asintiendo hacia Eujo, quien frunció el ceño—. Y necesita Guardianes.

—No es lo que pregunté.

Toda la mesa lo miraba ahora. Torny al menos interrumpía la mirada con una larga visita a su copa de vino, un delicioso tinto de Kance. Bliss igualaba el ceño fruncido de Eujo. Deux, al menos, ofreció un asentimiento de apoyo.

Tal vez al capitán no le importaría quedarse, una excusa para evitar los mares invernales.

—No tenemos mucha opción, ¿verdad? —preguntó Wax a Quik—. Si los otros Renovados fracasan, estaríamos condenando al mundo si nos rindiéramos.

Las noticias sobre ese tema habían sido difíciles de determinar, pero los rumores que persistían sugerían que ningún Renovado lo estaba teniendo fácil. Aunque ninguna isla admitía que su Renovado había muerto, tampoco había un claro líder. Nadie llamando a la puerta de Noctia reclamando un asiento en el trono.

—Sigue sin ser una respuesta.

Siempre se puede contar con un hermano para presionar por la verdad.

—Me inscribí para esto, ¿no? Estoy listo. ¿Lo estás tú?

Quik miró su quiche, como si debatiera si podía dar otro bocado antes de responder. Un rápido suspiro dijo lo contrario.

—No lo estoy —Quik asintió después de decirlo, la duda huyendo de su alma—. Me quedaré aquí. Al menos por un tiempo.

Ahora la mesa estaba verdaderamente en silencio. Wax, al menos, ya no era el centro de atención esta vez. Bliss se recuperó primero, sus manos lanzando una pregunta obvia y enojada.

—Porque necesito mejorar —respondió Quik—. Las últimas dos islas han sido desastres. Apenas hemos sobrevivido, y todos tenemos cicatrices por ello. No se supone que la Renovación sea fácil, pero no viviremos si esto continúa.

«Excepto que ahora tenemos un barco», contrarrestó Bliss. «Podemos navegar directamente a donde están las cicatrices. Fácil».

—Tan fácil —murmuró Torny—. Deux, ¿tienes otra botella?

—En ello —el capitán se puso de pie, pareciendo agradecido por la oportunidad de alejarse.

—Hasta que un demonio ataque de nuevo, o alguien

más ponga otra trampa y nos quedemos solos para perder
—dijo Quik—. No estamos listos.

—Escuchaste a Wax —dijo Eujo—. Él lo está. Mi barco
lo está. Partimos en dos días. Me gustaría que vinieras con
nosotros.

Quik negó con la cabeza.

—Ya he hecho otro compromiso. Me uniré a los Najahn.

Si antes el silencio envolvía la mesa, ahora no tuvo
oportunidad. Bliss golpeó la mesa. Torny maldijo. Wax y
Eujo preguntaron *por qué* y *qué* y luego *cómo*. Quik tenía
respuestas para todo, las dio pacientemente, y tomó más
vino cuando llegó, y aún más después de eso hasta que las
voces se agotaron y hasta los dedos de Bliss quedaron
quietos.

—Hiciste un juramento —dijo Wax más tarde, en la
proa del barco. Sichi, la luna rosa, brillaba sobre el horizonte y lanzaba una mirada amorosa a la Ciudad Anillada
—. Lo estás rompiendo.

Quik no hizo ningún movimiento para negar las palabras de Wax.

—Estoy haciendo lo que creo que es correcto, Wax. Lo
único que podría permitirnos vivir.

—Claro, hasta que recuerdes esos demonios de los que
acabas de hablar. Cuando uno ataque, no te tendremos
ayudándonos.

—Entonces quédate aquí. Déjame hacerme más fuerte.
Podemos conseguir más recursos, más Guardianes.
Marchar con, si no un ejército, algo cercano a ello —un
fuego que Wax no había visto en mucho tiempo encontró a
Quik mientras su hermano hablaba—. No solo me estoy
uniendo a los Najahn, voy a tratar de persuadirlos para que
se unan a nosotros también. Ya no es suficiente observar la
Renovación desde las gradas. Tienen que ayudar.

—Una voz, una voz Vis, no va a llamar su atención.

Quik resopló.

—No es cualquier voz Vis. Soy yo, hermano.

—Incluso tú, Quik —Wax, sin embargo, no vio nada más que determinación. Había visto la misma mirada en el rostro de Pan antes del Gran Sana. Se había tomado una decisión, y Wax no la cambiaría—. Entonces, ¿me prometes algo?

—¿Qué?

—Si te necesito, si, de alguna manera, oyes que necesito tu ayuda —dijo Wax, sin creer del todo la petición mientras la hacía, pero sabiendo que era necesaria—, que vendrás.

—¿Crees que no lo haría?

Wax puso su mano sobre la de su hermano, la apretó con fuerza.

—Me preguntaste si estaba listo allí dentro. La verdad es, Quik, que la única manera en que estaré listo es con todos ustedes a mi lado.

—Lo soy. Lo somos. Solo estaré fuera un tiempo, eso es todo. Pero cuando veas esas capas púrpuras, esa armadura negra viniendo a escoltarte a casa, me lo agradecerás.

Si, Wax no dijo, lograban vivir tanto tiempo.

2
PRIMER DÍA

Una delgada bolsa, su ropa y sus guanteletes. El inventario total de las posesiones de Quik, todas atadas a su cuerpo mientras subía por los adoquines de Noctia en la escarcha de la madrugada. Diligentes trabajadores mantenían las calles empedradas para reducir los resbalones al mínimo, esfuerzo que las botas Kance de Quik, tomadas de un marinero ahogado que ya no las necesitaría, apreciaban. El calzado se sentía como una segunda piel, pero carecía del peso Foti. Quik sentía lo mismo sobre la mayoría de las cosas Kance: elegantes, sí, pero demasiado ligeras y efímeras para valer más que una decoración.

Excepto los barcos. Los barcos eran tan rápidos y grandiosos como se rumoreaba.

Los Najahn alcanzaron la misma marca cuando Quik llegó a su parte de la Ciudad Anillada. Ocupando toda una ladera del acantilado, pero bloqueando la entrada a una gran puerta a mitad del cráter de Noctia, los Najahn controlaban lo que algunos llamaban una ciudad dentro de otra ciudad. Al igual que los puestos avanzados que dirigían en cada isla, salvaguardando cada skar para las Renovaciones, los Najahn operaban fuera de los límites habituales.

Y ni un alma se atrevía a desafiarlos.

El porqué se hizo evidente cuando Quik se acercó a la primera puerta. De pie afuera, recién iniciado su turno, estaban los guardias Najahn con toda su vestimenta. Tabardos púrpura cubrían sus pechos y espaldas, cayendo sobre una armadura negra que seguía todas las curvas, como si los soldados fueran cuchillas vivientes. En una mano enguantada, los cuatro guardias fuera de la puerta sostenían cada uno una vouge. Las lanzas eran casi tan altas como los propios guardias, sus puntas curvadas añadían utilidad a la letalidad, capaces de enganchar o desviar según fuera necesario. En sus espaldas, en varios colores, descansaban chakrams, discos de metal afilado lo suficientemente ligeros para lanzar y lo suficientemente amenazantes para garantizar que solo necesitaras uno.

Junto a tal despliegue, Quik sintió sus propios guanteletes meciéndose en su cintura. En Vis, con sus lanzas caseras, cerbatanas y arcos, los guanteletes y sus garras de madera endurecida parecían más que suficientemente fuertes. Podían cortar la piel de un hanoko, claro, pero contra una armadura como la que usaban los Najahn, Quik se preguntó si un solo golpe no convertiría sus preciadas armas en astillas.

Eso, sin embargo, era la razón por la que Quik estaba aquí. Necesitaba mejor equipo, mejor entrenamiento, mejor todo para merecer su lugar junto a Wax. Quik solo tenía que esperar que su hermano resistiera hasta que pudiera encontrarlo de nuevo, con todos los Najahn y su armería respaldándolo.

Pasar por la puerta implicó mostrar una carta y el sello en su interior, uno que le concedía a Quik entrada como nuevo recluta. El simple papel le había sido entregado varios días atrás no lejos de estos mismos muros, donde los Najahn mantenían una oficina civil y, con ella, una oportunidad para que las almas perdidas de la sociedad encontraran un nuevo camino. Al menos, eso es lo que la mujer afuera había dicho a la gente que pasaba, declarando con su atuendo púrpura y negro que aquí había una oportunidad para convertir el miedo en ferocidad, la pérdida en venganza y el horror en esperanza.

Las palabras funcionaron en más de unos pocos.

Quik contó once en la habitación cuando entró, todos de pie en la austera cámara de piedra. Una sola bandera Najahn con el emblema del Círculo, un chakram dorado negro y oro en su centro, colgaba en la pared del fondo. Los otros reclutas se parecían a Quik en sus nervios inquietos, ya sea mirando a la nada o a todos, balanceándose de un pie a otro, o temblando de frío. Quik, sin embargo, perdió esos gestos cuando encontró un lugar en el grupo y tomó nota completa de él, evaluando a su competencia como lo haría cualquier cazador y encontrando a uno, en particular, que no encajaba.

—¿Sawi? —preguntó Quik, el nombre saliendo de golpe al verla, tardando un segundo en reconocerla en medio de la túnica violeta que Sawi ya llevaba puesta—. ¿Qué...?

Sawi no parecía compartir su sorpresa, ofreciendo la misma sonrisa astuta que brillaba cuando espiaba alguna fruta escondida o un camino oscilante a través de la jungla. Los otros reclutas, como Quik, tenían los ojos y oídos abiertos, mirando alrededor del lugar como, bueno, nuevos reclutas. Sawi no tenía el mismo aire, rascándose un poco la muñeca y descansando con la espalda contra la pared opuesta a la puerta. Como si supiera qué esperar, como si no hubiera sido transportada mágicamente desde Kitaye esa misma mañana.

Sin embargo, Kitaye sostenía que los mayores debían ser respetados, y Quik le llevaba unos buenos años a Sawi. El viejo orden se sacudió la confusión del día y dejó que Quik pisoteara justo más allá de los otros reclutas, ninguno de los cuales era de Vis, directamente al lado de Sawi.

—Tienes una historia que contar —dijo Quik, adoptando su tono de hermano mayor, el que solía obtener respuestas rápidas de una chusma ansiosa por evitar el castigo o mostrar sus trucos—. Así que suéltalo. ¿Qué haces aquí, llevando eso?

—Es un gusto verte también, Quik —respondió Sawi, dejando que la sonrisa se desvaneciera.

Lo leyó. Una mirada que Quik no habría notado salvo por la misma cosa que sucedía cada vez que él, Wax y Bliss entraban a cualquier lugar. La gente dentro, algunos más astutos que otros, ralentizaban sus movimientos y evaluaban al trío, decidían si eran un riesgo o no, hacían una suposición sobre de dónde venían y qué querían.

Una habilidad que Quik había usado con las bestias de Vis muchas veces, pero que aún le faltaba cuando se trataba de personas.

—Estoy sorprendido —dijo Quik—. Eso es todo.

—Yo también lo estoy. ¿No se supone que deberías estar con Wax?

—Larga historia.

La sonrisa volvió a aparecer.

—Entonces tal vez tengamos que reunirnos en algún momento y compartir.

Quik entrecerró los ojos hacia ella.

—¿Qué te pasa?

Sawi asintió hacia la habitación, hacia los otros reclutas que ahora observaban a la pareja.

—¿Cuando no estemos actuando para una audiencia, Quik?

La mirada fulminante del cazador de Vis a las caras frescas sirvió para alejar a muchos de ellos, pero antes de que pudiera volver con Sawi, su instructor, anfitrión, comandante —Quik no estaba seguro de qué término usar — entró en la habitación. Al igual que los guardias fuera de la puerta, el hombre llevaba puesto su uniforme completo, resonando a lo largo de la dura piedra para pararse frente a la bandera púrpura. Apoyó su vouge en el suelo, inclinando el asta contra su hombro mientras removía un estuche de pergamino atado a su cintura.

El hombre comenzó nombrando a todos en la habitación, confirmando su presencia. Cuando el pase de lista concluyó, dos nombres quedaron sin respuesta. El hombre los repitió más fuerte, y cuando nadie decidió reclamar un segundo título para sí mismo, el hombre los declaró ausentes. Mientras lo hacía, afuera en el pasillo, fuertes pasos resonaron cuando alguien actuó según las palabras.

—Pronto se les hará venir a explicar su ausencia —dijo su líder, sin mostrar placer alguno ante la situación—. Con una buena razón, comenzarán la semana próxima. Con una mala, se encontrarán barriendo las alcantarillas durante un mes —Miró a los ojos a cada uno por turnos, sin encogerse ni apresurarse con ninguno—. Entiendan esto. El Círculo, los Najahn, somos justos. Pero no somos indulgentes. Cargamos con las islas, y ese es un deber que no podemos abandonar.

Hasta ahora, todo típico. Quik podía admirar la organización de los Najahn, su letalidad, sin obedecer su propaganda. Había hecho su juramento a Wax, y lo cumpliría, marchando al frente de una hueste Najahn para escoltarlo a él, y a esa Reina Kance si fuera necesario, hasta la Herida.

—... y os encontraréis emparejados durante las rotaciones —continuó el hombre, sacando a Quik de su ensoñación—. Un año completo puede parecer mucho tiempo para aprender cómo funcionan los Najahn, cómo funcionaréis *vosotros*, pero es una pequeña gota en el resto de vuestra vida sirviendo al Círculo. Cada Precepto que asistáis os enseñará, y cuando vuestro año termine, el área más adecuada a vuestros talentos será vuestro hogar. Es mejor que encontréis uno que os guste, ya que no hay Najahn más tristes que aquellos sin un verdadero amor.

¿Un verdadero amor? Quik miró a Sawi, esperando ver que ella pensaba lo mismo sobre esta tontería. En efecto, no parecía estar escuchando muy atentamente, aunque no por burla, sino por una concentración distinta. Meditando algo, con los ojos entrecerrados para igualar sus labios apretados.

¿Qué hacía ella aquí?

El discurso Najahn entonces se dirigió a asuntos ordinarios, como comida e instalaciones. Bibliotecas abiertas para los nuevos reclutas, armerías para visitar y ajustar el equipo, campos de entrenamiento para ejercicios. Esto pareció captar la atención de los demás más agudamente que las reglas para sus nuevas vidas, algo que Quik habría encontrado sorprendente hasta que reevaluó sus atuendos.

Jóvenes, sí, pero no adinerados. Harapos, andrajos y ropas mohosas parecían ser la moda dominante. Tanto chicas como chicos llevaban suciedad y hollín, con las manos ásperas por días dedicados a ganarse una dura manutención. Vis tenía sus pobres y sus superiores, sí, pero la distancia entre ellos parecía mucho más estrecha que la que Noctia propagaba.

Hasta ese momento, Quik había sentido un leve disgusto por toda la práctica, los mendigos y desesperados corriendo por las calles para encontrar lo que pudieran antes de que algún guardia Najahn los echara. Ahora, sin embargo, lo entendía: los Najahn tenían trabajos que necesitaban hacerse, que solo serían realizados por aquellos demasiado perdidos para rechazarlos.

Luchó contra el escalofrío. Vis no era todas las islas. Las cosas eran diferentes aquí.

—El Juramento de Lealtad es sagrado. Sus palabras marcarán vuestra alma, y os atarán para siempre a nuestro llamado —dijo el hombre Najahn, cambiando su tono al mismo acero que había usado al llamar la atención a los ausentes—. Repetid después de mí.

Quik encontró su voz elevándose con la de los otros reclutas, sus palabras llenando la cámara mientras igualaban las del hombre:

—Juro lealtad al Círculo, a los Najahn y a Las Siete Islas. Enfrentaré a nuestros enemigos, protegeré a nuestra gente y pondré toda mi voluntad en servir sus necesidades, hasta que Noctia me acoja en su cálido abrazo.

Mientras las últimas palabras se desvanecían, el comandante Najahn les dio a todos un lento asentimiento antes de anunciar el cierre de la ceremonia. Todos debían reportarse a sus barracas, encontrar a sus compañeros y aprender su primera rotación.

—Te veré por ahí, Quik —dijo Sawi, pasando rápidamente junto a él hacia la salida de la habitación.

—Espera —intentó Quik, pero Sawi no dudó ni un momento, deslizándose entre los reclutas que recogían su equipo y dirigiéndose hacia la misma puerta—. Sawi, solo detente.

Ella no lo hizo, desapareciendo tan rápido que ya se había ido hacía mucho cuando Quik logró llegar al pasillo, dejando al cazador de Vis ser empujado por sus compañeros hacia su nueva vida.

3
EL REGRESO DEL EXILIADO

Torny calculó el momento justo, sacó la lengua y atrapó el copo de nieve mientras flotaba, su sedosa frialdad contrastando con el cálido abrazo de sus ropas de cuero de Noctia, recubiertas de cinturones y bolsas. Las muñequeras ofrecían múltiples compartimentos, al igual que los lazos similares alrededor de sus muslos. ¿Tardaba en vestirse? Sin duda.

¿La hacía sentir como su mejor versión?

—¿Es eso, entonces? —los dedos de Bliss se movieron a la derecha de Torny mientras caminaban por el puerto de Noctia al atardecer—. ¿Por fin tienes todo lo que necesitas?

La nieve caía suavemente entre los barcos, que bullían de actividad con el hechizo cálido para realizar un viaje más antes de que el invierno sumiera a las islas del norte en un profundo congelamiento. Los porteadores esquivaban a las dos jóvenes, algunos lanzándoles miradas de consternación que Torny ignoraba, como siempre había hecho.

—Una buena Guardiana toma lo necesario —respondió Torny—. Tú quizás te conformes con ese palo, pero yo necesito accesorios.

Bliss, habiendo perdido su bastón reforzado con Foti en Rana, había encontrado un poste de metal cortado a su medida. Había estado grabando líneas en él durante los últimos días, inscribiendo símbolos Vis y Kitaye y añadiendo un par de líneas afiladas en los extremos. Todo el conjunto era adorable: un palo personalizado para golpear. Torny no tenía el corazón para decirle a Bliss que cualquier vagabundo con una ballesta aún podría derribarla sin sudar.

Pero entonces, mientras Torny estuviera cerca, Bliss no tendría que preocuparse por ese tipo de cosas.

—¿Y ahora los tienes todos? —señaló Bliss de vuelta.

—Casi —respondió Torny. Era cierto, había reunido los cuchillos, encontrado un nuevo gancho, repuesto su stock de varios venenos menores y los dardos para administrarlos. Todo bien y preparado para enfrentar las tierras salvajes de Whent. Excepto por una cosa—. Hay algo que he estado guardando.

—¿Guardando? ¿Como un tesoro?

—Claro, ¿por qué no? Llamémoslo tesoro.

Torny miró hacia el océano mientras respondía. Bliss tenía una manera de leer su rostro, y cuantas menos preguntas le lanzara Torny ahora, mejor. O de lo contrario podría reconsiderarlo.

—Es un poco lejos —dijo Torny—. ¿Estás lista para la caminata?

—¿Sabes de dónde vengo, verdad?

Caminatas por la jungla día tras día. Bliss tendría esa resistencia. Torny tosió en su guante para ocultar su propia molestia. No por la respuesta de Bliss, no, sino por ella misma al hacer la pregunta obvia. Sé mejor. No cometas errores.

O podría terminar en Foti de nuevo, mendigando entre rocas de lava para ganarse la cena.

Bliss se mantuvo al ritmo de Torny mientras dejaban atrás el distrito portuario de la Ciudad Anillada. El barrio Najahn se cernía detrás de ellas, una fuerza dominante en lo que respecta a las sombras de la tarde. Todas esas torres inescrutables que se erguían desde los acantilados.

Si Bliss supiera cuántas veces Torny había echado un vistazo más de cerca dentro de esos lugares...

—¿Dónde estamos ahora? —la mano de Bliss destelló a la derecha de Torny mientras la pareja caminaba por el lado más áspero de la calle, con adoquines más suaves en el centro ofreciendo un paso fluido a los carros traqueteantes, porteadores y las siseantes máquinas de vapor que los impulsaban.

Subir en la Ciudad Anillada significaba cambiar el mundo a tu alrededor, una lenta transformación desde el grasiento negocio del distrito portuario hasta, aquí, una franja residencial de casas apiladas y tiendas tranquilas. Los restaurantes carecían de las toscas maldiciones de los marineros sucios, en su lugar apuntaban a familias y locales con sus especialidades. Una o dos posadas rompían el desfile, ahora llenas de estancias a largo plazo mientras los viajeros encontraban sus residencias de invierno.

Sin embargo, Torny no se detuvo en ninguna, solo señalando cosas cuando Bliss preguntaba. Aquí no se encontraban sus recuerdos, y Noctia se transformaba a sí misma —incluso ahora, en el frío, la construcción y destrucción continuaban— demasiado rápido como para dar cabida a la nostalgia.

No, Torny solo volvió a la vida cuando su caminata se curvó alrededor del extremo suroeste de Noctia. La Ciudad Anillada ocupaba esa parte de la isla más pequeña, lo suficiente como para permitir que un caminante decidido se liberara de las torres Najahn con una hora de caminata.

—De acuerdo, esto es genial —señaló Bliss, deteniéndose con Torny en la Rodilla de Noctia.

El punto de referencia, marcado por una piedra solitaria con el nombre tallado, se proyectaba hacia el mar. Un muro gris musgoso, de menos altura que Torny y perfecto para sentarse, rodeaba el acantilado, surgiendo donde terminaba la última casa y continuando hasta que comenzaban los edificios de nuevo. La piedra se centraba en el espacio, y Torny caminó más allá de ella hasta el punto absoluto, esperando un momento para que varios niños captaran su intención y se fueran.

—Toma asiento —dijo Torny a Bliss, indicando a la Vis que se uniera a la bandida en el muro.

De vuelta al Norte, desde aquí, la Ciudad Anillada se extendía a lo largo de los acantilados rocosos, una extensión que, con el monstruoso muro del cráter al Este, parecía una vista cortada por la mitad. Los barcos se amontonaban, muchos en un anclaje final en los alrededores modestamente protegidos del puerto. Bonito, pero el corazón de Torny estaba en el otro lado, y encontró una sonrisa cuando Bliss ni siquiera se molestó en mirar hacia el lado Najahn.

—Noctia no es solo los Najahn —dijo Torny—. También hay cosas hermosas aquí.

Las casas se extendían un poco más a lo largo de la costa sur, esparciéndose en franjas irregulares a través de las rocas más accesibles tanto arriba como abajo de los acantilados. La densidad, sin embargo, no era la misma, abriendo paso a campos más amplios al lado del acantilado. Árboles y arbustos, esqueléticos ahora con la llegada del invierno pero fascinantes a su manera, se arrastraban por la roca. Terrazas salientes, construidas hace tantos años, albergaban plantas y animales menos capaces de escalar las empinadas laderas, pero tan esenciales para la supervivencia de la Ciudad Anillada. Como asideros festoneados, los salientes corrían a lo largo del borde sur de Noctia hasta el lado más lejano de la isla más allá del horizonte.

—Todo aquí es real —dijo Torny—. La gente real de Noctia. No comerciantes, no marineros, no los Najahn. Sino nosotros. Yo.

—¿Tu familia?

—Claro, están por aquí en alguna parte.

No es que Bliss fuera a conocerlos, pero eso no era algo que Torny necesitara discutir ahora. De hecho, al ver la posición del sol, no habría mucho más que pudieran hablar esta noche.

—Mira —dijo Torny—, sé que es un largo camino, pero quería que vieras esto antes de que nos fuéramos. A la mayoría de la gente no le gusta Noctia. Piensan que es un lugar rocoso y feo lleno de gente peligrosa, pero es como cualquier otro lugar, en su mayoría: solo familias tratando de sobrevivir.

—Nunca habías hablado así antes.

—El hogar saca un lado extraño de mí. —Torny frunció el ceño, mirando en dirección al sol poniente—. Hablando de eso, creo que pasaré por allí.

—¿Por tu casa?

—Sí. No sé cuándo volveremos por aquí. Creo que debería saludar. Hacerles saber que sigo viva.

Bliss asintió, esperó un segundo y volvió a asentir. —No quieres que vaya contigo.

—Va a ser incómodo y largo. Quizás la próxima vez.

En cuanto a la forma de decirlo, Torny pensó que la frase había salido bien. Sin temblor en la voz, sin vacilación en la mirada. Mantuvo las manos sobre el muro de piedra, presionándolas contra la superficie sucia y gris lo suficiente como para asegurarse de no resbalar.

—De acuerdo —gesticuló Bliss—. ¿Nos vemos en el barco, entonces?

—Estaré allí antes de que Sichi esté muy alto en el cielo.

—Más te vale.

Bliss, como solía hacer, terminó la conversación ahí, deslizándose del muro, aterrizando ligeramente sobre sus pies y alejándose con un gesto despreocupado. Torny le devolvió el saludo y luego ladeó la cabeza. Bliss no giró a la izquierda, de vuelta a casa. En su lugar, fue hacia la derecha, uniéndose a la gente que se dirigía hacia los afloramientos, las casas, una vida en la que Bliss no tenía por qué indagar.

Torny tomó un camino más bajo. Había seguido a Bliss durante unos minutos, manteniéndose lo suficientemente cuidadosa como para rezagarse detrás de los lugareños y mantenerse fuera de la vista. La Vis hacía exactamente lo que debería estar haciendo, deambulando y observando los edificios, los terraplenes, las ovejas y gallinas a la venta. Una vez que Torny confirmó que Bliss no tenía ningún motivo ulterior, la ladrona se deslizó hacia abajo en la siguiente bifurcación. Los estrechos senderos zigzagueantes descendían junto a los rincones de la caverna, no su nombre oficial pero como todos llamaban a las estrechas viviendas construidas en la roca. Sostenidas con pesadas vigas y no mucho más grandes que un pequeño bote, los rincones servían de vivienda para todos los que no podían permitirse algo mejor.

Y ese "todos" incluía a más de unos pocos de los antiguos amigos de Torny.

Afortunadamente, otra ley no escrita de poseer un rincón en la caverna era mantener la puerta cerrada. La mayoría se abría hacia afuera, directamente al pasillo, así que Torny evitó cualquier encuentro incómodo mientras descendía serpenteando varias veces, acercándose cada vez más a las olas que entraban y salían.

El lado sur de Noctia soportaba los caprichos airados de la diosa, los bajíos incrustados de rocas sobresalientes y remolinos. Las playas de arena negra ofrecían opciones a aquellos con poco más para entretenerse, y ahora estaban vacías por el frío invernal. Un día de verano habría traído niños riendo, padres cansados y parejas buscando un poco de romance. Ningún barco atracaría aquí, ningún negocio salvo algunos valientes puestos de comida interrumpirían la diversión.

Torny luchó contra cualquier recuerdo, concentrándose en cambio detrás de las playas, en cavernas y hendiduras demasiado viejas e inestables para cualquier negocio sostenido, para cualquier hogar. Cualquiera, es decir, excepto el que iba a encontrar. Sus botas crujieron sobre los granos rígidos mientras pasaba junto a algunos curiosos que desafiaban el oleaje, atrayendo poca o ninguna atención. Como en Foti, todos aquí sabían que debían ocuparse de sus propios asuntos.

Atraer la mirada equivocada podría arruinar tantas cosas buenas.

La tercera cueva de marea, una estructura dentada cuyas salientes rocosas estaban incrustadas de sal, aún olía familiar para Torny, con un leve aroma a humo de pipa y caldo de almejas hervidas flotando hacia afuera. La bandida echó un último vistazo alrededor, comprobó que nadie la seguía y se deslizó dentro. Unos pocos pasos calentaron el aire con el confort de un fuego, cuyas llamas parpadeantes pronto se reflejaron en las paredes oscuras y llenas de hoyos. Las cuevas de Noctia llevaban consigo una historia sombría, una escrita no en la pureza de la roca negra de lava de Foti ni en el sedimento compacto de las cuevas vivas de Vis, algo de lo que Torny solo había oído hablar. En cambio, Noctia ofrecía un caldo sin vida, como si alguien hubiera tomado una gachas rancias, les hubiera arrojado cenizas negras viejas y las hubiera mezclado antes de hornearlas en ladrillos. Lisa, opaca y completamente inútil, así era la roca de Noctia.

Menos lo eran las personas agrupadas alrededor del fuego y en toda la cueva, una sala engañosamente grande que parecía una cuchara expandiéndose desde la estrecha entrada de Torny. Cuanto más profunda se hacía la caverna, más se elevaba el techo, y Torny podía ver hasta arriba gracias a los globos colgados por todo el lugar. Las luces revelaban hamacas y camas talladas en las paredes, junto con abundantes cajas fuertes. Estantes en el suelo sostenían tanto armas como herramientas de cierto oficio, uno practicado por todos los rostros que ahora se daban cuenta de quién había llegado.

—¿Acaso dejan entrar a cualquiera? —preguntó Torny a modo de introducción, dirigiendo sus palabras al hombre mayor que se agachaba cerca de la hoguera, molestándola, como siempre parecía hacer, con un atizador de metal—. ¿Un nuevo método de reclutamiento?

—Apenas necesitamos buscar nuevos ladrones estos días —respondió el hombre, igualando la mirada de Torny con una propia de un solo diente—. Especialmente cuando los desaparecidos regresan.

Yarvick transmitía mucho con su mirada, no menos el golpe de martillo de su propio semblante, tan retorcido por vicios desconocidos que se asemejaba a un enredo carnoso de raíces de árbol convergiendo. Un buen ojo brillaba desde la mezcla, con el segundo reemplazado por un ópalo, en

realidad una cicatriz de Noctia para aquellos lo suficientemente astutos para ver, o lo suficientemente inmersos en
los Dedos Ágiles para saber. Su viejo cabello se había
marchitado hacía mucho tiempo, salvo por un único
mechón grueso y negro que mantenía atado y enrollado
alrededor de su cuello, una serpiente seca y escurridiza. El
resto de él yacía enterrado bajo una capa tan remendada
que cualquier intento de identificar su color o tela original
había quedado atrás hacía mucho.

—¿Qué te trae de vuelta aquí, Torny? —continuó
Yarvick—. ¿Vienes a ofrecer algún pago por tus deudas, o
debería haber dejado que mis chicos te ensartaran afuera?

—Estoy aquí por un trabajo, Yarvick. —Torny no oyó,
no vio el movimiento alrededor de los bordes de la caverna,
pero sabía que estaba sucediendo. Tendría unas pocas
frases más para comprar su vida, y Torny planeaba usarlas
—. Esa deuda no se iba a pagar en Foti, así que he vuelto
para hacer lo correcto.

Yarvick rio, con una carcajada fuerte y profunda. —¿Lo
correcto? Torny, no me importa lo que es correcto. Me
importa lo que es mío. —Sacó el atizador del fuego, sosteniendo su extremo naranja en alto. Su ojo de ópalo captó el
resplandor, haciendo parecer que su rostro ardía—. Y lo que
es mío, lo que siempre ha sido mío, eres tú.

4
ENTRENAMIENTO EN LA ARENA

El salto quedó corto y Sawi golpeó con fuerza la arena, las rocas entre la gravilla se le clavaron en el pelo y los dientes. Sus brazos, extendidos buscando lianas inexistentes, quedaron abiertos de par en par. Una pose ridícula. Sawi cerró los ojos, contuvo una maldición y esperó la reprimenda verbal.

—Estás usando tu instinto otra vez —llegó la voz de su maestra, como era de esperar. Ami nunca perdía la oportunidad de criticar—. Esto no es Vis. Deja de actuar como si lo fuera.

Sawi se dio la vuelta, un movimiento más difícil con estas túnicas najahníes de lo que debería ser. Había pedido y se le había negado un traje de cuero najahní, Ami declarando que Sawi aún no se lo había ganado. La vis estaría con túnicas de estudiante hasta que pudiera valerse por sí misma, un proceso que podría llevar un día, un mes o un año.

En este momento, si Sawi tuviera que adivinar, Ami apostaba por lo último.

La mujer de cabello llameante y rostro dorado se

apoyaba en una gruesa espada oscura mientras Sawi se ponía de pie, sacudiéndose la arena en el proceso. Por qué siempre entrenaban en la playa junto al mar era otra pregunta que Ami esquivaba una y otra vez: el equilibrio, decía Ami durante la larga caminata por las escaleras de piedra en la mañana, era algo que no se podía garantizar. Aprende a luchar en las terribles dunas y podrás bailar en cualquier parte.

Sawi quería argumentar que las probabilidades de que la mayoría de sus peleas fueran en la arena era una proposición pobre, pero Ami se negaba a escucharlo. Como se negaba a escuchar la mayoría de lo que Sawi decía.

—Esta vez, quiero que me ataques —dijo Ami.

—¿Con qué?

—Tus manos.

Sawi parpadeó.

—Tienes una espada.

—Gracias por recordármelo. La usaré.

Ami dio un largo paso atrás, sacó la hoja de la tierra y agarró su gran empuñadura de hierro negro con ambas manos. La hoja en sí parecía picada y en mal estado, una de las muchas armas de entrenamiento maltratadas que se guardaban aquí en las arenas. Una víctima, según entendía Sawi, del devastador efecto de la sal marina sobre los metales. Sin embargo, aunque roma y maltratada, la hoja aún podía convertir a Sawi en un filete.

—¿Cuál es el punto de esto, exactamente? —preguntó Sawi—. ¿Es idea de Gladdring?

—Gladdring no es asunto tuyo. Ataca, ahora. Derríbame.

Sawi suspiró y separó sus pies descalzos. La arena le hacía cosquillas con su toque frío, pero las botas najahníes eran aún peores. Sus suelas de cuero no le contaban a Sawi ninguna historia sobre dónde estaba parada, cuánta fuerza necesitaría para moverse. Los zapatos de escalada vis serían mejores, pero Ami seguía ordenando a Sawi que dejara todas esas cosas atrás.

Detrás de la pareja se alzaban las escarpadas rocas de Noctia, divididas en cavernas y túneles cerca del mar. El agua que lamía ocasionalmente se colaba, dejando las rocas brillantes y húmedas, repletas de criaturas. Las gaviotas y otras aves se unían al canto del océano, a pesar de que el día avanzaba. Había comenzado la mañana con la conmoción de ver a Quik, y ahora la terminaba con una espada apuntando a su pecho.

Qué gran día.

—Ahora —dijo Ami.

Sawi empujó primero hacia la izquierda, dirigiéndose hacia las olas y poniendo algo de distancia entre ella y Ami, esparciendo arena. La Guardiana mantuvo su posición. Una pista para el ejercicio, entonces. Sin persecución activa. Sawi podía perder el tiempo, podía tantear y sondear.

—Un enemigo no te dejará correr así —dijo Ami mientras Sawi desaceleraba, girando en el borde marrón y húmedo donde se detenían las olas. Un muelle solitario se extendía detrás de ella, la vieja madera crujiendo con cada golpe de las olas—. Te seguirán hasta donde puedas ir y más allá aún.

—Supongo que me preocuparé por eso cuando me enfrente a un enemigo.

Sawi dobló las rodillas, se agachó y recogió un poco de arena mojada. La presionó formando una frágil bola. Se puso de pie. Ami, con los ojos entrecerrados ahora, la estudiaba.

¿Podía adivinar lo que Sawi pretendía hacer? Probablemente.

Ami había visto el mundo, había luchado contra la mitad de él según las historias que la Guardiana había contado en las primeras noches de Sawi aquí, antes de que su relación se volviera tan brutal. Antes de que Gladdring cambiara las reglas del juego.

Pateando la arena nuevamente, estremeciéndose por la fuerte ráfaga que pasaba rozando, Sawi subió por la playa hacia la entrada de la caverna rocosa. Un lento círculo alrededor de Ami, obligando a la guerrera mayor a girar con la recolectora vis.

¿Seguía siendo eso, una recolectora vis? Después de ayer, ¿no era una recluta najahní?

Una pregunta que valía la pena responder cuando Sawi no estuviera siendo probada.

—Estás jugando —dijo Ami—. No desperdicies mi tiempo.

—Es mi vida la que está en juego. Me tomaré todo el tiempo que quiera.

Sawi se lanzó en una carrera a trote, más dura y agotadora en la arena de lo que debería haber sido, pero la repentina velocidad puso a Ami en guardia. Se tambaleó en su giro, levantó la espada mientras Sawi torcía el ángulo, acercando su ruta al punto de Ami. Una carrera en línea recta ahora la llevaría justo al lado de la Guardiana, directo al borde sur del mar.

Como si Sawi fuera tan estúpida.

A dos zancadas de distancia, mientras Ami inclinaba la espada para lo que habría sido un fácil ensartamiento, Sawi clavó su talón izquierdo y giró bruscamente a la derecha. Un giro difícil con las túnicas, imposible con una armadura más pesada. La arena voló en una ola, pero un ángulo que habría enviado a Sawi a desparramarse sobre una superficie plana se mantuvo en los granos deslizantes. El cambio de dirección de Sawi obligó a Ami a ajustarse, un giro rápido que se volvió más difícil cuando la bola de barro de Sawi le dio de lleno en esa mejilla dorada.

Ami maldijo, la hoja vaciló, lenta en su persecución. Lo suficientemente lenta como para que Sawi se metiera dentro de su alcance por la derecha de Ami. Agarró la muñeca de Ami, la encontró y enredó sus dedos en los guanteletes de cuero. Sawi tiró, lanzando una patada a la espinilla de Ami, esperando que juntos los tirones enviaran a Ami tambaleándose hacia la tierra.

La Guardiana no se movió. A pesar de los tirones de Sawi, de su esfuerzo por tirar, Ami se mantuvo firme en la arena, el barro goteando de su rostro. Mientras Sawi intentaba un último tirón, los ojos de Ami se encontraron con los suyos, y en ellos Sawi vio su perdición.

—Una táctica astuta arruinada por la idiotez —dijo Ami una hora después sobre unas cervezas en la torre—. Cuando hiciste tu movimiento, deberías haber ido por mis ojos, mi garganta. En el peor de los casos, haber sacado el cuchillo de mi cinturón para armarte.

La pareja se sentó en una pequeña mesa en una habitación caótica, iluminada tanto por skars como por los faroles brillantes en las paredes de piedra. Una única escalera serpenteante rodeaba el espacio, subiendo y saliendo a un pasillo que conduciría a unos guardias leales y aburridos antes de adentrarse en territorio más abierto de Najahn. Los skars, las pequeñas piedras de todas las islas, yacían en montones grandes y pequeños, cada uno encerrado en un sello de cristal mucho más rígido de lo que parecía. Sawi lo sabía porque Annalyse, la extraña científica que compartía su espacio —y que pronto volvería con la cena— había hecho que Sawi probara romper esas jaulas.

Había intentado con un bastón, un martillo e incluso una espada. Nada.

—Una creación Whent —había dicho Annalyse en ese momento, casi jubilosa—. Si Noctia supiera lo que estamos haciendo, se volverían locos.

Annalyse decía cosas así todo el tiempo. Escuchándola, la torre de Gladdring era un tesoro de lo extraño y lo secreto. Aunque, esa parecía ser la razón por la que Ami y su placa facial dorada sellada con skars vivían aquí. Por qué, según Gladdring, Sawi también viviría aquí. Sería una recluta de Najahn de nombre, pero en todo lo demás, sería la asistente de Gladdring, o como él quisiera llamarla.

—¿Ojos y garganta? —preguntó Sawi—. ¿Querías que te hiciera daño?

Ami golpeó ligeramente la placa facial dorada, justo donde brillaba una esmeralda Vis.

—No podrías aunque lo intentaras. A menos que esas manitas tuyas pudieran romperme el cuello de un golpe.

Sawi miró sus dedos alrededor de la jarra de cerveza. ¿Manitas?

—El punto es encontrar tu instinto asesino, Sawi —dijo Ami—. Dijiste que un demonio casi te mata, que todavía te persigue lo cerca que estuvo. Estoy tratando de enseñarte a tomar esos sentimientos y darles la vuelta. Úsalos para encontrar el control, para asegurarte de que nunca te sientas tan indefensa de nuevo.

Sin embargo, se había sentido indefensa casi desde el segundo en que el barco de Najahn había zarpado de Vis. Lejos de amigos y familia, la aventura que Sawi había estado esperando nunca se materializó. En su lugar, Gladdring se sumergió en la intriga y las tonterías oficiales que los Najahn requerían, dejando a Sawi sola en el barco, observada por ojos curiosos e ignorada por bocas estiradas.

Ese sentimiento se quedó con ella cuando llegaron, con Gladdring dejando a Sawi con Ami y Annalyse, prometiendo solo que volvería cuando la necesitara.

Eso había sido hace más de una semana, y desde entonces las visitas de Gladdring habían sido escasas y más para conversar con Ami y Annalyse que con Sawi. No es que Sawi estuviera celosa, no. No es que pasara las últimas horas de la noche sola en su estrecha habitación, mirando por la estrecha ventana preguntándose cómo había cometido un terrible error. No, eso no. Nunca eso.

Admitir su error era un paso que Sawi no daría. Todavía no.

—Tratar de matarte no me hará sentir más fuerte —dijo Sawi, y continuó antes de que la boca abierta de Ami pudiera exponer más sabiduría sospechosa—. Lo que quiero es saber qué estoy haciendo aquí, Ami. Eso es lo que me va a hacer sentir más segura, más cómoda. Estoy perdida.

Ante eso, Ami se reclinó. Asintió lentamente.

—He estado ahí. Estuve perdida en esta isla durante casi diez años, Sawi.

—Eso es mucho tiempo.

—Pasa rápido cuando tienes suficiente cerveza y una espada para blandir contra muñecos de entrenamiento. —Ami se rió, pero sonó hueca—. Es broma. Es tan largo como los ríos de Rana. —Apuró el resto de su cerveza de un trago—. Pero tú no tienes tanta suerte. Sawi, es simple. Estás aquí para ayudarnos a descifrar estas cosas. —Ami agitó la jarra señalando los skars—. Aprender a hablar con ellos, cómo lograr que escuchen lo que queremos. Luego, los usamos para aplastar a los demonios para siempre.

Demasiadas preguntas ahí para analizar. ¿Escuchar a los skars? Annalyse y Ami no habían mencionado eso antes, apenas habían hablado de las gemas en los días que Sawi había estado aquí. Annalyse solo hablaba de sus inventos, hacía que Sawi usara el peor tipo de equipo mientras probaba este y aquel dispositivo. Ami seguía empujando a Sawi al campo de entrenamiento. Nada de skars, ningún noble objetivo.

Solo que, bajo pena de un rápido corte de cabeza, Sawi no debía decir una palabra sobre lo que veía aquí. Ni siquiera a Quik, a quien ya había plantado esta noche.

—Es la misma cara que puse yo cuando Gladdring me lo dijo —dijo Ami—. Probablemente esté molesto porque te lo estoy contando ahora. Pero que se vaya a lamer lava. —Ami miró su jarra, como si esperara que se hubiera rellenado sola mientras tanto, pero ay—. El hombre tiene razón. Annalyse es un genio, pero no es una luchadora, y son los luchadores los que estarán metiendo estas piedras mágicas en la garganta de cada demonio si me salgo con la mía.

—¿Por qué yo, entonces? No...

—Eres leal, o no estarías aquí. —Ami descartó la pregunta con un gesto—. Eso es lo más importante, Sawi. Porque lo que viene, lo que Gladdring está planeando... No podemos vacilar, no podemos dudar. Cuando llegue el momento, el mundo nos necesitará para actuar. Yo lo haré, Sawi, y tú también.

Sawi parpadeó.

—¿Y si no lo hago?

—Entonces estarás muerta. Yo misma te mataré.

5
AVANCE OSCURO

Como muchos en la larga fila detrás y alrededor de él, el cuerpo de Svarde contaba una historia de esfuerzo. Su barba, larga y desaliñada, encontraba afinidad con el cabello enmarañado recogido en apretadas trenzas a lo largo de su espalda. La armadura Whent, más rígida que los cueros Foti pero moldeada con la misma roca que lo rodeaba ahora, crujía junto con las rodillas, brazos y tobillos de Svarde a cada paso sobre el suelo de la cueva. Los dolores de cien heridas, tanto reales como fantasmas, atormentaban sus recurrentes dolores de cabeza, un premio ganado en la playa al sur. Cada respiración empujaba el aire a través de dientes estropeados, un rostro solo limpio gracias a un afortunado charco que algún explorador había encontrado por casualidad.

Sin embargo, sus manos aún podían sostener sus hachas. Su postura aún se mantenía erguida. Su voz retumbaba con la de los mejores, allí en la Oscuridad de Abajo.

A sus pies, también, arañaba su compañera de largo tiempo, la ferrita de piel pétrea Kivi. Resoplaba mientras caminaban ahora cerca de la cabeza de la larga columna, tomando un turno para liderar la expedición siempre hacia adelante. Delante, destellos parpadeaban a lo largo de las curvas escarpadas, velas titilantes o los extraños hongos de colores que iluminaban las paredes en tonos púrpuras y azules. Esos hongos serían raspados a medida que el ejército pasara, añadidos a las reservas de alimentos y reemplazados por linternas clavadas.

Como lo expresó Jochi, el señor de la guerra Whent que lideraba esta carga, esto no era solo una misión, era una colonización. Los comedores de rocas estaban cansados de ceder territorio a los demonios. En su lugar, lo controlarían.

Los temblores de ese control pulsaban a través de las suaves botas de Svarde ahora, el constante martilleo detrás de él mientras los ingenieros instalaban esas luces, añadían contrafuertes a las paredes inestables y trazaban lugares para estaciones de paso, posadas y pueblos enteros en las cavernas más grandes. De dónde vendría la gente para poblar todos estos lugares, Svarde no estaba seguro, pero ese problema no desalentaba a los trabajadores Whent.

Sus guerreros, también, marchaban con el entusiasmo de un ejército conquistador. Donde la incursión inicial de Svarde y Maena en las profundidades vino con una urgencia silenciosa, los Whent viajaban con canciones, tambores resonantes y una confianza invencible que los impulsaba hacia adelante. El cambio, al principio, fue tan desconcertante que Svarde se encontró adelantándose con Kivi solo para sentir esa soledad, ese filo de explorador.

Habría traído a Maena consigo, pero la capitana Rana parecía cada vez más ensimismada, torturada por alguna lucha que se negaba a discutir. Solo durante los informes regulares de Jochi, Maena se animaba, como si los desafíos logísticos inherentes a liderar a miles a través de cuevas interminables fueran la mayor fascinación de la vida.

—Es su elección —dijo Svarde a Kivi mientras la ferrita resoplaba, sus conductos naranjas cerrándose en una explosión de vapor—. A mí tampoco me gusta.

Los demonios, tan terribles durante la expedición anterior, retrocedieron ante el poder Whent. Ballestas, lanzas y armaduras de roca que trituraban huesos convirtieron a las bestias desordenadas en poco más que papilla. Adversarios más misteriosos o bien huyeron o se encontraron acribillados por virotes desde lejos. Un conjunto de esos ojos gigantes, los monstruos que distorsionaban la mente, fueron hervidos con granadas Whent, lanzadas y rodadas en su dominio con efecto devastador.

En general, Svarde estaba casi aburrido.

Por eso él y Kivi estaban de nuevo al frente, con solo los exploradores entre él y carne fresca de demonios, o al menos un descubrimiento interesante. Habían pasado el escudo arácnido del Aegis hace dos días, lo que significaba que cada paso a partir de ahora se extendía hacia un nuevo territorio. Una emoción solo algo atenuada por el puro olor de la civilización móvil y retumbante detrás de él.

—¿Es esto lo que tenías en mente? —Jochi, estropeando el paseo más tranquilo de Svarde a la cabeza de la columna, lo alcanzó e igualó el paso del hombre del hacha—. ¿Tu gran misión, ahora con la grandeza adecuada?

Svarde había decidido hace tiempo que destruir a los demonios tenía prioridad sobre mantener cualquier rencor, pero cada vez que veía a Jochi, al Guardián Foti le resultaba difícil descartar las pruebas impuestas por la mano del hombre. Los Fosos, la batalla en la playa contra esos demonios y los agotadores viajes en carreta entre ambos, todo vino por orden de Jochi.

El impulso de hacer volar la cabeza del hombre con un

hacha tenía que ser templado, era templado por una cosa: Catya.

Ver la telaraña del Aegis daba un cálido y distante consuelo. Ella aún vivía, por mucho que esa vida fuera una cáscara. Una señal, también, de que la misión de Svarde de arruinar a los demonios y sus orígenes seguía siendo urgente. Ambos servían para mantener las manos de Svarde firmes, para mantener su respuesta a la pregunta de Jochi cordial.

—Si sirve para masacrar a los demonios, entonces es lo que tenía en mente —respondió Svarde.

Jochi se rió. Los dos guardaespaldas detrás de él, con las manos siempre cerca de sus propias lanzas, también se rieron. Si ese tipo de servilismo molestaba a Jochi —Svarde habría golpeado a cualquier seguidor que actuara de esa manera— era un misterio. El señor de la guerra parecía no verse afectado, en cambio se lanzó a hablar de la marcha del día, o más bien la caminata de la noche. De alguna manera, los científicos Whent que los acompañaban, todos robados de la ciudad universitaria cuyo saqueo Svarde y Maena habían evitado, llevaban la cuenta del tiempo y, al hacerlo, preservaban la cordura del ejército. Los turnos mantenían a la gente en línea incluso cuando la luz del día quedaba cada vez más atrás.

Para Svarde, caminar las noches significaba menos gente presionando sus pasos. Unas pocas horas inconsciente durante el día, rodando en un carro con cama, valía el sacrificio. Solo los oficiales recibían ese tratamiento lujoso, destinado a mantenerlos más cerca de la acción incluso cuando el ejército se movía y trabajaba a todas horas. Otros simplemente tenían que ponerse al día durante sus momentos de vigilia, una perspectiva más simple de lo que parecería, dado el ritmo agotador.

Así iba cuando cada pocos pasos exigían una nueva linterna, una parada para alguna observación científica o una ejecución de demonios.

—Sin embargo, no pareces estar en paz, amigo mío —dijo Jochi—. ¿Qué te preocupa? ¿Nuestra inevitable victoria?

—La lentitud con la que avanzamos, para empezar.

Jochi asintió de esa manera sabia que tienen los líderes cuando pretenden preocuparse. —Todo tiene un costo. Cuanta más gente, cuanto más permanente sea nuestra conquista, más tiempo llevará.

—¿Y cuando los granjeros tengan que volver a sus campos, qué tendrás entonces?

—El invierno es largo en Whent, y nuestros hallazgos aquí ya están haciendo que este viaje sea rentable —Jochi extendió la mano hacia su derecha y arrancó un hongo púrpura de la pared. Fragmentos brillantes cayeron al húmedo suelo de la caverna—. Ya estamos aprendiendo a cultivarlos. ¿Te imaginas casas llenas de comida y luz de una sola vez? ¿Cuánto hemos perdido por miedo a los demonios?

—Demasiado.

—En efecto. Sin embargo, debo preguntarte si estás dispuesto a perder más.

El tono de Jochi cambió con estas palabras, captando al mismo tiempo la atención de Svarde.

—¿Qué necesita? —preguntó el bárbaro.

—Dirección —Jochi hizo un gesto hacia la larga fila de la expedición, aunque las sinuosas cuevas ocultaban la mayor parte—. Mis exploradores me informan que estos túneles van en todas direcciones y son mucho más extensos de lo que podemos permitirnos. Tú bajaste aquí una vez antes y parecías seguro de tu camino. ¿Cómo lo sabías?

Svarde señaló a Kivi.

—Ella puede escuchar las piedras mejor que yo. Le indican los caminos más cálidos, los que llevan hacia abajo y más abajo.

—Una lástima que no tengamos más ferrites —respondió Jochi, inclinándose para acariciar al lagarto, pero Kivi resopló y se apartó. Jochi rio, de nuevo acompañado por sus guardaespaldas, y se puso de pie—. ¿Aún tiene el olfato, supongo?

Kivi resopló más fuerte. Expulsó vapor.

—Sabe a dónde va —dijo Svarde—. Aunque sus exploradores lo han estado haciendo bastante bien.

—Un esfuerzo disperso, aunque valiente. Quiero que tomes la delantera con Kivi. Mis exploradores trabajarán directamente contigo, recorriendo la ruta entre ustedes y nuestras fuerzas. Mi objetivo es destruir a los demonios, Svarde. Extender nuestras raíces por todo el Bajo Oscuro puede venir después. ¿Estás de acuerdo?

—¿Me estás ofreciendo la oportunidad de alejarme de ti y de todos tus apestosos soldados? ¿Cómo podría decir que no?

Esta vez, al menos, la risa de Jochi fue genuina. Esta vez, al menos, sus guardaespaldas frunciendo el ceño no la repitieron.

La nueva asignación entró en vigor de inmediato, con una exploradora materializándose en la siguiente curva con alforjas frescas llenas hasta el borde. La mujer, que había prescindido de la pesada armadura de Whent por cueros ligeros y cinturones repletos de herramientas, preguntó si Svarde podría mantener un ritmo más rápido. Cuando él asintió, se lanzaron a través de las cavernas, con Kivi pronto tomando la delantera y eligiendo derechas, izquierdas, bajadas y, en raras ocasiones, breves tramos hacia arriba y por encima para alcanzar caminos viables más profundos en la oscuridad.

Después de horas de marcha adelante, con las vibraciones del ejército de Whent reemplazadas por el goteo del agua de la cueva y el viento hueco, Svarde esperaba encontrar el agotamiento siguiendo cada uno de sus pasos. En cambio, su caminata resultó fácil, la pesada armadura más ligera sobre sus hombros que antes.

—Es una señal —dijo la exploradora, que se presentó como Olgata— de que estás haciendo lo que debes hacer —Sus únicas expresiones parecían ser un ceño serio y una sonrisa despreocupada, y esta última llenaba el resplandor de su pequeña linterna en su actual hogar rocoso—. Descansaremos dos horas aquí. Dormiremos y luego seguiremos —Hizo un gesto hacia el ferrite—. ¿Esa cosa puede hacer guardia?

—Su nombre es Kivi, y mantendrá una mejor vigilancia dormida de lo que tú y yo podríamos despiertos.

—Me parece bien.

Olgata dejó caer un saco de dormir en el duro suelo, usó su alforja como almohada y, antes de que Svarde pudiera imitarla, sus ligeros ronquidos ya se deslizaban por la caverna. Svarde habría sonreído ante el sonido, ante el deleite de estar, de nuevo, al frente en su propia misión.

Lo habría hecho, de no ser por los otros ruidos más distantes. Gruñidos, arañazos, un solo rugido como el de una fragua encendiéndose por primera vez.

Los demonios nunca estaban lejos aquí abajo.

6

BATALLA DURANTE EL BRUNCH

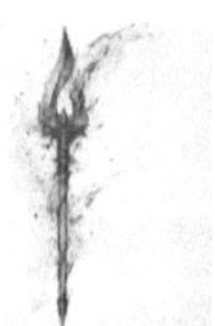

Un último desayuno en la ciudad. Zarparían en una hora, pero Eujo quería una comida más fuera de los confines del barco, por agradables que fueran. El restaurante que eligió cumplió con creces, con un amplio ventanal con vistas al puerto. El local se alzaba sobre el bullicio, aunque los olores y sonidos de la industria aún se filtraban, dando al desayuno un toque áspero, aparentemente buscado por los clientes del lugar. Entre ellos se contaban administradores, capitanes de puerto y supervisores, inspectores de Najahn y capitanes que aseguraban sus barcos para un largo invierno en dique seco o, quizás, para una travesía hacia el sur, a Smythe o alguna ciudad en la costa de Kance.

Algunos pocos, tal vez, se dirigirían a Kitaye o Mottilan.

El pensamiento del hogar golpeó a Wax mientras hundía el tenedor —un utensilio que había aprendido a usar en las semanas desde que había dejado su casa— en una combinación de huevo y pan. Venía con una rodaja de limón, que chupó después de que Eujo le aconsejara que la fruta era una parte necesaria de cualquier aventura marítima. Particularmente una a Whent, donde tales delicias tropicales eran difíciles de encontrar.

—¿Porque allí arriba todo son rocas y polvo? —preguntó Wax.

Estaban sentados en una pequeña mesa para dos dominada por platos rústicos, tazas de barro llenas de un café brutal que sabía más a ácido que al rico cacao que Wax tomaría en casa. Sillas rígidas, un suelo de piedra reforzado aquí y allá por tablas colocadas al azar. Un suave murmullo mientras la gente repasaba manifiestos y los objetivos del día.

Eujo volvió sus ojos hacia él de golpe. Habían estado vagando hacia el mar. Su mente, probablemente, ya estaba en la próxima aventura. Al igual que la de él.

—Sigo olvidando lo poco que has visto —dijo Eujo, y luego hizo una mueca—. Lo siento, es un reflejo. Yo tampoco había visto mucho hasta que, bueno, lo logré.

—Nunca hablas de eso. De lograrlo. De lo que significa.

Una ligera curvatura de labios. —Algún día, cuando hayamos bebido más vino, tal vez te lo cuente. —Miró su taza de café, su plato casi vacío—. Esto ha sido agradable. Gracias.

—¿Qué? Debería darte las gracias yo. Has pagado todo.

—Oh, ya me lo devolverás, estoy segura.

Wax se rio. —Lo intentaré. Cuando seas la Égida, haré tus recados.

Eujo ladeó la cabeza. —¿Te quedarías? Si llego a ese trono, ¿te quedarías aquí? ¿No volverías a casa?

Había dicho algo agradable y se había metido en un aprieto. Si había algo que sabía que no debía hacer ante una pregunta así, era dudar. Demasiado fácil, entonces, detectar una mentira, levantar sospechas.

—Por supuesto. Si ambos llegamos tan lejos, supongo

que te deberé mucho más que unas cuantas comidas —respondió Wax de inmediato, mostrando una sonrisa sincera.

—Si es que llegas tan lejos —dijo un hombre nuevo, ceñido con cueros de Kance que envolvían un cuerpo delgado, un rostro afilado surcado por líneas blancas entrecruzadas. Wax pensó al principio que eran cicatrices, pero una mirada más cercana, facilitada cuando el hombre puso ambas manos sobre su mesa y les sonrió, reveló que eran tatuajes—. Una pregunta honesta, y una que espero poder resolver.

Detrás del hombre acechaban otras dos personas, ambas mujeres y en posturas que sugerían algo más hostil que una inocente conversación de desayuno. Como el hombre, llevaban atuendos adecuados para el servicio activo, con estiletes claramente visibles en sus cinturones. De dónde habían salido, Wax no estaba seguro, pero habían atraído la atención de todo el restaurante, con la conversación disminuyendo y más de uno dirigiéndose a una salida temprana.

Eujo marcó el tono rápidamente, lanzando una mirada furiosa al hombre. —¿Qué hacen los Vientas aquí? ¿No se supone que deben proteger nuestro hogar?

—Eso es lo que *estamos* haciendo, mi Reina. Protegiendo a nuestra querida isla de un grave error.

—¿Y qué error sería ese?

El veneno en las palabras de Eujo habría, debería haber hecho retroceder a cualquier hombre común. Wax quería hacer una mueca en nombre del tipo, pero la sonrisa reptiliana del hombre desestimó el tono de Eujo tan fácilmente como si le hubiera pedido mantequilla fresca. Ninguna autoridad, ninguna exigencia atravesaría su coraza.

—Es mejor para nuestra isla si los skars vuelven a casa y

su portador no —dijo el hombre—. Nada más necesita saber.

Wax empujó hacia atrás su silla, se puso de pie. No llevaba arma alguna, nada salvo un tenedor de desayuno en la mano, los traumas persistentes del demonio amenazando con enviar relámpagos de miedo a través de cada uno de sus nervios, pero se condenaría antes de dejar que esta escoria actuara según sus palabras. Eujo, sin embargo, permaneció sentada justo donde estaba, levantando solo un dedo en dirección a Wax.

—Incluso un asesino como tú sabría que es mejor no hacer esto aquí —dijo Eujo—. Hay varios najahnianos a solo dos mesas de distancia. Uno ya se ha ido a buscar guardias. Se estarían condenando a sí mismos.

—Un pequeño precio para salvar nuestra isla. —El hombre levantó una mano de la mesa y la puso sobre una pequeña bolsa atada a su cinturón—. Un precio, sin embargo, que usted podría pagar. Como debe hacerlo toda Reina.

—Pero ella no lo hará.

El hombre retiró la bolsa. Eujo todavía tenía el dedo levantado. Wax sostenía el tenedor. Intentó mantener los ojos en los tres, mientras las dos mujeres se deslizaban para bloquear el camino más fácil hacia las salidas y las calles empedradas del exterior.

—El valor es tu dominio, me temo —dijo el hombre, poniendo la bolsa sobre la mesa—. Un simple olfateo, y todo estará bien. Por favor.

Eujo recogió la bolsa. Wax se tensó, habría hecho algo imprudente excepto que había llegado a conocer mejor a Eujo, descubriendo que la Reina tenía una astucia combativa. Una que puso en juego al siguiente segundo, lanzando la bolsa a la cara del asesino. La bolsa estalló, arena inofensiva extendiéndose sobre la cabeza ya temblorosa del hombre.

Entonces, Wax puso el tenedor a buen uso.

Lo clavó con fuerza, hundiendo los ásperos dientes en la mano izquierda del asesino, que aún estaba sobre la mesa del desayuno. Ahora el hombre soltó una maldición aullando, una reacción más apropiada. Eujo echó hacia atrás su silla, empezando a levantarse mientras las dos mujeres pasaban de sus roles secundarios a protagonistas. Ambas agarraron sus estoquees mientras la multitud del restaurante se dispersaba.

Alcanzar una salida significaba pelear contra al menos dos asesinos sin un arma. Ni siquiera Wax tenía ese nivel de confianza temeraria. En su lugar, hizo lo que había aprendido en Vis, durante la pelea en el comedor con los matones de Mottila: Wax empuñó su silla, levantando el incómodo mueble y barriéndolo frente a su pecho en un amplio movimiento. El hombre del tenedor respondió agachándose para esquivar el golpe, alcanzando con su ser cubierto de arena y sacándose el tenedor de su propia mano, maldiciendo todo el tiempo. Su respaldo dudó, dejando que la silla volara más allá.

Un aparente fallo, pero Wax no solo había aprendido que los muebles podían ser una buena defensa. Al perder aquella pelea, había descubierto que era mejor huir que enfrentarse a una batalla imposible. Wax mantuvo su impulso, aumentándolo mientras giraba, y estrelló la sólida silla contra el delgado panel de cristal. La frágil y hermosa ventana se hizo añicos, los fragmentos volando por todas partes.

—¡Es hora de irse! —gritó Wax, notando a Eujo y su propia defensa basada en la silla, cuyo respaldo demostraba ser hábil para enganchar la punta de un estoque y mantener su agarre.

Dio un paso sobre el cristal triturado. Oyó la advertencia de Eujo y se agachó, el golpe del estoque rozando el hombro de Wax y rasgando un agujero en su bonita camisa tejida en Noctia. Un destello de dolor rojo, Wax usó ese fuego para lanzarse hacia adelante mientras sus skars, descansando en un collar contra su pecho, cobraban vida. Sus susurros se intensificaron, el skar de Vis rugiendo en una charla frenética mientras comenzaba a atender el corte.

Más distracciones que apartar mientras Wax se precipitaba desde el restaurante hacia un techo maltratado y en pendiente más abajo. Noctia mantenía sus tejados inclinados, con canalones que conducían a barriles de lluvia y la oportunidad de asegurar agua potable en una isla seca. Ahora cubiertos de escarcha matutina, las pizarras resultaron ser un lugar de aterrizaje resbaladizo, Wax cayó de costado y rodó.

Sin embargo, echó un vistazo hacia arriba, esperando ver a Eujo y encontrándola, volando como un pájaro en el sol de la mañana, desde el restaurante. Su salto superó una estocada del estoque, la espada atrapando la luz, y la Reina golpeó el mismo almacén que Wax había encontrado, uniéndose a él en una caída.

Wax se agarró al borde del techo, el canalón haciendo posible tal detención, pero la escarcha anuló cualquier posibilidad. Los dedos de Wax, aún con restos del desayuno, solo encontraron nieve helada. Se fue por el borde, una maldición de Vis escapando mientras Wax caía en picado hacia la calle. Los adoquines deberían haberlo recibido, y así fue, aunque el lado izquierdo de Wax encontró cajas apiladas en su lugar, su hombro rebotando en las cajas de metal y madera para hacerlo girar antes de golpear el suelo cubierto de nieve. La blanca pelusa, acumulada y apilada en las esquinas de los callejones como este, le dio a Wax la más ligera manta, así que solo sintió cómo el aire abandonaba sus pulmones, su hombro dolía y un frío miserable cubría todas las partes de su cuerpo mientras la nieve se colaba por todas partes.

Por un momento. Al siguiente, Eujo aterrizó sobre él, hundiendo a Wax más profundamente en el banco de nieve y asegurando un pánico jadeante y tosiendo. La Reina, como siempre, mantuvo la compostura y rodó, poniéndose de pie en la resbaladiza calle con habilidad natural. Su mano encontró el brazo izquierdo de Wax, lo jaló, y a él, hasta ponerlo parcialmente de pie.

—¿Estás vivo? —preguntó Eujo, continuando tirando.

—Eso espero —tosió Wax.

Eujo tiró con fuerza de nuevo y Wax salió del banco de nieve, aunque sus pies no estaban listos para tomar el mando, y tropezó directamente contra la Reina, ambos cayendo al otro lado del callejón y la nieve intacta que les esperaba allí. Un agudo tintineo vino de donde Eujo había estado, un cuchillo arrojadizo rebotando calle abajo.

—Gracias —dijo Eujo, empujando a Wax. En el mismo movimiento, su mano encontró la de Wax y lo arrastró por la estrecha calle—. Muévete, Wax. Son asesinos.

—Ya me di cuenta.

Con Eujo tirando de él, Wax se arrastró, el skar de Vis haciendo su parte para mantenerlo erguido. Eujo se deslizó por el distrito portuario, esquivando a los cargadores, atravesando puestos abiertos y siempre dirigiéndose hacia el mar, hacia su barco.

—¿Quiénes eran esos tres? —preguntó Wax, finalmente encontrando suficiente aire para hablar, para manejar su propia carrera.

Ayudó que, al dejar atrás los almacenes, las calles despejadas ofrecieran mejor tracción.

—Los Vientas. Una secta Kance —respondió Eujo, saltando varias cuerdas mientras los marineros maldecían su interferencia al arrastrar un barco al dique seco. Wax la siguió, pronunciando disculpas por el camino—. Trabajan para la Reina, generalmente.

—¿No eres tú esa?

—Dos Reinas, Wax. Y a ella la prefieren.

—¿Por qué?

El barco de Eujo estaba adelante, las velas ya preparándose para zarpar. Las cajas de provisiones que abarrotaban el muelle antes habían desaparecido, cargadas y listas. Deux, el capitán, debía estar esperándolos.

—¿Porque soy tosca? ¿Cómo voy a saberlo?

Por primera vez esa mañana, Wax percibió algo falso en la respuesta cortante de Eujo. La cadencia casi lo hizo caer, junto con un punto helado en el muelle, en un deslizamiento hacia el agua. Los instintos de Vis mantuvieron a Wax lo suficientemente estable para corregirse, apoyando una mano en un amarre de cuerda para impulsarse. Juntos llegaron a la rampa del barco, subiendo por ella y gritando a Deux que pusiera la nave en marcha. Los marineros saltaron ante la orden de Eujo, desatando las cuerdas y gritando para zarpar.

Eujo siguió moviéndose al llegar a la cubierta principal, dirigiéndose al interior para encontrar a Deux. Presumiblemente para relatar lo sucedido. Wax, sin embargo, se agarró a la barandilla y simplemente se quedó allí, apoyándose en la madera Kance. Miró hacia la orilla, vio tres figuras que se destacaban entre los trabajadores, moviéndose con propósito deliberado. El trío de asesinos se detuvo al acercarse al muelle, observando cómo el *Filo de la Tormenta* se deslizaba hacia el mar. Wax se encontró con sus miradas, sin ver nada más que certeza en sus expresiones sombrías.

La única satisfacción vino del vendaje manchado de rojo alrededor de la mano del hombre. El tenedor, al menos, impartiendo algo de justicia.

Estos tres, sin embargo, marcaban el segundo grupo Kance que intentaba matar a la Reina de la isla. Y Eujo, sospechaba Wax, sabía exactamente por qué.

7
LA TERCERA MANO

La torre del Tenet se alzaba contra el acantilado, extendiéndose por la roca como hiedra creciente. Vigas de madera negra sostenían la piedra apilada que se inclinaba en varias direcciones mientras ascendía, cruzándose cada pocos niveles. Las ventanas, formas festoneadas que se retorcían en vidrio tintado, no daban pistas sobre lo que ocurría en el interior. Tampoco lo hacían las dos figuras de pie frente a la entrada principal de la torre, una delgada puerta única a la que se accedía no por una escalera ascendente, sino por una descendente, un lento embudo desde el nivel de la calle hasta sus tablones azul marino.

—¿Aquí para su primera visita? —preguntó una de las figuras cuando Quik se acercó, recién ataviado con su túnica púrpura de recluta de Najahn.

Al cazador de Vis se le había dado una hora, pero la puntualidad simplemente no se exigía en Kitaye. Aquí, sin embargo, abundaban los relojes, cuyo frenético tictac impulsaba cada acción de Quik con un nuevo tipo de estrés. Un desayuno engullido a toda prisa, arrebatado de la mesa preparada para los reclutas, y salió, uniéndose a la carrera. El tráfico peatonal, al menos, le resultaba familiar, aunque la corpulencia de Quik solía darle ventaja en su hogar en la jungla. No así aquí, donde la deferencia parecía estar ligada a las túnicas y los fajines, medallas o armas que uno llevara.

Le había costado tres empujones y miradas de reproche aprender esa lección.

—¿Eso creo? —respondió Quik, odiándose por su incertidumbre.

Una de las muchas promesas que se había hecho a sí mismo y que no había logrado cumplir. Hasta ahora.

La figura se volvió hacia la otra, un hombre envuelto en una túnica Najahn invertida, con el púrpura reemplazado por los colores azul claro de la puerta, y el negro por blanco. Un alfiler dorado, al menos, coincidía con los estándares de Najahn, aunque Quik nunca había visto este antes: un ojo de cerradura distorsionado, como si alguien lo hubiera pinchado con poco esfuerzo y hubiera rayado y doblado la cerradura. Un símbolo extraño.

Aunque, siendo esto Noctia, alguien le diría a Quik lo que significaba pronto. Probablemente con una buena dosis de desdén y suspiros.

—¿Está lista la Tenet? —preguntó la figura.

—Masayo está en sus aposentos —respondió la otra figura, por su voz una mujer Tamas mayor—. Llévelo arriba.

Seguir a la figura resultó más difícil de lo que Quik esperaba, principalmente porque, a través de la puerta, perdió toda noción de su entorno. La puerta misma se abrió sin hacer ruido, con las bisagras engrasadas a niveles inmaculados. Más allá, donde una vista exterior dictaba una planta baja circular con escaleras ascendentes y ramificadas, la torre desafiaba la lógica.

En primer lugar, Quik no vio escaleras. En su lugar, vio luz refractada que entraba por las pocas ventanas, los rayos chocando contra prismas y rebotando en un despliegue de arcoíris que habría sido cegador de no ser por sus líneas estrictas. Entrecerrando los ojos, manteniendo la mirada justo fuera de los rayos, Quik evitó cerrar la vista por completo.

—Tómese un minuto —dijo la figura—. Pero solo uno. En esta torre, la adaptación debe ser rápida.

Entre los rayos había sombras, pero no vacías. Más figuras se movían con esas túnicas blancas, algunas seguidas por los más habituales Najahn de púrpura y negro. Algunas se apresuraban en el nivel de Quik, pero otras parecían elevarse directamente por el aire, como si caminaran sobre la luz misma. Siguiendo a un par, Quik los vio desaparecer arriba a su izquierda, a través de otra puerta que parecía flotar en el aire. Se cerró con un clic muy real. Palabras casuales también llegaron a sus oídos, conversaciones en curso reforzadas por leves golpes cuando los zapatos golpeaban la piedra.

Colgando en las paredes alrededor de la habitación había pinturas, sus contenidos amorfos, manchas coloridas o sinsentidos abstractos. El aire en el interior hacía cosquillas, un aroma sabroso que le recordaba a Quik huevos cocidos y cebollas.

—Está notando el desayuno —dijo la figura, de pie justo delante—. Eso no es importante. Concéntrese. Su tiempo casi se acaba.

Quik sacudió la cabeza. Detente. Piensa como un cazador. Usa tus sentidos, lo que sabes.

La primera pista vino de esos eruditos flotantes y cómo caminaban. Seguros, pero con pasos cuidadosos. No los escaladores despreocupados que Quik había visto en otras torres por aquí, los movimientos que él mismo haría en una escalera normal. Esos pasos, también, parecían esquivar los rayos, abriéndose camino entre los haces de luz.

Quik avanzó, extendiendo una mano hacia adelante, a través de uno de los haces de arcoíris. Al otro lado, donde no hacía ni un momento había pasado una figura con túnica, sus dedos encontraron una cuerda tensa. Quik miró hacia atrás a la figura y le dijo lo que había encontrado.

—No es una cuerda —respondió la figura, aunque su tono marcaba aprobación—. Es un cable específico de Kance. Tejido para desviar la luz. Durante el día, un ojo entrenado puede distinguir su patrón y caminar sobre él. Por la noche, imposible para cualquiera que no los haya escalado antes.

Ahora Quik sentía miradas sobre él. Otros que pasaban se fijaron en el recluta, dándole espacio. Para fracasar, para tener éxito, Quik no lo sabía. No podía molestarse con eso.

—¿Por qué? —preguntó Quik—. ¿Cuál es el punto?

Sintió más que vio la sonrisa de la figura. —Eso es lo que está aquí para aprender. Ha descubierto nuestro primer secreto. Muchos más esperan.

La figura, sin embargo, no iba a esperar ella misma. Se dirigió a la derecha, caminando alrededor de donde un haz prismático golpeaba el suelo de piedra y subiendo a otra escalera de cables. Quik la siguió, suprimiendo sus propios impulsos tentativos y caminando con lo que esperaba pareciera confianza. Sin embargo, no pudo evitar que sus ojos miraran hacia abajo al dar el primer paso.

Sus pies sintieron los cables, fuertes y tensos con poca flexibilidad desde el principio. Incluso sabiendo que estaban allí, Quik no podía ver sus líneas. No era tanto como si caminara en el aire sino como si caminara sobre una penumbra tenue, una neblina borrosa. Sus botas se veían lo suficientemente claras, pero debajo de ellas la piedra se desvanecía, la luz parecía incapaz de definir el escalón.

La puerta, de una sola hoja como la otra entrada de abajo —y como todas las puertas que Quik había visto en la torre hasta ahora—, se abrió hacia fuera, hacia ellos, cuando la forma tiró del pomo. El revestimiento de piedra a su alrededor parecía convencional junto a la escalera mágica.

Al otro lado, las rarezas daban paso a la practicidad. A la izquierda de Quik, adentrándose en el acantilado, esperaba un amplio pasillo con puertas de un blanco resplandeciente que insinuaban habitaciones. La escalera continuaba después de unos pasos, ahora construida con piedra normal apilada. Mesas y sillas se distribuían por el espacio, algunas ocupadas por almas que bebían café, la mayoría con grandes volúmenes encuadernados en cuero entre sus manos.

—Un dormitorio —dijo la forma, fluyendo hacia la siguiente escalera—. Si tiene la fortuna de unirse a nuestro Precepto, aquí es donde podría vivir. A menos, por supuesto, que Masayo tenga otras necesidades para usted.

—¿Qué *es* su Precepto? —preguntó Quik mientras comenzaban a subir la segunda escalera—. Me dijeron que viniera a esta torre. Nada más.

—Conocimiento. Información. Detalles —dijo la forma, continuando su camino—. Muchos nombres, un solo propósito. Si algo sucede en Las Siete Islas, nosotros lo sabemos. Más importante aún, sabemos *por qué* sucede. —Quik casi pudo escuchar la sonrisa cuando llegaron a la siguiente puerta—. A veces, nosotros *somos* el porqué.

La descripción sonaba como la Lira, el propio grupo de soldados secretos de Kitaye. Una sociedad de élite destinada a mantener a Vis a salvo de varias amenazas, la Lira parecía abrazar todo tipo de rituales extraños. No es que Quik lo supiera con certeza: nunca lo habían elegido para unirse a su secta sombría y él nunca había ido a buscarlos.

Prefería dormir a rondar casas del árbol lejanas por la noche.

El tercer piso ofrecía otro dormitorio y dos ramificaciones, sin escalera que continuara. La forma guió a Quik hacia la izquierda, rodeando la parte de la escalera del piso hasta un arco abierto que conducía hacia el centro de la torre. En la cresta del arco, la forma se detuvo. Alcanzó a la derecha y presionó una piedra ligeramente más clara que las que la rodeaban. El pequeño bloque se deslizó hacia adentro, comenzó un tenue sonido de tictac, y la forma atravesó el arco.

—Rápido ahora, no lo esperará.

Quik hizo lo que la forma le pidió, cruzando el arco antes de que el tictac cesara y la piedra volviera a su posición anterior.

—¿Qué habría pasado? —preguntó Quik.

—Rece por no descubrirlo nunca. Cada arco en esta torre es así. Asegúrese de aprender dónde están los activadores.

—Parece innecesariamente peligroso.

La forma se rio entre dientes. —¿Innecesariamente? Lo innecesario sería dejar que nuestra torre se vuelva complaciente. Nuestro deber exige vigilancia constante, oídos y ojos siempre escuchando y mirando.

Una forma de mantener a tu gente alerta, entonces. Quik podía ver la razón de eso, aunque poner trampas en tu propia casa parecía un poco extremo.

Volver al eje central de la torre, aunque uno sin escalera, terminó con sus otras opciones. Podrían haber continuado recto hacia el otro ala exterior, pero la forma en su lugar se giró hacia el arco cortado ante ellos en el acantilado. Otra puerta, individual como el resto, los esperaba. Su panel alternaba azules y blancos. A ambos lados esperaban sillas, una sola mesa. Nada llevaba decoración excepto las paredes, adornadas nuevamente con pinturas de tinta de tormentas, mares arremolinados o bosques tan densos que bien podrían ser negros.

La forma avanzó hacia la puerta. Tocó una vez. Quik no escuchó respuesta, pero la forma abrió la puerta de todos modos. Le hizo señas a Quik para que entrara. El cazador pasó, cruzando el umbral hacia lo que parecía una trampa mortal de oficina. Abundaban las estanterías, al igual que las mesas, todas hechas de madera oscura y brillante. Una cama en la parte trasera de la oficina, metida con fuerza bajo la pared inclinada del acantilado, parecía hecha con cuidado. Un gran escritorio ámbar se encontraba en el centro, cubierto con varias pilas de pergaminos, libros y otras cosas al azar.

No había sillas esperando a los invitados.

Masayo, si hubiera estado esperando...

El instinto es algo difícil de enseñar, al igual que el sentido del peligro. Quik, sin embargo, no se había criado en un hogar lujoso. Había quemado sus años en una selva peligrosa, con los oídos y los ojos siempre abiertos a amenazas tanto ocultas como evidentes. El paso que golpeó el suelo de madera detrás de él no era el mismo que la forma había estado haciendo hasta ahora, sino que aterrizó más silencioso, más corto. El aire también se movió, una ráfaga como si alguien abriera una túnica, perfecto para una estocada lateral.

El cazador pivotó. Plantó su pie izquierdo y se giró, levantando los puños para bloquear cualquier intento de golpe. Mejor un corte de cuchillo en sus manos que un pulmón perforado. En cambio, Quik se encontró mirando a la forma, sí, pero también no.

La túnica ahora cubría no a un hombre indistinto, sino a una mujer de mirada aguda, la misma, si Quik tuviera que apostar, que había estado de pie fuera de la torre cuando Quik llegó por primera vez. En su mano izquierda, la mujer sostenía un estilete estrecho. En su derecha, una carta con el sello de Najahn.

Al ver que Quik la observaba, la mujer se rio una vez. Penetrante y breve. Luego volteó el estilete sobre sus manos y lo devolvió a los pliegues invisibles de su túnica.

—Al menos te enseñan algo en esa isla —dijo la mujer—. Baja esos puños, Quik. No voy a matarte ahora.

Quik tomó una respiración larga y lenta mientras la mujer pasaba junto a él hacia el escritorio. Pasó un dedo por su borde y encontró su asiento en el lado opuesto de la enorme pieza.

—¿Puedes adivinar quién soy? —preguntó la mujer.

—¿Es la respuesta obvia?

—¿Lo es, Quik? ¿O es algún gran secreto?

Confianza. Eso era lo que ella buscaba, y lo que Quik tenía, ahora que había armado todo el baile.

—Masayo. Eso es quien es usted.

—Correcto —asintió Masayo—. Ahora, ¿por qué le jugaría una broma tan cruel?

—¿Porque no le gustan los nuevos reclutas?

Una sonrisa real, por una vez. —No me gustan los reclutas sin esperanza, Quik. Afortunadamente, para ambos, usted parece no ser ninguna de las dos cosas. —Masayo alcanzó su escritorio, tomó el pergamino de arriba. Se lo ofreció a Quik—. Esto es para usted. Su primera misión. Hágalo bien, y puede que haya un futuro para usted aquí.

—Espere. ¿Eso es todo? ¿Sin recorrido? ¿Sin explicación?

Los ojos de Masayo, de un gris frío, brillaron. —La primera regla del éxito en mi torre, Vis, es cuidar de uno mismo. Si quiere un recorrido, salga y hágalo. Luego, le sugiero que comience. Mi paciencia es escasa, pero la del Círculo lo es aún más.

—¿Soy solo un recluta?

Un movimiento de cabeza. —Usted es un Guardián. Un cazador experimentado. Se le utilizará como tal, y será recompensado si tiene éxito. Ahora deje de perder mi tiempo y comience a usar el suyo.

8

TRUCOS DE LADRÓN

Torny yacía en el único punto plano del techo inclinado en la parte superior del barco, cubriendo el camarote del capitán como un extraño casco. El punto plano, no mucho más grande que la propia Torny y construido con madera Kance brillante, existía para accesorios. Un barco Kance con aplicaciones más militares podría colocar allí una pequeña ballesta o una catapulta de corto alcance para lanzar bombas incendiarias. Eujo no tenía tales deseos —qué lástima—, así que Torny podía usar el lugar como un sitio para escapar.

Un barco en marcha tenía un espíritu diferente al de uno atracado. Los marineros pululaban, el sonido del mar era golpeado por llamadas para esto y aquello. Las reparaciones sobre la marcha y los reajustes de las velas exigían una atención constante. Incluso Bliss y Wax se vieron arrastrados a la acción, aunque Wax ahora, como siempre parecía estar, tenía que hacer las cosas con cuidado mientras se recuperaba de otra lesión más.

Qué buenos Guardianes eran, dejando que su Renovación se acercara tanto a las garras de Kance.

Los ojos de Torny siguieron a una gaviota que aleteaba sobre sus cabezas, persiguiendo su barco mientras Noctia permanecía cerca.

—No hay comida para ti —murmuró Torny, luego acercó su cuchillo y mordió un trozo de la manzana clavada en su punta. Vieja y amarga, pero zarpar tan tarde en la temporada significaba pobres opciones de productos frescos—. Todo esto es para mí, pájaro.

La manzana podría aplacar un estómago gruñón, pero hacía poco para disipar las razones por las que Torny estaba allí arriba en primer lugar. Los refunfuños, amenazas y gruñidos de Yarvick se repetían sin cesar, desde que el líder de los Dedos Ágiles le expuso a Torny su futuro en términos simples y crudos: cumplir con la petición o convertirse en una mujer perseguida a través de las islas.

Su último fracaso trajo el exilio. Este traería la muerte.

¿Y el éxito? ¿Qué le proporcionaría?

Hubo un tiempo en que la aprobación de Yarvick habría sido suficiente. Torny, junto con demasiados otros perdidos en Noctia, se encontraron bajo el influjo del hombre. Comida, refugio, propósito y la cantidad justa de amabilidad atraían a sus objetivos. Luego venía el entrenamiento, palabras duras y palos aún más duros aparecían cada vez más, empujándola, haciéndola desesperarse por escuchar la amabilidad de Yarvick. Estar en su favor. Bañarse en algo más grande que ella misma.

Hasta que el crudo destino la arrojó a Foti. La lava y el eterno hedor de una fragua pueden aclarar muchas cosas.

Entonces, ¿por qué había vuelto?

—Torny, ¿estás ahí arriba? —Deux, el capitán—. Tengo un favor que alguien con tus habilidades podría ayudar a resolver.

Una de sus habilidades. Todos odian a un ladrón hasta que necesitan uno.

Tres cajas de cereza, todas del mismo tamaño y todas doradas con los sellos reales de Kance: plata brillante enroscándose alrededor de un diamante azul. Deux las tenía dispuestas sobre la mesa del comedor —el comedor de los marineros estaba en la parte baja del barco—, junto con un surtido aleatorio de herramientas que Deux declaró como lo más parecido que tenía a ganzúas.

—Qué amable de su parte asumir que no tengo las mías propias —respondió Torny, aunque sus manos no se acercaron a las herramientas. Aún no—. ¿Qué son estas?

—De los traidores. Sus baúles más grandes no estaban sellados así, y regalamos su ropa. Estas, sin embargo, permanecen cerradas. Las llaves deben haber desaparecido con ellos.

—¿Y quiere que las abra para qué, objetos de valor?

La bandida y el capitán estaban solos cerca de la gran mesa y sus sillas, dispuestas como siempre parecían estarlo para la próxima comida. Grandes ventanas inclinadas mostraban los mares grises en el exterior, uniéndose en una amplia franja a través del frente de la habitación. Al fondo, dos puertas individuales dividían el núcleo del barco, cada una conduciendo a pasillos y las innumerables cámaras del navío. Ambas puertas, ahora, estaban firmemente cerradas.

—¿Cuánto sabes sobre la realeza de Kance? —preguntó Deux. El capitán, como siempre, vivía y respiraba el decoro. Uniforme completo con blancos y azules, inmaculado. Una gorra que parecía no proporcionar ni calor ni utilidad. Un sable en su cinturón que, al menos, parecía bastante real.

Se mantenía demasiado erguido.

—Sé que les gusta apuñalarse por la espalda —

respondió Torny—. Muchos buenos chismes sobre Kance circulaban en casa.

Deux frunció el ceño, pero asintió.

—Apuñalar sería más agradable que lo que ocurre a menudo. Ha pasado mucho, mucho tiempo desde que nuestras dos Reinas fueron amigas. Generaciones.

—Noctia no es mucho mejor. El Círculo es un nido de víboras.

—En efecto. Y en eso, podrías encontrar nuestro razonamiento aquí. Al igual que tus poderosos de Najahn, las Reinas deben conducir su traición en silencio. El conocimiento común crea criminales comunes —Deux señaló las cajas cerradas—. Si hay alguna prueba, alguna carta que sugiera sus acciones allí dentro, podríamos tener una forma de...

—¿Qué, detener a esos asesinos que casi matan a Wax? ¿Su otra Reina simplemente se encogerá y morirá de vergüenza?

Una línea sombría marcó la boca de Deux.

—No. Si lo que esperamos está esperando allí dentro, Kance la arrastrará y la arrojará desde los acantilados más altos, y volveremos para encontrar una nueva Reina en su lugar.

Brutal, pero entonces, las Islas eran un lugar brutal. Curioso cómo Wax y Bliss seguían olvidando eso.

—¿Una mejor que la anterior?

—¿Quién puede decirlo? Mejor, al menos, arriesgarse —Deux se desplazó medio paso a la izquierda, observándola.

Torny volvió a mirar las cajas cerradas, las francamente inútiles tiras de metal y alicates que Deux había dispuesto sobre la mesa.

—Una cosa, capitán. ¿Tiene usted su propia caja fuerte?

—¿La tengo?

—¿Se parece en algo a estas?

—¿Se parece?

—Entonces, ¿qué tal si deja su llave aquí conmigo? Prometo que no la robaré. La tendrá de vuelta pronto —Torny golpeó la mesa una vez—. El resto de esto debería ser suficiente.

Deux metió la mano en su abrigo, sacó un llavero con varias llaves. Deslizó la más corta y delgada del montón y la depositó sobre la mesa. —¿Puedo confiar en su honor para que no oculte nada de lo que encuentre?

—¿Le está preguntando a una bandida sobre su honor?

—Le estoy preguntando a una Guardiana. —Un fuerte silbido afuera hizo que Deux se estremeciera—. Llego tarde a unas maniobras cerca de la costa norte de Noctia. Alguien volverá para vigilarla.

—¿Vigilarme?

Deux, sin embargo, solo asintió una vez más y salió de la habitación. Torny escuchó un clic, un clic muy particular, y siguió al capitán. Intentó abrir la puerta que el hombre había usado, pero la encontró bien cerrada. Fue a la otra, con su brillante pomo plateado pulido hasta relucir. El giro no llevó a ninguna parte. También cerrada.

Honor, y un cuerno. Vaya confianza.

Pero, ya que estaba encerrada aquí, Torny bien podría ponerse a trabajar. La tarea de Yarvick significaba que necesitaría mantener a todos aquí de su lado. Eso, y Bliss era...

Demasiado ingenua para sobrevivir en estas islas sin que Torny la vigilara, eso era.

Las cajas fuertes ofrecían un desafío interesante. Todo el mundo parecía pensar que el ganzuado, el arte del ladrón, implicaba algún talento mágico junto con una colección de artilugios digna de un acaparador perverso. En realidad, Torny encontró la pequeña bolsa dentro de otra más grande en su cintura, siempre en su cintura, que contenía las sencillas herramientas que le habían salvado la vida demasiadas veces como para dejarlas atrás. La desató y volcó el contenido sobre la mesa. Una lima y varias barras delgadas de metal blando, inmaculadas y aburridas.

Ahora la bandida trabajaba al tacto. Acercó una silla y se sentó junto a la primera caja fuerte. Leyó sus líneas, sus bisagras y la historia de la cerradura. Bien hecha, pero excesivamente ornamentada. Toda la caja fuerte gritaba que era algo dado como regalo, en lugar de estar diseñada para destacar en guardar secretos. ¿Podría algo hacer ambas cosas?

Claro, pero en la experiencia de Torny, la mayoría de los artesanos elegían un lado. La mayoría de los buenos ladrones también elegían una técnica. Los brutos simplemente romperían la caja fuerte, pero Deux parecía querer que se mantuvieran intactas. Valiosas, entonces. O tal vez contenían algo que no querría que se destrozara en el acto de abrirlas.

Las cerraduras mismas, sin embargo, contaban la historia. Un simple giro de una llave. Sin pasadores, sin diales ni combinaciones como los que los Najahn habían empezado a usar; Torny dejó crecer una sonrisa arrogante ante eso, ya que los Dedos Ágiles habían sido directamente responsables de ese cambio. Una buena cerradura de llave podía ser irrompible sin fuerza, si no sabías cómo funcionaban esas cosas.

Torny extendió la mano, cogió la llave de Deux. La orientó e introdujo en la primera caja fuerte. La llave entró sin problemas, un buen comienzo. Empezó a girarla, pero se encontró bloqueada. La movió un poco contra el interior y luego la retiró. Midió las marcas en la llave de Deux. Cada una daba una pista, que Torny empezó a usar limando una de sus barras de metal blando.

El trabajo llevó horas, con Deux entrando de vez en cuando para comprobar su progreso. La comida y la bebida iban y venían, Torny por una vez evitando el vino para mantener la mente despejada. Bliss también la visitó, aunque a la Vis le costaba mantener el interés en el trabajo de tallado y se excusó después de solo unos minutos. No era un problema, no era un inconveniente.

Porque, mientras sus dedos trabajaban el metal, Torny no oía las palabras de Yarvick, no se encontraba arrastrada al pasado.

La nueva llave, casi igual a la de Deux salvo por algunas ligeras modificaciones, sirvió para abrir la caja fuerte. Unos cuantos tallados más abrieron la segunda, luego la tercera. Lo que había dentro no era lo que Deux y Eujo querían. Cartas, tres, mezcladas con baratijas aleatorias. Cada una, escrita con caligrafías diferentes, dirigidas a familias ahora dejadas atrás. Las palabras pedían perdón, profesaban amor, pérdida y un deseo de ver los nombres honrados. Vidas a las que se les daba sentido sirviendo a su isla en su mayor necesidad.

—¿Mayor necesidad? —dijo Eujo, uniéndose ella y Deux a Torny en la mesa al caer la noche—. Estos son los peores mentirosos. Asesinos y traidores, eso es todo. —Eujo dejó caer los papeles—. Tíralos al mar, Deux. Deja que sus nombres desaparezcan del mundo. Encontraremos otra manera de probar su maldad.

La Reina se levantó y salió pisando fuerte de la habitación. Deux alargó la mano hacia las tres cartas, pero Torny las agarró primero.

—Yo me encargaré de ellas —dijo Torny—. Vaya usted a hacer sus cosas de capitán.

Deux entrecerró los ojos. —La Reina me pidió...

—La Reina tiene muchas cosas en mente. La Renovación y todo eso —replicó Torny—. Usted también. Preferiría no chocar contra un iceberg mientras saca la basura.

Deux no pareció conmovido por el argumento. —Si esas cartas no son destruidas, las consecuencias serán severas.

—Sí, bueno, ya he oído eso antes. —Torny metió los papeles en su bolsa. Levantó la llave recién fabricada—. Debería considerar cambiar las cerraduras de esas bellezas, o decirle a su herrero que modifique su estilo. Demasiado fácil.

Ahora Deux solo parecía confundido.

—Demasiadas cerraduras hechas por el mismo cerrajero. El hombre solo tiene tantas horas al día para hacerlas, así que las llaves salen casi iguales. —Torny se puso de pie—. Gracias a usted, apuesto a que puedo abrir cualquier caja fuerte de Kance en unos minutos.

—Si intenta...

—Consecuencias severas, entendido.

Torny se sentó cerca de la popa del barco, en la cubierta principal junto a un enorme carrete con la cuerda del ancla enrollada. Una linterna cercana le daba toda la luz que necesitaba para leer esas cartas de nuevo. Tan familiares, tan parecidas a las cartas que Yarvick escribiría en nombre de cualquier ladrón que cayera en una misión. Un aviso deslizado bajo la puerta de una familia, diciéndoles que un hijo, una hija, un padre o una madre no volverían a casa. Un consuelo, diría Yarvick, para la familia.

Sin embargo, cada una de esas cartas daba un lugar y una persona donde se podría encontrar venganza. Donde Yarvick podría ganar un nuevo recluta, o un favor para cobrar más tarde. Ese último detalle detuvo la mano de Torny, hizo que guardara esas cartas en su bolsa.

Wax iría a Kance eventualmente. Alguien podría agradecerle por dar un cierre. De alguna manera, la idea podría mantener esas voces en silencio.

9
PASEO DE MONSTRUOS

Rara era la mañana en que Sawi no se despertaba con Ami llamando a su puerta, con un arma nueva incrustada de skars lista para entregarle. Sawi pasaba el desayuno familiarizándose con los susurros que esas gemas hablaban en su mente, ya capaz de distinguir los murmullos silenciosos y ansiosos de un Vis de los siseos estridentes de un Foti. Rana y Kance se situaban en un punto intermedio, uno sedoso, el otro resbaladizo, como si se apartara al hablar. Sin embargo, oír los susurros era la parte más fácil. Lograr que los skars respondieran realmente, que despertaran y actuaran, eso era algo completamente distinto.

Y hoy, según Ami, Sawi no tendría que intentarlo.

—Vamos a salir de esta torre —dijo Ami, blandiendo una bolsa ya abastecida con comida y agua—. Estoy harta, y si tú no lo estás, te estás mintiendo a ti misma.

Sawi, poniéndose las túnicas púrpuras de Najahn a petición de Ami, no podía negar que ver algo más allá de estas aburridas paredes de roca sería encantador. Trepar el mismo árbol dos veces en una semana en Kitaye sería una decepción; aquí, todo lo que Sawi parecía hacer era subir y bajar los mismos escalones hacia y desde las cavernas bajas a lo largo de la playa.

—¿A dónde vamos?

—Gladdring y yo tuvimos una charla —comenzó Ami, enganchando a Sawi en un pensamiento diferente antes de devolverla bruscamente a la realidad—. No, detente. Concéntrate en mí, no en el Tenet. Lo verás cuando estés lista. Cuando yo lo diga. Presta atención.

—Lo estoy haciendo.

—Yo también fui una joven una vez, Sawi, y...

La mirada fulminante de Sawi llegó con suficiente intensidad como para hacer titubear a Ami en su discurso, transformando a la Guardiana en una sonrisa torcida en su lugar.

—Está bien, de acuerdo. Parece que sí tengo tu atención —dijo Ami—. Lo cual es bueno, porque vamos a la Herida.

Ami, de hecho, también tenía un arma para Sawi, aunque esta no llevaba skars. Una simple lanza, nada más que un mango de madera rubia con una punta irregular fijada en el frente. Sawi la examinó mientras caminaban por el inmenso distrito de Najahn, dirigiéndose hacia el sendero de montaña que Ami dijo las llevaría hasta arriba y sobre el cráter. Los copos de nieve caían, aunque no con fuerza. Noctia parecía propensa a ráfagas de ventisca seguidas de días y días de delicados copos. La nieve siempre parecía colarse bajo las túnicas de Sawi, su cuero, y congelarla desde dentro.

—Sigues mirando esa lanza como si fuera a cambiar —dijo Ami mientras se acercaban al camino de grava—. Déjame ahorrarte tiempo: no lo hará.

—Es basura.

—¿Cómo lo sabes? ¿Has luchado contra un monstruo con ella?

—Vis tiene lanzas por todas partes. Sé cuando una es buena...

Ami giró sobre su talón derecho, clavándolo en una de las últimas piedras del pavimento. En lugar de estar un poco adelante y a la derecha de Sawi, la Guardiana ahora tenía su cabello rojo fuego y su rostro cubierto de oro frente al de Sawi.

—Por una vez —dijo Ami, bajando su voz a un susurro afilado—, por una vez, usa tu conocimiento de la manera correcta. Mantén la boca cerrada, estudia lo que te rodea y, en lugar de descartarlo, pregunta por qué.

Sawi luchó por no poner los ojos en blanco. —¿Por qué, entonces?

—Porque a una novata de Najahn, el rango que muestra tu túnica básica sin insignias, se le prohíbe llevar un arma real fuera del entrenamiento —respondió Ami—. Estás conmigo, y esa lanza es lo suficientemente vieja como para ser una reliquia, así que nadie ha armado un escándalo por ello. De lo contrario, algún erudito que esté teniendo un mal día te asignaría tareas en el comedor durante una semana.

Sawi miró alrededor y vio que las pocas almas cerca del camino no les prestaban atención. Como siempre en Noctia, había asuntos que atender. Sería más fácil encontrar ojos y oídos curiosos cerca de los puertos. Aun así, la idea de fregar ollas o barrer los suelos manchados de piedra le hizo arrugar la nariz.

—¿Entonces por qué dármela en absoluto?

—Porque la Herida es un lugar peligroso, y prefiero que tengas que limpiar algunos platos a que mueras bajo mi vigilancia.

El final tajante de Ami en la conversación mató cualquier charla adicional, incluso cuando Sawi quería preguntar más sobre las tallas en el túnel que cruzaba hacia el enorme cráter de Noctia. La curiosidad tendría que quedar insatisfecha hoy, y eso estaba bien. Habría muchas más distracciones, comenzando con la Herida misma, y la maldición de Ami cuando salieron de la cueva hacia el cráter.

Las leyendas hechas realidad golpearon a Sawi con una negación áspera. Como si no pudiera creer del todo lo que se extendía ante ella. Una historia, una fábula a menudo contada como un ritual, describiendo a los siete dioses y sus crecientes defectos. Noctia, el árbitro divino de la muerte, cada vez más en desacuerdo con el dador de vida, Vis. Una ruptura de lazos, un giro traicionero —quién era el traidor dependía del narrador del cuento y dónde estaban sus simpatías— y un golpe repentino. Vis, asestando una puñalada mortal a su contraparte, creando el cráter y, debajo de él, la Herida con una daga forjada por Foti.

Ese cráter ahora se asemejaba a un ser vivo, cubierto de flores lelune de arriba a abajo, negras durante el día y de un hermoso y asombroso rosa por la noche. Un agradecimiento, según los ancianos de Sawi, a Sichi por su útil luz.

Abriéndose paso a través de esas flores había un camino de grava muy parecido al que acababan de recorrer, salvo por una diferencia importante: este no terminaba en una cueva o un puesto avanzado, sino en una fortaleza. Ami, anteriormente, le había dicho a Sawi que esperara tiendas y guardias. No muros de piedra, aunque apoyados por tablones verticales, evidencia de prisa. Tampoco varios barracones erigidos sobre el polvo gris en la cuenca del cráter. Un comedor y otros edificios parecían estar en construcción, sin que el clima frío fuera un impedimento para el rápido trabajo.

—Está empeorando —fue todo lo que dijo Ami mientras observaban el desarrollo—. Siempre está empeorando.

—¿No pareces sorprendida? —preguntó Sawi.

—No... —Ami se interrumpió, sus ojos observando el trabajo pero sin verlo realmente—. Fue así la última vez. Cuando llegamos para completar la Renovación. La Herida estaba fortificada, los demonios eran demasiado frecuentes, pero no como ahora. No tan permanente.

—Las Renovaciones son cada vez más frecuentes, ¿verdad? Tal vez tenga sentido tener algo aquí ahora.

Ami frunció el ceño brevemente. —Significa que se nos está acabando el tiempo.

La Guardiana siguió adelante antes de que Sawi pudiera corregir algo. Era cierto que las Renovaciones ocurrían más rápido —¡no era genial!— pero aún pasarían años y años entre ellas. Esto difícilmente era como la situación de Gladdring en Mottilan, donde una sola noche salida mal podría significar su fin. Tampoco era como la presión de Wax, compitiendo contra otros seis para agarrar el skar de cada isla.

Pero así era Ami. Todo importaba *más*. Cada día era *crucial*. Por ahora, además, Ami controlaba la mayor parte de la vida de Sawi, así que Sawi intentaría, tanto como pudiera soportar, ver las cosas como su maestra.

Así que Sawi aceleró el paso mientras la pareja se dirigía al fondo del cráter.

La Aegis no solo estaba rodeada por fuera. Su escaso trono, que parecía demasiado grande para su figura marchita y sus túnicas púrpuras, tenía dos guardias Najahn con armadura completa. Estos dos, en contraste con el conjunto habitual, habían cambiado sus alabardas y chakrams por espadas cortas y escudos gigantes. Sawi trató de averiguar por qué hasta que Ami se lo dijo: esos escudos mantendrían a la Aegis a salvo hasta que otras fuerzas derribaran a cualquier demonio.

Y había otras fuerzas en abundancia. La Herida, su corte barriendo cerca del trono y continuando por demasiado tiempo a ambos lados, tenía su longitud patrullada no solo por uno o dos Najahn, sino por un escuadrón completo de arqueros. La mitad de ese número de alabardas acompañaba a los ballesteros asesinos, lanzas curvas listas para defenderse de cualquier cosa demasiado mortal para una lluvia de saetas. Los chakrams también salpicaban el área, apilados en conjuntos espaciados por toda la zona abovedada donde cualquier Najahn ambicioso podría agarrar y lanzar en un instante.

Potencia de fuego por todas partes.

Después de presentar a Sawi a la capitana de las doncellas escuderas, la Guardiana dejó a la Vis y se dirigió hacia la Aegis. Sawi, aparentemente, debía mirar alrededor, sentir el lugar. Entender por qué estaba trabajando, a quién estaba protegiendo.

Era difícil, sin embargo, sentir empatía por tantos soldados cubiertos de pies a cabeza con armaduras púrpura y negra. Tan diferentes a sus amigos y familia en casa, y tan poco dispuestos a darle a Sawi algo más que una mirada fulminante, una mirada confusa. Como si ella fuera la extraña aquí en el áspero lecho de este cráter.

Nadie detuvo a Sawi cuando se dirigió a lo más interesante aquí: la Herida misma. La línea a través de la roca parecía una fisura antinatural, demasiado recta para las líneas salvajes de un terremoto, pero tan incrustada de edad y batalla que parecía estropeada de alguna manera. Una maravilla natural profanada, como una sana con pétalos rotos. El daño tenía su propia fascinación, sin embargo, y la Herida atrajo a Sawi hasta su borde. Esperó un hueco entre los arqueros que caminaban, sus ballestas apuntando sobre el borde, y miró.

La luz del día y de las antorchas se combinaba para arrojar un tono blanco-naranja por la Herida, iluminando líneas de sedimentos, algunos insectos escurridizos y marcas de garras. Manchas sangrientas, algunas muy lejos del rojo humano, se mezclaban con saetas gastadas para mostrar batallas recientes, terrores recientes. Más profundo, Sawi inclinando la cabeza como si escaneara un horizonte, la llevó a una oscuridad creciente. Un pozo sin fin, uno tan negro como para hacer que cada cielo nocturno pareciera agradablemente brillante. La profundidad tiraba de ella, pareciendo succionar el calor de su cuerpo, su respiración quedándose quieta mientras sus ojos buscaban algo, cualquier cosa en esa oscuridad.

Sonó un silbido, agudo y claro, pero Sawi apartó el sonido. Otro cambio de turno, otra formalidad Najahn. Nada comparado con el vacío que veía, la Herida exigiendo toda su atención. La distancia, el tamaño creció, empujando las paredes rocosas, el resplandor de las antorchas hasta que nada, nada salvo ese negro podía verse.

Solo que no era solo negro. No ahora, ya no. Creciendo allí, justo allí, si tan solo pudiera alcanzarlo, había un punto dorado. Una gema brillante, del mismo color del sol. Y Sawi podía alcanzarla, podía, solo tenía que intentarlo. Su mano se extendió, hacia esa gema, sus dedos estirándose en la oscuridad.

Cuando la tocó, encontró ese punto brillante, creció, alentado por sus esfuerzos. Viniendo, viniendo a la superficie, viniendo hacia ella. Tan hermoso, tan perfecto, y con él, Sawi no sintió duda, solo poder. Fuerza para hacer lo que

Ami quería, lo que Kitaye necesitaba, lo que el mundo merecía. El oro brillaba tan intensamente, aterrizando en la punta de su dedo, su luz un... un fuego.

La sonrisa de Sawi se invirtió, su espíritu enfriándose mientras la gloria resplandeciente se convertía en un naranja hirviente, un rojo furioso gruñendo por su mano, su brazo, devorándola. Empezó a gritar, a apartarse, solo para encontrar que sus pies resbalaban, su brazo solo yendo más profundo en-

—Cierra los malditos ojos —espetó Ami, la Guardiana agarrando a Sawi y arrojándola lejos de la Herida, haciendo rebotar a la recolectora de Vis por la tierra.

Las llamas se desvanecieron, la oscuridad se fue, reemplazada por guardias que se apresuraban y ballestas que hacían clic. Algo rugió un gruñido enojado abajo. Ami no le prestó atención, viniendo a pararse frente a Sawi, su habitual mirada fulminante de vuelta en su rostro dorado.

—Los demonios cazan con más que garras —dijo Ami, sin molestarse en ofrecer una mano mientras Sawi, su brazo intacto por las llamas, se ponía de pie—. Te destrozarán la mente, harán cualquier cosa para quebrarte. No los tientes si no estás lista. —Ami miró de vuelta hacia la Herida, escupió hacia la abertura—. Y tú, Sawi, estás lejos de estar lista.

La Vis se estremeció, se frotó el brazo mientras las ballestas continuaban disparando, sus clics siguiendo y siguiendo hasta que alguien silbó la muerte del demonio. Solo entonces Ami dijo que se iban.

Saltándose una cena ofrecida, saltándose más conferencias y lecciones, Sawi se retiró a su escueta habitación. La estrecha ventana, las sábanas delgadas, las paredes de piedra solían ofrecer poco consuelo. Ahora, su certeza le daba todo a Sawi. Se acurrucó bajo las sábanas, con la

cabeza en la almohada a pesar de la hora temprana, y habría caído en un sueño de pesadilla justo entonces si no fuera por un sonido rasposo que la hizo levantarse. Su fuente: una carta, pálida y limpia, deslizándose bajo su puerta. En su frente, el sello de cera de un Teniente en particular.

Gladdring.

10

GIRO RUBÍ

Cuanto más se adentraban, más sangrientas y destrozadas por la batalla se volvían las cuevas. Las paredes naturales mostraban marcas no solo de garras y colmillos, sino también de espadas y armas que Svarde no podía identificar. Trozos de piedra, algunos rotos y otros tan limpios como si hubieran sido tallados del perfecto techo de mineral, yacían en su camino, fáciles de evitar a medida que los túneles se ensanchaban lo suficiente para que Svarde, Kivi y la exploradora Olgata caminaran uno al lado del otro.

Formar una línea también facilitaba las peleas, con los demonios apareciendo con más frecuencia conforme pasaban las horas y los días. Los monstruos venían en todas las formas y tamaños, pero coincidían en una característica más preocupante: el miedo. Estos demonios estaban huyendo de algo peor, y aunque el trío de Svarde evitaba cualquier monstruo masivo —el ejército de Jochi se encargaría de ellos más tarde—, tal evasión no habría sido posible de no ser por la cobardía ciega en todo lo que veían. Svarde exigía que se acabara con los más pequeños, a menudo con un ataque sorpresa desde atrás o una emboscada de Kivi desde arriba. Demonios retorcidos como escarabajos, indefensos hongos ambulantes, extraños horrores musgosos, todos caían en lo que se convirtió en una cadencia vigorizante: caminar, masacrar, acampar y volver a empezar.

Con la ayuda de Kivi, el trío tallaba un lugar de descanso fuera del camino principal, preferiblemente cerca de alguna poza con agua potable. Olgata insistía en encender una pequeña llama, quemar algo de musgo y usarlo para cocinar lo que pudieran forrajear. También hervían el agua para asegurarse de que cualquier bebida estuviera libre de enfermedades. Piedras apiladas y la pura masa de Svarde ayudaban a evitar que la luz del fuego se propagara, aunque a los demonios en fuga apenas parecía importarles.

Las huidas, al menos, señalaban a Svarde una dirección.

—Demasiadas opciones —respondió Svarde al principio, cuando Olgata se preguntó qué rama tomar—. Sabemos que algo está asustando a los demonios. O es un aliado que podemos usar, o es un enemigo peor que necesitamos destruir.

—Siempre y cuando sea usted quien haga la destrucción —había respondido Olgata.

A pesar de sus palabras, la exploradora no era manca en el combate. Desplegaba una colección de trucos, utilizando una honda, numerosos artilugios fabricados con las rocas y musgos que les rodeaban, y dos martillos de piedra curvos para aniquilar a cualquier demonio que se escapara de Svarde. Sin embargo, cada vez que él la elogiaba por su destreza, Olgata solo se escondía más en su capucha y se quejaba de que Svarde la había obligado.

—El trabajo de un explorador no es matar —añadió

Olgata esa misma mañana, después de que hubieran aplastado a un cuarteto errante de demonios delgados y escupidores, parecidos a arañas—. No me gusta la violencia.

—Entonces vino en la expedición equivocada.

—Quiero ayudar a mi isla igual que usted.

Svarde podía respetar eso. Respetaba, más aún, que Olgata entendiera que los principios debían dejarse de lado cuando el peligro lo exigía. Adonde se dirigían, el pacifismo no funcionaría.

Cerca del mediodía, salieron a otra cámara con una poza, esta desbordante de hongos púrpura y naranja. Sombreros de hongos delgados y altos se elevaban entre enredos de raíces nudosas. El agua más allá burbujeaba hacia el fondo, algún manantial haciendo su entrada. Solo había una salida, ya que la cueva se curvaba más profundamente adelante.

Un lugar ideal para almorzar.

—Descansamos aquí —anunció Svarde, su propio estómago ya gruñendo ante la idea. A pesar del forrajeo, a pesar de los demonios que se atrevían a comer, pronto tendrían que encontrar su objetivo o esperar y reabastecerse con el ejército de Jochi—. Una parada larga.

Olgata definía las dos, corta y larga, como oportunidades para comer un bocado y tomar aire, o limpiar, preparar y planificar. Aquí, con pocas probabilidades de sorpresas y la oportunidad no solo de rellenar los odres de agua sino también de lavarse la sangre de la batalla de la mañana, Svarde pensó que unos minutos más podrían ayudarles a avanzar más en la noche.

Incluso podrían llevarlos a donde necesitaban ir. El maldito mundo no podía ser mucho más profundo, ¿verdad?

Olgata no discutió y la pareja se turnó para sumergirse

en el agua, pasando por encima de los hongos hacia la fría poza. El aire de la cueva siempre mantenía un ambiente húmedo y cargado, siempre conservaba una temperatura como la de un día de primavera en Foti, menos el ocasional géiser caliente que escupía vapor hacia la piedra. Aunque bañarse no era una característica importante de su isla natal, donde la acumulación de arena y mugre parecía conllevar cierto honor, Svarde descubrió que sus cortes y callosidades sanaban más rápido cuando se liberaban de la suciedad del día. Más aún, los baños marcaban los días mejor que cualquier otra cosa, dando una sensación de progreso mientras Olgata anotaba en su creciente mapa la distancia entre cada poza.

Los suministros de agua lo eran todo para un ejército en movimiento.

Los exploradores secundarios de Jochi encontrarían sus símbolos en las paredes de la cueva, los que ella tallaba con esos martillos de piedra y cinceles puntiagudos. Estos guiarían a la fuerza de Whent tras ellos, y...

El resoplido de Kivi hizo que Svarde se girara, la poza ondulándose con su movimiento. No se había adentrado lo suficiente para nadar, pero algas resbaladizas cubrían las rocas aquí y hasta un giro casual hizo que Svarde perdiera el equilibrio. Agitó los brazos en un chapoteo, se sacudió el agua para escuchar un ruido diferente, uno familiar:

Risa rana.

Maena se encontraba de pie junto al pequeño fuego de Olgata, acariciando la cabeza de piedra de Kivi con los ojos brillantes de alegría. La euforia inicial de Svarde se templó tan rápido como había llegado, pues el aspecto general de la capitana demostraba que no era la vanguardia ni una fuerza de marcha rápida que venía a socorrerlos: el uniforme Whent de Maena, proporcionado con su rango, estaba lleno de desgarrones y rozaduras por todas partes. El cinturón de su sable apenas se sostenía, y Svarde notó rápidamente que solo llevaba un zapato.

No había ninguna bolsa a la vista, y el rostro de Maena tenía el aspecto de alguien que había sobrevivido con lo que sus manos podían encontrar.

Hablando de encontrar, Olgata había desaparecido. Sin embargo, Svarde sabía que no debía preocuparse. Probablemente la exploradora había oído acercarse a Maena y se había ocultado, lista para atacar desde las sombras si fuera necesario.

Después de todo, un demonio podía aparecer como casi cualquier cosa. Y después del monstruo que se apoderaba de las mentes que Svarde había visto la última vez que se adentró en las profundidades, no podía estar en desacuerdo con la exploradora.

—¿Maena? —preguntó Svarde, saliendo pesadamente de la poza. Sus hachas estaban cerca del borde del agua. El cuero y el resto del equipo permanecían junto al fuego. Ambas manos encontraron las empuñaduras y levantaron las hojas—. ¿Qué haces aquí abajo?

—Me aburría —dijo Maena, continuando con las caricias a las escamas de Kivi. El lagarto resopló de nuevo, confundido—. Son demasiado lentos allá atrás. Te ibas a llevar toda la gloria.

—¿Gloria?

—Ya sabes a qué me refiero.

Svarde tuvo que concentrarse para abrirse paso entre los hongos. El enmarañado fungus le hacía cosquillas en los pies, la suavidad era un agradable cambio respecto a la roca polvorienta. Sin embargo, esa concentración significaba que no podía prestar a las palabras de Maena la atención que merecían, porque eran extrañas.

—No lo sé.

—El fin de los demonios, por lo que todos estamos trabajando. La razón por la que estamos aquí abajo. Quiero estar presente cuando suceda. —Maena sacó el sable de su vaina y lo agitó una vez en el aire mientras Kivi retrocedía—. Quiero ser yo quien lo haga. Destruir la cosa que ha causado tanto mal.

Svarde asintió. Eso, al menos, sonaba más propio de la capitana Rana. —Tú y yo juntos.

Maena solo le devolvió una sonrisa, luego miró alrededor del fuego mientras Svarde se vestía. —¿Estáis solo tú y Kivi aquí abajo?

Svarde dudó. El engaño no era lo suyo, así que en lugar de mentir, optó por una táctica diferente.

—Te ves en mal estado —dijo Svarde—. ¿Dónde está tu bolsa?

—La perdí. Ya sabes cómo son estas malditas cuevas, ¿no?

—¿Viniste sola?

—Todos los demás eran demasiado lentos. Rasslebeck y Pennifer querían quedarse con el ejército. Donde es más seguro.

No eran el Rasslebeck y la Pennifer que Svarde conocía, pero quizás habían cambiado. Habían pasado días, y la última inmersión en el Oscuro Inferior había sido desgarradora. Svarde usaba sus cicatrices para seguir avanzando. Otros podrían verlas como una razón para ir más despacio.

Svarde hizo un gesto hacia la poza. —Entonces aprovecha para limpiarte, Maena. No tenemos prisa.

—Eso podría hacer.

Maena se desabrochó el cinturón de la espada. Svarde alargó la mano hacia un champiñón asado —Olgata los había cocinado mientras Svarde tomaba el primer baño— y tenía el hongo carbonizado y harinoso en la boca cuando Maena echó a correr, saltó y se zambulló completamente vestida en la poza. El agua salpicó y Svarde escupió su champiñón, listo para ponerse de pie de un salto e ir tras ella, cuando la capitana Rana salió a la superficie con una risa salvaje. Su voz resonó en las paredes de la cueva, rebotando hacia quién sabe dónde.

Kivi resopló. Esos ecos tendrían consecuencias.

No obstante, Maena chapoteaba. Se lavó, lavó su andrajoso atuendo, y Svarde comió. Pasaron los minutos, y Olgata no reapareció. Pero algo más sí lo hizo.

Llegaron con un constante deslizamiento, un lento temblor como arena frotándose contra piedra. Dos demonios, sus largos cuerpos construidos no de escamas sino de gemas brillantes como rubíes. Las piedras captaban la luz del fuego, resaltando ópalos dispersos entre el rojo. Svarde, una vez más renunciando a su almuerzo, se puso de pie y levantó sus hachas, estudiando a los demonios.

El par no se movía como serpientes, sino más bien como líquido, arrastrándose como una sola masa hacia Svarde, Kivi y su fuego. Se tambaleaban y se reformaban, casi rebotando en su movimiento. No se veían armas, ni garras, ni bocas.

—¿Qué clase de monstruo sois? —preguntó Svarde a las criaturas mientras se deslizaban hacia él.

—¡De la clase que quiere jugar! —gritó Maena desde la poza—. Destrózalos, Svarde. Hazlos pedazos. O espera y lo haré yo pronto.

La capitana empezó a chapotear hacia la orilla. Demasiado lejos para llegar a tiempo. Svarde miró sus hachas, tratando de imaginar qué pasaría si probaba sus metales forjados por los Foti contra una verdadera gema. Romper una aquí abajo pondría al Guardián en una mala situación.

—Kivi, te toca —dijo Svarde, dando un paso atrás cerca del fuego y mirando alrededor en busca de otra opción.

La ferrita tomó la invitación de Svarde y corrió con ella, literalmente escurriéndose hacia la izquierda y lanzándose contra la bestia de roca rubí más cercana. Kivi atacó con la boca, su mandíbula expandiéndose para revelar dientes trituradores listos para moler la piedra hasta convertirla en delicioso polvo. El demonio no reaccionó en absoluto, salvo por un estremecimiento cuando Kivi mordió su protuberancia delantera. En lugar de retroceder cuando los dientes de Kivi hicieron presa, el demonio avanzó, su masa se amontonó y trepó por encima y alrededor de la cabeza de Kivi mientras ella masticaba.

—¡Retrocede! —gritó Svarde, decidiendo que sus hachas valían la pena perderlas por la vida de la ferrita.

El guerrero Foti las levantó ambas, dio dos largas zancadas hacia la ferrita que se revolvía, ahora desapareciendo en el montículo de rubí. Svarde saltó, voló y blandió ambas hachas hacia abajo contra la criatura. Las cabezas se hundieron en los rubíes, saltaron chispas y temblores recorrieron los brazos de Svarde. Las cabezas de las armas resistieron, pero tampoco se hundieron, y Svarde golpeó y rodó por la espalda del demonio de gemas. El monstruo siguió avanzando mientras Svarde se ponía de pie.

Solo para ver al segundo, su piel de piedra de un carmesí oscuro con el fuego a su espalda, abalanzándose sobre él sin hacer ruido.

11

MAR VELOZ

Para alguien acostumbrado a las aguas limpias y tranquilas de la ensenada tropical de Kitaye, sortear icebergs y sus pequeños hermanos mientras las olas se agitaban y los vientos amargos soplaban hizo que Wax se aferrara a la barandilla de proa de la embarcación con ambas manos. Los guantes de cuero, ajustados y regalados por Deux a Bliss, Torny y Wax como obsequio de despedida, resultaron necesarios para mitigar el frío extremo. También lo fueron las gruesas capas dejadas por los traidores guardias de Kance.

—¿Cuándo volveremos a casa? —le preguntó Bliss a Wax mediante señas, encorvada a su lado. Mantenía las manos sin guantes para facilitar los gestos, pero las metía en su capa después de cada uno.

A diferencia de Wax, Bliss parecía bastante firme sobre sus pies.

Pero claro, ella no tenía los skars parloteando en su cabeza. El collar de Wax, tallado por los Najahn y colocado para siempre alrededor de su cuello, contenía las tres piedras. Presionaban su calidez contra su pecho, y con esa cercanía llegaba un susurro confuso, como si Wax escuchara a escondidas varias conversaciones a la vez. En idiomas que no conocía. Discutiendo cosas que no podía imaginar.

Aun así, a estas alturas los había descifrado lo suficiente como para reconocerlos por sus susurros. Más aún, por lo que los emocionaba. El skar Vis se mantenía bastante silencioso ahora, aunque los dolores persistentes de Wax por la huida de Noctia lo mantenían murmurando. El skar aceleraba la curación, pero no hacía milagros, no podía recuperar a Wax en un día.

Aunque, si lo hubiera hecho, quizás los skars Rana y Foti estarían aún más ruidosos.

Las dos gemas parecían estar en una acalorada discusión, ambas argumentando sobre los icebergs y el hábil manejo del *Filo de la Tormenta* entre ellos. El skar Rana saltaba cada vez que Wax ponía los ojos en el agua, como si declarara que Wax podría nadar a través del océano con su ayuda. Que estaría mucho más seguro entre las gélidas olas que en la veloz embarcación. Y quién sabe, en aguas más cálidas, tal vez el skar realmente podría llevarlo a través de todo ese océano.

El skar Foti ofrecía consejos opuestos, aullando a Wax para que se acercara más a esos témpanos flotantes para poder hacerlos estallar, convertir los bloques en poco más que el agua sobre la que flotaban. Que tal curso congelaría a Wax tan seguramente como el hielo que el skar exigía destruir no era una preocupación. Wax había visto la indiferencia de primera mano al luchar contra un demonio en el pantano del norte de Rana: el fuego del skar Foti había acabado con el monstruo mientras casi cocinaba a Wax hasta el centro.

—Si gano esto, nunca podré volver a casa —dijo Wax—. Extraño pensamiento, ¿no?

—Triste, creo.

—¿No se te ocurren otras ideas para salvar el mundo?

—Svarde tenía una.

¿El viejo Guardián Foti? Había mencionado algo sobre el Oscuro Abismo, encontrar la fuente del demonio, pero Wax no había oído nada sobre el hombre desde que dejó Vis. Había intentado escuchar por ahí en Noctia, pero si Svarde alguna vez había llegado a la ciudad, no había sido digno de mención. Quién sabe, tal vez el hombre lo había intentado y había muerto como todos los demás.

—¿Qué, vas a ir a buscar alguna cueva y desaparecer? —preguntó Wax.

—No llegaría muy lejos —dijo Torny, metiéndose en la conversación con varias tazas de té caliente—. No sin nuestra ayuda.

—¿Y cómo me ayudarías en una cueva?

La capa Kance de Torny envolvía a la pequeña bandida, tanto que el vapor de su taza de té le cubría el rostro. Sus manos, invisibles bajo las mangas de la capa, dejaban solo las puntas de los dedos en la taza recubierta de plata. La bandida, sin embargo, había sido una presencia alegre en los varios días desde que dejaron Noctia, menos amarga y más entusiasta que antes.

Una lección, pensó Wax, que él podría aprender.

—Bueno, te señalaría todos los hongos venenosos para que no te los comieras —dijo Torny, y cuando Bliss comenzó a hacer señas para objetar, Torny siguió hablando —. Obviamente intentarías saltar en todas las charcas equivocadas, así que evitaría eso. Sin mencionar la cocina, que, he probado la tuya, y...

Wax se rio y sacudió la cabeza. Se apartó del exterior

mientras Torny continuaba pinchando y provocando a Bliss. Levantando su taza de té en agradecimiento, el Renovador de Vis dio un lento paseo de vuelta al camarote superior del barco, apretujándose junto a un marinero que salía para limpiar el hielo de las velas y el aparejo. Un trabajo brutal, ese.

Dentro, libre del viento, Wax se bajó la capucha. Los skars también se callaron cuando el peligro mortal desapareció de la vista, dejándolo respirar.

—Wax, llegas en buen momento —dijo Eujo, pasando de camino al comedor delantero. Como de costumbre, la Reina llevaba una tosca regalía, con túnicas Kance plateadas y azules acopladas a una postura estricta que exigía respeto—. Ven conmigo.

Wax la miró mientras Eujo seguía caminando. No era una pregunta, sino una orden. Un hábito que Eujo no había abandonado, incluso durante su tiempo en Noctia cuando parecía que su muro de hielo se estaba derritiendo, poco a poco. Había regresado en el barco, sin embargo, como si estar rodeada de su tripulación y Deux le recordara quién era. Ahora merodeaba por el barco con intención de actuar y, al no encontrar nada, se tensaba como un hanoko rodeado de cazadores.

Así que Wax había estado pasando sus días mayormente al aire libre, evitando a Eujo y su lengua mordaz.

—¿Qué necesitas? —preguntó Wax mientras seguía a Eujo al sobrio comedor. Lo que una vez pareció tan elegante ahora tenía poco carácter, la madera refinada y las paredes limpias ofrecían poco que amar. Al menos la ventana daba una buena vista del cielo gris—. ¿Desayuno?

—Ya desayuné —dijo Eujo mientras se dirigía a la cabecera de la mesa e indicaba a Wax que se sentara al otro extremo—. Deux dice que estamos a solo un día de la costa sur de Whent. Los vientos nos están permitiendo avanzar a buen ritmo. Lo que significa que tenemos que usar lo que nos queda.

—Supongo que tienes una idea. ¿Me va a gustar?

—Sabes tan bien como yo que no importa si te gusta o no. Si vamos a ser Renovaciones exitosas, Wax, entonces tenemos que usar los skars.

—¿Ah sí? Pensé que el Aegis simplemente se sentaba en el trono.

Eujo frunció el ceño y plantó ambas manos sobre la mesa.

—Wax, no te estás tomando esto en serio.

—Bueno, es que tengo frío y aún me duele. Además, los skars no dejan de hablar, como si estuvieran agitados.

—Así que los oyes.

—¿Tú no?

Eujo se llevó la mano a su muñeca derecha, donde un brazalete de plata con ranuras para siete skars cubría su piel. Cuatro ya estaban en su lugar: Kance, Vis, Foti y Rana. Pasó un dedo por las gemas mientras asentía.

—Quieren trabajar, Wax. Creo que deberíamos dejarlos.

Wax se rio.

—Por lo que puedo adivinar, mi skar de Rana quiere lanzarme al agua.

—Exactamente —dijo con una sonrisa leve y astuta.

—Oh, ¿ahora quieres que me ahogue?

—Quiero que lo dirijas. Conmigo. Usa el skar y veamos qué puede hacer.

El comedor no fue más que un preámbulo, donde un marinero les trajo té caliente para que la pareja entrara en calor antes del siguiente paso. Eujo se puso su capa y, antes de que Wax pudiera entender realmente lo que Eujo quería, ya estaban de vuelta afuera en la proa del barco. Una vez más, el viento, las olas azotando, el hielo deslizándose de izquierda a derecha mientras el barco de Kance se deslizaba.

—Cada vez que he usado un skar —dijo Wax—, ha sido siguiendo la dirección de la piedra. No lo estoy controlando. Es un animal.

—Eso cambia hoy.

—¿Sabes cómo?

Eujo apretó los labios.

—Como con cualquier otra cosa, tienes que demostrarle quién está al mando.

Bueno, esto sería divertido. Al menos Torny y Bliss se habían refugiado en el interior, así que nadie excepto un par de marineros trabajando en las velas serían testigos de la bravuconada de Eujo.

—De acuerdo, muéstrame cómo se hace —dijo Wax, y dio un gran paso a la derecha.

—Kance primero —dijo Eujo—. Es el que mejor conozco.

Giró el brazalete para que la gema plateada brillara en la parte superior, cerca del dorso de su mano. Cerró los ojos, la capa de piel temblando con el viento que azotaba a su alrededor. Wax quería hacer una broma, algo para romper el momento, pero no se le ocurrió nada. Aunque no importaba: Eujo parecía demasiado concentrada para que le importara.

La razón se hizo evidente cuando las velas del barco se tensaron, un repentino hinchamiento que hizo que los marineros se apresuraran a liberar más tensión para evitar que la lona se rasgara. La embarcación se disparó hacia adelante, y alguien en el interior maldijo lo suficientemente fuerte como para superar el ruido del océano. El hielo y el agua pasaban a toda velocidad, Wax se agarró a la barandilla para estabilizarse, mientras que Eujo, con la mano izquierda aferrada al brazalete, parecía totalmente imperturbable.

Pasaron demasiados minutos antes de que las velas se relajaran. El barco saltaba sobre las olas, rozaba icebergs en maniobras frenéticas. Los marineros se apresuraban, intercambiaban posiciones en tumultuosos relevos a medida que los músculos se cansaban. A través de todo esto, Wax se aferraba a la barandilla, observando, el frío haciendo que las lágrimas corrieran por su rostro. Hasta que, por fin, con la luz cayendo en la tarde, los ojos de Eujo se abrieron, sus mejillas sonrojadas, y respiraba como si acabara de balancearse por la jungla.

—¿Estás bien? —preguntó Wax, soltando su agarre persistente.

—Bien —dijo Eujo, su voz apagándose—. Yo, intenté decirle qué hacer y no me escuchó, Wax. El skar me gritó. —Miró el brazalete, frunciendo el ceño—. No entiendo lo que dice, por supuesto, pero no estaba contento. No hasta que me relajé. Hasta que dejé de intentar decirle qué hacer y lo dejé correr libremente.

—¿Así que encontró las velas por sí mismo? ¿Viste lo que hizo?

—Lo sentí. —Eujo frotó el skar, en una caricia casi afectuosa—. Me protegió del viento. Como esta capa, pero más fuerte. Luego vino por mí.

Wax había sentido las mismas sensaciones. El skar de Foti, después de hacer estallar al demonio de Rana, había alcanzado a Wax, arrebatándole el aliento como si quisiera robarlo. Incluso la piedra de Vis lo consumía si las heridas eran lo suficientemente graves.

—¿Entonces qué? —preguntó Wax—. ¿Estás diciendo que no puedes controlarlo, que tiene mente propia, que no teme bebernos si puede? Ya sabíamos eso.

—No creo que sea tan simple. Quieren cosas, Wax. Nos están ayudando, y tal vez nos lastimen si se lo permitimos. Pero no sé por qué.

Otra risa.

—¿Crees que los skars tienen una agenda, Eujo? Son solo piedras. Piedras increíbles, pero no es como si estuvieran tramando algo.

Eujo no compartió la risa.

—¿Estás seguro? El Círculo dice que los skars son piezas de los dioses. Si eso es cierto, entonces tal vez los dioses aún estén vivos en ellos.

—Te estás poniendo mística, Eujo.

—Nuestro mundo se está muriendo, Wax. Está siendo invadido, destruido, desgarrado. Alcanzar algo mágico podría ser nuestra única oportunidad.

La Reina se volvió para mirar el océano y Wax siguió su mirada. En el horizonte, una línea gris se alzaba y caía. Whent, casi un día completo antes de lo previsto. La vista no trajo mucho consuelo a la Renovación de Vis.

—¿Sabes qué recuerdo de todas esas leyendas, Eujo? —murmuró Wax.

—¿Qué?

—Los dioses se mataron entre sí.

12

TRAMPA EN LA TORRE

Un cazador acechando a su presa no era nada nuevo. Encontrar sus huellas, aprender los alimentos preferidos de la criatura, sus hábitos, dónde dormía, Quik había hecho estas cosas innumerables veces. Masayo, la Teniente de la Tercera Mano y líder de Quik para su primera rotación en Najahn, insistía en que el espionaje sería muy similar.

Había mentido.

Quik limpió el té derramado de la maltratada mesa del comedor, el trapo ya empapado por una docena de otros pequeños desastres. Habría otra docena antes de que terminara este turno. El comedor, construido en un acantilado inferior de Noctia y beneficiándose de las vistas al océano hacia el oeste, alardeaba de su estilo con su puro tamaño. Cientos de mesas apretujadas en el espacio de suelo de madera, apuntaladas desde abajo para sobresalir en el aire. Esas mesas, flanqueadas por bancos, servían de anfitrionas a las masas balbuceantes de Najahn.

Para una institución tan honorable, para soldados y

eruditos tan bien entrenados, todos se convertían en unos cochinos una vez que tomaban asiento.

En Vis, una buena comida era algo que se valoraba, se saboreaba. Dejar caer una naranja o un mango exigía limpiar la fruta y, si no la comías tú mismo, ofrecérsela a una mascota o llevarla a una cesta de compostaje. Aquí, la abundancia invitaba a hábitos pútridos, un desprecio desenfrenado que cubría los suelos, las mesas y las sillas.

Sin embargo, Quik mantuvo la boca cerrada. Seguía las órdenes del jefe de turno, un hombre que había bebido demasiado de su propio café y parecía estar en una frenética búsqueda para mantener el comedor reluciente. Una tarea imposible, pero Quik no se molestó en decirle lo contrario a esa cara espumosa. Mejor, como aconsejó Masayo, mantener los ojos abiertos en busca de una oportunidad.

Si se presentaba la ocasión de que Quik se acercara a la torre de Gladdring, de entrar, podría abandonar para siempre las tareas del comedor.

Con ese pensamiento, tal como lo había hecho en la oficina de Masayo, Quik frunció el ceño. Su único público era otra mesa, otro salpicón de leche y mantequilla. El robo era el dominio de Torny. Mejor que siguiera así. Sus dedos estaban hechos para las armas, no para el sigilo.

Quik había planeado ser sutil con Sawi. Intentar reunirse con ella, ver si lo ayudaría, pero la recolectora había desaparecido. Había evitado su única reunión planeada, un momento y lugar intercambiados en un encuentro sorpresa en la calle, y aunque Quik se había esforzado por llegar al lugar todos los días desde entonces, ni una sola vez la Vis había cumplido su palabra. Por ahora, una causa perdida.

La esperanza, sin embargo, llegó cerca del final del

turno, cuando el comedor pasaba del desayuno al almuerzo. Un pedido tardío de desayuno llegó, entregado por un erudito acosado que llevaba el pin del Teniente de Comercio de Gladdring. Las flechas y alforjas entrelazadas no brillaban mucho en el gris invernal, pero mientras Quik exprimía su trapo en un enorme barril sucio —vertido más tarde en el mar en una espectacular y asquerosa exhibición — notó el propio ceño fruncido del erudito y sus brazos delgados.

—Necesitará ayuda para llevar todo eso —dijo Quik mientras los cocineros de la cocina entraban en acción, echando huevos en sartenes de hierro y sacando cebollas de sacos a punto de ser guardados—. Tengo tiempo.

El erudito levantó los ojos hacia la cara de Quik, los paseó por el delantal manchado que protegía las túnicas de Najahn de Quik. El ceño fruncido se convirtió en una línea de curiosidad, seguida de un asentimiento. —Creo que tiene razón en ambas cosas. Si se ofrece a ayudar, estaré encantado de aceptarlo.

Durante sus largas caminatas en Foti, cuando Torny parloteaba sin cesar sobre su vida de bandida, a menudo volvía al tema de que la confianza y la amabilidad eran dos grandes herramientas, aunque a menudo olvidadas, en el arsenal de un ladrón. Hacer que alguien creyera que pertenecías allí, o que tenías buenas intenciones, y las puertas se abrirían sin necesidad de ninguna llave.

Quik desplegó esa máxima mientras esperaban la comida, lanzando preguntas sobre el día del erudito, sus deberes, por qué había terminado en la torre de comercio. Cualquier defensa que el erudito pudiera haber levantado fue desarmada cuando Quik explicó que era un nuevo recluta, solo tratando de aprender cómo funcionaba Najahn. Cuando el erudito cayó en una diatriba demasiado larga y detallada sobre las negociaciones comerciales entre islas, Quik luchó por mantener oculta su propia sonrisa.

Se había ganado la entrada. Y Torny tenía razón: se sentía bastante satisfactorio.

En defensa del erudito, la comida habría sido imposible de llevar para él solo. Tres cestas y una bandeja de servir repletas de tortillas y guarniciones. Quik se hizo cargo de eso y se colgó dos cestas sobre los hombros, dejando que el erudito conservara un poco de honor con la tercera.

El erudito siguió charlando, tomando las respuestas monosilábicas de Quik como invitaciones para continuar, todo el camino hasta la torre de Comercio. Quik vaciló al entrar por la puerta normal de madera y metal negro, esperando encontrar algún otro acertijo dentro como en la Tercera Mano. En su lugar, lo recibieron pasillos normales, forrados con alfombras púrpuras y arte colgado. El erudito giró bruscamente a la izquierda, subiendo escaleras un nivel tras otro. Quik trató de memorizar los detalles, trató de estar atento en cada rellano a posibles cosas que Masayo pudiera encontrar valiosas.

Todo lo que vio fueron más eruditos, todo lo que oyó fueron murmullos sobre acuerdos comerciales, preguntas sobre el almuerzo o la cena, y las quejas habituales sobre el frío que se avecinaba.

El erudito dirigió a Quik a lo que parecía una sala de reuniones, decorada con contratos comerciales enmarcados y dominada por una única mesa grande. Sillas con cojines púrpuras bordeaban la losa de madera oscura, marcada con el sello de la torre de Comercio en el centro. Quik dispuso la comida siguiendo las instrucciones del erudito, quien dejó que sus dedos pegajosos reclamaran algunos bocadillos en el proceso.

—Puedes encontrar el camino de vuelta por tu cuenta,

¿verdad? —preguntó el erudito cuando Quik había terminado, el hombre ya sentado cerca de la cabecera de la mesa —. Empezaremos pronto y realmente no tengo tiempo para acompañarte a la salida.

—Puedo encontrarlo.

El erudito agitó los dedos hacia la puerta. —Puede retirarse, entonces —el hombre pareció contenerse cuando Quik se disponía a salir—. Y bienvenido al Najahn. Gracias por la ayuda.

¿Lo ves? No todos aquí están tan absortos en sus propios pensamientos como para ser descorteses.

Quik cerró la puerta tras de sí, saliendo a un pasillo con dos opciones: a su derecha estaba el corto camino de vuelta a las escaleras periféricas por las que había subido hasta aquí. Una salida directa y nada interesante. En su lugar, Quik dio pasos lentos hacia el centro de la torre. Por el camino, enderezó la espalda e intentó borrar cualquier signo de curiosidad de su rostro.

Él pertenecía aquí, en esta torre, en este lugar. Tenía que hacerlo para ganar apoyo para su hermano.

Recordarse el propósito principal de Quik tuvo un efecto particular, encendió cierta llama. Caminando con más determinación, Quik pasó junto a un par de eruditos sin que le hicieran ninguna pregunta, llegó al centro de la torre y se dio cuenta de que había alcanzado el piso superior. La única dirección era hacia abajo.

Una escalera en espiral descendía por el centro de la torre, lo suficientemente ancha para que varias personas caminaran una al lado de la otra, y se detenía en rellanos en cada nivel. Quik hizo el recorrido con cuidado, moviendo los pies lo suficientemente despacio para echar un buen vistazo a los varios pisos que pasaba, solo para no encontrar respuestas esperando. Los Najahn iban y venían, muchos en sus propios asuntos mientras otros escoltaban a comerciantes o embajadores de las otras islas. Nada parecía secreto, nada que mereciera una mirada más cercana.

Quik no consideró la idea de irrumpir en habitaciones o probar puertas cerradas. Podía fingir ser un espía, pero las habilidades prácticas de un ladrón estaban fuera de su práctica.

Lo que significaba que llegó a la planta baja y al pasillo que conducía a la salida de la torre sin evidencia. Nada que entregar a Masayo y, por lo tanto, nada para ayudar a su hermano. Sin embargo, las escaleras continuaban hacia abajo, y en la primera cosa interesante que encontró, Quik se dio cuenta de que el coro de conversaciones y bullicio no se elevaba desde los niveles inferiores.

Los dormitorios, tal vez, para la gente que vivía en la torre. O algo que merecía su atención.

Frente a simplemente irse sin nada, elegir bajar las escaleras era una simple petición.

Las diferencias se hicieron evidentes en los primeros escalones por debajo del nivel principal de la torre. El arte, primero, disminuyó. La piedra parecía más fría, los escalones menos desgastados. El primer nivel hacia abajo se confirmó como un dormitorio, aunque menos concurrido que el propio de la Tercera Mano. La confusión inicial de Quik encontró su respuesta en el edificio mismo, en su propósito. Los comerciantes estarían moviéndose, quedándose en embarcaciones o en las islas cerrando tratos. No tantos necesitaban estar justo en Noctia.

Las escaleras continuaban, y también Quik. Al menos hasta que puso el siguiente rellano a la vista.

Dos sillas, una mesa. Sentados en ella, cartas mugrientas golpeando la superficie entre la pareja, había guardias. Alabardas y chakrams. Más allá, un solo pasillo que se alejaba hacia algún lugar. No había más escaleras abajo.

¿Qué necesitaría proteger un comerciante?

La adrenalina lo invadió y Quik luchó contra el impulso de agacharse. Esto, aquí, era una oportunidad. Un lugar. Pero ¿cómo pasar? ¿Qué podría decirles a los-

Una voz se elevó. Saliendo del pasillo y subiendo las escaleras, viniendo hacia aquí. Sawi. Anunciando una reunión con Gladdring a la que llegaría tarde si no se ponía en marcha. Otra voz respondió, ligera y riendo, declarando que Sawi por fin estaba consiguiendo lo que quería. Quik, a mitad de las escaleras y sin haber llamado aún la atención de los guardias, se dio la vuelta.

Solo para encontrar a una mujer tan grande como él bloqueando su camino. Su rostro brillaba dorado, una placa que atraía la mirada de Quik desde sus brazos cruzados, su ceño fruncido. Incrustados allí, centelleando contra su anfitriona, había tres skars. Un Vis verde, reconoció Quik. Y un Foti rojo. Pero ¿el ámbar?

—¿Te has perdido? —preguntó la mujer.

Quik intentó encontrar una mentira, algo que tuviera sentido. Balbuceó las palabras: —Estaba entregando comida.

—Nadie aquí abajo pidió comida. Inténtalo de nuevo.

—Arriba. Me perdí.

Los ojos de la mujer se entrecerraron. Una mano empezó a descender hacia una daga en su cintura. Abajo, Quik oyó sillas deslizándose, guardias poniéndose de pie.

—¿Quik? —dijo Sawi, haciendo su entrada abajo—. ¿Qué estás haciendo aquí?

Quik se retorció. Su compostura de cazador perdiéndose en una situación en la que nunca antes había estado, para la que nunca había sido entrenado. Masayo, maldita sea, no le había dicho a Quik qué hacer si todo se desmoronaba.

—Oh —reflexionó la mujer—, esto se está poniendo interesante. Quik, ¿por qué no vienes conmigo? Cuando Sawi termine con su pequeña charla, podremos decidir qué hacer contigo.

Cuando Quik intentó protestar, cuando repitió su afirmación de entrega de comida, Sawi solo pudo hacer una mueca. Solo pudo decir que no le harían daño si no hacía algo estúpido. Que lamentaba que no se hubieran conocido antes, pero que realmente tenía que irse ahora.

—Tú, sin embargo, te quedas —dijo la mujer, empujando a Quik por el pasillo—. Y puedo garantizarte que vas a pasar un buen rato.

13
OBJETIVO DE LA FIESTA

Whent no causó una buena primera impresión. Por más ansiosa que estuviera por bajarse del veloz navío de Kance, Torny redujo su paso hacia el costado del barco mientras se acercaban al puerto de la ciudad rocosa. Situado al este de una gran playa, deslizarse hacia el muelle significaba absorber una larga y clara vista de la carnicería.

Fosos ennegrecidos estropeaban las arenas nevadas. Torres rotas se erguían en ruinas, con sus ladrillos y mortero esparcidos como juguetes de un niño. Más allá, edificios devastados por el fuego dejaban sus cascarones carbonizados expuestos al mordisco del invierno, con pocas personas trabajando para repararlos. La única esperanza provenía de la academia de la ciudad, cuyo esplendor, anidado en el acantilado sobre el puerto, parecía intacto ante el desastre que había azotado a sus vecinos.

—Esto es desolador —gesticuló Bliss, uniéndose a Torny.

Ambas llevaban alforjas bajo sus capas de Kance, con botas de caminata listas. La capa ayudaba a ocultar el arsenal de herramientas de Torny, ahorrándole a la bandida preguntas incómodas. Sus dos vidas se estaban uniendo aquí, pero cuanto más pudiera Torny posponerlo, mejor. Una deuda con Yarvick se limpiaría mejor sin que el equipo de Vis se enterara jamás.

Y si el líder bandido tenía la información correcta, el diario que buscaba estaría en algún lugar de esta ciudad. En algún lugar agradable.

Deux guió el *Filo de la Tormenta* lentamente, con los marineros corriendo de un lado a otro junto a sus contrapartes del lado de Whent para amarrar el barco. El muelle, a diferencia de los de Noctia y, bueno, de todos los demás lugares, estaba construido de piedra, con enormes ladrillos grises tallados que descansaban en el mar. Cuando las botas de Torny tocaron el embarcadero, se sintió más sólido que algunos suelos sobre los que había caminado. Eso, junto con la sensación de balanceo que la golpeaba cada vez que Torny dejaba los mares por tierra firme, hizo que la ladrona se tambaleara en sus primeros pasos.

Bliss, saltando y totalmente imperturbable, no escatimó en sus burlas.

—Ya verás —replicó Torny mientras la pareja se dirigía a la orilla—, algún día serás pésima en algo, y yo estaré lista para verlo.

—Eso no va a pasar.

Una Vis arrogante, esa. También, un truco para dejar atrás. La excusa de Torny había funcionado en Noctia, pero su razón para ser las primeras en desembarcar aquí no era de turismo sino de trabajo. Averiguar dónde estaban los skars de Whent, y luego planear la mejor manera de llegar allí. Eujo y Wax estarían empacando sus materiales, haciendo arreglos para Deux y el barco, y luego vendrían a tierra más tarde para encontrar la bienvenida que Whent diera a los Renovadores.

Una bienvenida que Torny necesitaba mejorar.

—Entonces, ¿a dónde vamos ahora? —gesticuló Bliss mientras entraban en el puerto propiamente dicho.

El invierno y un tamaño menor significaban que los muelles estaban casi desiertos, solo un par de carabelas de Whent descansaban en el puerto y ninguna parecía próxima a zarpar. Una taberna solitaria tenía un cartel en su ventana escarchada que afirmaba que volvería en primavera. Cajas y barriles llevaban un manto nevado que sugería un largo tiempo sentados. Más allá de los silenciosos almacenes, una calle de grava les hacía señas.

—Si quieres conocer un lugar, normalmente diría que hay que ir a los bares —dijo Torny mientras caminaban crujiendo hacia los primeros edificios quemados—. Pero me imagino que este lugar carece de buen ánimo. —También parecía vacío para su tamaño. Asalto o no, el número de chimeneas claras sugería una ciudad medio desierta—. En su lugar, usemos lo que tenemos.

—¿Qué es eso?

—Dos Renovadoras, y una de ellas es una reina.

Torny llevó ese argumento a través de la ciudad propiamente dicha —un lugar destartalado dividido entre esfuerzos de reconstrucción improvisados y familias aturdidas tratando de cocinar— y hacia la academia situada en el acantilado que la dominaba. Sin embargo, al acercarse, Torny desvió su dirección, dirigiéndose en cambio hacia casas más grandes y un distrito más adinerado situado junto a la institución educativa.

—No estás hablando mucho —gesticuló Bliss.

—Pensando. Planeando. Ya sabes, todas esas cosas que una ladrona necesita hacer.

—¿Una ladrona? ¿No eres una Guardiana ahora?

—Múltiples sombreros, Bliss.

Torny encarnaba esa ética en ese momento también, tratando de recordar los detalles que Yarvick le había dado. Información, según él, recopilada de algún desafortunado ex bandido que había aceptado el trabajo del diario antes de que Torny regresara. Ese había reducido su ubicación antes de ser atrapado con las manos sucias después de una cena. Un rápido viaje a los Pozos y una larga y sufrida muerte siguieron.

Así era el camino de los ladrones en Whent.

La descripción que Yarvick le pasó funcionó lo suficientemente bien, guiando a Torny más allá de las propiedades con verjas y pendientes presionadas contra la roca. La mayoría se extendía en un patio arbustivo antes del edificio propiamente dicho, toda una belleza invernal mientras la nieve se agrupaba en ramas desnudas y arbustos delgados. Los pájaros cantores, imperturbables ante la casi aniquilación de su hogar, saltaban y gorjeaban. El viento parecía tomar excepción, elevándose en ráfagas inesperadas para dominar los gorjeos con rugidos cortantes. Innumerables campanillas sonaban cada vez también, brillando en ventanas y entradas arqueadas de piedra, como si respondieran a los elementos.

—Esa es —dijo Torny en voz alta, dándose cuenta ante la mirada curiosa de Bliss—. Quiero decir, ese es un buen lugar para intentarlo.

—¿Intentar qué?

—Obtener nuestra información.

El objetivo de Torny tenía tres niveles, todos en capas ascendentes y cada vez más estrechas, como un pastel fabuloso. Después de la planta baja, cada uno comenzaba con un balcón envolvente, con barandillas blancas que probablemente albergarían hiedra en verano, proporcionando barreras desnudas a una vista abierta. Arcos y paredes ocasionales sobresalían a lo largo de esos niveles, dividiendo el envolvente en lugares privados, algunos cubiertos y otros no. Justo como la descripción de Yarvick.

Y el lugar ya tenía una multitud.

A diferencia de los estibadores y albañiles que intentaban reparar la ciudad, las personas que deambulaban por aquí parecían del tipo de manos suaves. Incluso ignorando a los dos guardias en la puerta —Torny tendría una historia lista para inventarles en breve—, las personas más allá se movían con el aire afectado de los privilegiados, un paso flotante alrededor de los terrenos donde se había despejado la nieve. Alguien dentro tocaba música, un instrumento de cuerda que recorría una pieza con una habilidad demasiado refinada para las noches de pub y las prácticas casuales.

—Esto es definitivamente lo que estamos buscando —murmuró Torny—. Mantente callada, Bliss. Yo me encargaré de hablar.

"No debería ser un problema".

Torny convirtió una risa en una media sonrisa. Por supuesto que Bliss seguiría el juego. Eso era lo que la hacía tan genial. Se metería de lleno en cualquier aventura tonta. La clave, sin embargo, sería hacer que Bliss se fuera cuando Torny tuviera que hacer lo real. O tal vez "irse" no era la palabra correcta.

¿Era malo usar a tus amigos? ¿Incluso si significaba salvar tu vida?

Los dos guardias lucían abrigos Whent, gruesos abrigos marrones que llevaban a picos gordos en sus cinturas, como si pudieran saltar a empezar una mina en cualquier momento. Uno fumaba una pipa mientras el otro sostenía una taza humeante de algo, probablemente té. Detrás de ellos, una puerta de madera marcaba la entrada a la finca. Torny ya sentía ojos curiosos sobre ella desde el edificio. La gente en un lugar como este siempre estaría buscando algún nuevo drama, algún nuevo interés.

Las riquezas solo compraban vidas aburridas.

—Hola —comenzó Torny, recibiendo miradas inexpresivas.

—Ya hemos contribuido a los esfuerzos de reconstrucción —respondió el primer guardia, el más alto y fumador de pipa de los dos—. Si necesitan más ayuda, búsquenla en otro lugar.

Torny asintió, miró hacia atrás hacia la ciudad dañada.

—Sí, es bastante claro que su hogar necesita más ayuda, pero no es por eso que estoy aquí —el guardia no respondió, solo entrecerró los ojos—. Verán, soy una Guardiana. Ella también. Pensé que a su jefe le gustaría saber que un par de Renovaciones acaban de llegar a su ciudad.

—¿Renovaciones de dónde? Hace demasiado frío para navegar.

—No para una Reina Kance. Saben que pueden esquivar el hielo como si fuera una piedra en un campo.

—¿Entonces dónde está ella?

—Lidiando con cosas más importantes. Díganle a su señor o señora que pueden tener a las dos estrellas más grandes de la isla en su lugar esta noche. Todo lo que les costará es algo de comida, algo de bebida y un buen fuego para calentar nuestras manos. Algo para quitarnos el frío del mar, ya saben.

El guardia no se movió. Esos ojos permanecieron entrecerrados.

—Si ella viene aquí y puede decir lo que usted dijo, tal vez podamos hablar.

Torny apretó los labios. Trató de pensar en lo siguiente

que diría. Jugar la carta de la realeza debería haber funcionado. Al menos, así es como funcionaba en todas las historias.

"¿Hay otro lugar?", señaló Bliss a Torny, la mirada curiosa del guardia dirigiéndose hacia ella. "Si no puedes conseguir lo que quieres, intenta llevarlo a otro lado. Hazlos sentir celos. Mi madre hacía eso todo el tiempo con los comerciantes".

—Buen punto —dijo Torny, volviéndose hacia el guardia—. Mi amiga y compañera Guardiana aquí percibe, como yo, que no están interesados en ser anfitriones. Supongo que iremos a preguntarle a la academia en su lugar. A ver si están dispuestos a dejar que las salvadoras del mundo pasen por allí una noche.

El guardia se rió.

—¿La academia? La mayoría se fue con Jochi. Está tan vacía como la ciudad. No les ayudarán.

—¿Jochi?

—La razón por la que la ciudad está tan desierta. El señor de la guerra decidió emprender una marcha insensata hacia el Abismo Oscuro. Se llevó a la mayoría de nuestra gente en edad de luchar. Una cruzada para salvar el mundo, o eso dijo —el guardia negó con la cabeza, se rió entre dientes—. Eso es para lo que están las Renovaciones, dije yo, cuando me preguntó. De ninguna manera voy a *buscar* más demonios.

Ah, una apertura. Siempre era mejor cuando el objetivo te daba la llave por sí mismo.

—¿Entonces sí crees que las Renovaciones son importantes? —preguntó Torny.

—Claro, solo que... —el guardia se fue apagando, miró por encima de su hombro hacia la casa—. Mira, ¿no estás mintiendo? ¿No buscas otra cosa?

Bliss negó con la cabeza. Torny fue directa al grano.

—No tienen que dejarnos entrar ahora. Volveremos, Renovaciones y un montón de pruebas. Corran la voz, y les juro que ustedes y su señor parecerán héroes.

—Si estás mintiendo, me costará mi trabajo.

—Si estoy diciendo la verdad y nos dejan en las calles, será igual de malo —replicó Torny. Luego chasqueó los dedos, giró y le quitó la capucha a Bliss—. ¿Te parece que ella es una Whent? Esta es una Guardiana Vis. Aquí mismo, en carne y hueso.

A los dos guardias les costó trabajo discutir con lo obvio. Le dieron a Torny unas horas de ventaja, le dijeron que volviera con las Renovaciones cerca de la hora de la cena —la tarde, ya, se estaba alargando— y la finca estaría lista con una bienvenida adecuada.

—¿Ves? —dijo Torny mientras las dos se alejaban trotando hacia los muelles—. Fácil.

"Gracias a mí".

—Una heroína siempre necesita su compañera —concordó Torny.

"No es eso lo que quise decir".

Torny simplemente se rió, dejó que su mente volviera a la finca, los niveles y dónde en ese lugar enorme podría estar escondido cierto diario.

14
ESPÍA DEL CÍRCULO

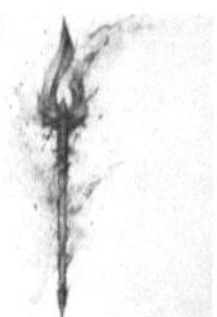

El Tenente se desvaneció. Sawi observó a Gladdring durante el largo almuerzo, donde, aparte de algunas preguntas superficiales sobre Vis y lo superior que encontraba Noctia, Sawi fue ignorada. Los diversos eruditos y funcionarios presentes, ocho en total, parecían mucho más interesados en dirigir sus palabras al Tenente, soltando alguna cháchara aleatoria para ganarse un gesto de aprobación o, lo mejor de todo, un comentario que calificara su idea de buena, su propuesta de inteligente, su iniciativa como lo mejor para los Najahn.

Ver a Gladdring trabajar fuera de las trampas desesperadas y mortales en Mottilan llevó a Sawi por un camino diferente al que había planeado. El encuentro sorpresivo con Quik lo había empujado a la misma parte de su mente donde guardaba cualquier sentimiento persistente por Wax, su familia, su cultura. Un lugar para visitar solo cuando salían las estrellas y Sawi era su única confidente. En cambio, Sawi pasó los pasos reflexionando sobre preguntas, ofensas y el agravio general que la había impregnado en los días desde que llegó a esta ciudad desolada. Le habían prometido aventura, no experimentos y palizas cortesía de Ami y Annalyse. Le habían dicho que se mantuviera leal, que confiara en que Gladdring tenía grandes cosas reservadas para ella, y hasta ahora lo más grande que Sawi había visto era la calidad de la cerveza.

Al menos Noctia podía producir una buena cerveza.

El espacio de reunión elegido por Gladdring funcionaba bien para amplificar su efecto: agrupado a lo largo de las paredes y el suelo con diversos cachivaches de todas las islas, el lugar le recordaba a Sawi y a todos los que entraban exactamente dónde estaban, con el Tenente de Comercio. Con el escenario preparado, Gladdring lo usaba para enfrentar a sus invitados entre sí, empujándolos a mayores concesiones o a plataformas más arriesgadas, donde luego derribaba sus planes de manera pública, sin llegar a humillarlos pero enseñando a los Najahn presentes cómo lograr objetivos a primera vista imposibles.

—No se limiten a asegurar el arroz de la próxima temporada de Rana, sino consigan también toda su mejor lana —sugirió Gladdring en una ocasión, provocando que su objetivo, un hombre sudoroso que llevaba demasiadas túnicas, balbuceara que tal petición sería demasiado cara—. Solo si no encuentras lo que más valoran.

—¿Y cómo se supone que voy a hacer eso? Una pregunta directa haría que me echaran de su ciudad entre risas.

—Pregunta a los capitanes de los asaltantes cuando vengan a nuestro puerto. Averigua qué buscan con sus naves, y consíguelo. Compra todo lo que buscan sus objetivos y retenlo como rescate. Luego, cuando cedan, date la vuelta y exige una tarifa a esos mismos objetivos por nuestra protección. Todos ganan, pero sobre todo nosotros.

Gladdring mantuvo las manos juntas todo el tiempo, con piezas y jugadas moviéndose detrás de sus ojos.

Asentimientos y murmullos de aprobación se esparcieron alrededor de la mesa, tras lo cual Gladdring se volvió hacia el siguiente y recibió un nuevo problema para destrozar. A través de todo esto, Sawi comió y escuchó, esperando su oportunidad, que no llegó hasta que el almuerzo concluyó y el Tenente despidió a todos los demás de la sala. Hizo un gesto a Sawi para que se acercara, sentándose en una silla cercana.

—No hay razón para gritar a través de la mesa sin todas esas voces parloteantes —dijo Gladdring mientras Sawi se reubicaba.

—¿No trabajan para usted? —preguntó Sawi—. Si no le agradan, ¿por qué los mantiene?

—Por todo tipo de razones, la mayoría políticas. —Gladdring se frotó las sienes—. Todos son el hijo de alguien, la hija de un embajador. Favores sobre favores. —Suspiró—. Sawi, lamento arrastrarte a este juego. Solo puedo imaginar cuánto más deliciosos deben parecer ahora los árboles de Vis.

—Son mejores que la caja de piedra en la que me ha metido.

—Una caja con una cama y una almohada es mucho mejor que algunas.

Sawi optó por beber su agua en lugar de responder. El líquido frío aquí siempre la sorprendía, tan diferente de las gotas de lluvia tibia o el dulce jugo de coco que bebía en casa. ¿Cuál era mejor? Tal vez, a regañadientes, le daría esta a Noctia.

—Los Najahn gobiernan Noctia, el Círculo gobierna a los Najahn, y Fassle gobierna el Círculo —comenzó Gladdring, su voz cayendo en un registro monótono de maestro —. Fassle tiene dos Adeptos trabajando bajo él, con el resto de nosotros los Tenentes un escalón por debajo. Es una jerarquía, y una inmutable. Cualquier cosa que haga puede ser prohibida, destruida o cooptada por Fassle a su capricho.

—Si se entera, quieres decir.

Gladdring parpadeó una vez, luego curvó un labio.

—Así que no eres una novata.

—He estado trabajando contigo desde hace un tiempo.

—Entonces sí, sí, tienes razón. Cuando tenía pocos skars y menos gente trabajando conmigo, Fassle tenía pocas posibilidades de descubrirlo. Poco en riesgo incluso si descubría que estaba jugando con las piedras preciosas. Todos los Tenentes tienen sus propias incursiones. —Gladdring metió la mano en su túnica y sacó la piedra de ámbar. Ami dijo que esa era la fuente de la habilidad de Gladdring para influir en una sala, un skar Tamas—. Sin embargo, nuestra aventura está creciendo demasiado. Estamos haciendo demasiados progresos. La gente se está dando cuenta.

—Esto nos deja con dos opciones, Sawi. O puedo ir a Fassle y pedir su aprobación, cediendo así todo el control a él. Lo que Fassle haría con tal control, no estoy seguro, aunque está tan invertido en mantener el viejo orden que dudo que sus acciones fueran útiles. Lo más probable es que los skars fueran guardados, tú enviada a casa, y mi posición reemplazada por alguien más maleable.

—Lo matarían.

Gladdring se encogió de hombros, continuó girando la piedra de ámbar entre sus dedos.

—Es el movimiento correcto. Yo representaría una amenaza, especialmente si comenzara a hablar del potencial de los skars como armas contra los demonios. Fassle odia todas las amenazas, particularmente aquellas que involucran a la gente común.

—¿Por qué?

—Perder el poder es la pesadilla de cualquier déspota, Sawi. Fassle cree que la única forma en que será removido es si Noctia, todos los Najahn, se levantan contra él.

Sawi negó con la cabeza, miró de nuevo su agua como si contuviera algún tipo de consuelo. Nada de lo que Gladdring decía parecía una revelación, nada la dejaba perpleja o en shock. En cambio, todo parecía sin sentido.

—¿Por qué me está contando todo esto? —preguntó Sawi.

—Porque vas a ayudarme a destruir a Fassle de la manera que menos espera —respondió Gladdring—. Con tu ayuda, manipularemos a los más cercanos a él, destrozaremos su poder, y cuando el vacío quede expuesto, lo llenaré. Entonces, nada nos impedirá usar los skars para defender las islas.

—En Vis, solía decirle todo el tiempo a Wax, mi amigo, que se estaba volviendo loco —Sawi esperaba la mirada confusa y ceñuda de Gladdring, y la obtuvo—. Él divagaba como usted sobre alguna gran aventura. Pero cuando lo presionábamos, todo lo que tenía eran corazonadas. Tesoros, milagros, algo increíble si tan solo pudiéramos hacer todas estas cosas difíciles. Usted es igual.

—Los soñadores están verdaderamente malditos —replicó Gladdring—. Sin embargo, tengo algo que tu amigo no tenía: poder. Poder real. Del tipo que te enviará de vuelta a Vis en el momento en que rechaces mi petición.

Una amenaza, pero probablemente no del tipo que Gladdring pensaba. Ser enviada de vuelta a Vis significaría más días soleados, no más celdas de piedra ni extrañas sesiones con Ami. Sawi tendría frutas frescas, comidas y amigos. Sus padres, sus hermanos. Un regreso a una vida bien vivida.

Pero perdería la aventura. ¿Cuánto valía realmente eso?

—¿Cuál es su plan? —preguntó Sawi.

No podía hacer daño averiguarlo.

La cámara del Círculo se encontraba dentro de la enorme aguja central de Najahn. A los visitantes, entre los que se contaba Sawi, se les escoltaba a un área de observación elevada y se les recordaba, varias veces, que permanecieran en silencio. Cualquier comentario, grito o perturbación provocaría un destierro inmediato, o algo peor. La registraron y no encontraron dagas, dardos ni flechas.

No cuestionaron ni se llevaron la piedra ámbar del collar que llevaba alrededor del cuello.

Sawi comenzó a armar el plan más amplio de Gladdring mientras él explicaba el más pequeño, empezando por el momento en que el skar tocó su piel. La piedra ámbar hablaba de manera diferente a las elementales que ya había probado, pero sus susurros no eran tan extraños, tan sorprendentes. Todas esas sesiones con Ami habían preparado a Sawi para el estallido en su mente, las suaves preguntas que flotaban cada vez que miraba a alguien.

Ahora Sawi se apoyaba en el borde del mirador, con linternas que rodeaban el espacio enviando su luz anaranjada hacia la mesa circular en el centro. Allí estaba sentado Fassle, adornado con joyas de oro sobre túnicas negras. Su pareja de Adeptos, enmascarados de pies a cabeza con tela púrpura, ocupaban las sillas vecinas. Tanta ropa no podía ser cómoda, pero la pareja no se movía ni hacía un sonido mientras Fassle seguía con los asuntos ordinarios.

Gladdring y los otros Tenets, al menos los que estaban en Noctia, llenaban la sala del Círculo. Escuchaban mientras Fassle describía el aumento de los ataques de los demonios y las contramedidas de Najahn. Mientras proponía una nueva paz negociada entre Whent y Rana después de que el primero salvara a una flota perseguida de los demonios. Los rumores de Kance, mientras tanto, sugerían que la antigua Reina no sentía afecto por su contraparte más joven y popular.

—No podemos tener una fractura en esa isla, no ahora —dijo Fassle, con voz de comadreja ronca—. Espero que este grupo use las presiones que tenga para sofocar sus luchas internas.

El skar de Tamas proporcionaba comentarios más interesantes. Sawi se centró primero en Fassle, provocando que el skar se lanzara a un emocionado parloteo. Sawi no podía entender las palabras, pero las impresiones venían con ellas, muy parecidas a los impulsos agresivos del skar de Foti o al deseo de saltar, de volar, de la piedra de Kance. Aquí, los empujones venían con estados de ánimo, los estados de ánimo de Fassle.

El aburrimiento se emparejaba con sus palabras, sin un destello de preocupación mientras hablaba de la tregua, de las luchas internas de Kance. Nada de esto merecía un verdadero interés por parte de Fassle, una preocupación real.

—Ahora, el último punto de esta mañana —dijo Fassle, y dejó el papel, colocando las palmas de las manos sobre la dura mesa de madera. El skar de Tamas zumbó con una vida diferente, haciendo que el corazón de Sawi se acelerara —. Se dice que un señor de la guerra de Whent ha reunido una gran fuerza y la ha enviado al Abismo Oscuro. Según nuestros amigos en esa isla, están intentando encontrar el origen de los demonios y detenerlos —Fassle frunció el ceño—. Un objetivo noble, aunque insensato. Desperdiciar tantas vidas con una Renovación en pleno apogeo es un terrible desastre. He pedido al embajador que dé la vuelta a este fiasco. Os suplico a todos que intentéis lo mismo. Debemos apoyar la Renovación, no estas cruzadas sin esperanza.

Y ahí estaba. El skar dando su consejo presuntuoso e ininteligible. Fassle era un cobarde, haría cualquier cosa por mantener su poder. Mientras recorría con la mirada a los demás en la sala, Sawi descubrió, gracias al skar, que esos sentimientos no eran compartidos. Otros Tenets tenían el skar revelando decepción en susurros murmurados. Incluso los guardias de servicio se sentían desanimados ante el anuncio de Fassle.

Gladdring quería destruir a Fassle. Los que estaban en esta sala parecían dispuestos a verlo depuesto. Pero ¿cómo, cómo conseguir que estas personas actuaran según sus sentimientos? ¿Cómo convertir un silencio miserable en una rebelión activa?

Al menos en eso, Sawi tenía una idea.

15
HUESOS VIEJOS

Como hombre, Svarde rara vez se encontraba volando. Simplemente no era algo que le ocurriera al bárbaro, con sus pesadas pieles, armaduras, hachas y porte ahuyentando cualquier contacto por temor a perder la vida o algún miembro. Sin embargo, cuando la forma ágil y esbelta de Olgata se estrelló contra el costado de Svarde y los llevó a ambos más allá de la masa de rubí atacante, Svarde perdonó a la exploradora de inmediato y se dispuso a ponerse de pie, nuevamente, en el polvoriento suelo de la cueva.

El salto de Olgata los envió contra la pared curvada de la caverna, opuesta al lago y a la mayor parte de la acción. Mientras su presa roja no tanto se giraba como extendía su ondulante y brillante ser hacia ellos, la escaramuza de Kivi tomó un giro más interesante. La ferrita, liberada por la carga bramadora de Svarde, usó su velocidad para danzar alrededor de la criatura, lanzándose y mordiendo con ferocidad aleatoria. Rubíes triturados goteaban de los labios de Kivi como sangre congelada.

Svarde no tuvo tiempo de asimilar más que eso, ya que

tenía hachas que blandir y un demonio que combatir. Con Olgata alejándose velozmente a la derecha de Svarde, subiendo por el túnel, al parecer a cuatro patas, el propio Svarde acaparó toda la atención del demonio. Le lanzó una maldición digna y golpeó sus hachas contra la masa de rubí que se acercaba. Con casi la mitad de su tamaño, el demonio se abalanzó directamente hacia el estómago de Svarde.

O, al menos, lo intentó hasta que se encontró con las hojas gemelas de Svarde. Cada hacha, afilada por la artesanía de la piedra Whent, se hundió en los rubíes con un choque chispeante. Los dedos de Svarde se entumecieron por el golpe vibrante, mientras que los fragmentos rojos atraparon la luz de las antorchas convirtiéndose en nieve carmesí brillante. El demonio detuvo su avance, como si se sorprendiera de encontrar alguna resistencia.

Una oportunidad que Svarde no dejó escapar.

Dio un paso a la izquierda, rodeando de vuelta el túnel con un ojo puesto en Olgata, quien había abandonado su huida y ahora, en cambio, tenía su cincel de marcado y martillo en mano. El demonio se recuperó de su lapso, girando su masa abultada para seguir a Svarde, exponiendo su espalda —¿o frente? ¿Realmente tenía alguna de las dos? — para que Olgata atacara.

Blandiendo sus hachas, arrancando pedazos con cada golpe, Svarde vio a la exploradora hacer su movimiento. Vio, también, una forma diferente siguiendo a la exploradora, una que tardó un momento en reconocer por la mera rareza de su presencia: Maena, con la ropa empapada goteando, entrando en la batalla con su sable desenvainado. Seguía el paso de Olgata, viniendo detrás de la exploradora. La luz de las antorchas desde atrás las proyectaba a ambas como sombras negras, salvo por el sable.

El demonio de rubí robó la atención de Svarde, atacando bajo hacia los pies del hombre. El ataque llegó lento, y Svarde optó por saltar, un medio salto que lo llevó sobre el demonio para aterrizar en su masa brillante. La piel de gema resultó ser un aterrizaje resbaladizo, el salto una mala elección que hizo que los pies de Svarde se deslizaran y cayera pesadamente sobre la espalda del demonio. Ambas hachas se le escaparon de las manos golpeadas contra la piel dura y lisa.

—¡Rápido! —gritó Svarde, el grito tan comprimido como sus pulmones.

El movimiento le dio a Olgata su oportunidad, y la exploradora hundió profundamente el cincel, golpeándolo casi en el mismo movimiento con su martillo. Volaron pedazos, y Svarde sintió al monstruo estremecerse. Quería rugir en victoria, solo que allí, de nuevo, estaba Maena acechando tras Olgata. La exploradora tenía su martillo levantado para un segundo golpe, lo que sería el último ataque mientras el demonio invertía sus apéndices oscilantes, y detrás de ella la capitana Rana se cernía.

Tan cerca, a un par de zancadas de distancia, Svarde vio un brillo peligroso en los ojos de Maena, un reflejo de las escamas del demonio que proyectaba tanto a la exploradora como a su seguidora en un rojo atardecer. El sable se dirigía hacia el vientre de Olgata, comenzando a avanzar.

—Maena —gruñó Svarde, solo para que Olgata interrumpiera su intento con el cincel en el último momento. El sable pasó rozando el lado derecho de la exploradora, golpeando un apéndice de rubí que Svarde no podía ver, solo oír.

Maena agitó el sable de un lado a otro, balanceándolo con suficiente fuerza como para hacer saltar chispas por toda la caverna. Su sable soportó la peor parte, la hoja astillándose y rompiéndose hasta que, mientras Svarde se empujaba fuera del demonio y caía a un lado, todo lo que le quedaba a la capitana Rana era un fragmento de metal dentado. Ese fragmento se convirtió en un arma cuestionable contra el demonio, su corto alcance fallando mientras el demonio presionaba a Maena hacia atrás.

Un resbalón, un golpe mal dado, y la capitana sería devorada.

—Por aquí —dijo Olgata, con una calma mortal en su voz—. No nos alcanzarán en el agua.

—¿Cómo puedes saberlo? —preguntó Svarde, levantándose nuevamente del duro suelo, dirigiéndose hacia la piscina.

Kivi resopló, su acuerdo dándole confianza a Svarde a pesar del silencio de la exploradora. La ferrita, cuyo propio duelo aparentemente había terminado en empate, pasó velozmente junto a Svarde y saltó a la piscina. Nada ligera como una pluma, Kivi comenzó a hundirse, un proceso que solo se detuvo cuando sus rápidas paladas y su impulso la llevaron a la pared derecha, donde la ferrita escaló el lado y se refugió en el techo.

Svarde la siguió, uniéndose a Olgata y poco después a Maena en el borde de la piscina y más allá. La exploradora nadaba, instándolos a todos a ir más profundo. Svarde y Maena obedecieron, abrazando una vez más el frío. A través de todo esto, mientras Svarde maldecía como una tormenta, Maena solo reía, agitando los restos de su sable como si fuera algún trofeo hilarante.

—No lo intentarán —afirmó Olgata cuando Svarde la alcanzó cerca del centro de la piscina—. Mira.

En efecto, los demonios aceptaron el desafío de Olgata y huyeron de él. Ambos se transformaron hasta el borde de la piscina, tocando el agua y las plantas ondulantes antes de llegar a una decisión compartida de marcharse. Sin emitir sonido alguno, sin ninguna forma de comunicación que Svarde pudiera ver, ambos monstruos desfigurados modificaron sus formas gelatinosas y brillantes y se desplazaron por el túnel hacia la superficie y, eventualmente, hacia el ejército de Jochi.

—Tendremos que advertirles —dijo Olgata cuando los dos demonios se fueron.

—Estarán bien —rebatió Maena, arrojando finalmente su espada inútil al agua—. Con unos cuantos martillazos más, en lugar de demonios, tendrán una fortuna en rubíes. —Maena giró y salpicó a Olgata, ganándose una mirada fulminante de la capitana rana—. Además, ¿cómo vas a advertirles? ¿Corriendo todo el camino de vuelta? ¿Dejando que Svarde siga sin ti?

—Yo estaría bien... —comenzó Svarde, pero Maena lo salpicó.

—No estoy hablando contigo —dijo Maena, lanzándole a Svarde una sonrisa salvaje—. Olgata, te hice una pregunta. ¿Cómo? ¿Cuál es tu plan, exploradora? No puedes salir de esta con un placaje.

Olgata, empapada, no respondió. En su lugar, nadó pasando junto a Maena y salió de la piscina. Levantó la antorcha mientras Svarde y Maena se unían a ella.

—Como dice la capitana —murmuró Olgata mientras el trío se ponía de pie, con Kivi aferrada al techo de la cueva sobre sus cabezas—. Estarán bien. Vámonos.

Uno pensaría que vagar por cuevas se volvería aburrido. Sin embargo, la roca ofrecía infinitas permutaciones. Cuanto más se adentraba Svarde, más variaciones encontraba, desde dientes lisos colgantes hasta charcos que parecían surgir de la nada, acunados en piedra acogedora. El sinuoso camino subía y bajaba, serpenteaba de izquierda a derecha, se ramificaba y terminaba en callejones sin salida, obligándolos a retroceder o a apretujarse.

Estos últimos disminuían ahora, en parte porque tenían un rastro claro que seguir: las escamas de rubí no eran solo piel dura, se desprendían en abundancia mientras las ondulantes masas migraban por los túneles. Cada pocos pasos encontraban algunas motas rojas que captaban la luz de la antorcha en un destello, guiándolos.

Nadie necesitaba preguntar por qué debían seguir a los demonios: los monstruos venían del mismo lugar al que Svarde quería llegar. Donde sea que estos monstruos emergieran, allí estaba la puerta que Svarde necesitaba cerrar. Con sus manos, sus hachas o su vida si fuera necesario. Los demás debían sentir lo mismo, ya que nadie objetó ni sugirió otro camino.

El camino de rubí, como bromeó Maena una hora después de reanudar la marcha, se ensanchó hasta otra caverna, esta con un aspecto diferente a los espacios más naturales que habían encontrado antes.

—Excavada —señaló Olgata, y Svarde solo pudo estar de acuerdo.

Las paredes aquí no mostraban el efecto suavizante del agua, sino que tenían un corte más recto, con la piedra subyacente expuesta por un martillo, un pico o algo más grande. El suelo se mantenía liso, con pocas rocas sueltas, como si alguien lo hubiera barrido. En el lado opuesto, varios túneles grandes se ramificaban hacia abajo, con uno más casi directamente a la derecha de Svarde y manteniéndose nivelado. Esparcidos por el techo y en nichos tallados a lo largo de las paredes había grupos de musgo brillante, su luz biológica emitía un azul cerúleo por toda la sala, lo suficientemente brillante como para proyectar sombras dondequiera que hubiera algo.

Esas sombras se derramaban por todas partes, porque la cámara estaba lejos de estar vacía. Kivi resopló una advertencia y Svarde desenvainó sus hachas mientras miraban alrededor. Olgata incluso retrocedió un paso, dejando que Maena tomara su lugar junto al Foti. La razón: cuerpos, muchos. Las formas inmóviles y andrajosas —Svarde podía decir, incluso con la tenue luz, que este no era un ejército bien equipado enfrentando la derrota— yacían quietas en todas las posiciones, mostrando las rígidas secuelas de una mala batalla. Entre ellos, como si fueran favores esparcidos para los muertos, había montones de rubíes. Trozos yaciendo en grupos antinaturales, inertes.

—Supongo que ya sabemos qué les pasó a las otras babosas —murmuró Maena, pasando junto a Svarde y dirigiéndose hacia el primer cuerpo—. Mira a este tipo. Le han destrozado todo el pecho.

Con Kivi manteniéndose en su escalada por el techo, una posición ideal para una emboscada, Svarde se unió a Maena en la macabra inspección. La capitana rana tenía razón, el hombre —claramente un hombre— había sufrido un golpe mortal. Aun así, mientras Svarde miraba de cerca, tratando de encontrar armas o alguna pista más allá de los harapos descoloridos sobre la procedencia del hombre, notó otras peculiaridades.

—Recibió un golpe, pero parece que nunca lo sintió —dijo Svarde, señalando con un hacha la cabeza del hombre. Iluminado por el inquietante azul, los ojos cerrados del hombre y su boca recta y cerrada sugerían un sueño tranquilo más que una muerte súbita y dolorosa—. O eso, o es el muerto más apacible que he visto jamás.

Maena se arrodilló junto al cuerpo, pasó una mano por la pierna cubierta por el pantalón del hombre, trazando lo que parecía un corte terrible.

—Aquí solo hay hueso debajo. Un corte así también debería haberlo matado. —Maena frunció el ceño, golpeó dos veces la pierna del hombre muerto—. Lo que pasa es que no recuerdo que esas babosas tuvieran espadas.

Olgata, detrás de la pareja y aún de pie en la entrada, silbó.

—Este no es un lugar normal. Usen la nariz. Tantos cuerpos deberían apestar a muerte. Debería haber gusanos en cada uno, incluso aquí abajo.

—Odio decirlo —dijo Maena, poniéndose de pie—, pero creo que la exploradora tiene razón. Pero si esta gente lleva mucho tiempo muerta, ¿entonces quién acabó con las babosas?

Svarde examinó dos cuerpos más y encontró la misma evidencia. Múltiples heridas que deberían haber derribado a una persona, ninguna consecuencia probable de luchar contra las babosas. Además, abundaban las armas en el suelo, muchas afiladas y bien cuidadas. No sugerían que hubieran estado mucho tiempo en la oscuridad sin dueños. Preguntas sobre preguntas, y finalmente respondidas de la manera que Svarde más odiaba.

El resoplido de Kivi los alertó, una ráfaga urgente que hizo que Svarde preparara sus hachas. La risa de Maena, desesperada y confundida, siguió. Olgata, todavía en la entrada del túnel, maldijo y retrocedió un paso. Debería haber corrido.

Porque los malditos muertos se estaban levantando a su alrededor, y si las babosas eran una pista, estos huesos no serían amistosos.

16
NOCHE DE FIESTA

Antes de Noctia, Wax se habría preparado para una noche salvaje y elegante en alguna finca —no es que supiera entonces lo que era una finca— de la misma manera que lo habría hecho para un festín alrededor de una hoguera Kitaye: sin preocupación alguna. Eujo deshizo rápidamente esos sueños en la Ciudad Anillada, llevando a Wax, Bliss y Quik directamente a conseguir ropa más adecuada para el tipo de civilización que una Reina esperaba disfrutar. Esas telas más finas, en opinión de Wax, solían ser suaves aunque delgadas, frescas pero un fastidio para mantenerlas limpias y bonitas.

Mucho mejor usar un tejido y no preocuparse por lo que le pasara, porque podrías hacer otro con algunas lianas al azar al día siguiente.

Sin embargo, ahora veía la utilidad de esos preparativos, mientras su cuarteto caminaba por la ciudad hacia la finca en la noche. Torny había regresado pavoneándose con la invitación conseguida, ofreciendo a Wax y Eujo algo más que quedarse en el barco durante la velada. Deux declaró que él y los marineros podían tomarse un descanso de entretener, pasar el tiempo limpiando el barco y preparando alforjas para el viaje por tierra hacia donde estuvieran las cicatrices Whent. Eujo tomó la señal por lo que era y llevó a todo el grupo a sus habitaciones, exigiendo ropa elegante, y salieron ataviados con cálidas pieles y finos atuendos debajo.

De pie cerca de la rampa del muelle, Wax resistió el impulso de reírse de su hermana con un vestido de verdad. Ella parecía bastante incómoda, retorciéndose bajo el abrigo que Eujo eligió para ella, tirando de la tela sedosa como si fuera savia pegajosa de árbol. Torny no estaba mucho mejor, aunque si la bandida pensaba que nadie había notado las herramientas que había escondido bajo su abrigo demasiado grande, Wax tendría que decepcionarla.

Sin embargo, Eujo no dijo una palabra, y tampoco lo hicieron los guardias fuera de la finca cuando llegaron, así que quizás los secretos de Torny seguirían siéndolo.

—Una vez que estemos dentro —dijo Eujo mientras atravesaban la puerta, con la cabeza alta y rostros confiados según las instrucciones de la Reina—, nos separaremos. Excepto Bliss. Quédate con Torny, para que puedas, eh...

"Lo entiendo".

—Ella sabe cuidarse sola —dijo Torny mientras Wax se preparaba para decir las mismas palabras, dejándolas caer en una mirada de aprecio hacia la bandida.

—Bien —dijo Eujo mientras continuaban por un amplio camino empedrado, cuyos arbustos bordeados estaban cubiertos de hermosa nieve paleada. Antorchas parpadeantes iluminaban el camino, sus llamas reflejándose en el suelo blanco—. El objetivo es que busquemos dos cosas aquí. Uno, dónde están ubicadas las cicatrices Whent y cualquier consejo sobre cómo encontrarlas. Dos, suministros, carros para viajar.

—¿No puedes simplemente comprar todo eso, mi Reina? —preguntó Torny.

—Después de todo lo que he tenido que renunciar por ustedes tres, no, no puedo.

Wax sonrió. Las dos tenían su intercambio de pullas en plena forma. Bueno, desde el carruaje en Rana. Sin embargo, los filos por debajo se habían suavizado. Una vez que Torny se dio cuenta de que Eujo no siempre había sido de la realeza, que no siempre había tenido las cosas buenas de la vida servidas en bandeja, las puñaladas dejaron de ser tan directas.

La finca brillaba en la noche temprana como su propio paseo. Elevándose contra la roca, el edificio amarillo resplandecía con sus múltiples antorchas, cantaba con la suave música que surgía del interior y burbujeaba con el ritmo de las conversaciones. En los diversos balcones, Wax distinguió a personas mezclándose sin abrigos a pesar del frío. El humo se elevaba tanto de las copas como de las bocas, mientras que los cuerpos parecían estar en constante movimiento, como si mantener una conversación por más de un momento o dos fuera de mal gusto.

Una amplia columnata que sostenía una losa de piedra marcaba la entrada de la finca, y su llegada causó una ondulación entre los invitados que estaban allí. Los saludos resonaron, liderados de manera más estruendosa por una tal Denia Sedred, su anfitriona que se presentó como tal en una amplia y arrolladora zancada hacia ellos. Piedras preciosas —no cicatrices, pero similares en su brillo— brillaban por todo su cuerpo, aparentemente constituyendo todo su atuendo, sin necesidad de abrigo. Ante un chasquido de lengua de Eujo, Wax cerró la boca, justo a tiempo para que Denia les pasara un brazo por los hombros, primero a él y luego a Eujo.

—¡Y aquí están nuestros invitados de honor de esta noche! —anunció Denia, mirando hacia la finca y la multitud reunida, la mayoría de los cuales ya parecían sonrojados por las bebidas blanco-azuladas en sus copas—. ¡Renovaciones, y dos de ellas! Kance y Vis, ya de por sí bastante raros, y más aún en invierno, están aquí. Por favor, ¡denles la bienvenida y disfruten!

Se elevó un vítore poco entusiasta, y muchos de los invitados volvieron a sus conversaciones, picoteando los bocadillos de las bandejas de pie. Denia les dio una última palmada en la espalda a Wax y Eujo antes de girar hacia el interior, como si tal saludo hubiera sido suficiente para despejar el camino hacia la diversión.

—¿Qué fue eso? —preguntó Torny desde atrás.

—Un comienzo —respondió Eujo—. Sepárense. Encuentren conversación, consigan apoyo. Ya saben el trabajo.

—Claro que sí, alteza.

Antes de que Eujo hubiera terminado de poner los ojos en blanco, Torny, con Bliss pisándole los talones, desapareció dentro de la finca.

—¿Te sientes cómodo? —preguntó Eujo a Wax, que había estado examinando el panorama de la fiesta—. ¿Listo para otra de estas?

—¿Vestido así? —Wax miró su ridículo abrigo—. Eujo, observa cómo trabajo.

Ante su mirada escéptica, Wax se marchó. Primero, cogió una bebida del puesto más cercano. Un sorbo confirmó el dulce vino de hielo, no muy diferente del melocotón de Vis. Sosteniendo la copa, Wax se dirigió a un grupo a la derecha, un trío rodeado de varias pipas, cuya producción se elevaba en círculos sobre sus cabezas.

Un truco simple, uno que había aprendido con hojas mucho más viciosas en casa.

Con una pregunta y una demostración, Wax se metió en su círculo, riendo y desafiando a los demás a igualar sus anillos de humo. El inevitable fracaso se convirtió en curiosidad y luego en historias, tanto de Wax como de los invitados por turnos, mientras Wax se aseguraba de interrumpir sus propias exhalaciones con preguntas.

Se enteró de los gigantes de fuego que incendiaban la ciudad, del Señor de la Guerra Jochi y su búsqueda de la mismísima fuente de los demonios. De la academia y sus métodos cada vez más secretos en estos días, de cómo parecía haber más Najahn en la ciudad que antes, aunque por supuesto el invierno ralentizaba todo eso. Un Tenet, en particular, acababa de fugarse con un investigador de gran valía y cajas de inventos.

—Todo bajo el pretexto —dijo uno de los fumadores— de que la necesitaban para algún proyecto masivo. Eso fue hace semanas, semanas, y no hemos sabido nada desde entonces —el hombre dio un largo trago, mientras Wax exhalaba otros tres anillos de humo en el cielo despejado—. Como si Noctia tuviera el derecho de llevarse a nuestros mejores cuando les plazca.

—¿Pero acaso no lo tienen? —preguntó otro, una persona tan cubierta de pieles que Wax no podía decir si era hombre, mujer o hanoko—. Sin ellos, seríamos comida para los demonios.

—¿Ah sí? ¿Dónde estaban la última vez, entonces?

—Probablemente evitando que otro grupo desembarcara en nuestras costas.

Los dos siguieron discutiendo mientras Wax se escabullía hacia el interior, agarrando algunas carnes y quesos deliciosos que no pudo identificar. La grandeza de la finca continuaba más allá de la puerta, con chimeneas crepitantes entre los salones, escaleras que se curvaban por los lados, y una banda de tres músicos tocando flautas plateadas y tambores en el centro. Los juerguistas deambulaban en grupos amorfos, todos moviéndose como si la música, suave y lenta, exigiera un movimiento continuo. Wax no pudo localizar a Bliss y Torny, pero Eujo mantenía su corte justo cerca de la música, con media docena de personas acribillando a la reina a preguntas.

Ella lo vio y Wax levantó su propia copa, un brindis que ella correspondió.

Una segunda ronda de bebidas y conversaciones informó a Wax sobre los skars, su ubicación en medio de una gigantesca veta de oro al norte. Una protegida de la minería por, sí, los Najahn, para consternación de otro hombre de Whent.

—Las riquezas que están guardando allí podrían salvar nuestra isla —se quejó el hombre ante sus compañeros que asentían.

De qué, Wax no estaba seguro, pero nunca hay que presionar a alguien en una fiesta sobre sus puntos de vista. No vale la pena. Sí lanzó una pregunta al aire, preguntando sobre carros, transporte, cualquier arreglo necesario para hacer el viaje, y recibió solo una risa como respuesta.

—Si no has traído el tuyo propio, estás en un aprieto —dijo el mismo hombre—. Jochi se llevó todo lo que tenía esta ciudad para su escapada. Será a pie o una larga espera.

—¿Y cuánto tardará eso? ¿La caminata?

—¿Una semana? Más o menos, dependiendo del frío y cuánto puedas aguantar —dijo el hombre—. Whent no es un lugar pequeño. Y se dice que hay demonios en las llanuras ahora, con Jochi llevándose a todos nuestros soldados. Mejor mantengan la cabeza fría durante el viaje.

Las horas pasaron volando, las bebidas se acabaron y la banda parecía no detenerse nunca. Wax intercambió historias por promesas, eventualmente ganando concesiones de varios adinerados de Whent para pedir prestadas más pieles, un par de animales de carga peludos, e incluso dos botellas de licor fuerte cuyo dueño insistía en que necesitarían para sobrevivir al frío. Todo eso, y aún así se encontró solo en un balcón, mirando la desolada ciudad, saboreando una bebida de una nueva ronda, una cálida y deliciosa.

—Parece que te estás divirtiendo —dijo Eujo, la bebida impidiendo que Wax se sobresaltara—. Tus historias se están difundiendo allá abajo. Más que las mías.

La Reina se unió a él en la barandilla, su figura de alguna manera no era una mezcla de frío y sudor como la del propio Wax. Brillaba igual que lo había hecho desde el momento en que habían dejado el barco, completamente en su elemento en todos los sentidos.

—No pensé que fuera una competencia —respondió Wax—. Es solo porque te estás conteniendo, sin embargo.

—¿Conteniéndome?

—Claro. Escuché algo de lo que dijiste allá abajo. No les estás contando las historias reales.

Eujo miró su copa, luego dirigió su mirada hacia la ciudad. —Te refieres a que vine de allá abajo.

—Peor, si lo estoy imaginando bien.

—Kance no es todo diamantes en el cielo y volar por los aires, no.

—Vis tampoco es todo frutas y flores —Wax se acercó y chocó su copa con la de Eujo—. Mientras no olvidemos eso, creo que estaremos bien.

—Al menos tu hogar no está intentando asesinarte —Eujo sonrió mientras hablaba—. Apuesto a que está tan enojada.

—No podrá tocarte una vez que seas la Égida. Solo un par de skars más y lo lograrás.

Un asentimiento. Silencio.

—Alguien más podría llegar primero, sin embargo —ofreció Wax a la noche—. Salvarnos a ambos de ese trono de piedra.

Eujo lanzó una mirada hacia Wax. —¿Qué harías entonces? ¿Volver a casa?

—No voy a pensar en eso hasta que suceda. No es mi estilo. Vivir el momento, ¿sabes?

Wax esbozó una sonrisa arrogante, fácil de encontrar con el vino.

Eujo la igualó, riendo. —Supongo que, con vidas como las nuestras, sería un error hacer cualquier otra cosa.

Un sonido rebotó desde abajo, un tintineo ligero, como una de las muchas campanillas de viento en la ciudad. Tanto Eujo como Wax se volvieron, se inclinaron sobre la barandilla para echar un vistazo, y Wax encontró su mano aterrizando sobre la de Eujo. Ninguno de los dos llevaba guantes por temor a derramar las bebidas, y el contacto, justo en ese momento, se sintió diferente a todas las veces que habían corrido, luchado, nadado o buscado juntos. Wax sintió su textura, su vida en ese agarre momentáneo, y en la mirada que siguió, Eujo por una vez incierta, vulnerable, real.

Al menos, hasta que siguieron gritos, gritos enojados, denunciando a un ladrón.

17
LA ÚNICA OPCIÓN

De todas las veces que había sentido la arena entre los dedos de los pies, Quik nunca había disfrutado de los granos cosquilleantes detrás de los barrotes grises y oxidados. El estruendo de las olas a su izquierda, más allá de los arcos de roca negra que bordeaban las numerosas cuevas costeras de Noctia, proporcionaba un fondo resonante, su furia sinónimo de la suya propia. Sin embargo, Quik reservaba la ira para sus dedos, exprimiendo la arena y vertiéndola en pequeños montones, tal como lo había estado haciendo durante horas.

Con la última mirada de disculpa de Sawi, los guardias de Ami y Gladdring habían agarrado a Quik y lo habían arrastrado, depositándolo aquí abajo en la jaula de arena. Luchar, como señaló Ami, sería inútil. Los guardias tenían cuchillas, al igual que Ami, y Quik no era lo suficientemente importante para los Najahn como para que se notara si desaparecía. Mejor, según sugirió Ami, esperar y ver.

La oportunidad, la posibilidad, todo favorecía a los vivos.

Hasta ahora, esperar y ver no le había traído a Quik nada más que frustración. La jaula cerrada demostró ser lo suficientemente resistente como para resistir sus intentos de abrirla, y Quik probó cada barra. Cavar debajo de la barrera —Ami no había dejado un guardia, solo una vaga observación de que lo vería más tarde— reveló que la arena a esta profundidad era una cubierta superficial, y a menos que Quik pudiera aplanarse como una hoja de la jungla, no podría escurrirse entre la roca dura y los barrotes de metal. La jaula también llegaba hasta el techo de la cueva, impidiendo que cualquier escalador hábil escapara.

En otras palabras, Quik estaba atrapado, y apestaba.

Mientras amasaba la arena, otros pensamientos hacían incursiones atrevidas en su creciente rabia. En primer lugar, ¿por qué, por qué Sawi lo había dejado allí en la escalera? Podría haber inventado cualquier excusa, negociado la inocencia de Quik —que Quik no fuera inocente realmente no importaba, la lealtad contaba más—, pero ella simplemente siguió adelante. Como si Quik fuera un antiguo amigo, ahora una vergüenza.

Claro, Vis tenía círculos sociales. Las amistades cambiaban con el tiempo. Pero esas tenían *razones*. Esto parecía tan repentino, tan aleatorio, tan devastador.

Segundo, ¿qué era este lugar siquiera?

Masayo y su Tercera Mano no le habían dado a Quik muchas pistas cuando lo asignaron a esta misión en particular, pero si el resultado era un probable viaje a una prisión junto al mar, Quik tenía que creer que ella le habría dado una advertencia. Después de todo, él era un nuevo Najahn. Un recluta en sus rotaciones de entrenamiento. Esta no podía ser la forma habitual en que se hacían las cosas.

Entonces, ¿cuál era la respuesta? ¿Por qué un Precepto

comercial construiría una jaula aquí abajo en la arena, aparentemente patrullada por una antigua Guardiana combativa?

Y tercero, quizás lo más apremiante a medida que el día llegaba a su fin, ¿qué comería?

Había pequeños cangrejos e insectos arrastrándose por la arena, aunque no tantos llegaban tan lejos del agua. Quik podría haber intentado atrapar una de las gaviotas, aunque la perspectiva de comer una sin fuego le revolvía el estómago. Al menos, le habían dejado agua fresca en un odre. Su única concesión.

—¿Estás disfrutando de tu nuevo hogar? —preguntó Ami, avanzando desde el túnel como una reina guerrera. Llevaba una antorcha, la usó para encender otros dos candelabros atornillados a las paredes de roca. Una necesidad dada la luz menguante. Quik luchó contra un respingo cuando el brillo más intenso encontró el rostro de Ami, su cuarto inferior cubierto de placas—. Admito que carece de comodidades, pero te diré ahora que lo que tenemos arriba no es mucho mejor.

Después de apartar la mirada del rostro de Ami, examinó su equipo. Tenía una espada —de emisión estándar Najahn, según su suposición, aunque la empuñadura parecía más grande que la mayoría— y, en su espalda, lo que parecía un tronco grueso. La Guardiana leyó sus ojos, bajó el hombro y dejó caer el tronco en la tierra. Cuando se enderezó, Ami tenía una sonrisa que hizo que la sangre de Quik se helara más que cualquier mirada fulminante que hubiera visto jamás.

—Al menos es suave —dijo Quik.

—¿Qué es suave, la arena? —Ami sacó la llave de la jaula de un anillo atado a su cintura, la insertó en el gran candado de latón y giró los mecanismos—. Pensaría que estarías acostumbrado a eso, en Vis. Arena más agradable que la de Noctia, si recuerdo bien.

—Así es.

La puerta de la jaula se abrió de golpe. Quik se puso de pie, se inclinó hacia adelante y se lanzó en una carrera hacia la abertura. Dio dos zancadas antes de que Ami sacara la hoja, apuntando justo donde Quik se empalaría. El cazador intentó detenerse, se lanzó hacia la derecha para golpear los barrotes de la jaula en su lugar.

Nunca había visto a nadie desenvainar una espada tan rápido. Aunque, de nuevo, en Vis, casi nadie usaba espadas. Quizás Quik tendría que actualizar sus expectativas.

—Ahora, entiendo que estés molesto —dijo Ami, dejando la espada fuera, aunque bajó su punta. Una potencial apertura que Quik ya no se preocupaba por explotar. La muerte a sus manos llegaría demasiado fácil sin su propia arma—. Yo también estaría enojada. Lo estuve, no hace mucho tiempo, cuando me encontré casi en tu posición. —Golpeó la hoja contra los barrotes, el sonido metálico se perdió entre las olas—. Entonces, decidí hacer algo útil.

—¿Como qué? —Quik se movió para enfrentar a Ami de frente, se sacudió la arena de las piernas. Al menos le habían dejado su túnica, aunque la arena se quedaba atrapada en el lino y lo hacía rasposo—. ¿Darle a Gladdring lo que quiere?

—Salvar el mundo, Quik. Salvar el mundo.

El plan de Ami para salvar el mundo parecía comenzar con golpear a Quik hasta dejarlo inconsciente. Le dio el tronco, un gesto amable que pronto se reveló como una trampa. La madera tenía peso, sin duda podría causar algún daño, pero Quik no era de Mottilan. No tenía experiencia tratando de pelear contra alguien con un palo grande.

Comparado con sus guanteletes, usar el garrote se

sentía como si hubiera bebido demasiado vino de melocotón.

Peor aún, Ami dejó claro que su duelo no estaba destinado a ser una pelea justa. Con su espada, hizo que Quik retrocediera cerca del fondo rocoso de la jaula. Entró, cerró la puerta —sin cerrarla con llave— detrás de ella. Sostuvo la espada con ambas manos ahora, girándola para que Quik pudiera entender justo por qué su empuñadura tenía un tamaño extra.

—Voy a decirte algo ahora que significará tu vida si alguna vez se divulga —dijo Ami, su tono sugiriendo cuán improbable sería eso—. Esta hoja y ese tronco tienen skars incrustados. Esos skars, bien utilizados, pueden marcar la diferencia entre derrotar a los demonios o morir ante ellos —Ami levantó la mirada de su espada y asintió hacia el tronco—. ¿Puedes oírlo?

Quik intentó fingir sorpresa, pero fracasó. Por supuesto que había escuchado el susurro del skar tan pronto como sus manos tocaron el tronco. Diferente del skar de Vis que había sostenido antes, un rumor más grueso y lento, pero que tocaba su mente de manera similar. Este, en lugar de encontrar los arañazos y llagas de Quik, parecía concentrarse en su postura, su movimiento, su peso y su fuerza. Cuando Quik se inclinaba hacia atrás o levantaba el tronco, el skar se emocionaba, pareciendo suplicarle a Quik que lo liberara con el movimiento.

Hasta ahora, Quik había ignorado la gema. Había esperado que Ami no supiera lo que había hecho.

—Oh —dijo Ami lentamente cuando Quik no dio una respuesta clara—. No eres nuevo en este juego.

—Lo suficientemente nuevo —espetó Quik rápidamente—. Solo...

—Para. No eres un mentiroso lo suficientemente hábil

como para hacerlo interesante. Es bueno que sepas cómo se siente un skar —Ami dio un paso más dentro de la jaula. Ahora los separaban cinco largas zancadas—. Podemos saltarnos los primeros pasos. Ir directo al grano.

—¿Al grano?

—Defiéndete, Vis. Usa el skar.

Por fin, algo que Quik entendía. Cuando Ami se lanzó a la carga, sus pies con botas deslizándose en la arena, Quik dejó caer el tronco en un amplio movimiento. Lo suficientemente lento como para que la velocidad de Ami debiera haberla llevado directamente al camino del tronco. Un golpe demoledor.

El skar zumbó, emocionado, pidiendo su oportunidad. Quik se lo negó.

Cuando Wax había cedido al skar de Foti con aquel demonio Rana, todo había estallado en llamas. ¿Quién sabía qué podría pasar ahora? Si no necesitaba usar el skar, ¿por qué molestarse?

La Guardiana no llegó a tiempo. En realidad, no llegó en absoluto. En su segundo paso, justo cuando su impulso debería haberla llevado a una perdición segura, Ami pateó, saltó. Con una armadura y equipo demasiado pesados. En lugar de caer hacia adelante en una caída inútil, Ami se elevó, evitando el golpe de Quik y casi al propio Quik.

Alguien que nunca hubiera visto un skar antes, que no entendiera sus posibilidades, podría haber muerto allí mismo. Quik captó lo imposible y reaccionó, hundiéndose en su balanceo y convirtiendo el golpe cruzado en un torbellino completo. El tronco pasó rozando el lado izquierdo de Quik mientras Ami aterrizaba justo detrás del cazador, dejando que el peso del garrote lo hiciera girar.

De nuevo el skar suplicó. De nuevo Quik se negó.

Ami barrió su espada hacia abajo y a la derecha, la hoja

atrapando el tronco. Atrapándolo y deteniéndolo. No como si Quik hubiera golpeado una pared, donde la vibración, la fuerza debería haber destrozado la madera. No, más bien como si Quik hubiera golpeado su tronco contra un espeso montón de miel. Su arma quedó pegada a la hoja de Maena, la detención tan completa, tan total que envió a Quik cayendo a la derecha sobre la arena.

Aun así, tenía una mano en la correa del garrote, un cuero marrón lo suficientemente resistente para soportar su tirón. Quik tiró con su mano derecha, arrancó el garrote de la hoja y lo devolvió a sus brazos.

—Y no eres mal luchador —dijo Ami—. Bien. ¿Ese primer salto? Kance. ¿El bloqueo? El mismo skar en tu garrote, de nuestros amigos del norte.

—¿Qué estás diciendo? —preguntó Quik, levantándose, con arena cayendo de su ropa—. ¿Estás usando los skars para luchar?

—Oh, mucho más que eso —Ami agitó la hoja de un lado a otro. Mientras lo hacía, su filo captó la misma luz que los apliques: brillante y caliente—. Lo cambiarán todo, Vis. Todo.

Barrió la hoja por la arena. Chispas blancas y ardientes, granos ardiendo volaron por el aire, dirigiéndose hacia Quik. Él retrocedió, resbaló, vio y sintió esas chispas aterrizar. Sus ropas humearon y dejó caer el tronco, rodando para tratar de apagar los pequeños fuegos. Para cuando terminó, escuchó un único clic, la puerta cerrándose.

Ami, con el tronco recuperado y en su posesión, estaba de nuevo fuera.

—Me alegro de que no seas solo un recluta de Najahn —dijo Ami, cruzando los brazos—. Nos ayudarás mucho más de esta manera.

—No entiendo —intentó Quik, tratando de mantener la

confusión desesperada fuera de su voz—. ¿Por qué me estás haciendo esto?

—Porque Gladdring es la única oportunidad que tenemos de hacer que todos ustedes, idiotas, vean las cosas de la manera correcta. No estás de su lado —Ami comenzó a darse la vuelta—. Deberías pensar en eso. De qué lado estás. Toma la decisión correcta lo suficientemente rápido, tal vez no te mate primero.

18
PÁGINAS PRIVADAS

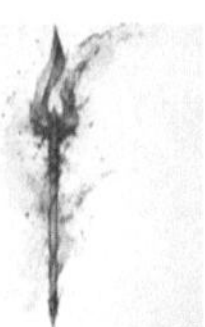

Un diario. Yarvick quería un diario y Torny iba a conseguirlo, al diablo con todo lo demás. Bueno, mientras Torny echaba un vistazo, confirmó que Bliss iba justo detrás de ella al entrar en la mansión, tal vez no todo lo demás.

Pero las deudas debían pagarse, especialmente una deuda como esta.

La mansión hacía gala de su posición elegante más allá de la entrada, con puertas y escaleras en abundancia. La gente se movía por todas partes, y aunque Torny esquivó los grupos iniciales, ignorando algunas preguntas curiosas sobre quiénes eran, las bebidas y los aperitivos eran demasiado tentadores para dejarlos pasar, demasiado valiosos para el disfraz.

—Toma uno —dijo Torny, cogiendo una copa de una bandeja y tocando la de Bliss una vez que llegó a la mano de la Vis—. Asegúrate de parecer que te estás divirtiendo.

«¿No lo estoy?»

—¿Lo estás?

Bliss arrugó la nariz y entrecerró los ojos. Estaba tan

fuera de su elemento aquí que Torny se habría reído si no fuera porque atraería la atención equivocada. Al menos Bliss parecía una invitada a la fiesta. Eujo tenía esa parte cubierta, como toda reina debe tener. Un vestido elegante —Bliss eligió el verde— y un abrigo grueso que debería quitarse de los hombros antes de que el sudor le estropeara la cara.

De hecho, Torny también necesitaba deshacerse de su propio abrigo, pero no muy lejos.

«Es interesante», señaló Bliss entre bocados de unos pastelillos de cangrejo. «Noctia era diferente».

—Allí no éramos invitadas de honor.

Aunque tampoco lo eran aquí. Wax y Eujo absorbían esa energía, las dos Renovaciones atrayendo más miradas que sus Guardianes. Un par de personas hicieron tímidos intentos de entablar conversación con Bliss y Torny mientras bebían, y Torny las ahuyentó sugiriendo una charla sobre las vísceras de los demonios y sus múltiples usos.

Bliss ahogó una risa mientras el inocente y absurdamente elegante dúo se ponía verde y murmuraba una excusa para huir.

«¿Por qué hiciste eso? Divertido, pero ¿por qué?»

—Porque tenemos trabajo que hacer, Bliss.

Otra inclinación de cabeza, otra pregunta. Claro, Torny revelaría la misión a su debido tiempo, cuando el objetivo pareciera seguro. Ahora tenía que seguir buscando. Yarvick dijo que el diario sería un tesoro personal, probablemente sería obvio. Un libro desgastado, marrón y sencillo, cosido con hilo en el lomo. O en la biblioteca o en el dormitorio del anfitrión.

No es que Torny supiera dónde encontrar ninguno de los dos.

«¿Con quién vamos a hablar, entonces?»

—Por aquí —dijo Torny, dirigiéndose hacia la parte trasera de la mansión, donde se estrellaba contra la roca y seguía adelante—. Creo que encontraremos mejor información en los libros.

«¿Libros?», señaló Bliss, manteniéndose al ritmo de Torny y moviendo los dedos rápidamente frente a su cara. «¿Qué?»

—Ya sabes, cosas con papel. Palabras. Escritura.

«Sé lo que es un libro. Solo estoy intentando...»

Torny extendió la mano, agarró el brazo con el que Bliss hacía señas y la tiró hacia la izquierda, justo pasando a un camarero que no podía ver a la pareja que se acercaba con más bandejas de bebidas en sus brazos.

—Presta atención —espetó Torny, aunque lo suavizó con un guiño—. Créeme, no quieres hablar con esta gente.

«¿Por qué?»

—Porque son aburridos, por eso —Torny redujo la velocidad al acercarse a la parte trasera de la mansión, más allá de la elegante banda de tambores y flautas. Justo enfrente no parecía estar la biblioteca sino las cocinas, a juzgar por el aire caliente y los deliciosos olores que salían—. Apuesto a que ninguno de ellos ha luchado jamás contra un demonio.

«¿Es eso un requisito para ser interesante?»

—En mi libro, sí.

Mirando a la derecha, la mansión se extendía alrededor de un amplio patio abierto con numerosas puertas que conducían a una terraza exterior. Salones, mesas y sillas dividían varias estatuas —típico de Whent tener esculturas de piedra dentro y fuera— en un espacio obviamente destinado a fiestas y que ahora cumplía su mejor función, con casi todos los asientos ocupados por charlatanes relucientes.

«¿Qué más hay en tu libro? ¿Para ser interesante?»

Torny se dirigió a la izquierda, vio unas escaleras que subían contra la pared del fondo. Delante de ellas y cerca de la banda había un pequeño jardín, como para contrarrestar las estatuas sin vida. Una fuente borboteaba, algo que nunca se encontraría en la Noctia sedienta de agua. Bandejas de bebidas y aperitivos. Gente que prefería conversar mientras se movía.

Detrás de ellos esperaba la oportunidad. A mitad de camino por el lado izquierdo había un pasillo, y de vuelta hacia la entrada, aunque a un lado, un arco abierto hacia una habitación más oscura. Secretos y más.

—No seas aburrida —respondió Torny a la pregunta de Bliss, dejando su copa vacía y reemplazándola por otra mientras avanzaban por la mitad izquierda.

La oportunidad del pasillo murió cuando se acercaron, con un lacayo de pie cerca. Cuando Torny se acercó, el hombre, vestido con lino marrón áspero, se despertó como una criatura emergiendo de su letargo, empezando con un resoplido y encontrando a Torny con ojos medio muertos. El hombre murmuró alguna excusa sobre que solo la familia podía pasar por allí, y no insistió más cuando Torny se encogió de hombros y siguió adelante.

«¿No crees que la biblioteca estaría por ahí?»

Torny se rió, —Si hay algo que sé sobre la gente que vive en un lugar como este, es que les gusta presumir. No esconderán la biblioteca si tienen una.

«¿Sabes mucho sobre gente rica?»

—Crecí en Noctia —respondió Torny, como si eso debiera responder la pregunta lo suficientemente bien.

Noctia, la pequeña isla central, donde todos los que eran alguien terminaban llegando una vez que se daban cuenta de que los Najahn tenían todo el poder. Aparecían, repartían sus regalos para conseguir sus escarpadas casas y luego, si no lograban ganarse el favor del Círculo, se preguntaban adónde se había ido todo, desapareciendo en poco tiempo.

Algunas de sus cosas, inevitablemente, terminaban en manos de la banda de Yarvick.

La oscura habitación a la izquierda de la entrada le dio a Torny lo que quería: el penetrante olor a libros mohosos, literatura largamente guardada y poco leída. No pudo ocultar su sonrisa mientras se acercaban, dejándola caer solo cuando un hombre entró antes que ellas, llevando una bebida y un tomo propio.

—Parece que tenías razón —señaló Bliss mientras se agachaban bajo un arco con las duras líneas de Whent talladas en su ondulante saliente.

El dios de la roca era el más aburrido, todos sus diseños reclamaban lados rectos, proporciones iguales y un duro sentido común. Nada de caos allí, y tampoco aquí: los primeros pasos de Torny en la biblioteca revelaron lámparas de luz tenue, sillas acolchadas y estantes sobrios repletos en orden alfabético, con los lomos hacia fuera. Ni un solo volumen dejado en los dos escritorios, ni a horcajadas en una silla a medio leer. Tampoco papel para tomar notas espontáneas. La creatividad dejada marchitar en su hogar.

Al menos las ventanas ofrecían algo útil: brillantes y grandes, daban directamente al patio. Sin terraza aquí, sin mirones fumando pipas y preguntándose qué podría estar pasando dentro.

Lo que dejaba al hombre. Él, un alma delgada y baja, pareció ignorar a las dos damas que lo seguían mientras tomaba una silla, abría el tomo que había traído y suspiraba el suspiro de satisfacción de cualquiera que encuentra confort en un lugar con pocas posibilidades de tenerlo.

Bliss no prestó tanta atención al intruso, pasando directamente junto a Torny y mirando los libros con un asombro surreal. Torny hizo un recuento mental de las bebidas que habían tomado —una y media— y calculó que Bliss no podía estar borracha, entonces, ¿qué explicaba el deleite con la boca abierta en su rostro?

—¿Estás bien? —preguntó Torny, quitándose el abrigo de piel y dejándolo en una silla. Girándose, le quitó el abrigo a Bliss mientras la mujer le respondía con señas.

—Nunca había visto tantos libros juntos antes.

Torny hizo un doble recuento. La biblioteca no era tan grande. Había visto más grandes incluso en modestas fincas de Noctia. Pero quizás, ¿Vis era diferente?

—¿Qué, no tienen bibliotecas en tu hogar?

Bliss negó con la cabeza. —No realmente. Algunos tienen libros, pero es demasiado húmedo. Se deshacen. Así que usamos otras cosas. Canciones, memoria, grabados.

—Bueno, disfrútalo entonces, porque no vamos a estar aquí mucho tiempo.

—¿No?

La pequeña biblioteca ofrecía otra gran ventaja: una oportunidad fácil de encontrar su objetivo. Sin un autor, el diario había sido empacado en el extremo más lejano del estante más alejado, acurrucado contra la pared exterior con varios otros diarios. El cosido de cordel confirmó el descubrimiento, los pequeños hilos colgando del extremo del libro como una enredadera exuberante.

Torny se acercó a él, confirmando que el hombre parecía absorto en su libro, mientras Bliss exploraba algún volumen sobre los skars y su primer descubridor. Demion o alguien así, si Torny podía recordar su historia. Inició el reloj de la muerte del Aegis, lo hizo. Qué legado.

Agachándose, Torny liberó suavemente el diario de sus

vecinos. Lo suficientemente delgado como para significar que escribir un diario no era un gran hábito del objetivo de Yarvick —el líder bandido no había especificado de quién era el diario, solo que Torny debía encontrarlo y devolverlo sin leer. Cómo, sin embargo, Yarvick podría probar que Torny no había leído el diario era, bueno, una pregunta abierta.

Podía, al menos, abrir la portada. Ver si el alma amable revelaría algún secreto en la primera página.

Bajo un agradable resplandor naranja, con los suaves ritmos de la banda de fondo, Torny no pudo ocultar su sonrisa. Ah, así que por eso Yarvick quería tanto el diario. Un recuerdo, una memoria y más dentro de estas páginas, cada una escrita por un nombre singular perteneciente al único hijo del líder bandido, un hijo perdido hace mucho tiempo. Torny comenzó a pasar más páginas, hojeando rápidamente mientras el hombre leía y Bliss encontraba un libro propio.

Si Torny pensaba que podía agarrar el libro y salir corriendo de la fiesta, ya se habría ido hace rato. En cambio, su doble papel significaba que tendría que matar el tiempo aquí, o de lo contrario sería notada al salir. Una Guardiana abandonando sus Renovaciones significaría ojos que no quería. Así que, en su lugar, leyó.

Una historia se desarrollaba allí, una de tragedia y traición, de moral perdida y encontrada, la huida de un amante hacia el norte con un joven que crecía en cada entrada, uno que tanto lamentaba perder como entendía por qué tenía que perder a su padre.

—Elección interesante.

Torny levantó la mirada, vio al hombre, el tomo descartado y de pie ahora, observándola con ojos demasiado cautelosos para ser un comentario casual. Hora de inventar una mentira y ver si funcionaba.

—Parecía diferente —ofreció Torny—. Pensé en ver qué era.

—¿Ah, sí? —el hombre dio un paso más cerca—. ¿Has visto, entonces, qué era?

Torny volteó el diario en una sola mano, lo agitó como si pudiera devolverlo en cualquier momento. —Parece un diario. ¿Lo has leído? ¿Es interesante?

Detrás del hombre, Bliss había notado la conversación, dejó su propio libro de vuelta en el estante y se puso de pie, buscando una respuesta en los ojos de Torny. Una que Torny no podía dar en ese momento, en ese lugar.

—Espero que no, al menos no para ti —dijo el hombre—. Para mí, sin embargo, lo es todo.

Torny sintió el suspiro antes de que llegara. —No eres tú, ¿verdad?

—Lo soy, aunque me pregunto cuál es el significado.

—Pasados, hombre. No puedes escapar de ellos. —Torny levantó el diario—. ¿Puedo tomar prestado esto por un tiempo?

Ojos entrecerrados. —¿Qué? ¿Por qué?

—Mejor si no lo sabes, amigo. Confía en mí.

—No confío en ti. Para nada.

Torny tenía un cuchillo en los pliegues de su vestido, más en su abrigo sobre la silla. Sacarlo traería un rápido final a la fiesta. Aunque, meterse en una pelea con el hijo de Yarvick también lo haría. Necesitaba una solución diferente.

—Entonces parece que estamos atrapados —dijo Torny—. Porque no me voy a ir sin esto.

—Y yo no te voy a dejar irte con él —el hombre giró la cabeza a medias hacia la salida de la biblioteca, tomó aire para lo que iba a ser una palabra particular que Torny conocía demasiado bien.

Así que lo golpeó, con su mano no dominante, en el estómago. La llamada inminente a los guardias se convirtió en una maldición entrecortada mientras el hombre se doblaba.

—¡Es hora de irnos! —espetó Torny a Bliss, quien tomó esas palabras e hizo lo más equivocado con ellas.

Dando un paso, Bliss agarró y lanzó una silla contra la ventana, haciéndola añicos. De una vez, una hazaña impresionante tanto de fuerza como de estupidez. Bliss siguió adelante, poniéndose su pesado abrigo y lanzando el de Torny a la ladrona, quien lo atrapó con su mano libre mientras el hijo de Yarvick se recuperaba.

—¿Qué estás haciendo? —dijo Torny, empujando al joven a otra silla y siguiendo a Bliss hacia la fría noche.

"Dijiste que nos fuéramos, así que nos vamos", señaló Bliss mientras corrían por el césped. "Nunca podríamos volver a atravesar la fiesta".

—¿Pero tu hermano? ¿Eujo? ¿No les va a gustar esto? Deberías haberme dejado correr sola.

Bliss no respondió cuando los primeros gritos se escucharon en la noche, ni reaccionó mientras ella y Torny escalaban el pequeño muro alrededor del jardín y se adentraban en las calles de la ciudad, dirigiéndose de vuelta hacia el barco de Eujo. Solo cuando estuvieron bien lejos de la finca, con cualquier persecución convertida en un esfuerzo inútil, Bliss se detuvo, se dio la vuelta y tomó aliento.

—¿Por qué? —jadeó Torny, alcanzándola, con el diario asegurado en su chaqueta—. ¿Por qué estás ayudando a una ladrona?

Bajo la luz rosada de Sichi, Bliss señaló una sola razón:

"Porque tú nunca me abandonaste".

19
TRAICIÓN A LA PUÑALADA

Según Gladdring, Sawi tuvo éxito porque no sabía cómo jugar el juego. Después de su primera visita al Círculo, Gladdring ayudó a Sawi a encontrar los momentos y lugares adecuados para toparse con otros Preceptos, ayudantes y Najahn cercanos a Fassle y su pareja de Adeptos. Con un nuevo atuendo, sus túnicas portando el sigilo del Precepto de Comercio que cruzaba las islas y algunos adornos de oro, Sawi caminaba como si fuera, si no de la realeza, al menos alguien muy por encima del rango habitual. Las cabezas que asentían y las puertas que se abrían la pusieron en los pasillos cuando los objetivos salían de las reuniones, la colocaron en restaurantes exclusivos cuando los oficiales se acomodaban para una comida, ahora con una invitada sorpresa. Pronto, Sawi lo manejaba por sí misma, encontrando los mismos paralelos con una secta Vis de la que había sido excluida: una cacería, una muerte, la recompensa.

La primera vez, una interrupción del café matutino con un secretario del Precepto naval del Najahn, vino con torpeza, confusión sobre cómo, exactamente, se suponía que Sawi debía buscar debilidades en la lealtad de Fassle. Se paró detrás del ayudante en la fila que llevaba al mostrador, con los segundos para hacer un movimiento disminuyendo en la concurrida cafetería.

Hasta que el skar Tamas habló.

Como los otros skars, sus ideas llegaban más como impresiones entre los susurros. Menos como órdenes discretas y más como impulsos para hablar de esta manera, hurgar en aquello. El ayudante, según el skar, parecía nervioso, mirando alrededor como si sospechara que lo estaban observando. Una oportunidad, tal vez.

—¿Está usted bien? —preguntó Sawi.

Una sonrisa fugaz y leve, y un asentimiento. —Perfectamente.

La voz tembló. El skar Tamas se abalanzó sobre lo que Sawi ya podía notar.

—Está casi temblando —dijo Sawi, frunciendo el ceño—. ¿Qué le pasa?

Una mirada rápida a izquierda y derecha, un gesto a medias con la mano como si saludara al mundo. —No entiendo cómo todos pueden estar tan tranquilos. Los demonios están por todas partes. Atacando cada día. ¿Cuánto falta para que lleguen aquí?

Y ahí estaba, la fuente. No era sorprendente, pero era algo que podía usar. Sawi simpatizó, como había visto hacer a Gladdring tantas veces en Vis, en las reuniones. Hacer que la persona sienta que la están escuchando, que te preocupas por ella, y cuando la tienes de tu lado, gira hacia una petición. Solo estarían devolviéndote el favor por el servicio que ya les has hecho, prestándoles un oído atento, un hombro para llorar.

Hizo esa petición minutos después, en una pequeña mesa afuera y protegida de oídos indiscretos por la caravana matutina de carros. Noctia siempre retumbaba, siempre rugía, una molestia si querías dormir, una bendición si querías privacidad.

—¿Por qué Fassle no hace más? —respondió el ayudante, confundido—. ¿Qué más podría hacer?

—Mucho, pero no lo está haciendo.

La confusión se convirtió en curiosidad. El ayudante asintió hacia su medallón. —¿Qué sabe Gladdring?

—Lo sabrá pronto. Siempre que pueda mantener una mente abierta.

—Si Gladdring tiene una forma de detener a los demonios, tendrá más que eso. —El ayudante removió su taza de café humeante, el vapor elevándose en la fría mañana gris —. Más que mi apoyo, también. Si tiene una respuesta al problema de los demonios, la mitad de esta gente se pasará a su bando, que se joda Fassle.

Palabras audaces. Gladdring, sin embargo, se deleitó al escucharlas cuando Sawi le relató la conversación. Fassle era más vulnerable de lo esperado, lo que significaba que necesitaban moverse rápido. Nada de quedarse sentados, jugando lento. Sawi comenzaría ahora. Esa misma tarde. No más juegos con Ami y Annalyse. Tenían a alguien nuevo para usar.

Sawi no tuvo que preguntar para saber que era Quik, no tuvo que preguntar para saber que estaría más seguro en su mazmorra de pruebas de skar que aquí arriba, donde se estaban afilando los cuchillos.

—¿Puedo hablar con él? —preguntó Sawi cuando Gladdring terminó de transmitir el plan, las personas a conocer —. Me refiero a Quik. Debería saberlo.

—Él no es asunto tuyo. —Gladdring al menos tuvo la gracia de parecer arrepentido, su figura inclinándose para poner una mano en el hombro sentado de Sawi—. Haz esto bien, y él escapará de cualquier daño. Si fallas, de todos modos no importará.

Las horas y los días se consumieron después de eso, girando en conversaciones dirigidas, reuniendo apoyo susurrado de uno a otro y otro hasta que Gladdring decidió, casi una semana después, que había llegado el momento de aumentar la velocidad. Entrar en la fase final.

—¿No nos estamos moviendo demasiado rápido? —argumentó Sawi mientras se reunían, una vez más, en la abarrotada oficina de la torre de Gladdring—. Dicen que nos apoyan, pero...

—¿Y el skar está de acuerdo? —Gladdring señaló la joya alrededor del cuello de Sawi.

—Lo está. Hasta donde entiendo, de todos modos.

—Entonces no necesitamos nada más. La velocidad es importante, Sawi, porque la palabra se extenderá si no lo ha hecho ya. Fassle se enterará, y se moverá. Debemos golpear primero, o perderlo todo.

El gran plan de Gladdring culminaba en una reunión, una que Sawi organizó a través de notas pasadas y tiempos susurrados. Una oportunidad para mostrar los skars, su potencial. Sawi lo haría, y después, Gladdring y Ami llegarían, listos para liderar al grupo exaltado en una rápida rebelión. Fassle sería destituido para la cena, Gladdring instalado para el postre, y el Najahn comenzaría su campaña apoyada por los skars contra los demonios al amanecer.

Simple, efectivo.

Encender un golpe de Estado contra Fassle no era algo que se hiciera a la luz del día, así que Gladdring apostó a Sawi para el empujón final en un lugar extraño cerca de los muelles de Najahn, una casa peculiar cedida a Gladdring como resultado, según decía el Tenet, de que los propietarios entendieran lo mal que podían acabar las cosas si se le cruzaban. Cuando Sawi llegó, sola, el edificio estaba vacío, sin nadie para recibirla, solo una puerta sin llave al final de un callejón y una serie de muebles tapizados en carmesí en el interior. Botellas de vino, abiertas y sin abrir, yacían esparcidas por el espacio, junto con copas y vasos. Restos de comida ocupaban platos en varias mesitas auxiliares, como si alguna fiesta hubiera sido dispersada sin previo aviso.

Lo cual, conociendo a Gladdring y la probable ira de Fassle, quizás había sido así.

Así se sentía estar al final de un hilo, bailando al son de lo que Gladdring exigiera.

Límpialo. Prepáralo. Tendrás una hora.

Las instrucciones que Gladdring le dio en una carta entregada a Sawi mientras almorzaba, junto con las indicaciones del lugar. Bajar por el acantilado le había llevado la mayor parte de ese tiempo, y ahora se apresuraba, llevando las botellas y los vasos a la estrecha cocina en la parte trasera del edificio. Los platos también, un par rompiéndose al lanzarlos al fregadero.

Solo una vez se detuvo, cuestionándose por qué estaba allí y cuál era el propósito de todo aquello. Por qué Sawi, una recolectora de Vis, estaba atrapada en este lugar extraño limpiando el desorden de otra persona.

La respuesta, como tantas veces durante estos últimos días, llegó con la voz del propio Gladdring:

Salva nuestras Siete Islas.

Si Wax podía enfrentar un peligro interminable tomando la ruta de la Renovación, entonces Sawi podía manejar un poco de trabajo. Podía encargarse de recibir a los astutos Tenets, sus ayudantes, los embajadores, a medida que llegaban uno por uno, en intervalos cuidadosamente planeados. Cada uno llamaba a la puerta, pronunciaba la contraseña que Gladdring había decidido, y entraba.

El último llegó casi treinta minutos después del primero. Encapuchado de negro, su rostro sombrío mientras Sawi abría la puerta. Una de las Adeptas de Fassle, la única abierta a la persuasión.

—Con usted aquí —dijo Sawi, siguiendo las líneas, los pasos que Gladdring había indicado—, podemos comenzar.

—¿Dónde está Gladdring? —preguntó la Adepta, su tono seco, asustado—. ¿Esto *es* obra suya?

—Está ocupado implementando el plan —respondió Sawi—. El que estoy a punto de revelarles a todos ustedes.

Quince en total, comandando cientos, quizás miles. Todos reunidos en sofás y sillas mohosos, escuchando y murmurando mientras Sawi describía quién iría dónde, entregaría qué, amenazaría a quién. Leía de las notas que Gladdring le había dado la noche anterior, una vez que habían asegurado la probable asistencia. Surgieron preguntas, y Sawi las descartó todas con una frase singular, impulsada por el skar Tamas aún alrededor de su cuello.

—Confíen en el plan —repetía Sawi una y otra vez, y cada vez sentía que los susurros del skar se avivaban. Quienquiera que fuera al que se dirigía suspiraba, asentía o simplemente dejaba de discutir y se recostaba en el cojín.

Al concluir, Sawi se puso de pie y declaró terminada la sesión. Leyó la línea final, tratando de encontrar la gravedad apropiada—: Vayan y salven juntos nuestras Siete Islas.

Sonó perfecto. Nadie lo cuestionó. Todos parecían comprometidos, el skar Tamas nuevamente escuchando el deseo de Sawi y proyectándolo sobre la gente, tal como Gladdring dijo que lo haría, tal como Sawi había aprendido a hacer.

El skar, sin embargo, no hizo nada cuando la puerta del edificio se abrió de golpe. Cuando los Najahn de armadura negra, con voulges listos, marcharon hacia la habitación. Cuando el propio Fassle, en túnicas púrpura, negras y doradas tan impecables que parecían irreales, los siguió.

—Y aquí están —anunció Fassle a la multitud paralizada—. Mis traidores, todos juntos. Qué amable de parte de Gladdring reunirlos a todos para mí. Llévenselos.

Sawi retrocedió mientras los Najahn pasaban junto a ella, agarrando a una multitud repentinamente lloriqueante, protestante y pálida. La Adepta se arrodilló allí mismo, suplicando perdón, solo para que Fassle extendiera una mano, aceptara una espada corta de un capitán Najahn y acabara con la vida de la Adepta de un solo y limpio golpe. La sangre hacía juego con los cojines, los gritos se detuvieron solo cuando Fassle amenazó con que cualquier otro arrebato recibiría el mismo trato.

Ningún Najahn vino por Sawi. Bloquearon las salidas mientras llegaban más para escoltar a los demás, uno por uno en un interminable desfile de condenados. Durante todo esto, Fassle observaba con una sonrisa de araña, satisfecho y petulante. Sin embargo, cuando el último se fue, un pobre ayudante que necesitó ser cargado después de desmayarse del susto, Fassle y su capitán de la guardia no lo siguieron. En su lugar, Fassle evaluó a Sawi mientras el capitán de la guardia la miraba con el ceño fruncido a su lado, el voulge aún desenvainado y en posición de firmes.

—La aprendiz de Gladdring —dijo Fassle, examinando a Sawi de la misma manera que Gladdring a menudo lo hacía: un maestro juzgando sus herramientas—. Él afirma que llevaste a cabo sus órdenes con habilidad. ¿Estás de acuerdo?

Mil escenarios habían pasado por la cabeza de Sawi

durante el éxodo, muchos terminando en el mismo charco sangriento que continuaba extendiéndose por el suelo, aunque el cuerpo de la Adepta había sido retirado. Ninguno comenzaba con Fassle haciéndole una pregunta, mucho menos una como esta.

—Yo... hice lo que me pidió —respondió Sawi, con la espalda contra la pared de piedra. A su derecha había un sofá, frente a ella, entre ella y Fassle, estaba la silla en la que se había sentado durante el discurso. Todo parecía demasiado ordinario, un lugar demasiado aburrido para morir—. Quería que encontrara personas abiertas a sus ideas.

—Y lo hiciste. —Fassle asintió, luego frunció el ceño—. Demasiadas, creo. —Clavó sus ojos en los de ella, sosteniéndole la mirada—. ¿Por qué? ¿Por qué te escucharon? ¿Fue por el skar?

¿Cuánto sabía Fassle?

En cualquier caso, Sawi se sentía como si estuviera sobre un tronco que se movía, un paso en falso la condenaría. Esto, esto era todo sobre su vida ahora. Gladdring probablemente estaba muerto. Ya no había nada que ganar protegiéndolo, lo que había estado haciendo.

—El skar solo crece. No crea.

En cuanto a lo que ese skar estaba haciendo ahora, la piedra Tamas solo daba susurros silenciosos y cautelosos. Como si no pudiera leer las intenciones de Fassle. Perfecto.

—Así que el argumento de Gladdring fue persuasivo —reflexionó Fassle. Tamborileó con su mano derecha contra sus túnicas limpias, luego dio un largo paso sobre el charco de sangre, se sentó en la silla cerca de Sawi y le hizo un gesto para que se sentara en el sofá—. Dame su plan, entonces, Vis. Quiero saber qué está causando inquietud entre mi gente, para poder aplastarlo.

20

EL REY MUERTO

Los cadáveres se mantenían apartados. Muertos silenciosos. Svarde, Maena y Kivi permanecieron inmóviles, observando cómo las figuras se alzaban a su alrededor. Algunas se erguían, otras se incorporaban sentadas, mientras que otras se movían con el rostro hundido en la tierra. Las razones eran tan variadas como las formas en que una persona podía morir en estas Siete Islas, aunque Svarde notó una clara tendencia hacia la variedad física: garras desgarradoras, miembros faltantes, huesos rotos de maneras horripilantes y, a estas alturas, completamente ordinarias. ¿Cuán distorsionada estaba la vida de Svarde que veía todo esto y no sentía nada más que reconocimiento?

Tantas veces podría haber sido él quien se pareciera a estos cuerpos sucios.

—¿Y ahora qué? —gritó Olgata desde el túnel una vez que los cadáveres cesaron su movimiento, convirtiéndose en extraños obeliscos entre el suelo de la cueva salpicado de rubíes—. No me atrevo a irme sin avisar a Jochi.

Tampoco Svarde querría avanzar con esta terrible fuerza a sus espaldas. Cualquier cosa que luchara contra demonios no podía ser del todo mala, pero los demonios también podían luchar entre sí. ¿Y si estas cosas solo estuvieran tomándose un tiempo para despertar de nuevo, preparándose para atacar? ¿O abalanzarse, agarrar los tobillos de Svarde? Todo malo, todo horrible.

—Entonces ve —respondió Svarde, su voz áspera resonando como un eco hueco en el silencio de la cámara—. Asegúrate de que Jochi esté al tanto.

Olgata no esperó una segunda opinión, dejando nada más que un ceño fruncido para Maena antes de salir corriendo. Sus pasos no hicieron ruido y los muertos no parecieron notarlo.

—¿Deshacerte de otra aliada? —preguntó Maena, con las manos libres y luciendo como si necesitaran un arma—. No es un movimiento inteligente.

Kivi resopló desde arriba. No era acuerdo, sino una pregunta.

—Elige un túnel —respondió Svarde—. Te seguiremos. Esperemos que estas cosas no nos molesten.

—¿Y si lo hacen?

—Derribamos a tantos como podamos.

Maena se rio.

—No estoy segura de que eso funcione.

—No estoy seguro de que nos importe de todos modos.

Kivi se arrastró por el techo, el polvo de roca cayendo en una fina lluvia entre los cuerpos mientras se movía. Los cadáveres recibieron la ducha gris como recibían todo lo demás: sin reacción.

—¿Entonces quién va primero? —preguntó Maena—. ¿Tú?

La pregunta de la capitana tenía un tono burlón, uno que ocultaba un poco de peligro. Un desafío y una duda juntos, como si no estuviera segura de que Svarde debiera, pero supiera que ella *no debería*. Un giro diferente de la Maena que Svarde había conocido, que tendía a lanzarse a situaciones mortales con planes y destreza.

Svarde se las arreglaría con fuerza.

Levantando sus hachas, tratando de mantener la vista en todas partes, Svarde siguió la línea de Kivi con un solo paso. Sus botas crujieron sobre la piedra, un único rubí se escurrió de sus suelas y se deslizó. Svarde contuvo la respiración, escuchó, miró.

Nada.

Bien. Tal vez estas cosas realmente solo estaban esperando a los demonios. Tal vez no les importaba.

Dos pasos, tres, y Svarde se acercó al centro de la cámara. Kivi había elegido el túnel de la izquierda de entre las tres opciones, el que se inclinaba hacia abajo desde el principio. En el centro de la cámara, con pocos muertos justo a su alrededor, Svarde se dirigió hacia allí. Miró para ver que Maena también había comenzado a moverse, siguiendo la ruta de Svarde.

—¿Me copias? —preguntó Svarde.

—Si hay trampas, las has estado evitando hasta ahora. Solo parece sensato.

Trampas. Una cosa más de qué preocuparse, aunque Svarde veía poca oportunidad para fosos ocultos o dardos entre las paredes rocosas. Difícil de preparar en un lugar como este. Sin embargo, mientras se dirigía hacia el túnel de la izquierda, mantuvo sus ojos escaneando arriba y abajo, buscando amenazas grandes y pequeñas. Lo cual, quizás naturalmente, llevó a Svarde cada vez más a los ojos negros sin párpados y la piel gris, los dedos de los pies, en aquellos que carecían de botas, retorcidos y sin embargo no podridos.

Como si algo mantuviera a estas cosas, estas personas, encerradas en el tiempo una fracción después de su muerte.

Una maldición detrás de él provocó que se girara, Svarde vio a Maena mirando a un cuerpo de pie a la derecha. Un hombre completamente erguido, aunque carecía de la mayor parte del torso izquierdo, señalaba con un brazo. No hacia los vivos, sino hacia el túnel de la derecha. Sus ojos vacíos se fijaron en Maena, luego en Svarde, una rotación tan lenta y determinada que parecía mecánica.

Svarde pudo haber temblado, aunque nunca lo admitiría.

—No lo llamaría exactamente un acertijo —dijo Maena—. ¿Crees que deberíamos seguirlo?

—No quiero hacer infelices a sus amigos. ¿Tú lideras?

—¿Para que puedas derribarme con ese hacha? No lo creo.

—¿Qué?

Maena, sin embargo, movió la cabeza hacia el cadáver.

—Adelante, Guardián.

El resoplido de Kivi interrumpió la conversación, el ferrite se deslizó por encima de Svarde y se dirigió justo hacia donde señalaba el cadáver. Cuando el ferrite pasó sobre la cabeza del cuerpo, el cadáver se movió, alineando sus pasos hacia el túnel. Aparentemente satisfecho con la dirección prevista de Kivi. Lo que planteaba una pregunta completamente diferente.

—Ni siquiera lo pienses —dijo Maena cuando Svarde vaciló—. No nos separaremos. No en estos túneles, a menos que quieras que los demonios se den un festín.

En eso, al menos, la capitana tenía un buen punto. Juntos, siguieron al cadáver.

El túnel elegido se separó rápidamente de las características habituales de la cueva. Lo que habrían sido paredes naturales a pocos pasos en la otra dirección ahora tenía apliques, aunque hechos con poca destreza, el hierro utilizado fundido de menas de desecho. La sangre Foti de Svarde se estremecía ante el metal picado, que ahora sostenía musgo brillante en grumos. Aun así, las manchas ennegrecidas detrás de los soportes insinuaban un pasado inflamable.

El suelo, también, había suavizado sus peores tendencias. Normalmente, las rocas sueltas y los picos extraños hacían que cualquier caminata por una cueva fuera peligrosa. No aquí, donde un túnel de más del doble del ancho de Svarde presentaba los mismos desafíos topográficos que una calle promedio de Noctia. Kivi incluso se dejó caer al suelo para aprovecharlo, ya que la parte superior del túnel se había dejado intacta, conservando sus salientes y enredos naturales.

—Alguien está cuidando todo esto —murmuró Maena mientras caminaban detrás del cadáver. Ella y Svarde habían mantenido sus bocas cerradas, con las armas listas hasta que habían dejado la habitación libre de más persecución: aparentemente los cadáveres tenían a su líder y no necesitaban nada más—. ¿Cuántos años se tardaría en excavar un túnel como este?

—Demasiados —respondió Svarde, y lo decía en serio.

Las operaciones mineras Foti, y Svarde tenía que creer que las de Whent eran similares, dependían mucho del metal y la mano de obra, rompiendo rocas con picos cuando los ferritas no se molestaban en ayudar a excavar más profundo bajo la superficie. En realidad, arreglar una mina para que se viera tan bien como esta, bueno, simplemente no se haría.

Nadie pagaría por ello, a nadie le importaría.

A menos que.

La revelación llegó cuando el túnel se ensanchó hasta el comienzo, y solo eso, de un lugar masivo, un lugar que no debería existir, un lugar que les impedía dar más pasos con una enorme puerta que cruzaba la caverna. Svarde no pudo mantener la boca cerrada, dejando caer su mandíbula lentamente mientras observaba la masa tosca y destartalada frente a él. La base, si Svarde podía verla realmente, parecía ser una mezcla de metal y piedra, una construcción apresurada para hacer dos losas lo más rápido posible. Una gran línea corría por el medio, desde los puntos dentados en la parte superior hasta el fondo apenas rozándose, donde más picos de hierro sobresalían hacia ellos, como una boca horripilante. Esa línea bisecaba la caverna, bisecaba la puerta, y se expandió cuando el cadáver se acercó a ella con el mismo brazo que había estado extendido todo este tiempo.

—¿Son esos...? —preguntó Maena, con la voz apenas un susurro.

—Creo que sí —dijo Svarde—. Creo que hemos llegado al lugar equivocado.

—O al perfecto.

Ambos observaron cómo se abría la puerta, se demoraron en las formas blancas y grises pegadas en su exterior por encima y por debajo de los dientes metálicos. Al principio, Svarde no había podido distinguir qué eran, pero pronto quedó claro: moteados, desgastados por el tiempo, pero claramente huesos, apilados y aplastados contra la puerta. Algunos podrían haber sido humanos, pero otros parecían alienígenas, con líneas ondulantes o mandíbulas masivas, garras con muchas uñas o solo una. Cortados, rebanados, golpeados y rotos, con trozos de mortero gris empujados entre ellos.

—He visto cementerios —dijo Maena mientras las puertas terminaban de abrirse, barriendo hacia afuera y casi rozándolos con los dientes—, pero nada como esto.

—No será lo peor que veremos hoy.

Había cosas que simplemente se sabían.

El cadáver comenzó su marcha hacia adelante de nuevo. Maena, Svarde y Kivi lo siguieron, con Maena manteniendo sus pasos justo detrás del bárbaro. Sus manos, afortunadamente, libres de cuchillos, espadas u otros instrumentos de asesinato aleatorio.

Esos pensamientos oscuros eran difíciles de descartar mientras seguían al cadáver hacia lo que alguna vez pudo haber sido una ciudad, pero ahora parecía más cercano a un mausoleo. La caverna se ensanchaba más allá de cualquiera que Svarde hubiera visto hasta ahora, aunque los edificios llenaban el espacio: formas estrictas y brutales que mostraban las líneas duras de la piedra tallada con un borde lacado, como si los constructores quisieran que cada esquina, cada lado brillara con la luz azul plateada que emanaba del musgo omnipresente. Agujeros oscuros ofrecían ventanas, aunque solo en una dirección.

¿Acaso unos ojos seguían a Svarde mientras caminaba, con los edificios creciendo y encogiéndose a su lado en un desorden reminiscente de una ciudad que crecía demasiado rápido para sí misma? ¿Eran los pelos erizados en su nuca, la sequedad en su garganta, producto de su imaginación o una amenaza real?

El cadáver, por su parte, no explicaba nada. Maena y Kivi se mantuvieron calladas, esta última incluso renunciando a sus resoplidos.

Pasaron por plazas abiertas, escaparates con letreros hace mucho perdidos en el polvo. Fuentes secas. Escaleras vacías, mesas de piedra desiertas. Sin embargo, en ninguna parte crecía musgo salvo en lotes controlados, en ninguna parte corrían libres el agua o las malas hierbas. Como si la ciudad hubiera diseñado su propia desecación.

Por fin, aunque Svarde no podía estar seguro de si había caminado durante una hora o un día, llegaron a unos escalones anchos pero poco profundos. Unos veinte que conducían a un edificio, no, no un edificio, un...

—¿Qué es eso? —preguntó Svarde mientras el cadáver seguía subiendo los peldaños.

A diferencia de la ciudad de piedra, su aparente destino carecía de las líneas estrictas, la estructura de bloques. En su lugar, sus extremos se curvaban a ambos lados, rozando la piedra. Símbolos recorrían la longitud gris polvorienta, líneas negras sobre una superficie por lo demás de pizarra. El lacado encontraba sus marcas alrededor de una puerta en forma de punta de flecha, cuya punta se elevaba muy por encima de la cabeza de Svarde. En la parte superior del edificio, un par de cilindros, posiblemente chimeneas, se elevaban en ángulo hacia el techo de la caverna y desaparecían en la roca.

—Sé que es mejor no adivinar nada aquí —dijo Maena, con la voz aún baja—. Siento como si nos estuvieran observando y escuchando.

—No eres la única.

—¿Seguimos a esa cosa?

Svarde asintió. —Hemos llegado hasta aquí.

Difícilmente un valiente grito de batalla Foti, pero Svarde no podía reunir mucho más. Subieron los escalones en silencio, alcanzaron al cadáver en la puerta en forma de flecha. El cuerpo maltratado se hizo a un lado allí y señaló hacia adentro.

—¿No vas más allá, eh, amigo? —le dijo Maena al cadáver, cuya boca, una cosa macilenta que tal vez no se había abierto en más años de los que Svarde había vivido, no se movió—. Supongo que no.

Svarde, con las manos siempre en las empuñaduras de sus hachas, lideró el camino. Inmediatamente, a ambos lados, no notó nada. Ni bancos, ni sillas, ni mesas o banderas. Esos símbolos, bailando líneas antinaturales, continuaban en el interior, y por todo el suelo. Ninguna columna rompía el espacio, ninguna pared, solo un amplio vacío que conducía a un único haz de luz que penetraba desde arriba.

Aquella luz plateada, como si Sichi hubiera perdido su color, salpicaba a un alma solitaria sentada. El hombre descansaba con ambos brazos sosteniendo la empuñadura de una espada enorme, aunque fea. Con extremos deshilachados sobresaliendo de su cuerpo de metal negro, la espada parecía menos el trabajo de un artesano que una furia salvaje encarnada en... Svarde no podía distinguir, a varios pasos de distancia, qué metal había forjado la hoja.

La armadura del hombre, cubriéndolo de pies a cabeza, era más fácil de interpretar. Un diseño antiguo, ahora arcaico. Rígida y pesada, de cuando los humanos tenían que lidiar con demonios como parte de su vida diaria. Un hecho que Svarde conocía porque fue Foti quien fabricó la armadura, Foti quien preservó su conocimiento alrededor de la Gran Forja, en caso de que tales bastiones móviles fueran necesarios de nuevo.

—Hola —dijo Maena, y Svarde le lanzó una mirada fulminante, agitando una mano para que se callara. Si el hombre estaba durmiendo, no había necesidad de despertarlo. Un esfuerzo que Maena ignoró—. Bonito lugar el que tienes aquí. ¿Te importaría decirnos qué es?

El hombre crujió, su cabeza, enmascarada por un casco adornado, como la puerta, con pequeñas columnas hechas de huesos robados y unidos con mortero, se alzó para mirarlos con su vacío.

—Bienvenidos —dijo el hombre, su voz un viento gélido, un susurro áspero—. Bienvenidos a la pesadilla interminable.

21
JUEGO DE DIOSES

Un Guardián y un ladrón. La última parte del papel, parte del pasado de Torny pero que, desafortunadamente, no se quedaba allí, salió a la luz tan pronto como Wax y Eujo dejaron el balcón y regresaron a una fiesta en caos. Un joven interrumpió la percusión de la banda con gritos sobre un asalto, una ventana rota y un robo. Los juerguistas encontraron la sobriedad rápidamente, parejas y grupos buscándose entre sí, confirmando que sus pertenencias y cuerpos estaban intactos.

Wax incluso buscó y encontró sus skars en su lugar en el collar, una comprobación innecesaria dado que sus susurros flotaban en la periferia de su mente.

—Deberíamos irnos —susurró Eujo mientras su anfitriona comenzaba a reunir a los invitados, superando los gritos cáusticos con un llamado controlado para que todos se reunieran en el centro de la planta baja—. Si esa era Torny a quien vimos, entonces se volverán contra nosotros.

Wax resopló.

—¿Volverse contra nosotros? Si eran Torny y Bliss, ¿por qué habrían de...?

—Porque tus Guardianes son iguales a ti, Wax. ¿No lo sabes?

—En Vis, no eres responsable si tu hermano hace algo estúpido.

Eujo tomó una respiración profunda, del tipo que parecía tomar mucho alrededor de Wax, del tipo que generalmente significaba que se avecinaba una conferencia. Wax podía adivinar de qué se trataba, también: algo sobre cómo su posición le daba responsabilidad, cómo tendría que arreglar las cosas, y así sucesivamente. Eujo parecía amar darle estas conferencias, como si Wax no supiera nada sobre la sociedad civilizada sin ellas.

No es que esta fiesta fuera a seguir siendo civilizada por mucho más tiempo.

Eujo se dirigió hacia las escaleras curvas que bajaban mientras el joven, invitado por Denia, comenzaba a describir la escena. Dos jóvenes patrullando la biblioteca, buscando libros para robar y encontrando un viejo diario familiar. Uno que debía, según dedujo el joven, empezando a jugar para la audiencia interesada, contener algún secreto digno de conocerse. Cuando intentó detenerlas, las viles ladronas lo empujaron a un lado. En lugar de prolongar la pelea, asustadas, sin duda, del hombre una vez que recuperara el sentido, la pareja rompió la ventana y huyó.

—¡Entonces debemos perseguirlas! —gritó un oyente, solo para darse cuenta de lo que había dicho y enmendarlo un momento después—. Los guardias deberían hacerlo, de todos modos. ¿Dónde están?

—Los buenos se fueron con Jochi —dijo alguien más, derramando su bebida en una ola de ira—. ¡El señor de la guerra nos ha dejado vulnerables, nos ha entregado a los buitres!

Un alboroto estalló ante estas palabras, gritos de ida y

vuelta mientras los cócteles y cosas peores se apoderaban de la multitud. Wax notó que Eujo había detenido su descenso, en su lugar acercándose de nuevo a él. El ruido, la tensión, empujaron a Wax a reconsiderar su comentario: irse ahora parecía ser la mejor opción.

La razón había abandonado el edificio.

—No creo que quiera meterme en eso —dijo Eujo—. ¿Hay otra salida?

—¿El balcón? Es un salto, pero factible. ¿O es demasiado para la realeza?

—Antes de vestir un vestido como este, podía moverme por cualquier isla celeste. Vamos.

Qué era una isla celeste, Wax no lo sabía, ni tenía tiempo de preguntar. En cambio, con Eujo tirando de su brazo, retrocedieron hacia el balcón y la fría noche más allá. La barandilla invitaba a un salto, el suelo nevado debajo les daba un buen lugar para aterrizar. Wax evaluó su situación, la ropa elegante que Eujo se había puesto —que Wax encontrara esas ropas incómodas parecía poco importante —y le preguntó si le importaba que se arruinaran.

—Tengo cientos como estos —respondió Eujo—. Iré primero.

—Adelante —dijo Wax, y Eujo no esperó.

A pesar de su vestido, la Reina dio dos zancadas parejas, luego se elevó, se impulsó desde la barandilla y se lanzó al aire iluminado por antorchas. No se desplomó, no se lanzó en una voltereta, ni cayó en un abandono indefenso como Wax esperaba. En su lugar, Eujo se deslizó hasta un suave aterrizaje. La nieve se levantó en una agradable bienvenida a su toque, y Wax solo superó su asombro cuando recordó exactamente lo que Eujo tenía en su posesión: el skar Kance, demostrando una vez más su valía.

—Tramposa —murmuró Wax, y luego se preparó para su aproximación.

Solo para detenerse cuando una mano pesada aterrizó en su hombro.

—Una forma inusual de abandonar una fiesta, ¿no crees? —preguntó una voz áspera, una más vieja.

Wax se sacudió el brazo, miró hacia atrás para ver al hombre con un grueso abrigo gris de guardia. Más allá de la mano abierta, el guardia tenía la otra sobre la empuñadura de una espada gruesa que descansaba contra su cintura sustancial. Un fuego oscuro brillaba en los ojos del hombre, un rubor en su rostro. Una vida desvanecida que volvía.

Por un momento, al menos.

—Parecía un poco agitado abajo —respondió Wax, retrocediendo hacia la barandilla. Tensó las piernas, un pequeño salto a la barandilla y fuera y estaría libre—. Pensamos en irnos temprano.

—No creo que vayas a hacer eso. Todos se están reuniendo abajo. Habrá preguntas. —El guardia se movió, mostrando a un segundo hombre detrás de él, igualmente viejo e igualmente emocionado ante la oportunidad de hacer algo más que ver a sus empleadores comer, beber y bailar—. Colby tiene buena puntería con su ballesta. No lograrás el salto.

—¿Dispararías a un Renewal por nada?

—Esto es Whent en invierno, muchacho. Lo que sucede es lo que nosotros decimos. Sería una lástima si te rompieras el cuello en una mala caída. —El guardia se movió de nuevo, ahora contra el lado del balcón, pero aún al alcance del brazo de Wax. Su amigo, Colby, tenía una vista clara y, en efecto, tenía una ballesta lista—. Puedes entregar a tu Guardiana y su amiga ladrona, o puedes pagar su precio.

—Hay algo de justicia aquí. Quién dice...

—Lo decimos nosotros —le interrumpió el guardia—. Apártese ahora, o le disparará en la pierna. Veamos cuán lejos puede correr entonces.

Muy bien. Las palabras no servirían aquí. Wax pensó que podría hacer un salto mortal hacia atrás, aunque el aterrizaje dolería, pero la ballesta podría hacer el movimiento fatal. Volver a bajar a la fiesta no sería mucho mejor. Incluso si no lo mataban de inmediato, no habría forma de salir sin entregar a Torny.

Wax contuvo una mueca de disgusto, en su lugar se bañó en otra bocanada fría y humeante. Esa ladrona tendría mucho que explicar una vez que la alcanzara.

El pensamiento ardiente provocó un nuevo susurro, agudo y vicioso. Un murmullo sin sentido que instaba a Wax a actuar, a ceder a su frustración y dejar que el skar se encargara de las cosas.

—Vamos. Tres segundos más y serás un hombre herido en el mejor de los casos —dijo el guardia.

Tal vez el skar tenía razón. Un poco de destello, algo de sorpresa, y Wax podría saltar por la barandilla. Fácil, como antes. Colby y su ballesta no tendrían ninguna oportunidad.

—No me llevarán a ninguna parte —dijo Wax, cediendo al skar mientras hablaba, la piedra caliente descansando contra su pecho.

El cuerpo de la Renovación mató el frío, llenándose de un calor abrasador. Como estar en el río de lava Foti, o tal vez dentro de él. La visión de Wax se nubló, los susurros del skar Foti se convirtieron en un grito furioso, lanzando sílabas golpeantes que Wax no podía entender a nada, a todo. El aire tembló, el guardia comenzó a hacer una pregunta, cuando el suelo, las paredes, los dos guardias alrededor de Wax se iluminaron.

Un momento, un agradable balcón iluminado por antorchas gemelas. Al siguiente, un infierno hirviente, que se extendía desde Wax hacia la enorme finca. El fuego se retorcía y se agitaba como algo vivo, las llamas saltaban con un viento antinatural para atrapar obras de arte, muebles, la multitud que venía a ver a una Renovación siendo llamada a rendir cuentas. Colby y su ballesta desaparecieron detrás de un ardiente resplandor azul y naranja, el grito de alguien llegó a Wax a través de la rabia enloquecedora del skar.

Saltó. No, cayó. Sus manos, en puro pánico, agarraron la barandilla detrás de él y arrastraron a Wax en una caída rígida. El instinto lo salvó al final, convirtiendo a Wax en un rollo, salvando su hombro de un golpe mortal, su cabeza de uno peor. El aterrizaje chisporroteó, la nieve amortiguando su caída antes de estallar en vapor. Wax a la vez se congeló por el frío húmedo y ardió con la ira del skar, su deseo de lanzar aún más fuego sobre todos, todo lo que pudiera amenazar a Wax ahora o siempre.

No. No. Desesperadamente no.

Wax trató de concentrarse, alejar al skar. Encontró un punto de apoyo en sus dedos, hundiéndolos en la tierra congelada bajo la nieve derretida. La tierra firme sirvió como centro, sus ojos cegados por el fuego encontraron consuelo en el marrón oscuro.

—Levántate —las palabras fervientes de Eujo—. Tenemos que irnos, ahora.

Ella levantó a Wax, un movimiento tambaleante empeorado por sus maldiciones ahogadas al tocar su piel caliente, los bordes chamuscados de su abrigo. Mientras encontraba el equilibrio, Wax miró hacia atrás, siguió los gritos, los pedidos de agua, de ayuda de cualquier tipo.

La razón era imposible de perder: la finca, no solo el balcón, ardía. Los hermosos pasillos, sus aberturas arqueadas la causa de tantas noches tranquilas y maravillosas, crepitaban con muerte naranja. La ceniza ya se encontraba con la nieve que caía. Otros cuerpos copiaron el movimiento de Wax, saltando desde los balcones para aterrizar con golpes secos en los bancos de nieve. Aún más huían por las puertas principales de la finca, arrastrando a sus parejas, sus instrumentos o sus últimas y necesarias bebidas con ellos.

—Wax —dijo Eujo, fría como siempre—, has hecho esto, y vendrán a buscarte. Nuestro tiempo se ha acabado.

Todavía no. Wax luchó contra el terror, la culpa, la confusión y miró hacia el otro susurro en su mente, la curiosidad burbujeante del skar Rana. Si el skar Foti podía crear fuego, entonces Rana debería ser capaz de hacer agua, apagar el fuego.

Así que hazlo.

Wax empujó la orden hacia la piedra. Deseó, ordenó, exigió al skar Rana que sacara agua del cielo, de la nieve, de cualquier parte y apagara las llamas. Sin embargo, la piedra no respondió, sus susurros eran el mismo murmullo de antes.

—No está funcionando —dijo Wax mientras Eujo lo alejaba otro paso, la Reina tirando de su brazo—. El skar Rana no está escuchando.

—No son herramientas —respondió Eujo—. Son piezas de los dioses, Wax. Harán lo que quieran.

—¡No quería que quemara todo el edificio!

—Lo que *ellos* quieren, Wax. Nosotros abrimos la

puerta, les damos una oportunidad, lo que sucede después depende de ellos.

Las palabras, el razonamiento rompieron la esperanza de Wax, la apagaron con la fría lógica de Eujo. La finca ardía. Él la había incendiado y no podía apagarlo. Quedarse más tiempo significaría muerte, prisión o algo peor. Su única esperanza, la única esperanza de la Renovación, era huir.

Y por fin lo hizo, siguiendo a Eujo más allá de las puertas abandonadas hacia la ciudad, mientras detrás de ellos el edificio ardía con fuerza.

22

EL SKAR DEL CIENTÍFICO

Compartieron el desayuno en el pequeño muelle que se adentraba en el océano frente al escondite secreto del Tenente. Era el cuarto día consecutivo que Annalyse bajaba poco después de que el sol comenzara su ascenso en el horizonte, abría la jaula de Quik y lo llevaba cerca del mar, tentándolo con tortas de avena frescas y huevos. Al principio lo había hecho con un cuchillo a su lado, un arma que Annalyse más tarde admitió que apenas sabía usar. Después de eso, lo había dejado, confiando en la palabra de Quik de que no intentaría someterla ni escapar.

No es que Quik no lo estuviera pensando, ni que no pasara la mayoría de los segundos con esas tortas de avena calculando la distancia desde el muelle alrededor de una masa de roca negra que se curvaba hacia el océano. Nadar alrededor de allí lo llevaría directamente a los muelles de Najahn, donde los trabajadores ayudarían a efectuar su rescate. Sin embargo, el momento tendría que ser perfecto.

De lo contrario, con lo mucho que Ami había destrozado

su cuerpo, Quik se ahogaría después de unas pocas brazadas.

—¿Te está haciendo trabajar duro? —preguntó Annalyse el primer día, una pregunta obvia hecha para romper lo que había sido un silencio nervioso.

La científica —su propio título para sí misma— parecía tener dificultades con la conversación casual, un rasgo que Quik notaba cada vez que intentaba dirigir sus charlas hacia la vida de Annalyse, su pasado, sus intereses y aficiones. En lugar de responder, tenía la costumbre de mirar hacia otro lado, murmurar algo poco comprometido y volver a acribillarlo con una pregunta directa tras otra.

—No es perezosa —respondió Quik.

—Eso espero. Estamos haciendo un trabajo importante.

Trabajo. Annalyse usaba esa palabra muy a menudo también, como si aplastar pequeños demonios con skars o bailar duelos en las dunas fuera el tipo de cosas que traerían paz y prosperidad a Las Siete Islas. Ami, al menos, no se distraía con esas nociones ridículas, estableciendo el objetivo de cada día y presionando a Quik hasta lograrlo, un proceso que tendía a dejarlo ensangrentado, magullado y exhausto.

Al menos ahora sabía que despertaría con algo agradable.

—¿Cuál es el final? —preguntó Quik—. ¿Tienen suficientes skars para que los Najahn simplemente ganen? ¿Los entrenarán a todos?

Una buena pregunta. Quik podía decirlo porque Annalyse se iluminaba cada vez que daba en el clavo. Sus manos se inquietaban, como si quisieran agarrar algún juguete invisible y demostrarlo. Una dicotomía: Quik con sus ropas de lino maltratadas comiendo con el control de un cazador, mientras que Annalyse vestía algo que Quik solo podía describir como bolsillos y cinturones, todos atados a varios saquitos. A veces Annalyse metía la mano en uno, sacaba algún extraño dispositivo de latón o plata, y describía cómo podría, algún día, funcionar con un skar para crear algo increíble.

Muchas posibilidades, pero hasta ahora, poco concreto.

—Si hacemos esto bien, no tendrán que hacerlo —dijo Annalyse—. Haremos armas tan simples, tan fáciles que cualquiera pueda usarlas. Cualquiera podrá mantenerse a salvo.

Hablaba con una fe tan ciega que Quik casi odiaba contradecirla.

—En Vis, no dejamos que cualquiera tenga las lanzas —dijo Quik, sumergiendo los dedos manchados de desayuno en el agua—. Tienes que tener la edad suficiente, ser lo bastante responsable. Es un honor.

—¿Qué pasa cuando el peligro viene por alguien que no tiene una?

—El resto de nosotros los protegemos.

—¿Y si no estás allí?

Quik negó con la cabeza.

—Entonces han tomado la decisión equivocada.

Annalyse levantó un solo dedo.

—¿Ves? Eso es lo que estoy diciendo. De esta manera, con estos, no tendrán que preocuparse. No necesitarán tu lanza.

—¿Qué hay de los Rana? ¿No los usarán en sus incursiones? ¿No podrían herir a muchos más?

—Para eso están los Najahn, Quik. Cualquiera que abuse de estos, termina en una celda.

Quik resopló.

—O en el fondo del océano.

Annalyse miró hacia otro lado, dejando que la brisa

marina agitara su cabello enmarañado. La asesina de conversaciones, esa mirada. Cada vez que las cosas se volvían demasiado reales, más allá de la invención, de las posibilidades, hacía esto.

Supuso que eso es lo que estar encerrada en la torre de un Tenente podía hacerte.

Era hora de una táctica diferente.

—¿Por qué estás haciendo esto? —preguntó Quik, y no por primera vez—. Casi una semana has estado bajando aquí cada mañana con comida.

—¿No te gusta?

—Sí me gusta, pero —Quik asintió hacia las cuevas—, me han usado mucho. Quiero saber por qué.

Una sonrisa honesta.

—Porque no hay mucha gente con quien hablar. Gladdring no me deja salir de la torre, cree que podría meterme en problemas. Los otros Tenentes no saben que estoy aquí, lo que estamos haciendo. Todo es secreto, así que tengo a los guardias, tengo a Ami —Annalyse se rio—. Ami, ya sabes, la mejor conversadora del mundo. Sawi estaba bien, pero siempre parecía querer estar en otro lugar. Y ahora tú.

Quik había intentado la ruta de Sawi antes, encontrándola un callejón sin salida una y otra vez. Annalyse solo diría que Sawi y Gladdring tenían sus propios asuntos, cosas que ella no conocía. Lo que dejaba al propio Quik y su potencial escape.

—¿Así que soy divertido para hablar? —preguntó Quik.

Una sonrisa astuta.

—Mira tu competencia.

Tuvo que reírse de eso, una risa que murió cuando notó un barco acercándose en el horizonte, dando un rodeo desde el Este. Probablemente un galeón Foti.

—¿Cuánto tiempo más me mantendrás aquí? —preguntó Quik—. ¿Hasta que esté muerto?

—O hasta que avancemos lo suficiente para revelar todo. Entonces todo habrá terminado.

—Qué consuelo tan frío, Annalyse.

—Lo dices como si yo no fuera también una prisionera. Es lo que los sueños te hacen, Quik. Toman y toman y toman hasta que no te queda nada más.

Ami interrumpió la comida minutos después, bajando y declarando que tenía un nuevo demonio, algunos nuevos skars para probar. Annalyse recibió la interrupción sin entusiasmo, haciendo una mueca y articulando un silencioso "lo siento" hacia Quik. Ese gesto permaneció con Quik mientras bajaba por el muelle, cruzaba la arena, y entraba en las cuevas, hasta una segunda jaula más pequeña recién abastecida con una criatura que se arrastraba.

Pareciéndose un poco a un escarabajo peludo, el demonio revoloteaba de barra en barra, su cuerpo del tamaño de un niño aparentemente incapaz de posarse en ningún lugar por más de un segundo o dos.

—Es rápido —dijo Ami, entregándole a Quik un garrote nudoso, aunque con una empuñadura metálica familiar a lo largo de su mango inferior. Equipada con varios skars, la empuñadura zumbó cuando Quik la agarró, susurros encendiéndose en su mente—. El objetivo no es matarlo, sino ralentizarlo. Detenlo si puedes.

Habían pasado de la mera masacre a habilidades más refinadas ahora. Annalyse lo llamaba finura, una forma de expandir la utilidad de las gemas. La científica estaba de pie detrás de Quik y Ami ahora, con su omnipresente papel y lápiz de carbón listos para transcribir las observaciones.

Los susurros le dijeron a Quik qué skars tenía el garrote: Foti, ya gruñendo para ponerse en marcha, para golpear.

Rana, un suave murmullo burbujeante que solo se emocionaba si Quik miraba hacia el océano. Y el destinado para la prueba de hoy: un skar Kance, revoloteando en su cabeza como si Quik hubiera bebido demasiado café.

—Hazlo sin entrar en la jaula si puedes —continuó Ami. La Guardiana, como siempre, vestida para la batalla. Como si cada día fuera una guerra, y nunca la atraparían por sorpresa—. Quiero ver el alcance.

Quik asintió, concentrándose en el skar Kance. Por mucho que obsesionara con escapar, con liberarse de su propia prisión, estas pruebas siempre forzaban su atención. Ami había demostrado de inmediato que cualquier cosa menos le ganaría una bofetada, un corte, un castigo brutal. Así que miró al demonio escarabajo revoloteante, envió su impresión, lo que quería, que el monstruo detuviera su vuelo y se estrellara contra el suelo, directamente al susurrante skar Kance.

El garrote pareció calentarse en sus manos, el aire alrededor de Quik adquiriendo un tinte eléctrico, como si se acercara una tormenta eléctrica. Los susurros del skar Kance perdieron definición, se convirtieron en una estática difusa y emocionada. El escarabajo saltó de nuevo, el pelaje marrón moteado abriéndose para mostrar alas iridiscentes en otro viaje infructuoso a través de su jaula.

A mitad de camino, solo un par de latidos después, Quik sintió que el skar se rompía. Como una exhalación rápida, una ráfaga dejó el cuerpo de Quik y encontró al escarabajo, golpeando al bicho en una espiral lateral. El demonio golpeó la arena, rebotó, se enderezó mientras Quik trataba de mantener su concentración, sus ojos se nublaban mientras el skar Kance arremolinaba el aire a su alrededor en un embudo rápido y dirigido hacia el demonio.

—Sigue —ordenó Ami.

El skar escuchó cuando Quik lo instó a continuar, las ráfagas envolviendo al escarabajo, empujándolo hacia la tierra. Presionando al demonio que luchaba contra la arena. Quik se encontró mareándose, se dio cuenta de que estaba tratando de respirar y fallando mientras el skar Kance empujaba todo el aire a su alrededor hacia el monstruo.

—No te detengas —continuó Ami—. Aplástalo, ahora.

Otra orden, otro golpe de skar, incluso cuando Quik cayó hacia adelante, sus piernas ya no podían sostenerlo. Ami lo atrapó con una mano, continuando instándolo a seguir.

—¡Detente, Ami! —gritó Annalyse, repentina y con más ira de la que Quik, en los tenues fragmentos de su conciencia privada de aire, había escuchado jamás—. Tenemos lo que necesitamos. Déjalo ir.

—Necesitamos conocer el límite, Annalyse. —Pero Ami soltó a Quik, dejándolo caer en la tierra. Cuando el cazador perdió de vista al escarabajo, el skar se relajó, volvió a su revoloteo. Respiró, saboreó el dulce aire salado de nuevo. Sintió el escupitajo asqueado de Ami golpear la arena cerca de él—. Si no sabemos cuándo un skar, si un skar, matará a la persona que lo usa, no conocemos los límites.

—Tal vez no necesitamos saberlo. —Annalyse puso sus manos en la espalda de Quik, pasó un brazo sobre su hombro y lo ayudó a ponerse de pie mientras el cazador inhalaba una respiración tras otra—. El objetivo de todo esto es salvar vidas, no gastarlas.

—Una por mil, Annalyse. Una por un millón —respondió Ami, luego suspiró—. Está bien. Gladdring quiere vernos de todos modos. Algo se está tramando. Deja que el Vis descanse.

Annalyse hizo precisamente eso, guiando a Quik de vuelta a su jaula, dejándolo dentro. Quik se acostó en la arena, dejando que sus pulmones cansados se recompusieran. Escuchó a Annalyse regresar, decir que había dejado parte de su desayuno sin comer. Allí estaba, esperando. Ella cerró la puerta con llave, se alejó con un suave adiós.

Cuando Quik se sentó, vio el plato, los pasteles restantes. Anidado entre ellos, envuelto en papel doblado, había una gema turquesa, un skar Vis. En el papel, garabateado en letras rápidas, había una nota:

Mantente sano, mantente vivo.

- Annalyse

Sin embargo, mientras Quik tomaba el skar en su mano, escuchando sus susurros reconfortantes, tuvo una idea diferente.

23
HUYENDO HACIA EL NORTE

Asombroso lo diferente que era correr con alguien más que sola. Escoger el camino por calles desconocidas, bajar por callejones al azar, saltar obstáculos y confundir a los perseguidores eran todas cosas que Torny sabía hacer tan bien como respirar, habilidades que Yarvick le había inculcado una y otra vez antes de permitirle asumir sus primeros trabajos. Habilidades que flaqueaban rápidamente cuando tenía que estar pendiente de la persona particular que la seguía.

Bliss resbalaba y se deslizaba por las calles heladas más allá de la finca. Sus botas mantenían el equilibrio como podían, pero la Vis no tenía experiencia en el hielo y se notaba. Cada vez que Torny giraba en una esquina, cada vez que le decía a Bliss que saltara, que se colara por una estrecha abertura en una cerca, la ladrona tenía que detenerse, darse la vuelta y atrapar a la Vis antes de que se desparramara en el suelo.

La huida torpe tampoco hacía mucho por mantenerlas en silencio. La ciudad no era exactamente lo que Torny llamaría poblada —haber sido parcialmente incendiada por el reciente ataque de los demonios debió haber apagado los ánimos—, pero había suficiente gente fuera en la tarde noche atendiendo las reparaciones, buscando comida o simplemente mirando hacia la oscuridad nevada y nublada para asegurarse de que el par nunca se quedara sin preguntas a gritos o miradas curiosas.

En resumen, un momento pésimo para el hurto.

El diario, sin embargo, mantenía su peso en el bolsillo de su abrigo. El éxito curaba muchas cosas, y Torny, en esos breves momentos de estabilidad mientras corría por una avenida o detrás de un edificio, pensaba en la aprobación, los cumplidos, la amabilidad que Yarvick finalmente le mostraría cuando le devolviera el libro. Una dulzura de la que había carecido durante demasiado tiempo, silenciosa en su imposibilidad pero ahora tentadora en su oportunidad.

Quizás un problema para considerar en algún momento en que no estuviera esquivando un carro, agachándose ante la mirada resoplante de un buey o eligiendo una nueva ruta en calles desconocidas.

—¿Adónde vamos? —señaló Bliss cuando Torny redujo la velocidad, llegando a una amplia plaza circular. En su centro ardía una hoguera, un faro en la noche y el depósito de cosas demasiado dañadas para ser salvadas—. ¿O estamos corriendo al azar?

Varias personas con copos de ceniza que habían renunciado a sus abrigos de piel por el calor del fuego arrojaban desechos a las llamas, mientras que de vez en cuando llegaban carros para añadir a las pilas. Nadie les prestaba atención, y sin el coro de los guardias pisándoles los talones, Torny pensó que podían tomarse un respiro.

—Quería llegar al *Borde de la Tormenta* —dijo Torny—.

Resulta que es difícil navegar por esta ciudad en la oscuridad.

No era del todo cierto, pero era una explicación más fácil que detallar cómo ir directamente al destino más obvio era un error. La gente de la finca se daría cuenta rápidamente, si no lo habían hecho ya, de quiénes eran Torny y Bliss. Primero se abalanzarían sobre el *Borde de la Tormenta* en una búsqueda frenética, luego se dispersarían lentamente cuando no encontraran a nadie. Entonces habría huecos en la patrulla, una forma de escabullirse, llegar al barco y...

—Wax lo entenderá —señaló Bliss, aparentemente leyendo la preocupación en el rostro de Torny mientras permanecían de pie en el borde de la plaza, viendo las chispas saltar con cada lanzamiento—. Confía en ti.

—¿Después de esto? Lo dudo.

—Tienes tus razones.

—Eso no significa que las vaya a entender. Tampoco significa que tenga razón. Es una elección que hice, Bliss. No voy a huir de ella.

Bliss tomó el brazo de Torny, un agarre demasiado fuerte para ser afecto, más bien uno para evitar que una cautiva escapara.

—¿No vas a renunciar a todo esto por un libro, verdad?

—¿A qué renunciarías tú por la oportunidad de recuperar tu vida?

—No entiendo.

—Este libro es mi boleto. Paga una deuda. —Torny volvió a palpar y encontró el diario. Justo donde debía estar —. Cuando lo devuelva, seré perdonada.

—¿Y qué hay de nosotros? ¿De mi hermano? ¿De tu juramento?

Hacer malabares con las deudas. Nada nuevo ahí.

—Encontraré la manera de pagarle también a él. De saldar todo.

—Crees en eso.

No era una pregunta. Torny lo agradeció. Bliss no era ninguna ingenua esperando ser estafada, aunque tal vez lo había sido en Foti. Ya no. Al menos eso era algo que Torny había hecho por la Vis. Ahora, podía hacerle a Bliss un favor más y dejarla escapar sin algo peor.

—Vamos —dijo Torny—. Demos la vuelta hacia el agua. Pronto llegarán al barco.

Esta vez, caminaron. Bliss mantuvo el equilibrio, Torny mantuvo el paso controlado, y la gente que pasaban perdió su curiosidad. Solo otra pareja perdida en la ruina.

La playa no proporcionaba muchas respuestas. Más fría que la ciudad, la arena salpicada de destellos brillantes. Un misterio resuelto cuando tanto Torny como Bliss se acercaron a un montículo más brillante que todos los demás, encontrando una extraña piedra de obsidiana en su cabeza y un brillo vítreo debajo. Bliss lo tocó, proclamando que el vidrio era una versión más rugosa de lo que podían encontrar en el *Borde de la Tormenta*.

—Los demonios están empeorando cada vez más —dijo Torny—. ¿Ahora pueden hacer esto?

—Esto no es tan malo. Es casi bonito.

Torny se rio.

—Bliss, ¿cómo lo haces? ¿Cómo conviertes cada situación en algo mejor y más brillante de lo que debería ser?

Al principio, Torny lo habría llamado inocencia, una falta de conocimiento sobre lo sombrías que eran las islas. Bliss ya no tenía esa excusa, y aun así persistía, decidida tanto a tener éxito como a no perder su alma en el proceso. Admirable y casi irritante.

—Porque soy una Vis, Torny. Soy una afortunada. No voy a perder eso.

—¿Incluso mirando esto? —Torny señaló el vidrio, la obsidiana—. ¿Qué va a pasar cuando estas cosas estén por todas partes?

Bliss se encogió de hombros, sus hombros peludos apenas se movieron bajo el grueso abrigo. —Mataron a este. ¿Qué tan malo podría ser?

Torny volvió la cabeza hacia el pueblo en ruinas. —Creo que esa es tu respuesta.

—Lo reconstruirán. Igual que nosotros.

Otro argumento empezó a formarse en la boca de Torny, solo para desvanecerse. No habría forma de cambiarla, no de esta manera. ¿Y era tan malo tener algo de esperanza por una vez?

—Vamos —dijo Torny—, regresemos. Despacio y en silencio. Veremos si ya se han ido.

Los guardias nunca llegaron. De camino hacia el barco, Bliss señaló el resplandor anaranjado contra las paredes del acantilado hacia la parte trasera de la ciudad, justo donde había estado la finca. Un incendio masivo, y uno al que Torny atribuyó el haber salvado sus pellejos. Fuera cual fuera la buena fortuna que lo había provocado, Torny la agradeció.

Aunque ese agradecimiento murió rápido cuando encontraron a sus amigos a bordo del *Filo de la Tormenta*, Eujo y Deux empacando alforjas mientras Wax estaba de pie en la proa del barco, con la mirada vidriosa y aturdido. Bliss fue a su lado, comenzando a hacer señas furiosamente, mientras Eujo arrinconaba a Torny y exigía una explicación.

La Reina adoptó su porte regio, pero Torny detectó una

ligera grieta en la mandíbula, los ojos y la boca severos de Eujo. Un vínculo, allí, de una ladrona a otra.

—Tú entiendes —comenzó Torny, las dos en el camarote de Torny mientras la ladrona metía sus cosas vitales, las herramientas y cuchillos necesarios para sobrevivir dondequiera que fueran—. Sabes lo que es deber una deuda.

—La que le debo a Kance es más grande que cualquiera que tú pudieras tener —dijo Eujo, bloqueando la estrecha puerta de salida. Se había cambiado de la elegancia de la fiesta a pantalones más gruesos, camisa y botas hechas para una caminata. Una pista de que Torny debería hacer lo mismo—. Estoy sacrificando todo para pagar esa deuda. Casi echaste a perder ese esfuerzo esta noche.

Torny negó con la cabeza. —No habrían lastimado a dos Renovaciones. Estáis a salvo.

—¿Dos Renovaciones *competidoras*? Eres tan cínica como yo, Torny. Apostar por su amabilidad es una mala elección.

Con la alforja empacada, Torny se puso de pie, encarando a Eujo. Esbozó una sonrisa sardónica y se cruzó de brazos. —La apuesta dio resultado. —Y ahora para el segundo acto de la obra, cambió esa sonrisa por una expresión seria y directa—. Si quieres que me vaya, me iré. Pero este era mi único trabajo. Nunca volveré a poneros en riesgo a ti o a Wax.

—Una buena cosa para decir ahora que has vuelto a toda una isla en nuestra contra.

Torny resopló. —Es invierno. Para cuando la noticia llegue a alguna parte, habremos terminado aquí. —Torny asintió hacia las botas—. ¿Supongo que eso significa que iremos a pie?

—Deux dice que el hielo va a estar demasiado grueso

para navegar alrededor del lado norte de la isla. Así que vamos a caminar.

—Largo y frío.

Ahora Eujo esbozó una sonrisa. —¿Demasiado frío para una ladrona?

—Nunca dije eso.

—Entonces termina de prepararte. Nos vamos esta noche, antes de que la gente a la que cabreaste decida venir a buscarnos.

—¿Así que sigo siendo tu Guardiana?

Como si copiara a Torny, Eujo dejó que la sonrisa se convirtiera en una mirada fulminante. —Hasta que encuentre a alguien mejor. No la cagues de nuevo, ladrona, o te entregaré yo misma a esos masticapiedras.

Según Deux, su partida comenzó poco después de la medianoche y mucho antes de que la energía del escape de la finca se agotara. Wax se mantuvo callado, sus ojos a menudo moviéndose hacia la mansión que aún ardía en la distancia, pero al menos caminaba. Torny lideró el camino, nuevamente marchando con el cuarteto, ahora cargados con mochilas, a través de la playa hasta el extremo oeste del pueblo antes de dirigirse al norte. Las calles finalmente estaban desiertas, sin nadie que obstaculizara su viaje, mucho menos guardias cazando ladrones.

En cuanto a escapadas, Torny clasificó esta entre sus más suaves, aunque le resultaba difícil reclamar el orgullo. Después de que Eujo mencionara el skar de Wax y el incendio resultante, Torny no podía atribuirse el mérito. Tampoco, aún, caía en la incomodidad silenciosa como Bliss y su hermano. Eujo, al menos, parecía entender que no podía controlarlo todo: seguir adelante con la misión, no quedarse atrapada en los desastres.

Justo como una buena ladrona, o alguien que necesitaba maximizar cada oportunidad, por escasas que fueran de encontrar.

En su extremo norte, la ciudad se reducía a medida que subía una pendiente que finalmente desembocaba en la vasta llanura de Whent. La oscuridad nublada significaba que nada más que una nevada ventosa y arremolinada yacía más allá. El camino, al menos, tenía robustos postes de piedra clavados en la tierra cada pocos pasos para mantener a los viajeros en la ruta durante la ventisca. Un sendero que, según decía el único vigilante en las puertas, un hombre somnoliento demasiado adormilado para registrar sorpresa por su extraña hora de partida, los llevaría a través de toda la isla si así lo elegían.

—¿Y los skars? —preguntó Eujo—. ¿Nos llevará allí?

—¿La Grieta Dorada? —respondió el hombre—. Id recto, no giréis ni una vez, y llegaréis. O, debería decir, podríais llegar.

—¿Podríamos?

—Hay bestias ahí fuera, seguro, pero es peor aún si no viajáis con un grupo más grande. —El hombre se asomó desde su garita, anidada cerca de grandes puertas de madera y un bosque de antorchas—. ¿No es lo suficientemente grande, y a pie además? Es probable que os congeléis o muráis de hambre antes de llegar al Najahn.

—Estaremos bien —replicó Eujo—. Abre la puerta.

Antes de haber robado el diario, Torny podría haber discutido allí. Sugerido que buscaran un carro, algún buey o algo para tirar de ellos. Ahora, mientras el hombre negaba con la cabeza y abría las puertas de par en par, revelando la ventosa tundra, Torny se mantuvo en silencio.

Cada trabajo tenía su precio.

24
LA PETICIÓN DEL ASESINO

¿Qué te ha dado la lealtad?

Sawi se repetía la pregunta una y otra vez dentro de su nuevo confinamiento. Piedra, pequeño, con barrotes. En lo alto de una torre que Sawi no había visto desde fuera; los guardias designados por Fassle la habían llevado por túneles y escaleras estrechas, pasadizos diseñados para mantener alejados los ojos curiosos. Un banco con una estera rancia, un orinal sucio debajo para sus necesidades corporales y no mucho más. La ventana parecía haberse encogido respecto a la anterior, ahora apenas del tamaño de un plato.

Sin cristal además, permitiendo que el frío invernal campara a sus anchas por sus repentinamente finas ropas.

Fassle también se las había quitado: ni túnicas Najahn para una prisionera, ni tampoco skar Tamas. Solo lo que debió ser un saco de grano en una vida anterior y las sandalias más finas y desvencijadas que jamás se hubieran forzado sobre unos pies. Nada más, todo menos. La habían arrojado a la celda y le habían dicho que esperara, luego la dejaron allí.

Las horas se arrastraron junto con Sawi, sus remordimientos y poco más. Ya había tenido dos comidas, si es que se puede llamar comida a pan rancio, fruta podrida y nieve derretida. Cualquier intento de expresar su descontento fue recibido con silencio. Ni siquiera un encogimiento de hombros.

Al menos, supuso Sawi, los guardias no parecían disfrutarlo. No la golpearon, no se burlaron de ella, simplemente no dijeron nada más allá de las instrucciones necesarias y la dejaron sola.

Durante un tiempo, Sawi intentó imaginarse de vuelta en Vis, argumentando que quedarse en casa habría significado un arrepentimiento constante, preguntándose por qué no había aprovechado la nueva oportunidad cuando se le presentó. Se imaginó de nuevo entre aquellos árboles, trepando alto y casi tocando el cielo, los pájaros.

Wax tenía una capa de Renovación. No había forma de que lo encarcelaran, no cuando, como dijo Fassle, Noctia y los Najahn salvaguardaban el mundo. Sawi no tenía tal influencia, no tenía tal...

—Así que la de Vis ha armado un lío.

La voz tenía una familiaridad extraña, como si alguien estuviera tratando de imitar un acento de Vis, el modo de hablar de la familia de Sawi, pero sin lograrlo del todo. Pertenecía a un hombre delgado que no vestía túnicas Najahn, sino ropas limpias, grises y azules. Varias cadenas de plata se reunían alrededor de su cuello y rodeaban sus orejas, un conjunto que Sawi reconoció como Kance. Nada de púrpura y negro por ninguna parte. ¿No era un Najahn, entonces?

—¿Quién es usted? —preguntó Sawi.

—Alguien que ve problemas y busca sacar provecho de ellos. Mi nombre es Livier, y estoy buscando a mi reina.

—¿Qué?

Livier, en lugar de responder a la pregunta de Sawi, asintió como si ella hubiera respondido a la suya. Extendió una mano, con un vendaje apretado en la palma, y la pasó por los barrotes. —Fassle piensa que usted no está implicada en las acciones del Renovación de Vis. Esperaba lo contrario, pero ay.

—De nuevo, ¿qué?

Livier envolvió sus dedos alrededor del barrote. Un agarre suelto, luego apretado, como si estuviera agarrando el cuello de una gallina. —El Renovación de Vis y nuestra Reina están, para su gran desgracia, viajando juntos. Un error provocado por varias personas que fallaron de la manera más miserable.

—Sigue hablando en acertijos.

—Y quizás los de Vis sean exactamente tan simples como el resto de las islas creen.

Sawi se puso de pie, golpeó los barrotes lo suficientemente rápido como para alcanzar, agarrar la mano de Livier y presionar su muñeca contra el metal.

—Si presiono esto, lo romperé —gruñó Sawi—. Mi día ha sido, ¿cómo lo ha dicho?, un lío, y no me está cayendo bien. Diga lo que quiere, lo que obtendré de ello, y entonces podremos terminar con este baile.

Livier silbó. No era un sonido asustado, ni su mirada vaciló. Dejó su mano en el agarre de Sawi, relajado.

—Al menos está dispuesta a tomar la iniciativa —dijo Livier—. Y creo que tiene tiempo para perder. Estaciones tras estaciones, según Fassle. Los Najahn no son muy fans de los traidores una vez que los atrapan.

—Sigue sin decir nada que me importe.

Sawi luchó duro, sin embargo, para mantener las palabras de Livier fuera de su rostro, sus nervios de hielo intactos. ¿Estaciones pasadas en esta celda? Se marchitaría. Perdería la cabeza. Se uniría a los ocasionales gritos de locura provenientes de otras partes de la torre, sonidos que solo se callaban cuando los guardias se aburrían lo suficiente como para hacerlos callar.

No una muerte, una vida, destinada a alguien de Vis.

—Entonces, ¿qué le parece esto? —dijo Livier—. Confirme mi intuición. Conoce al Renovación de Vis, ¿verdad?

—¿Por qué quiere saberlo?

—Porque mi Reina asume que su Renovación puede mantenerla a salvo. No puede. No de lo que se avecina.

Sawi parpadeó. Soltó la mano de Livier y dio un paso atrás dentro de su celda.

—¿Qué se avecina?

Livier asintió, un movimiento lento, como si hubiera decidido ahora tratar a Sawi con cierto respeto formal.

—Kance tiene dos Reinas. Su gobierno siempre es inestable por diseño. Ningún poder se vuelve demasiado cómodo. Sin embargo, una Reina ha decidido que la otra ya no necesita vivir. Hay asesinos en juego, más peligrosos que cualquier enemigo. Si el Renovación de Vis viaja con su objetivo, su vida bien podría estar perdida.

Cualquier niño en Vis crecía aprendiendo a no confiar en una sola fuente. Aunque esa lección solía venir con mentiras sobre fruta fresca, una buena ruta de vid o el tamaño del pez atrapado para la cena, la precaución ante afirmaciones descabelladas hizo que Sawi entrecerrara los ojos, golpeando con un dedo su muslo mientras se mantenía en el centro de la celda.

—Entonces, ¿qué?, ¿en medio de una Renovación sus Reinas deciden matarse entre sí?

—El caos a menudo crea oportunidades.

—Entonces usted es, ¿qué?, ¿el amigo de la otra reina? ¿Tratando de advertirle?

—Protegerla. —Livier adoptó una máscara severa al decir la palabra—. Es ir demasiado lejos hacer esto ahora, con tanto peligro. Y si Kance reclama el Aegis, entonces el problema de mi Reina se resuelve de todos modos. Está cediendo a la agresión.

—¿Va a hacer que maten a Wax?

Livier inclinó la cabeza. —¿Wax? ¿Ese es el nombre del Renovación?

Maldición. Sawi se mordió el labio y apartó el error. La cicatriz Tamas la había mantenido alimentada estas últimas semanas, susurrándole emociones e intenciones al oído. Sin ella, se sentía perdida, sin forma de navegar por la niebla conversacional de Livier.

Retirada, entonces. A ver si podía reiniciar.

—Así que quiere encontrar a la reina, su reina. ¿Quiere que le ayude con eso? —preguntó Sawi—. Porque no sé adónde van. No soy una Guardiana.

—Puedo verlo. Tenemos su destino. Con un poco de suerte, las tormentas adelgazarán el hielo lo suficiente para que los alcancemos. No, para lo que estoy aquí, lo que quiero saber, es qué le importa a tu Renovación. Sus amores, sus miedos. ¿Puedes decírmelo?

Era asombroso lo rápido que la curiosidad podía convertirse en aversión. Sawi habría llamado a los guardias en ese momento si creyera que vendrían.

—Incluso si pudiera, ¿por qué lo haría?

—Por una razón muy simple, Sawi. Cuando encontremos a nuestra Reina, parece que tu Renovación intentará interponerse. Cuando lo haga, necesitaremos algo para convencerlo de que nos deje en paz. Que nos deje hacer nuestro trabajo y protegerla. Esa cosa, esa cuerda, que salvará su vida... creo que tú puedes dármela.

Así que Livier no estaba subiendo aquí por una corazonada. Tenía información, y Sawi lo vio ahora en la postura de Livier. No era un hombre pescando respuestas, sino alguien que tenía la mayoría de ellas y necesitaba solo un poco más. Peor aún, los brazos sueltos, la más leve sonrisa curvada, sugerían que era alguien que haría lo que creyera necesario para conseguirlo.

—¿No está intentando herir a Wax? —preguntó Sawi, dudando que pudiera confiar en él, pero necesitando preguntarlo de todos modos.

—¿Por qué? —Livier, por una vez, mostró una ofensa genuina—. Yo vivo en este mundo. Kance también. Necesitamos un Aegis, y Wax podría ser el próximo. Sin embargo, no todos tienen esos escrúpulos.

¿Una respuesta manipuladora? Sí. ¿Una con la que pudiera discutir? No. ¿Qué podía hacer Sawi de todos modos? ¿Ser torturada o retorcida por nada? Tal vez el tipo tomaría lo que ella dijera y realmente haría lo que proponía, usarlo para mantener a Wax a salvo.

De cualquier manera, Sawi seguiría aquí en la celda. Al menos de esta forma no saldría herida.

—Su hermana es una Guardiana —dijo Sawi—. Es muda y feroz. Si la pone de su lado, Wax hará lo que usted quiera.

Livier asintió. —¿Algo más? Por su seguridad, entiende.

Sawi dudó. Un destello. Una calidez enfermiza se extendió por sus entrañas al pensarlo, al saber que el pensamiento estaba a punto de convertirse en acción, pero no pudo detener las palabras. La celda era demasiado pequeña, la piedra demasiado fría. No podía quedarse aquí, ni un momento más de lo necesario.

—Yo. Dígale lo que me está pasando, y se olvidará de su reina —dijo Sawi—. Nosotros...

—No digas más —Livier hizo otro asentimiento, este más formal, un trato cerrado—. Estoy seguro de que Fassle verá la manera de ser misericordioso si el Vis Renovación lo pide. Ofreceré lo mismo antes de que zarpemos. —Una sonrisa completa, tan genuina como el resoplido anterior —. Gracias, Sawi. Puede que hoy hayas salvado muchas vidas.

Sin embargo, ningún consuelo vino con el frío después de que Livier se fuera. Solo los gritos, solo el viento, solo sus pensamientos volviéndose cada vez más oscuros.

EL PRIMER GUARDIÁN

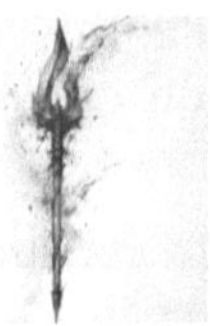

En un mundo devastado, había dos. En medio de la desesperación, la destrucción y la violencia, había dos que dejaron atrás las cenizas y la sangre con la esperanza de algo mejor. Robaron y se esforzaron, lucharon y huyeron a través de Las Siete Islas, entonces una ruina salvaje en medio del caos de dioses moribundos y bestias feroces. Espada y daga, cuerda y hacha, Demion y su Guardián cruzaron las montañas, las llanuras y los ríos mientras cuatro largos años ardían.

Su objetivo surgió por accidente, un descubrimiento fortuito en las altas montañas Kance. Una reluciente piedra plateada y sus susurros, fragmentos de lo que los dioses habían hablado una vez cuando vivían, cuando todas las personas eran meros mosquitos ante la grandeza. Demion, entonces solo una superviviente, adivinó lo que significaban esos suaves fragmentos.

Los últimos pensamientos de la divinidad muerta.

Los skars, como llegaron a llamarse, contenían poder. Aleatorio, sí, pero suficiente para cambiar el equilibrio entre la gente y un mundo hostil. Demion reclutó a su amigo, un hombre más acostumbrado a horadar la roca para crear refugios en cavernas que a empuñar esas mismas herramientas contra monstruos.

Cuando la esperanza tiene poco a lo que aferrarse, se agarra a lo que puede.

Seis skars, y el último los llevó a Noctia, al centro del cráter, el poderoso tajo de la Herida. La pareja, marcada por la batalla y magullada, descendió, ayudada ahora por seguidores, como suelen serlo las leyendas. La esperanza de Demion resultó contagiosa, doblemente cuando seguía los discursos con matanzas potenciadas por los skars, ahuyentando a los demonios o destruyéndolos por completo.

Largas cuerdas los llevaron abajo, escaleras hacia las profundidades. Aferrados a la roca, Demion y su Guardián volvieron a atar sus cuerdas y descendieron más, más en la oscuridad. Sus seguidores, desde soldados hasta herreros, tejedores y leñadores, pusieron sus pies en los nudos detrás de ellos. Resonaron canciones, mezcladas aquí y allá con el choque de espadas contra carne mientras los demonios que surgían encontraban su fin. A través de todo, Demion usó los skars, su fuego, viento y roca para despejar su camino.

—Hasta que llegamos aquí —dijo el Rey Muerto, mientras Svarde y Maena descansaban, con Kivi masticando roca caída cerca—. Solo una caverna entonces, y no muy grande. Demion y yo seguimos las cuevas hasta el final. Allí, encontramos la última luz de Noctia, su skar, y con él, la fuente de los demonios. Ella tomó el skar, me dijo que resistiera hasta el final, que construyera un reducto mientras ella aseguraba la superficie. Luego, con toda la humanidad detrás de ella, marcharíamos juntos y acabaríamos con los monstruos.

—No funcionó, ¿verdad? —dijo Maena, masticando una manzana seca.

—Como dije, es fácil encontrar esperanza. Más difícil es

realizarla. —El Rey Muerto, aún sentado en el tosco estrado sosteniendo la espada, con el casco y la armadura puestos, miró hacia atrás—. Teníamos suministros bajando, gente también, transportándolos. La Herida se convirtió en nuestro camino mientras excavábamos este lugar, lo convertíamos, si no en una ciudad, al menos en un hogar. —El puño izquierdo del hombre, libre de la empuñadura de la espada, golpeó suavemente su muslo—. Todavía lo recuerdo. La conmoción cuando las cuerdas cayeron. Una tras otra se desplomaron en nuestro polvo, cortadas desde arriba.

—¿Demion los abandonó? —preguntó Svarde.

—¿Lo hizo? No lo sé. Ustedes son los primeros de la superficie que he conocido desde ese día. Hemos enviado emisarios, grupos, oportunidades, y todos fallaron en regresar. —El Rey Muerto suspiró, un sonido hueco—. La esperanza muere rápido aquí abajo. La vida no está hecha para durar en la oscuridad. Cuando se hizo evidente, después de estaciones y años, que Demion no volvería, que nuestras vidas se estaban gastando para bloquear a los demonios, lo intentamos. Los que quedábamos, intentamos ponerle fin.

El hombre cambió su agarre en la espada dentada, levantando su enorme volumen una fracción del suelo.

—Encontramos esto. Yo encontré esto. Un fragmento de la daga de Vis, y dentro de él, un poder sobre la muerte y la vida juntas.

Esa frase provocó mil preguntas, pero Svarde las contuvo. Se concentró en su odre de agua en su lugar. Algo en el tono del hombre decía que no había tenido la oportunidad de contar esta historia en mucho tiempo, que interrumpir ahora sería una grave ofensa.

No era una oportunidad que pudiera tomarse con

alguien que afirmaba tener dominio sobre los cuerpos que yacían en las cavernas más allá.

—Al principio, una bendición. Luego, una maldición. Cada amigo que hice, sus hijos y los hijos de sus hijos se convirtieron en menos que recuerdos. Demonios, enfermedades, simples accidentes convirtieron a mi familia, porque eso es en lo que nos convertimos, en herramientas. Cuerpos para arrojar contra el incesante flujo. Los manejo como ustedes podrían mover sus dedos, una orden ejecutada sin resistencia, con fuerza ciega, hasta que todo lo que queda es despedazado.

—De acuerdo. —Maena levantó un dedo, inclinó la cabeza—. Tiene esta hoja, puede tomar a los muertos y hacer que hagan lo que usted quiere. ¿Por qué no despierta a todos estos demonios que está matando y los hace marchar contra los suyos?

El Rey Muerto se volvió hacia la espada. —Como dedos, dije. Quizás alguien más podría encontrar una manera, pero yo no puedo cruzar la brecha. Un demonio muerto es tan vacío para mí como lo es para ustedes, pero acércame lo suficiente al cuerpo de un humano, y lo siento esperando.

—¿Así que ha estado sentado aquí, vacilando, todo este tiempo? —preguntó Maena, su manzana terminada y reemplazada por una confusión enojada—. ¿Construyendo su puerta de huesos, con los demonios justo ahí?

—Lo intentamos. Más de una vez, nos abrimos camino hasta la fuente, y más de una vez intentamos destruirlos con lo que teníamos. Hachas, rocas, espadas, encontramos que nuestros métodos eran ineficaces. Así que volví a las últimas palabras de Demion, de mantener este lugar, e hice lo que ella pidió.

—No muy bien.

—Oye —comenzó Svarde, solo para que el tintineo y el traqueteo del hombre al levantarse lo interrumpiera.

—Un hombre muerto es un pobre luchador —dijo el viejo guerrero—. Un cuerpo roto lo es aún menos. Nos hemos enfrentado a los demonios lo mejor que hemos podido, pero nuestros números están disminuyendo. Ahora logran pasar a menudo, y pronto no quedará nada que se interponga en su camino. —Svarde percibió una nota casi feliz en la voz del hombre—. Voy yo mismo, ahora, a pararme en la puerta y esperar mi merecido fin.

—¿Así que te rindes? —Maena escupió a un lado—. Cobarde.

El Rey Muerto ni se molestó en responder, pasando junto a Maena con sus lentos pasos. Las gruesas botas de metal resonaban en la vivienda con cada pisada. En la salida de la habitación, mientras Svarde guardaba su propia comida, el hombre se detuvo, con la pesada espada ahora en equilibrio sobre su hombro.

—¿Quieren ver por qué? —preguntó el viejo guerrero—. ¿Quieren ver la fuente de todo esto?

—Estamos aquí para acabar con esto, así que sí, vamos —respondió Maena.

—Tiene razón —añadió Svarde—. Tenemos amigos en camino. Juntos, nosotros...

—Encontrarán lo que nosotros encontramos —lo interrumpió el Rey Muerto—. Una última mirada a nuestro horror implacable.

Continuó saliendo por la puerta arqueada, bajando las escaleras y alejándose.

—No es muy animado, ¿verdad? —preguntó Maena, siguiendo el ejemplo de Svarde y preparándose para caminar—. Uno pensaría que estaría feliz de vernos.

—Demion fue hace cientos de años. —Svarde colocó sus hachas en su cintura. Se sacudió el agotamiento, los continuos dolores y molestias que seguían cada uno de sus movimientos—. Ha estado aquí abajo tanto tiempo. ¿Siquiera recuerda lo que es ser feliz? ¿Disfrutar de algo?

—Nada que perder, entonces. Bien podríamos intentarlo.

Svarde miró hacia Maena mientras comenzaban a seguir al Rey Muerto. —No suenas ni actúas como tú misma, Maena. ¿Qué te pasa?

La capitana Rana soltó una risita, un sonido que hizo que Kivi resoplara sorprendida. —No vas a creer esto, Svarde, pero estar a punto de morir unas docenas de veces en el espacio de una temporada cambia a una persona. Que un demonio te succione el alma puede alterar tu perspectiva, tu mente. Hace que las cosas se mezclen un poco. —Hizo un gesto salvaje hacia el Rey—. Pero sigo aquí en lo que importa. Cuando esos demonios vengan, me pondré a apuñalar como la mejor.

—No entiendo.

Maena, sin embargo, solo se rio y siguió adelante.

Un guerrero antiguo con una mente fragmentada, empeñado en su propio descanso final en la oscuridad, una capitana Rana inestable capaz de hacer cualquier cosa en cualquier momento. Esos eran sus aliados aquí en el último paso. Svarde encontró a Kivi, se inclinó para darle una palmadita en su cabeza de piedra a la leal ferrita.

—Tú y yo vamos a tener que mantenernos cerca —murmuró Svarde al lagarto—. No hagas nada estúpido y puede que salgas viva de esta.

En cuanto a él mismo, mientras Svarde seguía a los otros dos de vuelta a través de la ciudad muerta, qué importaba. Lo único que le traería una pequeña sonrisa, un poco de felicidad, era el ejército de Jochi, y saber que podría llevar noticias a Catya sobre su gran final y la liberación que Svarde finalmente le traería.

26
MARCHA EN LA NIEVE

Sorprendente cómo la emoción, la ira y las ganas de vivir podían morir en unas pocas horas, cuajándose en un agotamiento amenazador mientras Wax ponía un pie tras otro sobre el duro suelo, avanzando hacia el norte en la vasta tundra de Whent. La nieve impulsada por el viento azotaba un camino bordeado únicamente por postes clavados profundamente en la tierra. De alguna manera, el viento evitaba que las acumulaciones crecieran demasiado como para cruzarlas. Por otro lado, el aire se sentía como cuchillos clavándose en su piel.

Eujo y Torny parecían menos afectadas, su sangre más cálida libraba una mejor batalla contra el frío invernal. Wax, con su capucha de piel revoloteando sobre sus ojos, lanzaba miradas a la pareja cada pocos pasos, tanto por envidia de su aparente resistencia como para confirmar que no se había desviado hacia el blanco. Las desventuras de la noche también habían dejado pesadas las piernas de Wax, una carga que el hielo adherido no hacía nada por aliviar.

Los skars, sin embargo, demostraron sus beneficios.

Primero llegó el Vis, su brillo turquesa sirviendo como

una continua regeneración, sanando las extremidades congeladas de Wax, la piel reseca y los pies ampollados. Tanto él como Eujo pasaron sus skars de Vis a sus Guardianes, extendiendo los beneficios para mantener a su cuarteto en movimiento. Compartiendo el viaje, también, estaban los skars de Foti y su interminable calidez, pequeños bolsillos ardientes que Wax sostenía en su mano, apoyaba contra su pecho, o incluso dejaba caer en una bota solo para nutrir algo de vida en un pie que se arrastraba.

—Deberíamos haber tomado una docena de esas cosas —dijo Torny cuando la mañana se extendió hasta el mediodía, no es que alguno de ellos pudiera realmente saberlo: la cegadora tormenta de nieve del día hacía imposible medir el tiempo—. Nadie nos habría detenido.

—Hasta que llegara la próxima Renovación y se encontrara sin oportunidad —respondió Eujo. Ambas tenían que gritar sobre el ruido chasqueante del viento, una perspectiva que hacía que la garganta de Wax le picara—. Eso no sería justo, ni correcto, ni bueno para Las Siete Islas.

—Odio cómo lo que es bueno para Las Siete Islas nunca parece ser lo que es bueno para mí.

—Esa finca ardió por ti —dijo Wax—, porque era bueno para las islas que sobreviviéramos.

—Bliss y yo ya nos habíamos ido para entonces.

Wax lanzó una mirada fulminante a la bandida, una que Torny respondió con un encogimiento de hombros. La lengua mordaz de la bandida siempre parecía apuntar a otras personas, un rasgo que Wax no había notado hasta ese momento, hasta que Torny se quitó de encima lo que había sucedido anoche como si fuera un acto aleatorio, una mala elección, y no su culpa.

Al menos la ira creciente sirvió para alejar el frío, dar más peso a sus pasos.

—No estaríamos aquí afuera así si hubieras mantenido tus manos limpias —dijo Wax.

—No sabes eso —respondió Torny bruscamente—. No vi ningún carro en venta. Ni bestias para tirar de ellos tampoco. Ese señor de la guerra se los llevó todos bajo tierra. Estaríamos marchando de todas formas.

—Con mejores suministros y amigos detrás, en lugar de enemigos.

—Si esa gente son tus amigos, Wax, deberías encontrar mejores.

—Podríamos haberlos utilizado, Torny —Eujo entró en la refriega, su tono real añadiendo una lógica de hierro—. Nos habrían ayudado por su propio beneficio. No amigos como tú y Bliss, pero amigos que nos habrían gustado.

—Claro, hasta que os apuñalaran por la espalda.

—La única que apuñaló por la espalda allí fuiste tú —murmuró Wax.

—¿Qué es eso, Renovación? ¿Estás diciendo algo?

Bliss se inclinó hacia la izquierda, agarrando el brazo de la bandida y obligando a Torny a mirar en su dirección. Los dedos destellaron, la nieve haciendo demasiado difícil para Wax captarlo. No es que importara, podía entender la esencia: cálmate Torny, deja de hacer el idiota, y así sucesivamente.

La misma conversación que había tenido con Wax una y otra vez, cuando había bebido demasiado vino de melocotón o se había enamorado de su propio ego.

Una mujer sensata, Bliss. Sin ella, toda esta aventura se habría desmoronado hace mucho tiempo. Él se habría rendido, habría vuelto a Vis, disfrutando de un agradable sol matutino. El dulce premio de consolación del fracaso.

La tarde trajo un respiro, la tormenta de nieve disminuyendo lo suficiente como para mostrar algunas rocas agrupadas justo al lado del camino. Un cartel colgaba allí con sombrías distancias plasmadas en su tablero lacado, unas que afirmaban que habían avanzado menos de medio día a su terrible ritmo. Una semana hasta su objetivo ahora parecía más bien dos, mucho más de lo que las raciones que habían empacado durarían.

—¿Dar la vuelta? —Torny respondió a la pregunta de Wax mientras se acurrucaban bajo las piedras, las losas sobresalientes parecían pétalos de flores de granito lanzándose hacia el cielo—. Nos matarán.

—Mejor que morir congelados aquí fuera —dijo Wax—. Además, tal vez si les devuelves el diario, ellos, bueno, probablemente aún te matarán.

—Exactamente.

—No hay vuelta atrás. —Eujo asintió hacia Bliss, que había estado rebuscando alrededor de las bases de las piedras para encontrar hierbas, arbustos y malezas secas. Los había apilado, con algo de ayuda de los demás, y ahora tenía una pequeña fogata en marcha—. Bliss tiene razón. Estamos aquí, somos Renovaciones, y este viaje no terminará hasta que uno de nosotros se siente en el trono de la Herida.

—O todos seamos estatuas congeladas —dijo Torny—. Supongo que entonces podrían tomar el diario. Arrancarlo de mis dedos helados.

—Ahí tienes una idea —reflexionó Wax.

—Una mejor sería dormir. Comer. Descansar lo que puedan, porque necesitaremos caminar más rápido mañana —dijo Eujo, luego agitó una mano en el aire, como si la surfeara en la brisa—. El viento está amainando. Será un viaje más fácil.

—Eso espero, porque mis piernas están a punto de caerse —dijo Torny—. Bliss, dame un toque cuando algo esté cocinado. —La bandida empezó a darse la vuelta, su bolsa sobre la nieve como una almohada improvisada—. Alguien que me despierte para mi turno de guardia.

Wax resopló.

—¿Crees que alguien está buscando robar algo esta noche?

—No es por los ladrones —dijo Torny en su bolsa, el sueño ya atrapando sus palabras.

—Whent tiene más amenazas que la nieve y el hielo —añadió Eujo, mirando fijamente las llamas crecientes mientras Bliss las avivaba—. Torny tiene razón. Estableceremos una guardia.

—Entonces tomaré el primer turno —dijo Wax—. De todas formas no estoy cansado.

Después de un ligero picoteo —el frío parecía robar tanto el apetito como el calor—, Eujo y Torny se rindieron a sus sueños. Bliss se acercó y se sentó junto a Wax con el fuego resplandeciendo a sus espaldas. La tundra se extendía ante ellos, una oscuridad interminable bajo un cielo nublado. Sin estrellas, sin vistas y poco sonido, salvo el murmullo cada vez más lento del viento.

—Sé que estás molesto con Torny —señaló Bliss, metiendo su mano de vuelta en sus bolsillos entre señas—. Tenía una razón, Wax.

—Me lo imagino —Wax adoptó el lenguaje de señas, salvando su voz de respirar más aire cortante—. Y apuesto a que no es nada comparado con el Aegis.

—Para ella, lo es.

—Entonces necesita ajustar sus prioridades.

Bliss frunció el ceño, una expresión difícil de ver en las sombras. Se giró y clavó un agujero taciturno en el suelo con la mirada. Wax mantuvo la suya en la distancia, tratando de imaginar una jungla allí, lianas para columpiarse. Sawi bajo el sol de verano.

—Ella no es solo una Guardiana —señaló Bliss después de varios minutos.

—Lo sé. Es una ladrona.

—No es eso lo que quiero decir. Sabes que no es eso lo que quiero decir.

¿Lo sabía? Wax leyó el rostro de su hermana, sus ojos claros y su mirada brillante. No era una persona asustada, ni acobardada, ni alguien preguntándose quién y qué era. No, Bliss parecía estar justo donde quería estar. Desvió su mirada hacia la forma dormida de la bandida, repitiendo las señas de Bliss.

Pasaban tiempo juntas, Bliss y Torny. En cada lugar donde el grupo se detenía, esas dos tendían a escabullirse. Mucho después de que Wax y Eujo dieran por terminada la cerveza, Torny tendría a Bliss bebiendo jarras, haciendo señas cada vez más descuidadas. Volvían de otra noche en Noctia hablando de tejados escalados, vistas no destinadas a ojos normales. Un cierto tipo de aventura que Wax conocía bien.

—Crees que sabes de lo que estás hablando —señaló Wax y frunció el ceño—. Créeme. He estado ahí. Se siente real, como lo mejor que conocerás jamás.

—Es lo mejor que he conocido jamás.

—Sí, pero Bliss, eres joven. Nunca has tenido algo así antes.

—Oh, ¿porque tú eres una especie de experto?

—Bueno, Sawi...

Bliss ya estaba negando con la cabeza antes de que Wax terminara de señalar el nombre. —La dejaste. Eso no es lo que Torny y yo tenemos.

—Maduramos, Bliss. Igual que tú lo harás. Torny está

bien, pero va a terminar herida o muerta con sus trucos. No quiero que termines de la misma manera.

—Dice el hermano que le pidió a su hermana que viniera a esta cosa —Bliss se puso de pie—. Lamento que no puedas alegrarte por mí, que estés amargado, porque si hay algo que he aprendido en estas últimas semanas, es que cualquier cosa puede terminar en cualquier momento. Voy a encontrar mi diversión, sin importar lo que diga nadie.

Bliss se dio la vuelta, caminó cerca de Torny y se acomodó en el suelo, se echó la capucha sobre la cabeza y no le ofreció nada más a Wax. Una despedida fría, que no fue aliviada en lo más mínimo por los skars susurrando en su cabeza. Las piedras, esos desechos de los dioses, no ofrecieron consejo alguno, dejando a Wax discutir consigo mismo, debatir con visiones contra la oscuridad.

Él había tomado sus decisiones, Bliss podía tomar las suyas. De vuelta en Vis, Wax nunca había juzgado a Bliss, Quik o a nadie más por sus romances, sus aventuras. ¿Por qué empezar ahora?

¿Porque su vida, las vidas de ellos dependían de mentes sobrias y corazones firmes?

La tundra no dio respuestas.

27
EL GIRO DEL TRAIDOR

Sus manos sangraban, las uñas destrozadas. Sus brazos mostraban arañazos, algunos sangrantes y otros formando costras. Su espalda tenía surcos donde las barras de la jaula habían dejado sus marcas, su agujero no lo suficientemente profundo para una escapada sin problemas.

Sin embargo, Quik se encontraba más allá de los barrotes, un hombre libre, aunque en territorio enemigo. No estaba solo: el skar de Vis mantenía su susurro reconfortante, un sonido que Quik conocía bien y en el que había confiado durante las frenéticas horas después de desenvolver la nota de Annalyse. La curación del skar mantenía a Quik vigorizado mientras avanzaba la tarde, lo mantuvo cavando mucho después de que Ami o Annalyse deberían haber regresado. Que no lo hubieran hecho era una pregunta en sí misma, una que Quik se propuso responder después de haber hecho lo importante y abandonado la terrible torre del Tenet.

La red de cuevas cerca del mar no era grande, con sus varias cámaras que se retiraban desde una única abertura hacia el mar. Todas esas cámaras terminaban en jaulas como la de Quik, las otras dos conteniendo demonios esperando su oportunidad para bailar con los skars. En el centro de la red descansaba una escalera de piedra, una que llevaría a Quik de vuelta a la torre y a la vida de Najahn. La única otra opción sería lanzarse al agua y esperar que las olas no lo estrellaran contra las rocas del acantilado, un movimiento insensato para un hombre que sabía que no era el nadador más fuerte de las Islas.

En Vis, uno no necesitaba vivir en el agua.

Las escaleras, entonces. Un camino complicado de subir en silencio, con poca cobertura. No obstante, el cazador se acercó con toda la cautela que pudo reunir, aferrándose a las sombras bajo la roca oscura mientras el mar hacía eco de sus habituales gruñidos. El cabello y la piel de Quik mostraban la sequedad del agua salada, una incomodidad almidonada que finalmente dejó de lado, con un propósito. Esos escalones lo llamaban, y sin formas ni sonidos arriba, Quik dio el primer paso.

Pisar algo que no fuera arena por primera vez en días hizo que Quik se tambaleara, lo hizo alcanzar y agarrar la estrecha barandilla con su mano izquierda, la derecha ocupada con el skar. La piedra enfriaba sus pies descalzos, pero se mantenía firme, una sensación maravillosa después de tanto tiempo de incertidumbre sobre la arena cambiante. Otro paso, arriba y alrededor de la espiral apretada, subiendo por el taladro hacia la base de la torre.

El nivel más bajo marcaba el laboratorio de Annalyse. ¿O era el de Gladdring? Quik se sacudió la pregunta, emergiendo a la luz de las antorchas de la habitación circular a través de la entrada, la espiral aflojándose en una curva lánguida que terminaba en una plataforma plana. Allí, esparcidos por todas partes, esperaban los cofres, los artefactos, las maravillas. Quik se sorprendió mirando fijamente, ya que nunca antes había visto la habitación, salvo una breve mirada cuando lo arrastraron, cautivo, aquel primer día.

Entonces, había estado ocupado con presiones más inmediatas.

Quik recorrió con la mirada los skars, los dispositivos, marcando cada uno y cuántos había. Hace unos días, muchos de estos constructos metálicos, las armas y herramientas con incrustaciones talladas habrían sido misterios. Ahora catalogaba sus ubicaciones, sus funciones, los skars colocados junto a ellos para su uso. Más skars de Vis y Foti que la mayoría. Rana y Kance parecían ser los menos. Eso encajaba con lo que Quik suponía: la isla del viento mantenía a los Najahn tan lejos como podían, mientras que Rana era un desastre interrumpido por demonios.

Escuchó y no oyó voces, ni sintió temblores de pasos silenciosos en el suelo de piedra y madera. Quik permaneció agachado, sintiendo su camino a lo largo del perímetro de la habitación, sus ojos siempre mirando hacia arriba, atentos a cualquier llegada sorpresa.

Esa atención le ganó la oportunidad de agacharse detrás de un estante de skars cuando la puerta de arriba, conectada por otra escalera inclinada, se abrió de golpe y dos voces familiares cascaron en la habitación.

—Tomaremos todos los que podamos y nos iremos —dijo Ami, su voz tensada por el pánico reprimido—. Gladdring puede contenerlos el tiempo suficiente.

Pasos, fuertes. Más de una persona.

—¿Contenerlos con qué? —Annalyse, la segunda voz—. Es un hablador, no un luchador.

—Entonces les parloteará hasta dejarlos sordos.

El par aterrizó con fuerza en el suelo central, Annalyse

con dos alforjas sobre sus hombros. Ami en cuero, una espada sobre su hombro. La científica, con las manos temblorosas y el rostro pálido, se congeló por un largo momento, hasta que Ami alcanzó, tiró de una alforja del hombro de Annalyse y comenzó a llenarla al azar.

—No, no podemos tomar cualquier cosa —dijo Annalyse, apartando de las manos de Ami el primer dispositivo, lo que parecía un martillo con un skar incrustado en el mango—. Solo las piedras mismas. Esas marcarán la mayor diferencia.

—Entonces ponte a ello.

La puerta de arriba traqueteó. Alguien gritó. Ami maldijo.

—Tanto para la lengua de Gladdring —murmuró Annalyse, cargando las alforjas con más skars que cosas, las pequeñas gemas facilitando el transporte—. Toma esos. Los de Foti son los más avanzados.

Ami tomó la otra alforja, dio un paso hacia los skars de Foti y se detuvo cuando Quik se levantó. Se reveló. La elección fue fácil, el análisis de un acechador concluyendo que sería descubierto pronto de todos modos, y mejor no recibir la espada de Ami en el estómago como resultado. Aun así, incluso con las manos extendidas y claras, salvo el skar de Vis aún aferrado en su derecha, Ami tenía su espada corta de hierro áspero desenvainada y apuntando antes de que Quik pudiera siquiera decir una palabra.

Tragó saliva en su lugar.

—¿Cómo escapaste? —preguntó Ami, mientras Annalyse le dirigía a Quik una mirada igualmente aguda pero sin dejar de empacar.

Todo sobre las prioridades, esa.

—Cavé —respondió Quik—. ¿Qué está pasando?

Ami frunció el ceño ante la agria perspectiva de

preguntas que sabía que dejaría sin responder. Quik había estado en esa situación una o dos veces, aunque sus simpatías eran bastante escasas en ese momento.

—Fassle ha descubierto lo que está haciendo Gladdring y está limpiando la casa —dijo Ami—. Elige, Vis. ¿Con nosotros o contra nosotros?

Quik desvió la mirada hacia Annalyse. Ami lo notó. La puerta volvió a temblar. Algo duro la golpeaba.

—Si nos atrapan, nos matan —dijo Ami, y luego esbozó una sonrisa burlona, una idea—. Probablemente también te matarán a ti, solo por saber lo que estaba pasando aquí abajo.

—Masayo me envió precisamente para eso —respondió Quik.

—Por supuesto que lo hizo —Ami empujó la espada contra el estómago de Quik, presionando la punta contra su piel—. Ella no está aquí ahora. Elige.

Ahora Annalyse se detuvo, su mirada vidriosa encontrándose con la del cazador. Él encontró, como siempre lo hacía, ningún cálculo en la mirada, nada de astucia, odio o miedo. Solo el deseo desesperado de salvar un trabajo valioso. Un trabajo que Quik sabía, *sabía* que podría marcar la diferencia contra los demonios.

Había visto lo suficiente para estar seguro de eso.

—Dame la bolsa —dijo Quik.

Ami reemplazó la espada por la bolsa tan rápido como la había desenvainado, y Quik llenó la bolsa con skars en movimientos amplios. Primero los Foti, luego los Rana, agarrando dispositivos mientras Annalyse los nombraba. Ami, mientras tanto, subió corriendo las escaleras hacia la puerta, que se astillaba ahora mientras las hachas la destrozaban. La Guardiana apuntó un golpe, metió la espada por un nuevo agujero y la retiró.

El grito se escuchó claramente. Annalyse contuvo la respiración. Quik siguió metiendo skars.

—¿Ya casi? —gritó Ami desde arriba—. Esta puerta va a colapsar.

—Tenemos suficiente —dijo Annalyse, encontrándose con Quik cerca de las escaleras y exigiendo ver dentro de su bolsa—. Pero, Ami, ¿cómo vamos a escapar?

—¡Tú eres la genio, piensa en algo!

Annalyse miró a Quik.

—Abajo —dijo el cazador—. Nos dará más tiempo.

Ami estuvo de acuerdo, saltando de la escalera cuando la puerta se hizo añicos. Los soldados de Najahn aullaban exigiendo la rendición, sin recibir nada más que pasos en retirada como respuesta mientras el trío corría escaleras abajo por la espiral. Sin puertas ni defensas, la carrera por los escalones no les dio tanto tiempo como Quik hubiera esperado, pero la arena ofrecía opciones.

—Separémonos —dijo Quik cuando llegaron al fondo, formándose una segunda idea mientras hablaba—. Tendrán que elegir qué huellas seguir.

—Solo para acorralarnos —respondió Ami—. Podemos contenerlos mejor como grupo, tú y yo en línea, Annalyse detrás.

—No haremos ninguna de las dos cosas —habló Annalyse antes de que Quik pudiera abrir la boca de nuevo —. Seguidme. Usaremos los skars.

La científica giró sobre sus talones y se lanzó a través de la arena, hacia el mar. Quik se dio la vuelta para seguirla, sintió la hoja de Ami cruzar su pecho nuevamente.

—Mantenla a salvo a ella y a esos skars —dijo Ami, Quik inclinó la cabeza—. Ella es la mejor oportunidad que tienen estas Islas, y lo sabes.

—¿Qué vas a...?

Ami retiró la espada, golpeó a Quik con el plano de la hoja. —No sé nadar una mierda. Ve. Los contendré aquí.

Quik asintió, sus piernas ya poniéndose en movimiento. Un sacrificio valiente o estúpido, Ami podía hacer lo que quisiera.

Annalyse corrió directamente por la playa hasta el muelle, una mano hurgando en la bolsa. Cuando Quik la alcanzó, Annalyse sacó tres zafiros de su bolsa, lanzó uno al cazador, quien lo atrapó con la izquierda, añadiendo los susurros acuosos a los continuos murmullos del skar Vis.

El muelle crujió mientras Annalyse explicaba su plan, las olas lamiendo a su alrededor. Gris en lo alto, un viento frío prometía aguas heladas. Sin barcos a la vista, sin rescate si las corrientes los arrastraban mar adentro.

—¿Dónde está Ami? —preguntó Annalyse, deteniendo su explicación para mirar por encima de los anchos hombros de Quik—. ¿No nos siguió?

—Ella... —comenzó Quik, pero se interrumpió cuando el choque de acero resonó desde la roca.

—No. —Annalyse intentó rodear a Quik, pero el cazador la agarró del hombro—. Suéltame, Quik. No voy a dejar que muera por nosotros.

—Tú no lo estás haciendo. Ella lo está eligiendo. —Quik analizó el escenario, encontró la razón—. Piensa, Annalyse. Si esos soldados nos ven saltar al mar, sabrán hacia dónde vamos. No tendremos oportunidad. Ella nos está dando una.

Annalyse relajó su presión, se balanceó sobre sus talones. De un manotazo, se quitó las gafas y las metió en su bolsa. —Entonces vamos. Sígueme.

Qué rápido podía cambiar. Quik aún no había asimilado la elección de Ami, la Guardiana nuevamente desempeñando su papel, y aquí estaba Annalyse, aceptando la nueva situación y saltando del muelle a las olas. La científica maldijo al saltar, un grito ahogado tragado por el mar helado.

Durante un segundo demasiado largo, Quik observó las olas en busca de una señal, preguntándose si la corriente, el peso de la bolsa o la propia ropa de Annalyse la habían arrastrado hacia abajo. Una mano rompió la superficie primero, seguida por su cabeza, el cabello extendiéndose como un pulpo contra el agua oscura. Los pies se quitaron las botas, iniciando una rápida brazada hacia el sur y el oeste.

De vuelta hacia la escalera, en esas cuevas, Quik escuchó más metal resonando, escuchó la voz de Ami lanzando desafío tras desafío. Haría que esos Najahn trabajaran duro por ello.

Podría volver atrás, ahora mismo. Llevar esta bolsa y esperar en las sombras a que Ami cayera, o atacarla por la espalda. Ser aclamado como un héroe por Fassle, asegurar el apoyo de Najahn para su hermano.

—¡Vamos! —gritó Annalyse, flotando en las olas ya tan lejos. Una nadadora fuerte, o un skar fuerte—. ¿Quik?

Ami tenía razón. Los inventos de Annalyse obraban milagros, podían cambiar el poder de los demonios al pueblo. Ella debía sobrevivir, debía prosperar, y no tendría muchas posibilidades de hacer ninguna de las dos cosas si era buscada y estaba sola.

Pero si alguien le preguntara a Quik por qué se zambulló en el mar en ese momento, por qué abrazó la repentina emoción del skar Rana para impulsar cada brazada hacia adelante y lanzarse a través del agua, la respuesta sería simple:

Un amigo en apuros.

28

MOTAS DE MEDIANOCHE

Hacer guardia, para decirlo sin rodeos, era un fiasco. Cada segundo que Torny permanecía sentada, con la espalda hacia la pequeña hoguera y los ojos fijos en la oscuridad intermedia, traía consigo el equipaje de las posibilidades: cosas que Torny podría haber estado haciendo en su lugar, como leer el diario y averiguar si Yarvick era tan mal padre como líder bandido. Afilar sus armas o juguetear con sus herramientas de ladrón haría demasiado ruido y requeriría demasiada concentración para ser una buena vigilante.

O eso le había dicho Sledge a Torny, varias veces, durante sus viajes por los horribles páramos de Foti.

Al menos Whent ofrecía una mejor temperatura. Torny prefería un viento helado y un abrigo grueso a los días abrasadores y las noches sofocantes de Foti. La tundra helada y los bancos de nieve, aunque molestos, ofrecían pasos más suaves que la dura roca de lava, sin mencionar la lava misma y su tendencia a derretir a cualquiera que no fuera cuidadoso.

Por lo demás, la noche profunda de Whent era tan mala

como la de Foti, con poco más que los movimientos inquietos de Torny para mantenerla despierta.

Eso y el conocimiento de que Wax, e incluso Bliss, podrían expulsarla del grupo si se quedaba dormida. Sumado al robo y su consiguiente desastre en la ciudad, Torny calculaba que su balanza de Guardiana se inclinaba demasiado en la dirección equivocada.

Así que cuando una extraña luz de tinte verde se alzó en el horizonte, como una estrella que hubiera perdido su lugar en el nublado cielo sobre ella, Torny la vio y agradeció a Noctia por algo interesante. La luz creció lentamente, como una vela encontrando su mecha y emergiendo en todo su esplendor. El crecimiento significaba que la luz podría estar acercándose, y Torny vio, ahora, su reflejo en el suelo nevado a lo lejos. Más allá del alcance de un arco, más allá de poder distinguir algo, pero lo suficientemente cerca como para justificar una respuesta.

La bandida se puso de pie y la luz se detuvo. Parpadeó allí, una voluta en la noche, pero no se acercó más. Torny escudriñó su memoria en busca de algo sobre Whent, sobre lo que podría estar esperando en sus fríos páramos, pero no encontró nada. No es que esperara ninguna revelación allí: Whent no había sido una parada en sus viajes anteriores, no había razón para repasar su fauna.

Porque eso era lo que miraba ahora, ¿verdad? ¿Fauna? Torny deslizó una mano hacia uno de los pares de dagas en su cintura, ocultas bajo el pelaje de su abrigo que llegaba hasta los tobillos. La luz podría pertenecer a una bestia, pero Torny supuso que un monstruo simplemente cargaría contra el campamento. La vacilación de la mota verde sugería cautela, el instinto mediador de la naturaleza.

Torny ladeó la cabeza, levantó la mano libre y dio un leve saludo a la luz.

Wax y Eujo no habían discutido las reglas de la guardia, ni parámetros ni particularidades sobre lo que valía la pena despertar al equipo profundamente dormido. Habían caminado duro todo el día, con poco descanso la noche anterior, así que Torny no se sorprendió de que los otros tres durmieran tan profundamente. Ella había estado igual antes de que un Wax casi delirante la sacudiera para despertarla para su turno. Con otro día duro por venir, romper la serenidad por un resplandor inofensivo parecía una mala elección.

Ante su saludo, la luz se balanceó. Un vaivén, en realidad, de un lado a otro antes de asentarse en su punto inmóvil.

—Vale, ahora me estás tomando el pelo —murmuró Torny.

No sería capaz de sentarse, relajarse o pensar en otra cosa mientras la luz flotara allí, haciendo que la elección fuera fácil: acercarse, resolver el misterio y, o bien despertar al resto para pedir refuerzos, o regresar tranquilizada y lista para terminar su turno.

Aun así, Torny desenvainó las dagas.

La luz de la hoguera murió rápidamente cuando Torny se alejó del campamento, el rosa de Sichi haciendo poco por atravesar las nubes. Alguien menos acostumbrado a trabajar en la penumbra podría haber tropezado, sintiendo la noche presionando, pero Torny aceptó la pizarra gris, las sombras sobre sombras mientras caminaba con cuidadosa determinación.

Un ladrón, según decía Yarvick, necesitaba hacerse amigo de la noche, ya que se verían a menudo.

La luz rebotó cuando Torny se acercó, el resplandor verde subiendo y bajando, de lado a lado, como si un niño pequeño la sostuviera y no pudiera quedarse quieto.

Ningún ruido salvo la brisa lenta —un cambio tranquilo desde la tormenta del día anterior— y ningún olor en el aire. Una noche tan silenciosa como Torny jamás había escuchado. Lo suficiente como para que la luz verde captara toda su atención.

Se encogió a medida que Torny se acercaba, el aura borrosa alrededor del núcleo verde disminuyendo hasta que pareció poco más que un palmo de ancho cuando Torny se acercó a un par de zancadas. Debajo, la tundra permanecía imperturbable bajo una manta de nieve. Sin huellas, aunque cualquiera que se hubiera hecho desaparecería rápidamente con los copos en movimiento.

—¿Qué eres? —preguntó Torny a la luz esmeralda—. ¿Algún truco? ¿Estoy soñando ahora mismo?

La luz respondió. Se balanceó hacia ella. Torny levantó el pulgar de la empuñadura de la daga, extendió la mano hacia el resplandor. Un toque, al menos, podría decirle de qué estaba hecha la luz. Fuego, algún resplandor mágico, otro-

La mota destelló. Brillante, intensa, lo suficiente como para hacer que Torny entrecerrara los ojos y retrocediera un paso. Sus ojos captaron una silueta detrás del resplandor, negra y grande, esculpida y ancha. Parpadeó, solo para que el resplandor destellara de nuevo.

Esta vez, escuchó la nieve agitarse. Algo se abalanzó hacia ella.

Torny maldijo, se movió para lanzar una daga y lo pensó mejor: abandonar un arma aquí sin un reemplazo seguro parecía una mala idea. En su lugar, se giró, el giro resultando fácil en la nieve, de vuelta hacia el campamento, hacia los refuerzos.

Y vio que el menguante fuego naranja tenía dos amigos,

un punto rosa y otro azul a cada lado, acercándose rápidamente al trío dormido.

—¡Levantaos, idiotas! —gritó Torny mientras corría, el brillo verde destellando de nuevo tras ella.

Su primer grito provocó algunos movimientos. El segundo hizo que Bliss se incorporara.

Torny no tuvo oportunidad para un tercero.

Algo serpenteó y atrapó su tobillo derecho, haciendo que Torny cayera de bruces. Su rostro golpeó la nieve blanda, se deslizó mientras la bandida se retorcía, apoyándose con sus muñecas que sostenían las dagas para girar. Con las mejillas congeladas, Torny miró hacia el resplandor verde sobre su rostro. Se balanceó hacia abajo en una curva, brillando de nuevo para mostrar unas fauces descendentes, filas de dientes afilados detrás de labios agrietados y negros. La piel moteada se alzaba desde la boca, un popurrí de picaduras y hoyuelos exhibido en las sombras.

Al menos, madura para una puñalada.

Torny alzó ambas dagas para encontrarse con los dientes, sus puntas hundiéndose en el labio antes de que el monstruo pudiera comenzar su mordisco. La criatura sorbió ante el impacto, una tos húmeda acompañada de sangre caliente mientras las dagas de Torny encontraban cartílago. Cuando se echó hacia atrás, Torny por fin tuvo su respuesta: un zarcillo inclinado conectaba el brillo verde con su anfitrión.

—Bonita luz para una bestia tan fea —dijo Torny, clavando sus talones en la nieve y apoyando su mano izquierda para ponerse de pie.

Solo para recibir un golpe plano en su costado izquierdo. Torny rodó y se desparramó, con nieve obstruyendo su nariz, boca y oídos. El instinto y un agarre asesino mantuvieron las dagas en sus manos, Torny ya presionando de nuevo contra el suelo para tener la oportunidad de levantarse.

Las maldiciones de Torny encontraron compañeras ahora desde el campamento, Wax y Eujo añadiendo sus propios improperios a lo que se había convertido en una noche absolutamente desastrosa. Que Torny pudiera haber logrado robar el diario solo para ser devorada por algún lagarto pesadillesco de la tundra parecía tan injusto, que dos Renovados pudieran encontrar el mismo destino después de todo lo que habían pasado, bueno, Torny no tenía tiempo para medir eso en sus balanzas de justicia cósmica.

El monstruo estaba sobre ella de nuevo, su luz verde dando a Torny pistas sobre sus zarpazos y mordiscos. Retrocedió, una evasión lenta y resbaladiza acompañada de amplios tajos con las dagas. La bestia retrocedía cada vez que un cuchillo se acercaba, una precaución que Torny pensó que podría usar.

Sus pies tocaron un montículo de nieve menos profundo, las botas encontrando un verdadero punto de apoyo entre hierbas congeladas y rocas. El monstruo la persiguió, la danzante luz verde y los dientes detrás de ella a la altura de Torny y acercándose rápidamente para una embestida. La bandida había retrocedido antes, sin duda lo haría de nuevo.

Ah, enemigos simples. Qué agradables eran.

Torny cambió su peso de retirada a resistencia, flexionando las rodillas. Avanzó hacia adelante y a la derecha mientras la bestia dirigía el resplandor verde. Con su mano izquierda, Torny barrió una daga hacia abajo y lejos. El monstruo se encogió, el brillo verde deslizándose hacia la izquierda de Torny, los dientes lejos del peligro. Torny, sin embargo, no se había quitado del juego esta vez, en su lugar rozando el costado izquierdo de la bestia. En las sombras esmeralda, Torny observó las tres patas, cada una terminando en un pie ancho como un nenúfar. Varias veces su tamaño, seguro, pero torpe y hecho para surfear la nieve.

El monstruo movió su pata delantera izquierda hacia ella.

Un ataque que podría haber funcionado si Torny hubiera tenido algo de distancia, pero rozó hombro con piel húmeda y resbaladiza y la pata izquierda pasó de largo, dejando a Torny con un amplio espacio para un doble tajo con las dagas. Los cuchillos hicieron su daño, deslizándose en lo que Torny esperaba fuera el vientre del monstruo. De nuevo una tos húmeda, un deslizamiento balbuceante hacia atrás, la nieve ahora portando manchas más oscuras de lo que la naturaleza pretendía.

Cualquier buen bandido seguiría un ataque así con un golpe mortal, y Torny lo intentó. La nieve frustró su movimiento, la agresión encontrándose con una superficie resbaladiza, desviando el impulso de Torny mientras el monstruo se arrastraba lejos. Si la cosa hubiera intentado un rápido contraataque, sus dientes podrían haber encontrado la cabeza de Torny como un bocado fácil. En cambio, la bandida se estabilizó para encontrar el resplandor verde huyendo rápidamente.

—Eso es, huye —dijo la ladrona, antes de correr hacia el campamento.

El tiempo en Foti y Rana debió haberle hecho bien al trío, ya que los tres se habían levantado con armas en mano. Bliss y Eujo tenían a su enemigo rodeado, intercambiando golpes y esquivando torpes contraataques. Los monstruos aparentemente tenían sus esperanzas en ataques sorpresa, ya que incluso Wax parecía bastante estable en su duelo uno a uno, la hoja de chatarra del hombre de Vis manteniendo a raya la luz azul parpadeante.

En unos segundos, Torny saltó sobre la espalda de la bestia de Wax, la sombra más fácil de encontrar con el fuego en primer plano. De nuevo usó sus cuchillos como garras, clavándolos y sacándolos en una carrera frenética y cortante sobre la indefensa criatura. Al igual que su propio enemigo, la nueva bestia tosió, se giró y huyó, dejando a Torny rodando frente a Wax.

Logró, esta vez, aterrizar sobre sus pies, cayendo en una floritura.

—Muy bonito —dijo Wax, mirando de reojo a Bliss y Eujo que terminaban con su propia criatura—. La próxima vez, ¿qué tal si nos das un poco más de advertencia?

—Piensa en ello, más bien, como que os di el mayor tiempo de sueño posible.

La broma de Torny podría haber caído bien si Eujo no hubiera apuntado su estoque hacia la oscuridad. La espada dirigió sus miradas hacia donde debería haber sido noche sólida, hacia donde varias docenas de luces se balanceaban en todos los colores.

—Viajan en manadas —dijo Eujo, tan seria como siempre, recogiendo su bolsa—. Tenemos que movernos.

—¿En serio? —preguntó Torny, echándose la suya al hombro—. ¿No quieres luchar contra todos ellos?

—No es el despertar que tenía en mente.

—Entonces corremos —dijo Wax—. Gritad cuando necesitéis un skar. Vamos hasta que no podamos más.

Torny se alineó con los demás, corriendo a través de la nieve oscura, dejando atrás el fuego y las rocas. Ilesa, fría y ya sintiendo sus músculos arder, Torny aun así encontró aliento para maldecir la noche, la guardia y toda la maldita Isla.

29
CHARLA DE FUGA

Ensangrentada, maldiciendo y despojada de todo lo que Sawi había conocido que Ami llevara puesto, excepto esa máscara dorada. Así fue como la Guardiana apareció en el piso de Sawi, siendo empujada más allá de la celda de la Vis hacia una vecina. Sawi, recogiendo su papilla del mediodía con una fina cuchara de madera, observó mientras Ami pasaba, escuchó cómo la Guardiana destrozaba a sus captores con una línea viciosa tras otra —cobardes, ciegos fanáticos, perros sin madre, y más— hasta que el trío de Najahn que la arrastraba cerró los barrotes y se alejó, riéndose entre dientes.

Ami se calló rápidamente. Sawi terminó su comida, bajó el arroz grasiento con agua rancia antes de acurrucarse junto a los barrotes frontales, con el hombro cerca de la esquina. Oyó a Ami murmurar. Maldiciones silenciosas, sí, pero también más: hablaba de estrategia, planes y probabilidades.

Los Najahn, confiados en sus propias celdas y en la aparente invulnerabilidad de la torre, daban vueltas ocasionales pero pasaban su tiempo cerca de la escalera. Con mesas, sillas y naipes, los guardias podían quemar sus turnos con relativa comodidad. Sus risas y burlas resonaban aquí y allá, una buena mano provocaba un grito, un golpe en la mesa.

Nadie espiaba a un par de prisioneras condenadas.

—¿Qué pasó? —preguntó primero Sawi, lo suficientemente alto como para que se escuchara alrededor de la celda.

Los murmullos de Ami cesaron al oír el sonido. Un silencio vacilante.

—¿Sawi? ¿Eres tú?

—¿No te diste cuenta cuando entraste?

—Estaba un poco ocupada. Y me destrozaron el ojo derecho.

Sawi hizo una mueca de simpatía. Al menos su captura había llegado sin violencia. La mueca se desvaneció en un ceño fruncido. Capturada dos veces ya. Primero por los matones de Mottilan en Vis, y ahora aquí. Un hábito peligroso que tendría que corregir.

Ami preguntó y Sawi le relató su historia, la reunión programada de Gladdring y la emboscada de Fassle. No había nada que ocultar: Fassle ya tenía toda la información que necesitaba, era una prueba de lealtad, una oportunidad para ver si Sawi se rendiría ante una oferta tentadora. Ella había hablado en favor de los ideales de Gladdring, al menos los que creía que él defendía —skars salvando las islas— y esquivó un cuchillo que esperaba su cuello.

Por el momento, al menos. Fassle le perdonó la vida para meter a Sawi en una celda a la espera de un juicio.

—Un espectáculo, nada más.

—¿Espectáculo? —preguntó Sawi.

—Fassle quiere exprimir cada beneficio de ti. Nos arrastrarán ante los Najahn, nos proclamarán traidoras y nos matarán lentamente —dijo Ami—. A los Najahn les gusta afirmar que son civilizados, pero cuando las cosas se ponen difíciles, son tan brutales como cualquiera de nosotros.

—Nunca haríamos algo así en Vis.

—Oh, no. Solo arrojan a sus criminales a la jungla donde se encuentran con la enfermedad o las garras de un felino. Mucho mejor.

Sawi quería decir que al menos Vis le daba a una persona una oportunidad, pero no era así, no realmente. El exilio era permanente, y sobrevivir en la jungla solo, sin herramientas, sin refugio... Svarde lo logró en un acantilado con un ferrita, pero el bárbaro Foti estaba entre los pocos que lo consiguieron.

—No suenas deprimida —dijo Sawi, con un poco de esperanza encendiéndose en los tonos casuales de Ami y aferrándose a ella—. ¿Crees que hay otra salida?

—Siempre hay otra salida.

—¿Y esa es?

—Solo espera.

Sawi lo oyó entonces, mientras Ami terminaba sus palabras. Esfuerzo. Respiración pesada.

—¿Qué estás haciendo?

Ami no respondió. Sawi dejó de hablar, escuchó más de cerca. Un sonido de serrar, silencioso y agudo. Metal contra metal. Los minutos se consumieron mientras Ami trabajaba y los guardias jugaban. Copos de nieve errantes se filtraban por la ventana, Noctia cayendo víctima de otra tormenta invernal. Sawi se acurrucó, arrastró la delgada manta de su catre y se enroscó en la esquina, esperando una oportunidad.

—Levántate —susurró Ami, su voz cercana, demasiado cercana.

Sawi se despertó de golpe, sus ojos fijándose en los de Ami, una sombra con una linterna encendida brillando detrás de ella. La visión casi hizo gritar a Sawi, un desastre evitado cuando Ami le tapó la boca con la mano. La Guardiana llevaba una sonrisa maliciosa, como si supiera exactamente lo que Sawi estaba mirando, porque ¿qué más podría ser?

El rostro de Ami parecía partido en dos, la parte a su derecha donde normalmente descansaba su máscara facial expuesta como un nido blanco y rojo de cicatrices, venas y tejido estriado que gruñía y pulsaba. Enmarcada por el enmarañado cabello de fuego de la Guardiana y sus ojos brillantes, la visión fue suficiente para disipar el sueño de Sawi y ponerla de pie.

Solo entonces Sawi entendió que Ami estaba fuera de su celda, justo allí en el pasillo.

—La serré —susurró Ami, respondiendo a la pregunta obvia—. La máscara parece de oro, pero puede detener el golpe de una lanza.

Sawi vio la máscara reluciente en la mano derecha de Ami. Su borde tenía rebabas, pelos irregulares que sin duda dejarían un rasguño en cualquier dedo descuidado. La mano izquierda de Ami se cerró en un puño apretado, aflojándose mientras le revelaba el secreto a Sawi.

—Me dejaron conservarla cuando dije que moriría sin ella —dijo Ami—. Idiotas.

—Pero morirás, ¿verdad? ¿Morirás?

Ami se colocó la máscara contra la piel. Empujó con una mueca, los ojos cerrados. Dolor. Riachuelos rojos se abrieron, corrieron por su mejilla mientras esas rebabas encontraban su lugar. También lo hizo el metal, encajando en puntos que Sawi ni veía ni quería pensar.

Los demonios los convertían a todos en monstruos.

—¿Qué es esto, entonces? —llegó una voz, la misma que le había traído el almuerzo a Sawi. El Najahn no llevaba una voulge —los cuarteles demasiado estrechos— pero tenía una espada corta en una mano y una linterna en la otra—. Creo que deberías estar en tu celda, Guardiana.

Ami, con el puño apretando ese skar, se levantó con un estremecimiento. De espaldas al guardia, solo Sawi vio a la mujer cuadrar los hombros y las piernas. Con nada más que una túnica y pantalones harapientos, Ami parecía muy capaz de masacrar a cientos, como un hanoko que hubiera encontrado a su presa.

—Yo correría si fuera tú —le ofreció Sawi al guardia, quien solo sonrió.

—Mis amigos están viniendo por el otro lado —dijo el guardia a la espalda de Ami—. No tienes a dónde ir, y lo único que te estás ganando ahora es una buena paliza. Al Círculo no le importará si te ves bien para la ejecución, así que ahórrate el dolor.

—No creo que lo haga —murmuró Ami, las palabras casi un gruñido.

—Tú eliges.

El guardia ajustó su agarre y lanzó un golpe con la empuñadura hacia la cabeza de Ami. La linterna del hombre se balanceó hacia abajo y hacia atrás, convirtiéndose en un blanco cuando Ami se agachó y giró en un solo movimiento. Alcanzó con su mano derecha el mango de la linterna encendida mientras el golpe del guardia pasaba silbando sobre su cabeza, y la forzó hacia arriba junto con la mano izquierda del guardia. La linterna giró sobre su simple bisagra, estrellándose contra el brazo del guardia y estallando en vidrio caliente y ardiente.

Una maldición interrumpió el contraataque del guardia, cortada cuando Ami, cerca del hombre, le propinó un rodillazo con su pierna izquierda en el estómago. La espada repiqueteó contra las piedras, un sonido que se igualó con un golpe seco cuando Ami agarró al guardia doblado y le estrelló la cabeza contra las piedras. El hombre se desplomó, y Ami apartó de una patada los fragmentos ardientes de la linterna mientras se agachaba, arrebataba las llaves de las celdas del cinturón del hombre y las lanzaba a través de los barrotes hacia Sawi.

Alguien que no hubiera estado entrenando con Ami durante semanas podría haberse quedado atónito por la velocidad, podría haber mirado con incredulidad las llaves mientras se detenían revueltas cerca del pie de Sawi. La Vis solo silbó, recogió el llavero y se dirigió a los barrotes. Varias llaves, con solo una lo suficientemente larga para encajar en la cerradura de la celda, hicieron que fuera una elección fácil.

Menos clara era la respuesta de Ami cuando los compañeros del guardia llegaron corriendo desde la izquierda, con las espadas desenvainadas y gritando desafíos. Para entonces, algunos otros prisioneros en el nivel también habían encontrado sus voces, pidiendo que los liberaran o lanzando burlas a sus angustiados captores.

Ami deslizó una sandalia raída bajo la espada caída del primer guardia y la levantó, atrapándola con su mano derecha. Al mismo tiempo, presionó su mano izquierda contra su placa facial, retirándola para revelar la skar Vis de nuevo en su lugar habitual. Los dos guardias, lado a lado en el estrecho pasillo, observaron ambos movimientos con miradas tensas y tragando saliva.

—¿Listos? —preguntó Ami a la pareja, colocándose en una postura con la espada hacia adelante, de pie sobre el guardia inconsciente.

Los dos guardias se miraron entre sí. Uno dio un paso atrás. El otro dejó su linterna en el suelo y agarró la espada corta con ambas manos.

—Vuelve a tu celda —dijo, el temblor en su tono restando fuerza a cualquier mensaje—, y no le diremos a Fassle sobre esto.

—¿Qué tal si tú entras en mi celda y así no tienes que ver tus entrañas esta noche?

La cerradura se abrió limpiamente, Sawi abrió la puerta de la celda. Ambos guardias desviaron sus ojos hacia ella, y en ese momento, Ami aprovechó. Se abalanzó sobre el guardia de adelante, plantando su pie izquierdo y lanzándose en una estocada. El guardia usó su agarre con ambas manos para desviar frenéticamente el golpe, un movimiento que Sawi apreció hasta que vio el seguimiento de Ami: la Guardiana dejó que el golpe desviado cruzara sobre el hombro izquierdo del guardia, directo hacia el segundo soldado. La propia Ami siguió el empuje con una carga de hombro, golpeando la barbilla del primer guardia hacia atrás incluso mientras su espada acertaba en el pecho del segundo soldado.

Ami soltó la espada de apuñalamiento, liberando el arma mientras el primer guardia intentaba recuperarse. Incluso cuando él traía de vuelta la hoja, Ami le dio un puñetazo en la garganta, justo entre sus cueros y la barbilla golpeada. Tosió, con los ojos muy abiertos, dejando caer la espada mientras sus manos intentaban recuperar el aliento. Ami completó el derribo con una patada rápida al tobillo izquierdo del hombre, dejándolo caer, ahogándose, en el suelo de piedra.

—Está bien —dijo Sawi, mirando la devastación. El soldado apuñalado tenía una mano en la espada en su pecho, tirando de la empuñadura—. Supongo que no te estabas esforzando mucho conmigo.

—No quería que murieras —respondió Ami, agachándose y recogiendo otra espada caída—. Vámonos.

—¿Qué hay de los otros prisioneros? —Sawi hizo sonar las llaves, asintiendo hacia los gritos de rescate—. Podríamos...

—Algunas personas pertenecen aquí. —Ami se agachó, comenzó a quitarse las botas y los cueros de los cuerpos—. Solo nos conocemos a nosotras mismas.

—Entonces, ¿no deberíamos irnos?

—Toma algo de equipo, Sawi. Todo lo que puedas. Aún no hay alarma, pero pronto habrá una. Necesitamos habernos ido para entonces.

Las palabras atravesaron un velo frenético, Sawi dándose cuenta en ese segundo de que una verdadera fuga de prisión estaba en marcha. Esto no era una pelea divertida, sino un escape. Algo de lo que Sawi no sabía nada, excepto que serían cazadas, buscadas, perseguidas.

—¿Adónde vamos a ir? —preguntó Sawi, acallando la repentina confusión haciendo lo que Ami pedía, renunciando a las botas demasiado grandes pero agarrando un cuchillo y el cuero del soldado inconsciente.

—La Ciudad Anillada no cubre todo Noctia —dijo Ami, manteniendo su espada robada visible en caso de que alguno de los guardias quisiera hacer un espectáculo. Ninguno lo hizo, ambos gimiendo, maldiciendo, llorando en el suelo—. Hay lugares que los Najahn ignoran.

No podían ser muchos esos lugares en la isla principal. Ninguno, tampoco, que los Najahn pasarían por alto al perseguir a dos prisioneras como ella y Ami.

—Nos encontrarán.

—Tendremos algo de tiempo para pensar —respondió Ami, y luego maldijo—. Sawi, si quieres quedarte aquí, hazlo. Yo me voy.

Cuando Ami pasó de largo, vistiendo una mezcla despareja de guardia Najahn, Sawi no dudó. Había preguntas, había problemas, pero adonde Ami iba, no habría barrotes ni piedra. El aire fresco y una oportunidad serían suficientes.

30
LAS PUERTAS

Siete remolinos, como estrellas arrancadas del cielo y entretejidas con sangre. Giraban en las profundidades, muy abajo y, sin embargo, mucho más cerca de lo que Svarde hubiera podido esperar. El Rey Muerto los había guiado desde la ciudad desolada, pasando por sus filas inmóviles, a través del túnel central, sus afilados costados decorados con huesos de demonios, hasta un saliente escarpado que dominaba un vasto y oscuro estanque. Tan grande como un mar, sus extremos más lejanos se desvanecían en la distancia bajo un techo dentado. Musgos luminosos moteaban los bordes, un tenue contorno lo suficientemente brillante para ilustrar las formas dispersas que nadaban libremente o, a juzgar por las ondulaciones en la superficie, se movían por debajo.

—Demonios —dijo el Rey Muerto, clavando su espada en la roca a sus pies.

A los lados del precipicio, una pendiente empinada nivelada con cráneos y piel andrajosa y podrida, contaba la historia de un asedio, una defensa largamente mantenida y ahora abandonada. Svarde no necesitaba preguntar por qué: demasiados de esos huesos pertenecían a humanos.

—Espera —dijo Maena, acercándose al rey y señalando—. ¿Los demonios vienen de esos?

—Surgen, se reproducen, viajan. Elige la palabra que prefieras, pero sí. Esos son sus lugares de nacimiento, y todos son diferentes.

—A mí me parecen iguales —dijo Svarde, formando una línea con el Rey y Maena.

—Entonces mira más de cerca.

El Guardián Foti hizo lo que le pidieron, agachándose e intentando penetrar el velo del agua. Estudió esas profundidades y... Oh. Lo que parecían ser siete círculos rojos eran diferentes ahora, los colores no eran los mismos, aunque similares. Este de aquí tenía un tinte púrpura en los bordes, mientras que otro llevaba una franja más oscura, casi negra, atravesada por motas de luz estelar blanca.

—Sus colores no son iguales —expresó Svarde la conclusión, y escuchó a Kivi resoplar en señal de acuerdo.

—El porqué, solo podemos adivinarlo —dijo el Rey Muerto—. Demion y yo no hemos encontrado una razón, y ningún demonio ha buscado explicarlo. Sin embargo, hay siete. Que tengamos siete islas, siete dioses, parece demasiado perfecto para ser una coincidencia. —Con una mano enguantada, el rey señaló una pendiente lejana a la derecha, donde varios demonios desgarbados trepaban por la roca—. Emergen, y los que no se ahogan eventualmente encuentran su camino hasta aquí. Los destruimos, o pasan más allá hacia la red de Demion.

—Los pequeños, al menos —dijo Maena—. Hay demonios mucho peores en las olas.

El Rey asintió lentamente con un sonido metálico. —

Hay grandes agujeros debajo. Arañados hasta llegar al océano por, creo yo, demonios desesperados por ser libres.

—Oh, sí, ¿bajaste tú mismo allí? ¿Diste un chapuzón?

Svarde le lanzó una mirada de desaprobación a Maena, pero la capitana no le prestaba atención. Seguía siendo tan despreocupada, tan imprevisible.

—Envié a alguien muerto hace mucho tiempo para que fuera mis ojos —respondió el Rey, imperturbable.

—Supongo que eso funciona. —Maena se unió a Svarde en cuclillas—. Entonces, ¿cuál es el plan? No parece que podamos disparar una flecha al remolino, ¿o sí?

—Hemos probado flechas. Rocas. Cuerpos. Nada surte efecto. Las puertas no se ven afectadas.

—¿Puertas? ¿Así que les has puesto nombres? —preguntó Svarde.

Los tres demonios desgarbados habían alcanzado la misma altura que el precipicio, y ahora se dirigían hacia Svarde, Kivi y el resto. Él extendió la mano hacia atrás, encontró sus hachas. Listo para desenvainar cuando los monstruos se acercaran.

—Puertas, portales, entradas —dijo el Rey. No se había movido ni una vez mientras los demonios se acercaban—. ¿Qué importa? No se pueden cerrar, y los demonios siguen llegando. Cada vez más rápido. Tu misión es imposible, Guardián. Es mejor fortificar y defender. Esperar que tus amigos de arriba puedan idear suficientes armas, tener suficientes skars para mantener a raya a los demonios.

—Eso es sombrío —murmuró Maena.

—Pero preciso —dijo Svarde, poniéndose de pie y desenvainando sus hachas—. Jochi tiene los ingenieros, la experiencia. Podemos reconstruir la ciudad, defenderla. Luego encontrar una forma de tapar los túneles. Si no podemos lograr la victoria, al menos podemos evitar la derrota.

—Todos hablan como perdedores. —Maena recogió una piedra, caminó hasta el borde del precipicio, echó el brazo hacia atrás y lanzó la roca del tamaño de un puño. El proyectil voló, golpeó al demonio que iba delante en su cabeza deforme. La criatura de seis extremidades vaciló, resbaló en una vieja caja torácica y rodó con un chapoteo satisfactorio—. Hemos llegado hasta aquí. Hagamos que valga la pena.

Svarde estaba a punto de responder a la capitana Rana, a punto de decir que podían establecerse e intentar cosas nuevas, intentar usar el ejército de Jochi y su experiencia para atacar esas puertas con algo diferente. Tenía el discurso gruñón listo para salir, pero lo dejó estancarse cuando el estanque debajo de ellos burbujeó, siseó y se enturbió.

—Vienen de nuevo —retumbó el Rey Muerto—. Cada vez hay más. Usan el agua y la tierra. —Dio un largo paso atrás, liberando su espada—. Han luchado contra nosotros antes, hasta llegar a la Herida.

—¿Quiénes son "ellos"? —preguntó Maena, sin seguir la retirada del Rey Muerto para seguir mirando por el borde.

Svarde, sin embargo, creyó saber, que ella también lo sabía. Los dos demonios restantes en la pendiente detuvieron su avance ante el ruido, mirando hacia el mar. Kivi liberó sus conductos, un siseo preocupado. El metal surgió, negro, quemado y desafiante. El artefacto, una cosa con ruedas y bordes afilados tan ancha como el túnel por el que Svarde acababa de caminar, irrumpió desde el mar y sobre los huesos, aplastándolos con su avance triturador. Tanques redondeados a lo largo de sus costados enviaban géiseres calientes, liberando aire abrasador que quemaba la piel de Svarde desde abajo.

Los dos demonios aullaron. Svarde retrocedió un paso.

—Oh, son estos tipos de nuevo —dijo Maena, haciendo una mueca mientras se unía a la retirada—. No son geniales.

Los dos demonios reaccionaron de manera similar a los humanos, iniciando una carrera rápida hacia el precipicio. Su rápido avance duró tres cortos segundos hasta que el artefacto metálico hizo un sonido metálico, como el martillo de un herrero golpeando hierro forjado. Un enorme perno negro se disparó, atravesando al primer demonio como Svarde podría apuñalar a una hormiga con la punta de un cuchillo. Un segundo siguió, acabando con los demonios desgarbados y marcando su caída contra la pendiente rocosa con esos pilares metálicos.

—No es bueno —dijo Svarde, pero ralentizó su retirada cuando llegaron al final del precipicio—. Pero si vamos a contenerlos, esta pendiente nos da una ventaja. No deberíamos renunciar a ella.

El Rey Muerto alzó su gran espada, la sostuvo con ambas manos, pero continuó retrocediendo, subiendo y alejándose.

—Solo nos destruirán desde abajo. Los recodos del túnel nos servirán mejor.

—Estoy con el cabeza de metal —dijo Maena—. Los espacios reducidos tienen que ser difíciles para esa cosa. Vámonos.

El Rey Muerto se giró al llegar a la entrada del túnel, aceleró el paso y desapareció en dirección a su ejército de muertos vivientes. Maena lo siguió. Svarde dudó. El chirrido metálico se había ralentizado. Tal vez el vehículo no podía escalar la pendiente. Tal vez podrían resistir aquí después de todo y dar tiempo al ejército de Jochi para llegar, construir defensas más adentro en el túnel.

Esto era ahora una campaña militar, no una simple expedición.

El Guardián Foti se dejó caer de rodillas, usó los codos para arrastrarse hacia adelante sobre la roca. Kivi resopló detrás de él, haciendo una pregunta.

—Inteligencia —respondió Svarde—. Tenemos que saber qué se acerca, si pueden alcanzarnos.

La máquina de metal ya no estaba sola. Mirando por el borde, Svarde oyó y contó dos más de esas cosas emergiendo de las profundidades para varar sobre los cráneos y huesos. El agua aún burbujeaba, y la razón se hizo evidente cuando pequeñas cápsulas se abrieron paso entre las máquinas masivas, cápsulas como las que se habían estrellado en la playa cerca de la ciudad de Whent.

Las tapas de hierro burbujeaban y estallaban, tintineaban y giraban. Se abrieron una por una, y al hacerlo, emergieron cosas que Svarde nunca necesitó ni quiso volver a ver. Cabezas de obsidiana, cuerpos de fuego azul. Solo que estos no empuñaban los largos mayales que Svarde había visto antes, sino que sostenían martillos y llevaban bolsas negras chamuscadas a lo largo de sus cuerpos, cuyos lados sólidos desprendían chispas cada vez que tocaban la piel ardiente.

—Ahora, ¿para qué son esas? —murmuró Svarde, asomando solo sus ojos y su pelo áspero.

La respuesta llegó cuando se abrió otra puerta, una escotilla en el medio, en la parte superior de la primera máquina. De ella surgió el más grande de esos gigantes ardientes que Svarde había visto, su obsidiana adornada con un borde plateado. Su cabeza giraba y destellaba, chispas y brasas trazando líneas que todos los demás, casi una docena ahora, se volvieron a observar. Cuando terminó, su audiencia respondió con destellos, un espectáculo que habría sido deslumbrante si no llenara a Svarde de un temor atroz.

Las criaturas se giraron, abrieron esas bolsas y comenzaron a sacar barras delgadas. Vigas duras, del tipo que Svarde podría ver en una forja Foti. Su propósito se hizo evidente rápidamente cuando los monstruos las martillaron en los huesos, rompiendo los restos envejecidos para hundir las barras en la roca de abajo. Con cada colocación, los demonios daban otro paso hacia arriba, y luego repetían el golpeteo.

—Peldaños —le dijo Svarde a Kivi, el ferrite que se arrastraba cerca de él—. Están construyendo una escalera para sus malditas máquinas.

Miró hacia atrás, hacia el túnel. Un ataque fuerte ahora, mientras los demonios estaban distraídos, podría romperlos. Podría darles una oportunidad. Pero los cobardes habían huido.

—Hacemos lo que podemos, ¿verdad? —le preguntó al ferrite.

Kivi resopló.

Svarde se levantó, se irguió en el precipicio. Al hacerlo, el demonio líder, que aún observaba desde su máquina, volvió ese gran rostro de obsidiana hacia él. Los otros demonios siguieron la mirada, deteniendo sus martillos. Detrás, el mar burbujeaba y se agitaba.

—Regresen, malditas cosas —gritó Svarde—. Este mundo no les pertenece.

El demonio líder respondió con algo, un ininteligible chisporroteo de chispas.

—Me han oído —volvió a gritar Svarde—. Están lejos

de casa, y el camino que les espera estará pavimentado con sus cuerpos.

El grito enrojeció su rostro, elevó la ira, la energía que Svarde siempre alimentaba hasta el primer plano. Para esto estaba hecho, no para escabullirse por túneles o languidecer en el borde de un acantilado. Para luchar contra el enemigo y salvar a sus amigos, a sus Islas.

La cola rechoncha de Kivi golpeó el tobillo de Svarde, lo empujó hacia atrás mientras el bárbaro se preparaba para una tercera amenaza. Sobre el precipicio, justo donde Svarde había estado de pie, pasó otro perno de hierro oscuro. Se incrustó en la piedra de arriba, esparciendo rocas a su alrededor. Svarde se incorporó, sacudiendo el polvo de su pelo.

El ferrite resopló, mirando hacia el túnel.

—Sí, tal vez tengas razón. A los túneles, pues.

Y Svarde, Guardián Foti, campeón de los Fosos de Whent, se dio la vuelta y echó a correr.

31
UN REFUGIO Y UNA RAZÓN

Las ranas de hielo, como las bautizó Torny, los siguieron a través de la nieve, con sus esferas danzantes y la omnipresente línea en la oscuridad detrás del cuarteto. Wax y Eujo iban al frente, si es que se le podía llamar así, atravesando los oscuros ventisqueros, cada paso impulsado por el pánico. Los skars volvieron a cambiar de manos cuando la respiración se volvió superficial, cuando los pasos comenzaron a ralentizarse, pero incluso con las piedras Foti y Vis haciendo lo que podían para evitar el agotamiento, Wax se encontró tropezando cada pocos pasos.

Eujo y Torny, sin embargo, estaban aún peor. Ninguna de las dos, con vidas consumidas en las ciudades, tenía mucha experiencia navegando por terrenos naturales complicados. No tenían antorchas, solo la escasa luz rosada de Sochi que atravesaba las nubes, y esa falta hacía difícil calcular los baches, las rocas o los hoyos de nieve más profundos.

Sin los postes metálicos a lo largo del camino, Wax supuso que se habrían perdido hace mucho, destinados a congelarse o morir de hambre en los desolados campos de Whent.

—¿Cuál es el punto? —jadeó Torny en algún momento indeterminado de su huida—. No podemos seguir caminando para siempre. Ahora solo están esperando a que nos rindamos.

—¿Y qué? —replicó Eujo—. ¿Luchar contra ellos?

—Estaba pensando que podríamos acostarnos bien bonito, darles una comida por todo el trabajo duro que han hecho.

Wax se rió y se lanzó a través de otro ventisquero que le llegaba a la rodilla.

—¿Te parece gracioso, Wax? —preguntó Eujo.

—Esta noche, lo acepto.

Wax no podía distinguir realmente el rostro de Eujo, apenas podía ver las bocanadas de nieve mientras ella caminaba con dificultad a su lado, pero sintió la mirada fulminante y la decepción con bastante claridad. Exigiendo algún tipo de liderazgo o algo así, algún discurso enérgico sobre seguir adelante frente al peligro y la derrota.

Bueno, Eujo podía darlo tan bien como Wax. Probablemente mejor.

Además, sus botas estaban empapadas, sus pies llenos de ampollas, y la derrota parecía bastante probable.

Bliss, de todos ellos, tenía energía de sobra. La hermana de Wax iba al frente, asumiendo el papel de exploradora sin que se lo pidieran. Esperaba por ellos de vez en cuando para informar que lo único que había más adelante era más nieve sin rasgos distintivos. Nada que pudieran usar para defenderse o ayudarles contra las ranas perseguidoras.

Esas cosas, al menos, parecían contentarse con dejar que su presa se acostara y muriera.

—No se trata de ser gracioso —dijo Torny—. No es

porque me guste dónde estamos o lo que está pasando. Se trata de intentar distraer y deleitar.

—¿Deleitar? —replicó Eujo—. Estás desperdiciando el aliento en bromas ingeniosas cuando deberías usarlo para caminar más rápido.

—Es mi aliento, lo usaré como quiera.

Otra mueca que Wax pudo sentir, pero no ver. Era hora, al parecer, del mediador.

—Ambas pueden hacer lo que quieran, siempre y cuando sigan avanzando —dijo Wax—. Guardián, Renovación, bandido, Reina, no me importa lo que sean y a esas cosas que nos persiguen tampoco. Así que guarden sus lanzas para lo que realmente importa.

—¿Lanzas? —preguntó Torny—. ¿Quién tiene una lanza?

—Una pregunta que yo también tengo —añadió Eujo.

—Es una expresión.

—Una rara —murmuró Torny, a la izquierda de Wax.

—Sin sentido —concordó Eujo.

Wax suspiró, sonrió, incluso mientras sus piernas ardían y el sudor se congelaba en su espalda. Podrían morir por mil cosas aquí fuera, pero al menos no morirían enojados entre ellos.

Como un fantasma escarchado, Bliss apareció a la vista, de pie con un brazo señalando hacia adelante y hacia el oeste. Cuando el trío la alcanzó, Bliss intentó hacer señas, una serie difícil de interpretar sin mucha luz. Sin embargo, Wax captó la esencia y habló para que los demás lo supieran:

—Bliss dice que hay una posada al lado del camino no muy lejos. Desierta, pero es un refugio.

—Entonces, ¿por qué nos detenemos aquí? —preguntó

Eujo—. Vamos. Si somos lo suficientemente rápidos, podemos prepararla para esas ranas.

Wax estaba a punto de preguntar por qué habría una posada al azar aquí en medio de la nada, pero entonces recordó el Diente del Jarl en Foti. Un pequeño lugar que surgía justo donde un día de viaje desde la ciudad te llevaría. Los viajeros necesitarían descanso, y alguien no le importaría obtener ganancias.

Pero, ¿por qué estaba desierta?

—Porque nadie viaja a través de Whent en invierno, obvio —dijo Torny cuando Wax planteó la pregunta, mientras el grupo avanzaba con dificultad por la nieve tras Bliss—. Cierran el lugar, se van a divertir cuando cae la nieve, y vuelven para tener su fiesta de verano.

—¿Fiesta de verano? —preguntó Wax.

—Claro, el momento en que obtienes todas las cosas buenas de los demás.

—Eres una extraña, Torny.

—Mira quién habla.

Las indicaciones de Bliss resultaron ser ciertas, la posada surgió justo donde ella había señalado. Una sombra más profunda que las que la rodeaban, Wax distinguió el edificio de varios pisos, un pequeño muro cubierto de nieve y algunas estructuras cercanas mientras tropezaban con ellas. Las ranas perseguidoras aflojaron el paso, aunque las luces comenzaron a circular hacia el este y el oeste.

—Nos están atrapando —dijo Eujo mientras se arrastraban por una puerta que Bliss abrió trepando por el muro y levantando una barra transversal—. No nos van a dejar ir.

—Mejor que luchar al aire libre. —Wax apretó con fuerza el skar de Vis mientras cruzaban un patio moteado interrumpido por un pozo, corrales de animales y lugares para estacionar los carros y carruajes que había visto en la ciudad—. Me gustaría ver a una de esas cosas intentar pasar por la puerta de la posada.

Bliss lideró el camino hacia esa construcción en particular, empujando con el hombro la plancha de madera escarchada. Un empujón demostró que estaba cerrada, un giro poco sorprendente dado el aspecto abandonado. Torny ni siquiera se molestó en sacar sus artilugios, en cambio marchó hacia el lado derecho de la posada. En el tenue resplandor nocturno, los amplios ventanales reflejaban la mancha escarchada del invierno y, mientras se movía, la sombra de la ladrona. Wax preguntó qué estaba haciendo, y Torny le dijo que la siguiera.

—Esa puerta está bloqueada —dijo Torny—. La única forma de entrar será por la ventana o por el secreto.

—¿El secreto? —preguntó Eujo, mirando a Wax y Bliss como si conocieran la mente de la ladrona.

Bliss se encogió de hombros, sonriendo ampliamente. Una expresión audaz para el grupo medio congelado y perseguido, pero Wax admiraba su confianza en la bandida. Las dos se habían vuelto tan cercanas, que casi hacía que Wax pensara en Vis, en Sawi, y...

—¿Ven? —dijo Torny mientras rodeaban la base de roca y mortero de la posada hacia el lado oeste—. Esto es de lo que estoy hablando.

Una elevación cubierta de nieve yacía en ángulo a lo largo del suelo, llegando hasta la altura de la rodilla de Wax. Se quedaron mirando la nieve impoluta mientras Torny se inclinaba y barría la superficie con la mano. El paleo solo reveló más nieve y un comentario sarcástico de la reina, pero Torny ignoró las palabras y volvió a cepillar.

—Una puerta —dijo Wax—. ¿Cómo? ¿Por qué?

—No tienen sótanos en Vis, ¿verdad? —preguntó Torny.

«¿Qué?», signó Bliss y Wax lo repitió.

—Lugares bajo tierra. Te permiten almacenar cosas cuando hace frío y el clima es miserable afuera —Torny continuó barriendo, ahora con los demás inclinándose y ayudando. Todos seguían mirando hacia atrás entre barridos, confirmando que esas luces mortales no se acercaban —. También es una excelente manera de salir si quieres mantenerlo en silencio.

—¿Por qué a alguien tan alejado le importaría? —preguntó Wax.

—O lo averiguaremos dentro, o tendremos que adivinar.

La puerta del sótano también tenía un candado, pero este venía con un pestillo de metal convencional alrededor de dos pequeñas manijas. Torny, pidiendo un Foti skar para calentar sus dedos, trabajó con sus herramientas en la cerradura, presionando en el ángulo correcto para hacer que los pernos saltaran. Resopló cuando el candado se deslizó de la puerta hacia la nieve.

—Candado barato también —dijo Torny, guardando sus herramientas—. Probablemente pensaron que cualquiera que encontrara esta puerta y quisiera entrar lo lograría.

Wax abrió las puertas, su crujiente apertura dio paso a un olor a humedad, aunque limpio. Una escalera de mano esperaba al otro lado, aunque sus peldaños inferiores se desvanecían en una oscuridad sin luz.

—Déjame a mí —dijo Torny, sin molestarse en esperar aprobación antes de deslizarse hacia la penumbra.

Los segundos pasaron, el viento de Whent comenzaba a levantarse de nuevo mientras la noche se inclinaba hacia la mañana. Esas luces tenían al grupo rodeado, y Wax pensó que se estaban acercando. Salto a salto helado.

—No soy solo yo, ¿verdad? —preguntó el de Vis—. Esas cosas se están acercando.

—Preferiría arriesgarme con la oscuridad que... —las palabras de Eujo se desvanecieron cuando la luz estalló detrás de ellos.

Bliss aplaudió una vez, luego se balanceó hacia el sótano. Wax y Eujo la siguieron, entrecerrando los ojos ante el resplandor dorado de la lámpara, mientras la nieve se deslizaba detrás de ellos. Torny sostenía la lámpara en alto en el centro del sótano, silbando ante las bolsas, barriles y gruesos arcones de madera.

—Parece que este lugar estaba abastecido —dijo Torny, luego balanceó la lámpara de vuelta hacia la puerta del sótano—. ¿Les importaría cerrar eso, a menos que quieran que nuestros amigos entren?

La posada tenía provisiones y seguridad. Wax y los demás exploraron sus habitaciones de arriba a abajo, confirmando que el lugar parecía listo para un invierno activo. Uno probablemente asesinado por el llamado de ese señor de la guerra para sacar un ejército de la superficie y enviarlo bajo tierra. Ni un alma esperaba aquí, aunque las camas, las tazas y la madera estaban listas para usarse. Bliss y Eujo habrían estado dispuestas a hacer guardia, pero Wax las dejó escapar, afirmando que tenía demasiada energía después de la carrera como para colapsar en ese momento.

Una mentira, pero una gentil.

En cambio, encendió un fuego en la sala común de la posada, una tarea facilitada por la lámpara de Torny y su mecha lista. La madera ardía alegremente en los confines de la chimenea de piedra, derritiendo la tensión, el miedo, si no la frustración, que acechaba el ánimo de Wax.

—Aquí —dijo Torny, volviendo de detrás de la barra

con algunas carnes secas, nueces y dos pequeños vasos—. No es exactamente un Foti skar, pero te calentará igual.

Wax chocó su vaso con el de Torny, otra costumbre que había adquirido desde que dejó Vis, y los dos compartieron un sorbo. Wax frunció los labios, parpadeó y se encontró jadeando de acuerdo con la evaluación de Torny. La bandida, sin embargo, no se rio, no hizo mucho excepto mirar fijamente las llamas crepitantes.

—Hay una razón por la que no vas a dormir, ¿verdad? —preguntó Torny.

Wax asintió.

—Tiene algo que ver conmigo, ¿no?

Otro asentimiento.

—Si me echas ahora, Wax, yo...

—No quiero que te vayas, Torny. Créeme, no quiero. Pero —Wax se detuvo, lanzó una mirada hacia arriba, o más bien hacia las tablas de madera que marcaban el techo —, esto ya es bastante difícil. Eujo, Bliss y yo hemos renunciado a todo por esto. Absolutamente todo.

—Es un mundo de mierda.

—Esa es la cosa, Torny. No lo es. No todo. No lo vi realmente hasta que tuve que dejar Vis, pero no lo es. Vale la pena salvarlo, incluso si significa lanzarme a esa silla de piedra. —Wax bajó la voz a un susurro, esbozó una sonrisa astuta—. Aunque no me enojaré si Eujo se lleva ese premio.

—Bastardo. —Los ojos de Torny, sin embargo, brillaron.

—Nunca argumenté lo contrario. Pero no puedo, Torny, no puedo perder porque tú no te comprometas como lo hicimos nosotros. Así que quiero que elijas. Renuncia a todo, ponlo todo en espera, o lo que sea que tengas que decirte a ti misma, porque ese diario casi nos mata. No podemos arriesgarnos a eso de nuevo.

Torny, al menos, le dio a Wax un asentimiento por eso.

Se levantó de su silla frente al fuego, pasó junto a Wax hacia las ventanas.

—Hicieron este vidrio grueso —dijo Torny, golpeando la ventana frente a ella—. Mantiene el calor. Mantiene fuera las cosas peligrosas. —Lanzó una mirada hacia Wax, una mirada tan dura como Wax jamás había visto de ella—. Me pediste que viniera contigo, Wax. Me tienes a mí y todo lo que viene conmigo. Si eso no vale la pena, entonces saldré por esa puerta antes de que amanezca.

32
QUEDARSE O PARTIR

Si Quik pudiera tener un skar Rana en la mano cada vez que se metía al agua, estaría encantado de vivir como un pez. La pequeña piedra convertía las olas en manos auxiliadoras, las crestas blancas y espumosas se plegaban alrededor del cazador Vis y lo impulsaban hacia Annalyse. Juntos, la pareja se deslizaba por las aguas turbulentas como delfines juguetones, cada brazada era un deleite sin esfuerzo. Incluso el frío penetrante del océano se mantenía a raya, como Bliss había descrito el limo del demonio cubriéndola después de la pelea en la costa.

A pesar de lo que estaba ocurriendo tras ellos, la probable captura y muerte de Ami, Quik no pudo reprimir una sonrisa salvaje. Nunca había sido un gran admirador del Guardián de todos modos, ya que Ami era más propensa a propinarle un golpe en la cabeza o una patada en las espinillas que un cumplido, sin importar cuán bien Quik usara la fuerza del skar. Annalyse no compartía ese entusiasmo cuando se acercó a la científica que chapoteaba, pero Quik hubiera jurado ver sus labios curvarse mientras se deslizaban por el oleaje.

Su destino era obvio: los muelles de Najahn, separados de los puertos comerciales de la Ciudad Anillada por un imponente rompeolas. Los muelles privados de Najahn nunca bullían de actividad, aunque los barcos tendían a ir y venir a horas extrañas, y en su mayoría eran pequeños. Ahora, con la tarde bien avanzada y el invierno en pleno dominio de los mares, los cuatro embarcaderos yacían vacíos, sin nada más que un cielo gris y sombrío sobre ellos. Los habituales barriles y cajas habían desaparecido, una señal de que los Najahn mantenían sus muelles en orden. Ningún bar ofrecía música, ningún marinero lanzaba maldiciones al viento.

La ausencia habría sido inquietante si las circunstancias hubieran sido diferentes.

—Vamos —dijo Quik cuando se acercaron al primer embarcadero, un muelle de piedra que se proyectaba como una tabla roma hacia el mar—, usémoslo.

—¿Dónde está todo el mundo?

—Ocupados con otra cosa. No con nosotros.

Quik no era un experto en información y su difusión, pero si Fassle quería destruir a Gladdring, alardear de ello de antemano parecía una mala elección. Particularmente si quería todos esos skars. Una incursión secreta, una limpieza sutil tenía más sentido.

Al menos, eso es lo que Quik le dijo a la científica mientras se arrastraba sobre el borde de piedra cubierto de percebes. Extendiendo la mano, Quik agarró la de Annalyse y la ayudó a subir. Casi de inmediato, al disiparse el esfuerzo de la natación, el gélido abrazo del día los atrapó terriblemente. Los dientes de Quik comenzaron a castañetear, mientras que los labios de Annalyse se tornaron de un tono azulado poco saludable.

—Necesitamos un fuego y ropa nueva —dijo ella tiritando, uniéndose a Quik en una mirada a lo largo del muelle.

Varios almacenes los recibieron, todos con aspecto oscuro y solitario. Detrás de esos grandes bloques esperaban callejones con finales inciertos. Cualquiera podría llevarlos a guardias Najahn y preguntas desagradables. Por un momento, Quik consideró saltar de vuelta a las aguas, nadar alrededor hasta el puerto propiamente dicho y emerger por allí, una idea que Annalyse descartó de inmediato.

—Siempre hay ojos en el puerto principal. Recaudadores Najahn, guardias. Nos verán y se preguntarán. Probemos con ese.

Annalyse señaló una casa achaparrada a la izquierda de los almacenes, lo que parecía ser un lugar de alojamiento para los guardias y funcionarios que vigilaban el puerto. Las ventanas oscuras y la chimenea sin humo sugerían una existencia tan silenciosa como en cualquier otro lugar aquí, una confirmación que se logró cuando Annalyse dio un breve golpe a la puerta de madera salada. Quik se quedó detrás de ella, con los brazos cruzados sobre sí mismo en un escalofrío involuntario.

—No hay respuesta —Annalyse miró hacia atrás a Quik —. Vamos a entrar, ¿de acuerdo?

—¿C-c-cómo?

—De la misma manera que hemos estado haciendo todo.

Quik no supo lo que eso significaba hasta que Annalyse metió la mano en la bolsa empapada atada a su cintura. La científica sacó un pequeño rubí, lo apretó en su mano izquierda y presionó la derecha contra el picaporte cerrado de la puerta. El aro de hierro comenzó a chisporrotear, quemando el rocío marino, antes de derretirse. El picaporte deformado golpeó el suelo con un ruido sordo, un fino río de metal fluyendo desde su cavidad por la puerta, trazando los patrones de la madera en negro.

—Derretí la cerradura misma —reflexionó Annalyse—. Realmente se puede ser preciso con estas cosas.

—¿Intentabas hacer eso? —Quik forzó sus dientes a dejar de castañetear por un momento, pero apenas lo logró.

—Quería hacer volar todo el lugar —Annalyse empujó con su mano libre, la puerta se abrió limpiamente—. Le dije que se controlara.

Dentro, la casa de guardia les ofreció opciones. Varias literas estrechas, un horno de carbón, una mesa y arcones llenos de carnes curadas, quesos, agua fresca y, lo mejor de todo, ropa. Túnicas frescas de color púrpura y negro. Cualquier pudor se esfumó rápidamente cuando tanto Quik como Annalyse se quitaron sus atuendos arruinados y empapados y se pusieron opciones frescas y secas. Ninguna les quedaba perfecta, pero las túnicas eran túnicas: la tela se retorcía y ondeaba incluso en el mejor de los casos.

Con un poco de cecina salada y sin nombre en la boca, Quik se acercó a la ventana de la casa de guardia y observó el exterior mientras Annalyse terminaba de cambiarse. Todavía silencioso allá afuera, y se estaba haciendo tarde para que llegara algún barco.

—Puede que lo hayamos logrado —dijo Quik—. De alguna manera.

—No de alguna manera —respondió Annalyse—. Actuamos, lo hicimos bien. Y tuvimos suerte de que Fassle eligiera un día sin atraques para hacer su incursión.

—Así que admites que la suerte jugó un papel.

Quik miró hacia Annalyse, listo con una sonrisa arrogante, solo para verla terminar de subirse la nueva túnica sobre la espalda. En Vis, con el clima caluroso, era común ver piel desnuda. Desde que llegó a la más fría y a la moda Noctia, Quik había perdido esa familiaridad. Aunque, ver a alguien tan marcado como Annalyse le habría hecho detenerse de todos modos.

—¿Qué te pasó? —preguntó Quik, levantándose antes de poder detenerse—. ¿En tu espalda?

Annalyse no giró la cabeza, encogiendo los hombros dentro de la túnica y subiéndola alrededor de su cuello.

—Tú tienes tus cicatrices, Vis.

Frunciendo el ceño, Quik extendió la mano hacia la túnica de Annalyse, recordándose a sí mismo solo cuando sus dedos tocaron la tela. Retiró la mano bruscamente y se sentó en un catre, esperando que Annalyse se volviera hacia él. Ella lo hizo, cruzando los brazos en el proceso, con la bolsa de skar ya atada alrededor de su cintura, y la determinación evidente en un rostro por una vez despejado de gafas, manchas de tinta y la suciedad general que todos acumulaban en los experimentos con skar.

—Mis cicatrices no se parecen en nada a esas —replicó Quik—. Provienen de aprender a usar armas, de ponerme a prueba contra hanoko. Las tuyas no parecían tan aleatorias.

—El progreso es doloroso. ¿Cómo crees que aprendí a trabajar con los skars? ¿A construir todas esas cosas que usamos? Por cada éxito tuve que luchar contra cien, mil fracasos.

—¿Sola?

Un suave resoplido, una rápida sacudida de cabeza. —Trabajé con las personas más inteligentes de Whent. Algunos sufrieron heridas peores que las mías. Un par no sobrevivió. Su sacrificio me trajo aquí.

—¿Cómo?

—Gladdring dijo que los rumores correctos llegaron a sus oídos. Es el Precepto de Comercio, se entera cuando una isla empieza a ofrecer algo nuevo. Así que vino, me encontró y me compró.

—¿Te compró?

—Mi tiempo y mis talentos. —Annalyse señaló con la cabeza hacia la puerta—. ¿Alguna idea de adónde deberíamos ir ahora?

—Bebe algo de agua. Come algo primero. No sabemos cuándo volveremos a tenerlo.

La científica se ablandó. —Ahora esa es una sugerencia que puedo aceptar. —Pasó junto a Quik, sacó su propia ración de los cofres y se desplomó en el catre junto a él—. No es exactamente mi comida favorita, pero si tiene que ser mi última...

Quik permaneció en silencio, comiendo su propia cecina pero apenas saboreándola. Hasta ahora había visto a Annalyse como una sola cosa, su captora y una bastante extraña, obsesionada con los skars y su potencial para, como ella decía, salvar las islas. Ahora se desplegaba una vida, una no muy diferente a la suya propia, con sueños y decepciones, subidas y bajadas repentinas. La muerte a menudo cerca, aunque para Annalyse podría venir con un skar explotando en lugar de las fauces de un depredador. Wax o Bliss podrían haber hecho la conexión antes, pero Quik... Vis no era tan complicada. Tenías tu papel, lo desempeñabas, bebías el vino de frutas bajo las estrellas con una sonrisa.

—¿Estás pensando muy duro ahí? —preguntó Annalyse—. Porque estoy esperando ideas. Ahora estamos completamente en tu territorio, Vis.

—Nunca he escapado de algo antes.

Annalyse se rió, un sonido brillante por una vez no ligado a algún experimento. Más puro, de alguna manera.

—No es cierto, Quik. Escapaste de nuestra jaula esta misma mañana.

—Claro, pero... —Quik se detuvo, sonrió—. Tienes razón. Supongo que sí lo hice.

—Entonces, ¿cuál es el plan? Ya no eres un novato.

Si Annalyse tenía razón sobre eso estaba abierto a interpretación, pero Quik pensó que tenía un punto. Después de escapar de su jaula, Quik había adoptado una postura sigilosa, claro, pero lo importante era el objetivo claro: saber a dónde necesitaba, quería ir, daba dirección a cada una de sus acciones, y le dio ese plan a Annalyse ahora.

—Necesitamos decidir a dónde vamos —dijo Quik—. ¿Qué quieres hacer?

—Tengo un par de bolsas llenas de skars y algunos objetos para intercambiar. El invierno ha cerrado las rutas de navegación de vuelta a casa —Annalyse hizo una mueca —, no es que quisiera ir a Whent de todos modos. Si Fassle está tratando de atraparme, apuntará allí primero.

Dejar la Ciudad Anillada, dejar Noctia. Por supuesto que Annalyse tendría que hacer eso. Siempre había otra liana a la que saltar.

—Vis —dijo Quik—. Ahí es donde deberías ir. Nadie te buscará allí, y te aceptarán.

—¿Vis? Sin ofender, Quik, pero no estoy segura de que tu isla sea el lugar adecuado para alguien como yo.

Una docena de posibles respuestas al comentario grosero, pero Quik lo dejó pasar. El pánico nos hace tontos a todos.

—¿Has estado allí?

Annalyse bajó la mirada a sus manos, pareció entender que había dicho algo estúpido. —No, no he estado.

—A menos que quieras ir a las apestosas forjas de Foti o unirte a los juegos asesinos de Kance —comenzó Quik, la última sugerencia provocando una mirada curiosa de la científica—, diría que nuestra isla es la más agradable. Tendrás un hogar allí también. Encontraremos a mis padres, ellos nos ayudarán.

—¿Harías eso por la persona que te metió en una jaula?

—Mi hermano está arriesgando su vida por las islas. Lo que estás haciendo puede ayudarlo. Puede ayudarnos a todos. No soy tan estúpido como para no ver eso.

Otra risa. Ligera. Quik sonrió con ella.

—No eres estúpido, Quik —dijo Annalyse, poniéndose de pie y extendiendo su mano. Cuando él la tomó, ella lo jaló para que se levantara—. Tal vez un poco brusco, pero eres amable donde cuenta.

—¿Gracias?

Con su objetivo definido, llegar al puerto principal sin levantar sospechas resultó más fácil de lo esperado. Los muelles de Najahn y el camino ascendente permanecían casi desiertos, una explicación proveniente de un par de eruditos apresurados que Quik y Annalyse pasaron en el camino: los Preceptos habían cancelado la mayor parte del trabajo para el día, con Fassle planeando un gran anuncio esa noche en la plaza principal, y no uno feliz.

—Todos están preocupados por sí mismos —dijo Annalyse después de que el hombre con túnica se marchara apresuradamente, alegando que tenía trabajos que hacer—. Asegurándose de que no son los objetivos, de que sus iniciativas están a salvo.

—¿A salvo? No creo que...

—Si el Círculo decide que tu trabajo no vale la pena, retirarán el apoyo. Te asignarán a otra cosa —dijo Annalyse mientras se acercaban a la última puerta de Najahn, los guardias distraídos dejando pasar a las pocas personas—. Gladdring nos protegió de todas esas tonterías.

—Poder y política.

—Siempre.

Los guardias vieron sus túnicas púrpura y negras, no les dieron problemas, dando crédito a la idea de Annalyse sobre la redada secreta de Fassle. Una vez que se movieron más allá de las fronteras de Najahn, Quik se sintió extrañamente libre. Ya no había ojos observando sus movimientos, ni espada lista para apuñalar desde las sombras, ni rangos ni rituales. Annalyse, también, mantuvo su atención, acribillándolo con preguntas sobre Vis, que él respondió con entusiasmo.

Hablar de casa se sentía un poco como regresar allí, cálido y reconfortante. Un sentimiento que duró hasta que llegaron a los muelles, hasta que encontraron una balandra mercante de Foti lista para zarpar esa misma noche. Con el objetivo de adelantarse a una tormenta que se avecinaba y llegar a la ensenada de Kitaye antes de que los témpanos de hielo o las aguas agitadas pudieran perturbar su carga de lujo de Noctia.

—Suerte otra vez —dijo Annalyse mientras estaban en el muelle, con la rampa del barco a solo unos pasos—. Es difícil decir cómo esto podría haber salido mejor. ¿Listo?

Quik empezó a decir que sí, pero se encontró deteniéndose. Toda la charla sobre Vis había hecho una cosa mal, le había recordado al cazador por qué había dejado la isla en primer lugar, por qué se había quedado en Noctia mientras su hermano había zarpado.

—Yo, puede que no lo esté —dijo Quik.

Ante la mirada interrogante de Annalyse, el cazador explicó la deuda, la razón, la necesidad de conseguir que los Najahn ayudaran a su hermano a enfrentar a los demonios. Irse lo ataría a la científica, maldeciría a Wax a los ojos de los Najahn. Una traición que Wax no podía permitirse, y una que solo se le ocurrió a Quik mientras lo explicaba, allí mismo bajo el sol poniente, los llamados a abordar y el llanto de las gaviotas.

—¿Entonces me dejas? —preguntó Annalyse.

—Hice un juramento. No puedo romperlo. No ahora.

Quik no estaba seguro de qué esperar, pero ciertamente no fue una mano presionada contra su corazón. Sin embargo, la palma de Annalyse trajo consigo un calor intenso, que Quik descubrió que era más que solo su piel cuando tomó su mano. Dos skars descansaban dentro, una piedra Vis y una Foti.

—Quédate con estas, úsalas si las necesitas —susurró Annalyse, acercando su cabeza a la de él—. Mantente vivo, Quik, y cuando consigas ese poder que buscas, tráeme de vuelta.

—Lo haré.

—Bien —Annalyse dio un largo paso atrás. Agitó un solo dedo lentamente—. Porque si no lo haces, les daré a todos tus cazadores mis nuevos juguetes. Entonces Vis nunca volverá a ser lo mismo.

33
POSIBILIDADES ENJAULADAS

Hasta dónde la llevaba la fanfarronería?

A lo largo de una vida en los márgenes de Noctia, Torny descubrió que un insulto podía cortar tan afilado como cualquier cuchillo, evitar una pelea o abrir una puerta que de otro modo estaría cerrada para los mansos y sumisos. Manipular los intereses para que coincidieran con los suyos también funcionaba, particularmente con las mentes crédulas demasiado acostumbradas a conseguir lo que querían. Como, por ejemplo, la mayoría de los Najahn.

Wax y Bliss no eran así. Torny se enfrentaba a ese hecho, pasando un dedo por las gruesas ventanas interiores de la posada mientras sostenía su cerveza en la otra mano. Ninguno de los dos parecía dispuesto a seguirle la corriente, ignorarla y centrarse en sus deseos. En otras palabras, la ladrona seguía siendo llamada por lo que era, quien era.

Y ahora Wax lo había hecho de nuevo, aquí en estos páramos nevados con depredadores esperando justo afuera. Apenas una situación justa: únete a nosotros o sé devorada por alguna horrible rana de hielo. ¿No sería fácil renunciar a tu pasado y adaptarte a un nuevo presente?

¡Salva el mundo, Torny!

Resopló. Miró de nuevo hacia el fuego. Wax miraba fijamente las ardientes llamas, su propia cerveza apenas tocada. El Renovado parecía tan probable de desmayarse como de sentarse allí toda la noche sumido en profundos pensamientos. ¿Era así como se veía tener el destino pesando sobre uno?

Como si nada. Sobre ellos dos yacía la verdadera ganadora, la que todos esperaban que tomara el maldito trono de Noctia. Eujo también tenía el porte, altivo y frío. Como si hubiera olvidado todo sobre el arroyo en el que se crió. Perfecta para quedarse atrapada sola en un feo cráter, esperando morir unas décadas demasiado pronto.

Wax no tenía nada de qué preocuparse. Él era, como Torny, un accesorio.

Caminó hacia la puerta atrancada de la posada, una sólida barra de hierro atravesando la gruesa madera. Un hacha y mucho esfuerzo podrían ser capaces de atravesarla, pero de lo contrario nadie podría abrirla sin algo de ayuda desde el interior. El grueso cristal también significaba que esas ranas tendrían dificultades para presionar su ventaja. Aunque podrían simplemente esperar, acampando y preguntándose cuándo su comida haría un movimiento.

Eso, al menos, podría suceder cuando Wax y Eujo quisieran. La posada tenía abundante comida. Leña y mantas. Podrían pasar el invierno aquí si decidieran abandonar por completo el juego de la Renovación.

Aunque Torny podría encontrarse deslizando una daga bajo las costillas de Eujo si estuvieran atrapadas tan cerca por tanto tiempo.

La posada tampoco ofrecía mucha más distracción. La única obra de arte, si se le podía llamar así, consistía en huesos de animales colgados aquí y allá en las paredes. Ni libros, ni laúdes holgazaneando rogando ser pulsados. Lo esencial.

Con Wax ensimismado, Torny continuó su recorrido, pasando junto a las escaleras que conducían arriba y renunciando a esos fríos escalones. Bueno, tal vez no. Bliss estaba arriba. Ella, al menos, entendía a Torny, pero la Vis había desaparecido rápidamente, agotada después de sus esfuerzos exploratorios. Mejor dejarla descansar.

La planta principal tenía una cocina, un bar, las mesas en la amplia sala principal y una sola y solitaria cama de paja en la parte trasera, una habitación mejor utilizada como armario. Donde el dueño podría dormir durante esos escasos momentos en que una posada pudiera estar tranquila. Hasta su breve estancia en Rana, Torny nunca había trabajado en un trabajo de verdad, esclavizándose sobre platos y sopa derramada durante horas.

Nunca lo haría de nuevo, maldita sea. Esa era una tortura reservada para personas más resistentes que ella.

El descenso de Torny al sótano fue un asunto silencioso, los pies rozando los escalones sin hacer ruido. Una habilidad de segunda naturaleza a estas alturas, perfeccionada por Yarvick años atrás. Él se pararía detrás de ella, con un palo listo para golpearla si Torny hacía el más mínimo crujido. Encontraban casas silenciosas, las robaban, luego entrenaban ladrones hasta que alguien los ahuyentaba, y cada nuevo objetivo brindaba nuevas pruebas.

La sólida construcción de la posada hizo que el paseo silencioso fuera fácil, tablones sólidos hasta el sótano soportando su peso sin un crujido o un graznido. Arriba, unas valientes arañas tejían telarañas para atrapar ácaros y ciempiés que se escabullían por el suelo. El piso del sótano era poco más que tierra apisonada, mantenida en sumisión por esos barriles, sacos y cajas. Estantes clavados en la piedra brillaron cuando Torny pasó su linterna —robada en su recorrido por el nivel principal—, frascos que prometían delicias en escabeche a quien los abriera.

Esas eran todas cosas ordinarias. Menos común era la pieza de madera plana y cuadrada que yacía en el suelo cerca de las puertas dobles inclinadas que habían usado para entrar. Salpicada de nieve soplada, Torny no la había notado hasta ahora, un descuido perdonable dado la prisa en la que todos habían estado.

Torny sonrió para sí misma. Yarvick no le perdonaría el desliz: Nunca pierdas una oportunidad, sin importar el momento.

La bandida se inclinó, colocó la linterna en el suelo y trazó el cuadrado de madera. Un aro de hierro oscuro sobresalía hasta su muñeca en un extremo, rogando ser tirado. Una cosa curiosa, una trampilla dentro de un sótano. ¿Qué valdría la pena cavar tan profundo?

Torny echó otra larga mirada alrededor del sótano, volvió a contar la comida, los frascos, y se le ocurrió una idea. Mientras que la cerveza y algunas cosas más fuertes esperaban arriba detrás del bar, no había habido ningún vino. Tamas estaba lo suficientemente cerca de Whent, y Torny pensó que los comerocas elaboraban algo de su propia cosecha, que debería haber habido algunas botellas en un lugar como este.

Tal vez guardaban lo bueno aquí abajo.

Sin embargo, cuando Torny alcanzó ese aro, su cabeza se nubló, su brazo vaciló. Agotamiento. La caminata nocturna, el poco sueño volviendo ahora que habían pasado de arriesgar sus vidas a vivirlas de nuevo.

¿Volver arriba, echar una siesta, dejar que el ultimátum de Wax se desarrollara en sus sueños?

Todavía no.

Torny se pellizcó. Otro truco, este aprendido antes de Yarvick, una manera de mantenerse despierta y agarrar la comida justo cuando los restaurantes de Noctia finalmente la tiraban. Si se dormía a escondidas, no habría ni siquiera sobras cuando despertara.

Un tirón en el aro abrió la puerta sin resistencia. La puerta se abrió hacia arriba, golpeó la pared del sótano con un golpe polvoriento. Una pequeña escalera yacía dentro, apoyada contra tierra destartalada, con viejas raíces y restos retorcidos sobresaliendo. El olor que venía con ella le recordó a Torny el barco del comerciante de Noctia, los viejos tesoros esperando ser vendidos en su bodega.

—¿Qué secretos guardas? —murmuró Torny, inclinándose y sosteniendo el farol sobre el foso.

Los destellos dieron la primera pista. Agudos e irregulares, como la Ciudad de los Anillos al amanecer. No era algo creado por la naturaleza, ni algo que Torny hubiera visto antes. Algo que pedía una mirada más cercana.

La ladrona balanceó sus piernas sobre la escalera y probó los peldaños. La estrecha madera pasó la prueba como todo lo demás en esta posada bien construida, y pronto Torny alcanzó el suelo del nivel inferior, este no tan plano. Entre las paredes de tierra, vigas de madera apuntalaban el espacio, dando a Torny suficiente altura y anchura para trabajar. Menos mal, porque lo que esperaba allí abajo no tenía sentido.

Jaulas. Cuatro, distribuidas a lo largo de los bordes de la habitación con un estrecho pasillo entre ellas. Lo suficientemente grandes para contener a una persona —Torny, habiendo estado en una celda no hace mucho, lo sabría—

pero lo bastante pequeñas para asegurar que nunca estarían cómodos. Cada una tenía un banco y nada más. Un único farol apagado colgaba del techo. A la izquierda de la escalera, clavada en la pared, esperaba una pequeña tabla con cuatro llaves colgadas en clavos.

La ladrona tragó saliva.

Una posada, sí, pero ¿quién pertenecía aquí abajo? ¿Gente que no podía pagar?

Torny se volvió para subir la escalera de nuevo, salir de allí. Cierto nivel de inquietud estaba dentro del reino de un ladrón. ¿Esto? Nah.

Un sonido detuvo su primer paso. Un arrastre, un suspiro, más profundo, más allá del alcance de su farol. Torny se giró bruscamente, haciendo oscilar el farol. Había dejado su jarra de cerveza un piso arriba en la bodega, y ahora la reemplazó con un cuchillo desenvainado. Solo las sombras esperaban, silenciosas. Torny forzó su respiración a calmarse, se dijo a sí misma que su farol exponía lo suficiente como para que cualquier cosa allí atrás tuviera que ser pequeña.

Aun así.

—¿Hola? —preguntó Torny al aire.

Con el farol en alto, no podía exactamente ocultarse. Bien podría ver si algo se mostraba.

Otro suspiro, otro arrastre. Algo de polvo se elevó, atrapado por la luz del farol. Torny mantuvo su agarre firme en la empuñadura del cuchillo. Se dijo a sí misma que estas eran jaulas. Contendrían cualquier cosa en su interior. Nada iba a venir por ella.

Dio un solo paso adelante. Repitió su llamada.

Esta vez, un bufido la saludó. El aire se movió. Algo cambiando de lugar en esa jaula de la izquierda al fondo.

No seas cobarde, Torny. Ve qué es.

O vuelve. Busca a Wax, y—

Wax. ¿El tipo que pensaba que Torny no estaba lo suficientemente comprometida? Ni de broma.

La ladrona sacudió la cabeza, entrecerró los ojos y dio otro paso adelante. Levantó el farol, borró todas las sombras y maldijo.

34
SALTO

El problema con las torres era que tenían más de un piso. Una casa del árbol Kitaye te permitiría bajar por una cuerda o una escalera y estar libre, en el suelo y al aire libre en un momento. En cambio, cuando Ami y Sawi pasaron la sala de descanso, se encontraron en la misma escalera de caracol por la que ambas habían subido. Escalones de piedra y antorchas. Voces arriba y abajo en charla ociosa.

Al menos su escape seguía siendo un secreto.

—¿Por dónde? —preguntó Sawi cuando Ami dudó.

—Bajar es más obvio, pero tendrán más guardias —murmuró Ami, más para sí misma que para su compañera Vis—. No hay garantía de que haya una salida arriba...

—¿Una pequeña oportunidad es mejor que ninguna?

Ami parpadeó, sacudió la cabeza.

—No es así como funciona, Sawi. Vamos arriba.

—¿Pero?

Ami pasó junto a la Vis, sosteniendo firme la espada robada mientras subía con pasos decididos. Sawi la siguió, sus túnicas Najahn lo suficientemente cerca como para rozarse entre sí mientras las ráfagas de la tormenta que se acercaba se arremolinaban por la torre. Otro indicador de su estatus: pocas ventanas selladas con vidrio. La torre de Gladdring parecía acogedora. En esta, los prisioneros podían sufrir.

El pensamiento casi hizo que Sawi se detuviera a mitad de zancada, de hecho la hizo tropezar y ganarse una mirada furiosa de Ami.

Antes de ser prisionera, Sawi nunca había pensado en lo que les sucedía a las personas llevadas a lugares como este. Parte de eso podría excusarse, ya que hacían las cosas de manera diferente en Vis, pero había estado en Noctia el tiempo suficiente para notar a los guardias llevándose a todos, desde ladrones callejeros hasta posibles desertores y comerciantes con moral flexible. Desaparecerían de la vista y eso sería todo.

Excepto que ahora sabía que estarían tendidos en catres sencillos, congelándose, hasta que los Najahn les dieran un exilio limpio o un corte más limpio aún.

—Concéntrate —susurró Ami cuando llegaron al siguiente nivel, otro conjunto de celdas. La puerta que daba al área de los guardias estaba cerrada, con risas ahogadas más allá—. Si la abren, tienes que atacar primero.

Sawi murmuró una oración a Vis para que, en interés de todas sus vidas, la puerta permaneciera cerrada, y de hecho así fue, el dios haciendo su parte para mantener a los guardias interesados en sus cartas o su cena.

El siguiente nivel no les concedió la misma suerte, aunque las palabras y el crujido de las bisagras advirtieron a la pareja que se escabullía.

Ami se lanzó hacia arriba cuando el rellano apareció a la vista, un guardia con una cesta de comida saliendo. Los ojos del hombre miraron en la dirección equivocada, de vuelta a sus compañeros, y con ambas manos ocupadas, el hombre nunca tuvo una oportunidad. Sawi pensó que Ami iría por una puñalada brutal, una destripada, pero la Guardiana cambió su agarre, en su lugar aplastando la empuñadura de la espada contra la cara del guardia y haciéndolo desplomarse en el umbral.

—¡Corre! —gritó Ami, su ataque no pasó desapercibido para los otros dos guardias que esperaban dentro.

Sawi les echó un breve vistazo mientras pasaba a toda velocidad, ojos abiertos y pies torpes eran sus rasgos principales. La víctima de Ami yacía desparramada en un estado de inutilidad gimiente, la cesta y su agua sucia de los platos esparcidas por todo el suelo.

Mejor que sangre.

El siguiente rellano puso a prueba su estrategia, las escaleras terminaban en el suelo de piedra y varias puertas. Las tres parecían iguales: madera sólida color caramelo, con las manijas de hierro negro favoritas de los Najahn. Ami casi giró en su lugar, tratando de decidir, hasta que Sawi pasó junto a ella y eligió la de la derecha.

Una elección fácil, ya que las otras probablemente conducían hacia el mar. Tal vez Ami no podía mantener sus direcciones claras en el giro, pero mantener el rumbo en medio de una espesa cobertura era algo que cualquier Vis tenía que aprender, o de lo contrario las lianas oscilantes te dejarían perdido.

Más allá de la puerta esperaba una habitación desierta llena de baúles, pesados y etiquetados con números. La única luz de la habitación —una linterna cerca de la puerta que colgaba muerta— provenía de una amplia ventana arqueada en la parte trasera. A diferencia de las estrechas rendijas en las escaleras de la torre, esta tenía vidrio, su brillo coincidía con la nieve que caía en el día que se oscurecía afuera.

—No hay salida —dijo Ami, mirando alrededor de Sawi hacia la habitación—. Tenemos que...

El virote de una ballesta se clavó en la madera sobre la cabeza de Ami, vibrando en la tabla astillada. Ami maldijo, se metió dentro mientras Sawi se adentraba entre los baúles. Ami cerró la puerta de golpe, se dio la vuelta y comenzó a arrastrar un baúl.

—Ayúdame —gruñó la Guardiana, y Sawi lo hizo, el par trabajando rápido para mover un baúl frente a la puerta y apilar otro encima.

—¿Qué son estos? —preguntó Sawi mientras se movían, la simple pregunta haciendo su parte para alejar el hecho de que algún Najahn acababa de intentar dispararles.

Dispararles. Es decir, no intentando capturarlas vivas.

Si Sawi alguna vez encontraba a Gladdring de nuevo, el hombre desearía que lo hubiera dejado pudrirse en Mottilan.

—Ni idea —dijo Ami, alejándose de su barricada improvisada, espada lista, como si eso fuera a servir de algo contra una ballesta—. Prueba uno. Podría haber algo que podamos usar, porque seguro que necesitamos algo.

Sawi eligió uno al azar, lo abrió para ver ropa variada. Prendas decentes, no Najahn, pero nada que pudiera ayudarlas. El contenido, sin embargo, coincidía con los números del exterior.

—Son cosas de prisioneros. Lo que llevaban encima —dijo Sawi, cerrando el baúl—. No es, eh, genial.

—A menos que uno de ellos tuviera una espada grande —maldijo Ami—. Piensa, Vis. Se supone que eres inteligente, ¿no?

¿Lo era?

Sawi miró alrededor de la habitación, pero los baúles eran lo único que había. Un golpe resonó contra la puerta. Alguien sacudió la manija. Ami maldijo —siempre estaba maldiciendo—, pero su barricada resistió. Por ahora.

La ventana fue lo siguiente, y cuando Sawi presionó su cabeza contra el cristal, casi gritó. La torre tenía altura, claro, pero la habían construido en los acantilados de Noctia. Afuera, a un salto de distancia, había roca escarpada y pendiente abierta. Había una brecha entre la ventana y esa libertad, seguro, pero nada que una buena Vis no pudiera manejar.

Sawi no dudó, tomando su propia espada robada y golpeando con la empuñadura el cristal. El golpe atravesó una grieta, un segundo —Sawi nunca había roto un cristal antes, pero había visto a una Ami borracha cortarse con una botella de vino rota, así que trató esos fragmentos con precaución— terminó de astillar la ventana.

—¿Qué estás haciendo? —gritó Ami mientras la puerta volvía a sacudirse. La Guardiana tenía la espalda presionada contra los baúles apilados, empujando con las piernas. El sudor corría por el rostro de Ami a pesar del frío que ahora invadía la habitación—. No he venido hasta aquí para saltar.

—Espero que te guste que te disparen, entonces.

Lo complicado de la ventana era que no llegaba al suelo, y su altura significaba que el salto sería un asunto de lanzarse de cabeza. Tomar un buen impulso, arquear el cuerpo y planear un giro al tocar el suelo. Más difícil que el fronde de un helecho, pero la misma idea. Sawi respiró hondo, el aire fresco y helado entró llenándola de una vida extática.

Algo agrietó la puerta. Sawi echó un vistazo, captando

el filo plateado de un gran hacha mientras el arma se retiraba.

—Vamos —dijo Sawi—. ¡Se nos acaba el tiempo!

—Si crees que voy a saltar por una ventana, estás loca.

Sawi estaba a punto de hacer un comentario típico sobre la cobardía de los Vis cuando captó el tono de Ami, el miedo sensato que impregnaba sus palabras. Una Guardiana Foti, eso es lo que era Ami. Nunca había andado balanceándose por la selva, probablemente veía cada salto como un riesgo para sus tobillos, no como una oportunidad de volar libre. Saltar por una ventana, y menos aún una que daba al vacío, no sería ni su primera, ni su segunda, ni su quincuagésima opción.

—Tienes que hacerlo, Ami —dijo Sawi mientras el hacha golpeaba de nuevo, retirándose rápidamente para dejar que el ojo parpadeante de un guardia se asomara por el agujero—. O eso, o te matarán, skar o no.

—Sí, supuse que esa era una posibilidad. —Ami sonrió, agarrando su espada con ambas manos mientras se levantaba de los cajones—. Mejor esto que dejar que Fassle tenga su elegante ejecución.

Sawi sintió que se le abría la boca mientras Ami adoptaba una postura de luchadora a un paso de los baúles. ¿No iba a saltar? ¿Solo iba a blandir esa espada hasta que los guardias la despedazaran?

—No tires tu vida por la borda —dijo Sawi.

—Estamos demostrando algo, Sawi —respondió Ami, sacudiéndose para soltarse. El hacha golpeó de nuevo, arrancando una tabla entera. Alguien metió una ballesta por la abertura, así que Ami levantó la tapa del baúl superior, atrapando el virote cuando se disparó.

—¿Qué cosa? ¿Que eres una idiota?

Pasando su espada corta a la mano no dominante, Ami

agarró algo del baúl. Un guardia en la habitación empujó, haciendo que la tapa del baúl cayera hacia adelante. La Guardiana lanzó el objeto, alguna reliquia familiar, a través de la tabla rota, y se rio cuando alguien en la otra habitación maldijo.

El hacha golpeó de nuevo, arrancando una segunda tabla.

—Soy una Guardiana —respondió Ami, levantando el baúl de nuevo—. Morir por mi Égida, Sawi. Es para lo que juré. —Se rio otra vez, sacando otro objeto—. Los zapatos de este tipo son lo más duro que hay.

La tapa del baúl se cerró de golpe, Ami lanzó el segundo zapato.

Y Sawi saltó.

El viento se coló por sus ropas, los bordes de la ventana rozaron las suyas, pero Sawi echó a volar en el aire tenue. Por un largo momento, Sawi sintió que su estómago se elevaba, sintió que el agarre del dios sobre ella se relajaba. Cuando el latido murió, Sawi dobló los brazos sobre su cabeza, giró la cara hacia su estómago y golpeó el acantilado helado en un giro. El dolor y el pánico jugaron un patrón al principio, el impulso de Sawi la llevó rápidamente sobre las rocas heladas mientras los rasguños y los moretones atravesaban las túnicas Najahn. Sus dedos, piernas y pies se extendieron, buscando apoyo y encontrándolo a pedazos, cada agarre, cada patada frenando su velocidad hasta que Sawi se detuvo desparramada. De espaldas, sangrando, con un hombro que le decía que tal vez ya no estaba en el lugar correcto, Sawi miró a través de una pared de cráter ancha y ondulante que se alejaba del extremo Najahn de la Ciudad Anillada.

Libre. Sawi sonrió, ignorando un labio partido y su sangre goteando.

—¿Adónde te fuiste? —el grito de Ami vino a través de la ventana, estresado y confundido—. No me digas que decidiste acabar con todo sin pelear.

Sawi se dio la vuelta, trepando por las rocas. —Estoy aquí fuera. ¡Puedes hacer el salto!

¿Podría Ami?

Mejor que lo intentara, al menos.

—Estás loca —fue la respuesta de Ami, la Guardiana invisible a través de la ventana, pero más cerca.

Un fuerte crujido sugirió que los últimos momentos de la puerta se acercaban rápidamente.

—¿Estás diciendo que una Vis puede hacer algo que tú no puedes? —preguntó Sawi—. ¿Soy mejor que tú, Guardiana?

Ami no respondió. El agudo sonido del metal contra metal resonó, seguido de un grito. Sawi se puso de pie, estaba a punto de darse la vuelta y emprender una carrera de superviviente, cuando la figura de la Guardiana apareció en la ventana, no solo midiendo la distancia sino volando a toda velocidad. Ami tenía fuerza, no tenía precisión, y su salto por la ventana raspó el lado de la piedra, lanzando su salto en un giro distorsionado.

Sawi maldijo, se impulsó hasta el borde y extendió la mano, apuntando a la mano de Ami y agarrando en su lugar la bota de la Guardiana mientras la Foti, girando y cayendo, se estrellaba contra el acantilado más empinado que la propia Sawi había salvado. El golpe sonó como si hubiera roto huesos, y los brazos de Sawi ardieron mientras redoblaba su agarre en la bota de Ami, tratando de retroceder sobre sus rodillas.

—Vamos, Ami —dijo Sawi, con los dientes helados castañeteando—. No estés muerta. No estés muerta.

El tobillo de Ami superó la pendiente mientras Sawi

tiraba, luego el muslo de la Guardiana, las túnicas Najahn cayendo por todas partes. El progreso, sin embargo, le dio esperanzas a Sawi: sacaría a Ami por el borde, y con el skar Vis, ella estaría...

Un clic. Sawi miró hacia arriba, vio al ballestero apuntando a través de la ventana. Directamente a ella.

—Lo siento, Ami —dijo Sawi, haciendo lo único que podía.

Soltándose y rodando, bajando por las rocas congeladas hacia la oscuridad.

35
ESFUERZO INTERMINABLE

Los cuerpos podían moverse.

Svarde y Kivi se apresuraron a entrar en la caverna donde el grupo del Rey Muerto había sido esparcido, de pie en un silencio espeluznante. La pareja se detuvo, Svarde musitando una plegaria Foti mientras observaba las formas arrastrarse. Algunos caminaban tan bien como cualquier hombre, mientras que otros, a los que les faltaba un pie, una pierna o ambos, se arrastraban por el suelo de piedra y tierra. Como un hormiguero perturbado, los cuerpos parecían moverse al azar. Sin embargo, mientras Svarde observaba, surgieron patrones y razón.

Algunos desaparecieron por el túnel lateral hacia la ciudad desierta. Otros apilaban piedras alrededor de la entrada de Svarde, los inicios de una barricada. Aún más se dedicaban a afilar las armas que quedaban, o a romper rocas para hacer versiones nuevas y toscas. Si esta fuera una fuerza normal, Svarde habría declarado que no había tiempo para tales cosas, que en su lugar necesitaban apresurarse de vuelta a la ciudad, cerrar las puertas y rezar para que los demonios pasaran de largo.

En cambio, vio a esos cuerpos trabajar sin fatiga, sin necesidades, sin vacilación ni distracción. Dejando de lado sus imperfecciones físicas, los muertos eran la fuerza más eficiente que Svarde había visto jamás.

Lo que suscitó una pregunta, que Svarde lanzó en dirección a Kivi.

—Si ha tenido todos estos a su alrededor durante tanto tiempo, ¿cómo es que todo este lugar no está sellado?

Derrumbar los túneles, llenar todo lo que no se pudiera bloquear con picos, trampas y material para desollar demonios. Bastante fácil con años y años a tu disposición, entonces ¿por qué no se había hecho?

Svarde divisó al Rey Muerto en el centro de la cámara. Estaba de pie con su espada clavada en la piedra como una estatua tallada. Maena giraba a su lado, murmurando para sí misma como solía hacer estos días.

—Vamos, Kivi —dijo Svarde—. Veamos cómo podemos ayudar.

El ferrite resopló. Una pregunta mientras bordeaban la barricada en formación.

—Porque el ejército de Jochi viene hacia nosotros —respondió Svarde—. Nos encontrarán aquí, y juntos destruiremos a los demonios. Simple.

Otro resoplido. Tan fuerte que atrajo una mirada interrogante del Foti.

—Sí, ya sé que es tonto quedarse aquí, pero alguien tiene que hacerlo. Como dijo el tipo de la espada, los demonios pueden ir a cualquier parte una vez que pasen esta habitación. Viste el daño que tres de esos monstruos podían hacer a una ciudad grande y defendida. Pon uno o dos en un pueblo normal, y...

Svarde se interrumpió cuando llegaron al Rey Muerto,

su acercamiento interrumpido cuando Maena se plantó frente a él, con una pregunta maquinadora en sus ojos.

—¿Ves algo interesante? —preguntó Maena.

Svarde observó a la capitana Rana, su brillo saltarín muy lejos de la soldado que había sido en el *Colmillo de Rata*. Una locura desesperada, quizás, apoderándose de ella después de tanto tiempo en estos túneles interminables. Ella no tenía el baluarte de Svarde, el amor deteriorado por una mujer moribunda tan lejos de su alcance y su fuego purificador.

Aunque una locura como esta...

—¿Vas a responder a mi pregunta, o vas a usar esos? —preguntó Maena, señalando con la cabeza las manos de Svarde. No se había dado cuenta de que se habían deslizado hacia las empuñaduras de sus hachas—. ¿Pensando en tomar la espada de mi amigo para ti?

La referencia llevó a Svarde hacia el Rey Muerto y su solemne postura, el hombre silencioso bajo su armadura mientras dirigía a los cuerpos en la defensa. Si había escuchado la pulla de Maena, el hombre no lo demostró. Si notaría si Svarde *intentara* arrancarle la espada o clavarle un hacha a través de la armadura, quién sabe.

Svarde no iba a intentar averiguarlo.

—Eres tú —dijo Svarde. Los demonios ardientes aún no habían hecho ninguna incursión. Un momento para averiguar si aún se podía confiar en su amiga parecía algo valioso—. Has cambiado.

—Han pasado muchas cosas desde que zarpamos por primera vez, Svarde. ¿Eres el mismo que eras?

—El mismo objetivo.

—Al igual que yo. Despedazar a estos demonios hasta convertirlos en cartílagos y luego ver si podemos usar sus huesos para tapar los portales. Ese es mi plan. ¿Cuál es el tuyo?

Kivi resopló suavemente a los pies de Svarde. Bastante sombrío, en efecto.

—Si fuera tan fácil...

—¿No lo es? —Maena retrocedió, se agachó y recogió una piedra del suelo, lanzando la roca astillada fácilmente de una mano a otra—. Esta piedra, tus hachas, su espada y estos cadáveres mugrientos son lo que tenemos, Svarde. Los lanzaremos todos contra esos bastardos que viste salir del agua allá abajo e intentaremos, intentaremos e intentaremos hasta que seamos inmolados o aplastados bajo sus cascarones metálicos. Bastante simple.

—¿Así es como planeabas tus incursiones para Rana? ¿Una carga a ciegas sobre un barco Whent, pase lo que pase?

—Eso era entonces. Esto es ahora. —Maena, aún lanzando la roca de un lado a otro, se hizo a un lado y abrió el camino de Svarde hacia el Rey Muerto—. Si quieres estrategizar, adelante. Descubrirás que nuestro amigo no es el más hablador.

—¿Estás dando por terminada esta conversación? No me estás dando ninguna respuesta.

Maena resopló, escupió a un lado. —No te mereces ninguna, Guardián. Quién soy es asunto mío, y solo mío. Mantén tu mente en tus propios problemas.

Svarde estaba a punto de argumentar que eso no es lo que hacían los amigos, particularmente los que estaban a punto de marchar a la batalla. Sin embargo, algo en la mirada rígida de Maena alejó la grieta y mató la conversación. La capitana Rana se había desvanecido mientras hablaban, pasando de ingeniosa y juguetona a frágil y erizada.

Al menos, viendo que no tenía un arma real, Svarde no tenía que considerarla una amenaza.

El Rey Muerto dio una conversación diferente, es decir, una que comenzaba y terminaba con el saludo de Svarde. El hombre acorazado no respondió, salvo por el suave entrar y salir de su respiración. Cuando Svarde lo intentó de nuevo, el silencio persistió, aunque el trabajo continuaba a su alrededor. El Rey Muerto parecía una roca hasta que su trabajo estuviera terminado, así que Svarde se dispuso a hacer lo que pudiera para prepararse.

Pasaron horas mientras los cuerpos trabajaban en sus baluartes de piedra. Los carros rodaban desde el túnel de la vieja ciudad, sus ruedas fracturadas raspando contra el suelo, empujados con un esfuerzo incansable por sus pilotos putrefactos. En su interior yacía lo que Svarde no quería que Maena tuviera: armas.

Espadas rudimentarias, lanzas, escudos y cuchillos. Forjados y afilados con una habilidad lamentable, sus filos tenían más agujeros que la piel cicatrizada de Svarde. Los mangos de las lanzas no eran de madera resistente, sino de huesos viejos, unidos con alquitrán y saliva. Muchas ni siquiera tenían empuñaduras, se empuñaban clavando un extremo en la carne blanda y apenas existente que colgaba de los soldados del Rey Muerto.

Svarde murmuraba una maldición tras otra mientras observaba el espectáculo, ya que toda la cámara se llenaba de sus fétidas filas, y los que no trabajaban en reforzar la improvisada muralla se alineaban en formaciones de batalla.

—Me hiciste una pregunta —dijo el Rey Muerto, su voz más baja que antes, agotada y, sin embargo, inamovible. Inmortal como sus súbditos.

—Quería conocer tu estrategia. Si considerarías llevar la

lucha hacia ellos mientras tenemos la ventaja del terreno elevado. Obligarlos a retroceder hacia el mar.

—Para las fuerzas de tu amiga, viable. Para las mías, los muertos no nadan, y el agua devora su carne hasta que no queda nada, hasta que no son más que un montón de huesos. Es mejor que luchemos aquí, donde cada uno de los nuestros que caiga tiene la oportunidad de levantarse de nuevo. —El Rey Muerto se desplegó mientras hablaba, levantándose de su posición arrodillada hasta alcanzar una altura superior a la de Svarde. En medio de los musgos de la cámara, el Rey Muerto brillaba en tonos azules y verdes, una sombra floreciente—. Pueden cargar, como lo harán, pero descubrirán que cada paso ganado les apuñalará la espalda, las piernas, los pies hasta que estén tan muertos como sus enemigos.

Svarde se sobresaltó.

—¿Puedes vencerlos? ¿Dónde están los demás? —Svarde barrió la cámara con un brazo, y por una vez Maena pareció estar de su lado, repitiendo la pregunta—. ¿No deberías tener demonios por todas partes aquí, listos para defendernos?

—No es tan fácil. —El Rey Muerto asintió hacia la barricada—. ¿Estáis listos?

—Espera. Una cosa más. Dices que has estado aquí abajo durante tanto tiempo. ¿Por qué los demonios no están amurallados? ¿Por qué no tener muros más gruesos, espadas más fuertes?

—Demion me encargó proteger las islas. Amurallar un camino simplemente enviaría los terrores en otra dirección, por túneles más profundos que no puedo proteger. Al menos aquí, en este crisol, podemos detener a algunos de ellos. —Si el Rey Muerto tenía algo más que decir, algo le arrebató las palabras. El yelmo de hierro negro y la cabeza en su interior se volvieron hacia el túnel barricado—. Los demonios se acercan.

El Rey Muerto no necesitaba ningún explorador hábil para hacer esa llamada: un rumor bajo había comenzado hacía algunos minutos, las vibraciones salpicando los pies de Svarde. Ahora un distante resplandor dorado sombreaba el extremo lejano del túnel, como un amanecer caótico y rastrero.

Maena, portando dos cimitarras deformes, esas armas curvas favoritas de los soldados de Tamas, de los que había pocos de esos individuos extravagantes, probó su alcance con una danza. Kivi, con la bendición de Svarde, cedió el terreno por un lugar en el techo, una emboscada esperando su momento. Los muertos se arrastraron, los portadores de lanzas se elevaron al frente, mientras que los pocos con miembros capaces de manejar hondas para lanzar piedras se hicieron espacio.

El bárbaro foti tomó un último trago de su odre de agua, desenvainó sus hachas y eligió su grito de guerra preferido.

—Cuando lleguen, esperad —dijo el Rey Muerto, su poderosa espada aún clavada con la punta hacia abajo en la tierra—. Dejad que se cansen contra mis viejos amigos primero.

—¿No quieres que nuestros cuerpos se añadan a tu colección? —preguntó Maena.

—Lo harán —respondió el Rey Muerto—. Mejor aprovechar al máximo vuestra vida antes de entregarla.

—No eres muy inspirador, ¿verdad?

El Rey Muerto se volvió hacia ella, su casco rechinando sobre la armadura. —Este es nuestro propósito, bailarina. Luchamos aquí para salvar el mundo. ¿Qué más inspiración necesitas?

—Bueno, cuando lo pones así...

Svarde silbó. Atrajo su atención de vuelta a la barricada, donde el dorado se había vuelto amarillo y luego naranja. El calor se precipitó en la cámara, provocando el primer sudor que Svarde había sentido en días entre el fresco subterráneo. La improvisada muralla de piedra bloqueaba su vista, pero no el sonido: ya no solo el suelo retumbante, sino también el constante chirrido de la maquinaria, esos vehículos presionando contra la piedra suelta. Con ello llegaba el tintineo, el repiqueteo de las cadenas rozando el suelo o crujiendo contra las apremiantes paredes de la cueva.

Ante una orden silenciosa, los lanzadores muertos iniciaron una andanada, las piedras trazando arcos por encima de la barricada con más violencia de la que Svarde esperaba. Fuerza incansable, esfuerzo total dedicado a cada giro y lanzamiento. Los golpes y roturas se ondularon. Las chispas volaron, elevándose en su cálido resplandor sobre el muro oscuro. Otra andanada y una tercera, un asalto ininterrumpido mantenido mientras otros muertos se reunían, dejando caer más munición.

Una vaga esperanza encontró su asidero.

Porque cuando la cuarta andanada voló por el aire, un crujido retumbante, una llamarada brillante envolvió el muro, y sus simples piedras se derritieron. El rugiente resplandor no se desvaneció, no se calmó mientras la barricada moría. Avanzó, la única interrupción en el infierno provenía de esos triángulos de obsidiana, marchando hacia adelante en un silencio ardiente.

36
UN PEQUEÑO EMPUJÓN

Una pata rota y una bestia maltrecha. El descubrimiento de Torny borró el agotamiento de Wax y lo reemplazó con posibilidades: había visto esas grandes criaturas en Foti y sabía lo que un buen animal de carga podía hacer. En cuanto a por qué lo habían dejado en la jaula con grandes montones de paja esparcidos a su alcance, la respuesta llegó con su forma cojeante y jadeante mientras el gran buey observaba a los dos más allá de los barrotes.

—Pero espera —dijo Wax, mientras el sentido se filtraba gradualmente a través de su mente embotada—. ¿Cómo llegó hasta aquí? ¿No usamos una escalera?

—Viaje de ida —murmuró Torny, mirando hacia la amplia puerta—. Apuesto a que noquearon al pobre muchacho y lo empujaron hasta aquí.

—¿De ida?

—No todos los lugares tienen tanta comida como Vis, Wax. Un chico grande como este podría alimentar a una familia durante la mayor parte del invierno. Apuesto a que odiaron dejarlo atrás e intentaron ganar tiempo con la paja.

El motivo por el que lo dejaron parecía bastante obvio: antes de que Wax arruinara la fiesta, toda la charla giraba en torno al señor de la guerra loco y su frenesí de reclutamiento. Si Wax se atrevía a sugerir otro tema, los invitados parlanchines se volvían hacia el asalto de los demonios a la ciudad, la defensa reunida de antemano. Cualquiera que quedara en la zona habría sido arrastrado, se le habría entregado una ballesta o una espada y se le habría dicho que defendiera el hogar y el país.

Más Islas necesitaban una fuerza como la Lira, lista para intervenir.

—Pero no vamos a usarlo como comida —dijo Wax, golpeando con un dedo la jaula vacía a su izquierda.

—¿No? Wax, piensa. Entre este buey y las bebidas de arriba, podríamos esperar a que pasen esas ranas y hacer una agradable caminata primaveral hasta el Tajo.

—Torny, si tengo que pasar meses encerrado aquí contigo, mi hermana y Eujo, me voy a volver loco.

La bandida frunció el ceño.

—No es muy agradable lo que dices de tus Guardianes, amigo.

—Soy realista —Wax asintió hacia el buey—. No, vamos a devolver a nuestro amigo arriba, porque tengo un plan.

—¿Por qué eso me pone más nerviosa?

—Ni idea, Torny. Ni idea.

Las esperanzas de Wax de rescatar al buey murieron rápidamente al enfrentarse a la realidad, como el hecho de cómo iban a sacar a la enorme bestia de su jaula y subirla por una escalera. Aunque el sótano de la posada estaba lleno de cuerdas y herramientas al azar, ninguna parecía una opción viable para subir a un animal hasta arriba, mucho menos con solo dos personas para manejarlas.

Pero si no podías hacer el paso uno, pasabas al dos. Wax tomó un trapo, envolvió su skar de Vis en él, luego volvió con el buey. La criatura, ya fuera por ser tan dócil o por desesperación, no se molestó en mover más que los ojos cuando Wax entró, envolvió el skar alrededor de la pata herida del buey. Le dio una suave palmada a la bestia, susurró una oración a su dios, pidiendo salud, felicidad y esperanza, y se fue a tramar planes con la ladrona.

La brillante idea de Wax, allí en la oscuridad de la madrugada, seguía generando el escepticismo de Torny, pero la bandida siguió el juego mientras Wax describía el plan, uno que comenzaría en serio... después de una siesta. Incluso el buey pareció estar de acuerdo, apoyando la cabeza sobre la paja y cerrando esos grandes ojos marrones.

La posada tenía un olor diferente y sabroso cuando Wax se despertó, habiendo intercambiado camas con Eujo. La Reina y, más tarde, Bliss habían aprovechado sus despertares más tempranos para saquear las provisiones de la posada y preparar un desayuno de tortas de avena. La nieve, derretida sobre el fuego, proporcionaba agua fresca, mientras que las patatas y zanahorias picadas continuaban la aclimatación de Wax a los alimentos comunes en las otras islas pero que no se encontraban en la selva más cálida y pantanosa de Vis.

Los cuatro se reunieron a media mañana, las ranas mantenían su distancia ociosa mientras los copos de nieve se arremolinaban afuera. Las numerosas mesas y sillas de la posada se sentían un poco vacías, pero acogedoras a su manera, y Wax encontró que una comida sin el balanceo de un barco era un cambio agradable. El alegre crepitar del fuego, algo también evitado en el *Filo de la Tormenta*, se sumaba a la escena, permitiéndole relajarse al comenzar el día.

—Y espera a probar esto —dijo Torny, llevando una olla hirviendo a la mesa y dejándola—. Café. ¿Puedes creerlo? Realmente tienen café de verdad aquí. ¿Sabes lo que es?

Wax y Bliss se miraron, el Renovación le dio a su hermana el asentimiento para revelar la terrible verdad a la bandida.

"Lo cultivamos todo el tiempo", señaló Bliss mientras Torny comenzaba a verter la humeante bebida en varias tazas grises y gruesas. "Kitaye lo comercia con todos".

Torny parpadeó ante las señales mientras Eujo se reía.

—Bueno, nadie habla de dónde viene. Y nunca los he visto a ustedes dos beberlo.

"Porque no lo necesitamos".

Ahora Torny y Eujo compartieron una mirada, acompañada por los primeros sorbos suaves. Bliss mantenía una creciente sonrisa ante la incredulidad de las otras dos, una broma que Wax decidió estropear para poder llevar la conversación a lo que realmente importaba: la criatura en el sótano.

—Masticamos los granos —dijo Wax—. Es mucho menos trabajo y mucho menos caliente que hervir el café. Pero no trajimos ninguno cuando nos fuimos. Tal vez fue un error.

—¿Puedes simplemente comer los granos? —preguntó Torny.

—Pruébalo.

La bandida hizo precisamente eso unos minutos después, después de que terminaron las tortas y las zanahorias. Su cara se arrugó y Wax juró que vio formarse una lágrima en un ojo por la amargura, pero la bandida lo mantuvo adentro e incluso alcanzó un segundo. Si se lo comió o simplemente lo escondió en la mano, haciendo alarde ante el trío que observaba, Wax no estaba seguro.

—¿Quieres intentarlo, Eujo? —preguntó Wax mientras usaban más nieve derretida para limpiar sus propios platos. Incluso Torny había estado de acuerdo con la idea, viendo que habían usado la posada gratis y estaban a punto de, bueno, robar su viejo buey—. ¿Un grano de café?

—Lo dejaré como lo conozco, gracias.

Con el desayuno conquistado, Wax reveló el plan: usar los skars con el buey, hacer que la cosa, impulsada por Vis y Foti, los propulsara lejos de la posada hasta llegar al Tajo.

—¿Sobre qué? —preguntó Eujo—. ¿O estás pensando que simplemente montaremos a la bestia todo el camino?

—A eso respondo, ¿quién quiere dar un paseo?

Bliss se ofreció voluntaria, mientras Torny y Eujo continuaban con la limpieza y empacaban más provisiones para el viaje. El hecho de que nadie desechara la idea de Wax con duro sarcasmo o duda le dio algo de energía a los pasos del Vis, suficiente para que, con su grueso abrigo, Wax se encogiera de hombros ante el frío penetrante y caminara por la nieve con una sonrisa. Bliss lo siguió, ajustando sus botas a sus pasos mientras se dirigían hacia el oeste, alejándose de la posada y hacia el granero que se encontraba por allí.

Las ranas, invisibles durante el día, no hicieron incursiones. Tal vez, Wax se atrevió a esperar, habían decidido saltar tras una presa más fácil.

La corazonada que llevó a Wax a la nieve, respaldada por el conocimiento casual de Torny sobre las Islas, decía que este granero albergaría ganado durante la cosecha, pero también podría almacenar equipo para el que la posada no tenía espacio. Como, digamos, algún tipo de trineo. Las grandes puertas dobles en el extremo cercano del granero se elevaban a más del doble de la altura de Wax, todo el edificio tan alto como la posada que apoyaba, pero no había cerradura en las manijas. El Vis, encogiéndose de hombros ante su hermana, agarró el aro de hierro y tiró.

Las puertas no se movieron. Temblaron ante su esfuerzo, pero no se movieron en absoluto, un desconcertante punto muerto hasta que Bliss señaló el problema obvio: la nieve, toda la nieve, amontonada contra la base de la puerta.

—No me mires como si fuera un idiota —dijo Wax mientras se agachaban, quitando la nieve con sus guantes—. Nunca había visto nieve como esta antes, mucho menos intentado abrir una puerta cubierta de ella.

Bliss respondió arrojándole los copos a la cara, un puñado completo que dejó la piel de Wax fría y brillante bajo el sol.

Un ataque que no podía quedar sin respuesta.

Los hermanos despejaron la puerta del granero de la mejor manera: lanzándose puñados de nieve entre ellos, con Wax gritando y maldiciendo cada vez que Bliss le metía un montón frío por el cuello o dentro de las mangas de su abrigo. Bliss perdió su cabello entre los copos, su cabeza pronto cubierta de nieve antes de que ambos se dieran cuenta de que estaban alcanzando más allá de los bordes de la puerta para su munición. Juntos, casi como uno solo, se volvieron el uno al otro con las manos vacías, con las caras rojas y sonriendo.

—Casi puedo entender por qué la gente viviría en todo esto —murmuró Wax cuando Bliss asintió hacia la puerta.

Esta vez, la madera tirada emitió un gemido, raspando a lo largo de la fina capa blanca que aún quedaba en el suelo. Un aroma terroso recibió a la pareja cuando entraron, viendo una planta baja dispuesta en establos debajo de una cubierta superior cubierta de pacas de heno, este último un término que Wax acababa de aprender desde que llegó a Whent, viéndolas apiladas aquí y allá en la ciudad.

Sin el viento, la pelea de nieve de la pareja los había calentado rápidamente mientras se movían por el granero, confirmando que todos los establos estaban vacíos. Hacia el extremo lejano, cuatro grandes secciones con puertas con cerradura parecían demasiado abiertas para animales, una sospecha confirmada cuando llegaron a la última, cerca de las puertas traseras del granero.

Wax no pudo evitarlo, el grito de alegría salió fácilmente. Bliss lo hizo aún mejor, saltando sobre el pequeño y destartalado trineo y levantando las manos en un gesto de triunfo con los puños cerrados. El trineo tenía dos largos y gruesos patines, espacio para sus mochilas, y aunque solo había un solo banco en la parte delantera —quizás la razón por la que no serviría para una familia que evacuaba— viajaban lo suficientemente ligeros como para que Wax pudiera verlos apretujándose.

El hallazgo empujó el plan a la siguiente fase, rescatar al buey del sótano. Wax tenía una idea allí también, una a la que Eujo se adaptó con la reticencia cautelosa de alguien empujado por las circunstancias. A saber, que caminar más lejos hacia el Tajo Dorado terminaría en sus muertes congeladas y devoradas por ranas.

El skar Vis envuelto no había restaurado mágicamente la salud completa del buey, pero la criatura logró ponerse de pie temblorosamente. Eujo añadió su propia piedra Vis a la envuelta de Wax, el buey manteniendo su carácter apacible, aunque resoplidos confusos se escaparon cuando Eujo reveló el skar Kance blanco. Con Torny guiando al buey fuera de la jaula, la Reina Kance agarró el pelaje de la bestia y se subió en un abrazo para montarla.

—Con cuidado ahora —dijo Wax, gritando desde el sótano—. No la asustes.

—¿Alguna vez has montado un buey? —respondió Eujo, su voz un grito susurrado—. ¿No? Entonces no quiero oír ni una palabra.

No es que Wax tuviera que decir otra cosa: Torny guió al buey hasta la base de la trampilla, la bestia mirándola como si declarara que de ninguna manera subiría por la escalera.

—Muy bien, Eujo, ahora es tu momento —dijo Torny.

—Lo estoy intentando.

Desde arriba, la Reina parecía estar tratando de dar al buey el abrazo más apretado posible, agarrando al animal alrededor de sus hombros, su mano izquierda sujetando el skar entre ellos. Sus ojos se cerraron. Wax creyó percibir un escalofrío.

El grueso abrigo de Eujo se hinchó, sus bordes elevándose como si un viento, aparentemente de la nada, fluyera desde el sótano hacia el piso superior. Los estantes temblaron. Un frasco de algo en escabeche golpeó el suelo y se hizo añicos. Wax comenzó a retroceder; cualquier viento lo suficientemente fuerte como para levantar un buey a través de esa puerta destrozaría todo este lugar.

Excepto que el aire murió. El viento desapareció tan repentinamente como había comenzado, solo para ser reemplazado por un resoplido de pánico. Wax volvió al borde de la puerta, solo para retroceder de nuevo cuando la gran cabeza de la bestia se elevó a través de ella, los ojos del buey girando salvajemente. Eujo, con los ojos abiertos y diciéndole al buey que se mantuviera tranquilo, siguió con el cuerpo del buey, toda la criatura, sus pezuñas golpeando la escalera, el piso, atravesando hacia el sótano como si fuera levantada por una mano gentil.

—Vaya, mira eso —comentó Torny desde abajo—. Pensaba que lo había visto todo, pero parece que estaba equivocada.

37
LA TAREA DE TENET

Un avispero alborotado, y uno por el que Quik tenía que vadear. Los Najahn corrían, gritaban, ocultaban sus rostros y murmuraban entre sí mientras caía la noche y salían las navajas. El propio Quik llamaba poco la atención, sus túnicas sin adornos no daban a nadie motivo para mirarlo más de cerca, no cuando sus propias vidas podían estar en peligro.

Una pregunta inocente a un guardia nervioso le dio a Quik la actualización que necesitaba: Gladdring y toda la torre del Tenet de Comercio estaban siendo rodeados e interrogados, con su lealtad en entredicho. Fassle tomaría cada respuesta incorrecta, cada mirada esquiva como motivo para arrojarte a una torre prisión. Algunos pocos, susurró el guardia, habían sido asesinados esa misma noche.

Las calles de Najahn parecían cobrar vida con la tensión, las antorchas ardían con más intensidad, las piedras temblaban bajo los pasos, una tormenta inminente agitaba la nieve entre las torres. Sichi ofrecía una pálida luz violeta, proyectándola sobre los acantilados donde las nubes no los cubrían, cicatrices en las rocas.

Quik las observaba cada vez más mientras se acercaba a su objetivo, su supuesto hogar con la Tercera Mano. Un lugar en el que había pasado poco tiempo después de la orden de Masayo y su posterior encarcelamiento en la jaula costera de Annalyse. Sin embargo, recordaba las palabras para entrar, y los vigilantes apostados fuera soportaban el caos con poco más que curiosidad.

Masayo nunca permitiría que algo así molestara a la Tercera Mano, o eso suponía Quik.

Su habitación aparecía tal como la había dejado, con los restos de sus cosas de Vis, el equipo del *Filo de la Tormenta* guardado intacto en su baúl. Nadie había asumido que hubiera muerto, a pesar de días y días desaparecido. Su cama hecha, la almohada esperando una cabeza exhausta, una que Quik quería plantar justo sobre la suave tela.

Quería, pero no lo haría.

Porque alguien estaba en su puerta, envuelto en sombras y esperando.

—Has vuelto —dijo Masayo, su voz fuerte y raspada por la edad vigorosa.

Las dos palabras invitaban a una explicación, y Quik la dio. No tenía sentido preguntarse cómo Masayo sabía que había regresado, si sabía que había ayudado a Annalyse a escapar de la isla. Ambas cosas no cambiarían la situación, que, por el momento, era que Quik vivía y Masayo no parecía a punto de matarlo.

—¿Los skars como respuesta? —resopló Masayo—. Que tienen poder se sabe desde hace mucho tiempo, que son demasiado difíciles de controlar también se sabe. Cada Renovación alguien se emociona y se vuela en pedazos, vuela demasiado alto y aterriza de cabeza. —El Tenet de la

Tercera Mano no se había movido de la puerta de Quik, aunque sacó una pequeña pipa y encendió una chispa en su cuenco. Las bocanadas entre frases tenían una languidez, un aroma terroso diferente a todo lo que Quik recordaba de Vis—. Gladdring cree que ha descubierto algo nuevo, pero eso es solo porque no ha mirado lo suficiente al pasado.

—¿Cree usted que Fassle lo sabe?

Masayo asintió.

—Mi pequeño Najahn, Fassle y el Círculo saben más que cualquier Tenet. Está poniendo fin al trabajo de Gladdring antes de que ponga en peligro la isla, antes de que nos ponga en peligro a nosotros.

—¿A nosotros?

—Dale a la gente una esperanza irrazonable y se masacrarán tratando de reclamarla. Los Najahn controlan los skars por esta misma razón, aunque nuestros soldados no lo sepan. ¿Puedes imaginar una horda de gente asustada agarrando skars Foti y quemando pueblos enteros?

Quik frunció el ceño.

—No lo harían.

Masayo le apuntó con un dedo huesudo.

—Eso es tu ingenuidad hablando. El desastre es que todos tengan un arma, en lugar de los pocos que saben cómo usarlas. Protegemos las islas, Quik, tanto de los demonios como de sí mismas. Si los Najahn caen, entonces las islas descienden al caos.

Tan lejos de Annalyse, sus palabras e ideas apuntando a la fuerza, a la seguridad dada a todos. La distancia entre ellos, el agotamiento del día, pusieron a Quik en un torbellino y se sentó en su propia cama.

—¿Estás cansado? —preguntó Masayo, y luego se respondió a sí misma cuando Quik suspiró—. Por supuesto que lo estarías. Escapar de las garras de Ami debe haber requerido un esfuerzo extremo. —La pipa echó humo—. Tienes dos horas. Luego te levantas y nos movemos.

—¿Por qué?

—Porque tu vieja amiga de Vis ha escapado, y Ami con ella, aunque los insípidos guardias de la prisión insisten en que las han dejado a ambas heridas.

Asombroso cómo el peligro de una amiga podía alejar cualquier agotamiento. Quik analizó a Masayo en busca de detalles y los recibió, aunque cada frase venía empapada de condescendencia hacia los Najahn que habían dejado escapar al par. Masayo sentía que todo el lote debería ser masacrado junto con la tripulación de Gladdring, siendo la incompetencia tan fatal para cualquier organización como la traición.

—Pero ¿adónde van a ir? —preguntó Quik, llevando a Masayo de vuelta al punto, a la vida de Sawi.

—El anillo del cráter no está deshabitado. Hay pequeños lugares, donde vive gente pequeña. Cultivan sus musgos y sus hongos, pescan sus peces y esperan a que un demonio, una tormenta o el paso del tiempo los reduzca a polvo —dijo Masayo, terminando con una risa ronca—. Sawi y Ami, si están vivas, encontrarán uno. Se quedarán allí, justo el tiempo suficiente para que las alcancemos.

—¿Por qué?

—Porque es invierno. No habrá barcos. Su única opción serán las cuevas, y les llevará días darse cuenta de que no tienen otra alternativa.

Otra risa. Irritante. Quik miró más allá de ella, más allá de la pipa y su humo, la forma encapuchada de Masayo. ¿Por qué seguía aquí, contándole todo esto a Quik? ¿Cuál era el punto? Tenía que haber una razón...

—Usted quiere que vaya con usted —dijo Quik, sus

instintos de cazador desentrañando la verdad—. Quiere que las rastree.

—Siempre pensé que los Vis eran más inteligentes de lo que sugerían los rumores —respondió Masayo—. Sí. Tendrán algo de ventaja, pero no hay otro Vis aquí. Confío en que sabrás cómo piensa tu amiga. Me ayudarás a encontrarlas.

—¿Quiere que mate a mi amiga?

—Encuéntralos, Quik. Eso es todo. El trabajo con el cuchillo vendrá después.

Quik miró la almohada, la cama, las túnicas púrpura y negras que vestía. Lo que estaba en juego era evidente sin necesidad de decirlo. Hacer lo que Masayo decía o encontraría un cuchillo en su propia espalda, un traidor a la causa Najahn. No habría ayuda para Wax, ni rescate al frente de una fuerza armada para el bien. Pero, ¿matar a Sawi? ¿O acercarse lo suficiente como para que no hubiera diferencia?

—Ha sido mi amiga toda su vida —dijo Quik—. No puedo.

—Puede y lo hará, ¿o acaso cree que no notamos su pequeña escapada? La científica será seguida, por supuesto. Si vive o no ahora depende de usted. Una vida por otra.

Quik se puso de pie antes de darse cuenta de lo que hacía, con una neblina roja sobre sus pensamientos. Dio un paso hacia Masayo solo para ver una daga, larga y afilada, fuera y apuntando a su estómago.

—Son unos monstruos —gruñó Quik.

—¿Acaso escuchó algo de lo que dije? Sus amigos, lo sepan o no, lo destruirán todo si los dejamos solos. Somos los únicos que pueden detenerlos. Su hermano está en el mismo camino que usted, enfrentándose a las mismas decisiones, y continúa poniendo las islas por encima de sus propios sentimientos. ¿Puede usted hacer lo mismo?

Cómo Masayo sabría lo que Wax pensaba, lo que elegía y por qué... Era una jugada, pero aun así hizo tambalear a Quik. Había visto los skars, su poder, y podía imaginar un pueblo, una ciudad ardiendo mientras la gente hacía lo que Wax había hecho una y otra vez con ese skar Foti. Si les dieran espadas, lanzas o los extraños dispositivos de Annalyse, ¿cuánto más daño podrían causar?

—Estoy demasiado cansado para esto —dijo Quik, balanceándose sobre sus pies—. No lo sé.

—No tiene que saberlo. No aún. Encontremos al Vis, al Guardián. Ya veremos a partir de ahí. —Masayo retiró la daga, lista para descartar las amenazas y darle a Quik una salida—. Tome su siesta. Tendré las bolsas empacadas y listas.

Mientras el Tercer Mano Tenaz se alejaba, Quik encontró su voz, una pregunta que hacer con ella:

—¿Por qué?

—Buscar razones es una tarea de tontos, mi joven amigo —respondió Masayo, continuando su camino—. Es mejor hacer como los pájaros y volar según sople el viento.

Fuera lo que fuera que eso significara.

Quik se sentó de nuevo en el catre, puso la cabeza en la almohada, seguro de que no dormiría más que un momento. En cambio, los sueños llegaron rápidos y turbados. Para cuando la mano áspera de Masayo lo despertó, no se sentía más descansado que antes y así lo dijo.

—No obstante —dijo Masayo, con la pipa nuevamente brillando mientras colgaba de sus labios resecos—, nos vamos. Vístase, Vis. La cacería comienza esta noche.

38
SORBOS EN EL TRINEO

Acomodada entre alforjas y provisiones saqueadas de los abarrotados almacenes de la posada, Torny adoptó una nueva perspectiva sobre los viajes invernales: en concreto, que cuando no tenías nada que hacer salvo dar sorbos a un aguardiente de patata fuerte y ardiente mientras la tierra congelada pasaba a trompicones, no estaba tan mal.

Lo único que cambiaría sería la compañía: Wax y Bliss iban sentados delante, al ser el par con experiencia en fauna salvaje. Lo más cerca que Torny había estado de tratar con una criatura había sido el ocasional ferrite de Foti, y Eujo, acurrucada bajo su abrigo frente a la bandida, no había encontrado tiempo para entrenar bestias en las calles de Kance o mientras paseaba por el Palacio de los Vientos.

—¿Ese es realmente el nombre, entonces? —preguntó Torny, pasando la botella, una de las muchas que había metido en el trineo ante las cejas cada vez más arqueadas de Wax—. ¿Palacio de los Vientos? ¿Un poco pretencioso, no?

—La pretensión y la realeza van bien juntas —Eujo

bebió un trago, sin toser ni una vez ante lo que debió ser un sabroso y áspero recorrido por su garganta.

La Reina se ganó una pizca de respeto de Torny.

—Pero eso no va contigo realmente, ¿verdad? ¿Lo de la realeza? —Torny extendió la mano para que le devolviera la botella, y se estremeció cuando el trineo cogió aire y su estómago flotó por un momento.

El buey, con su resistencia aumentada por las dos cicatrices de Vis y sus pezuñas aligeradas por la gema de Kance de Eujo, se dirigía hacia el norte con un frenesí frenético y encantado que, junto con el aburrimiento, estaba haciendo que Torny, y sospechaba que Eujo también, echaran mano de la botella a pesar de que el día apenas había pasado de la tarde. Desde atrás, las dos no podían ver hacia dónde se dirigía el trineo, y era mejor amortiguar el impacto de lo desconocido con un sólido colchón de alcohol.

—Depende del día —la charla de Eujo, como un nudo que se deshace, había empezado tan rígida como siempre, pero el licor estaba haciendo su trabajo—. A veces me despertaba bajo sábanas más valiosas que toda la calle en la que me buscaba la vida y quería correr por el pasillo, saltar por las ventanas y ver si podía robar una galleta para desayunar. Otras, tenía alguna ceremonia, alguna razón para estar frente a gente que tenía que depositar su esperanza en mí simplemente por accidente. Entonces, entonces intento ser lo que ellos necesitan.

—Muy amable de tu parte.

Eujo tenía una mirada perdida, de esas que Torny sospechaba que tenían a la Reina perdida en un lugar mucho más cálido y amigable que este.

—La gente depende de mí —dijo Eujo—. No pudieron elegirme, pero soy lo que tienen. No quiero decepcionarlos.

—¿Pero cómo es eso culpa tuya? No es tu culpa estar en esta situación.

—Podría haberme negado, Torny. O dejar que uno de los otros asesinos de la Reina me eliminara, me exiliara de la isla.

Torny resopló. Bebió un poco más. A este ritmo, tanto la bandida como la Reina estarían bien achispadas para cuando llegaran a la Grieta Dorada. Una buena primera impresión para los tontos que se encontraran atrapados allí también. Torny, después de devolverle la botella a Eujo, se palmeo el bolsillo bajo las pieles, sintió que el diario seguía allí. Mientras lo tuviera, ¿a quién le importaba lo que pensaran unos idiotas en un puesto avanzado?

—Entonces, ¿realmente quieres el Aegis? —preguntó Torny—. ¿Es eso lo que buscas, lo que tu gente quiere? ¿Les debes lo suficiente como para quemar una vida corta sentada en ese trono de piedra?

—Les debo un respiro de los demonios tan pronto como pueda dárselo —Eujo tragó una porción más grande de la que Torny había logrado. Fue a por más—. Tuve mi tiempo aprovechando lo mejor que teníamos. Ahora es tiempo de que devuelva algo.

—Vaya, realmente eres noble.

Eujo negó con la cabeza. —Solo justa.

—¿Qué eran tus guardias, entonces? Los que querían verte muerta. No parecían apreciarte mucho.

Eujo frunció el ceño, sus manos agarraron el abrigo como si quisieran estrangular algo.

—Eran traidores.

—Creían que estaban haciendo lo correcto.

No es lo que Torny habría dicho si hubiera estado completamente sobria, pero era mejor sacar la verdad a relucir que seguir soportando las proclamaciones santurranas de Eujo.

—Leíste las cartas —dijo Eujo, planteándolo como un hecho y nada más.

—Por supuesto. Hay muchas reglas para ser ladrón, pero una de las grandes es no dejar escapar información gratuita.

—Eso no cambia que fueran traidores, aunque tuvieran sus razones.

—Entonces, ¿qué vas a hacer? ¿Ignorarlo?

—No estoy segura —Una mirada hacia las nubes grises en lo alto, la nieve que caía sin cesar—. O lo oculto. Afirmo que murieron por algún demonio. O lo hago público, echo la culpa a la otra Reina. Divido mi isla en dos.

—El caos es rentable.

—Para algunos.

Torny se rio. —Para tus viejos amigos, apostaría. Para los míos también.

Una sonrisa astuta reemplazó el ceño fruncido de la Reina. A pesar de la prisa del trineo, la nieve seguía acumulándose a su alrededor, en sus cabezas encapuchadas como una corona plateada.

—Los Dedos Ágiles —dijo Eujo, devolviendo la botella—. Os odiábamos.

—Porque éramos los mejores. Somos los mejores.

—Yo... —Eujo se rio—. Tienes razón. Ni siquiera puedo discutirlo. Vuestros ladrones se colaban en nuestras islas y se llevaban nuestros objetivos, levantaban nuestros blancos antes de que tuviéramos la oportunidad.

—Porque vuestros corazones no estaban en ello —dijo Torny—. Fácil. Todos los de Kance tenéis estos ideales más elevados, incluso los perros callejeros creen que están en alguna noble búsqueda. Intentábamos acoger a algunos de vuestros mejores, pero cada vez era una lucha conseguir que robaran un tomate. Murmuraban todo el camino sobre si este vegetal allanaría el camino para un mundo más feliz o alguna tontería por el estilo.

—Como si eso fuera algo malo.

—Si quieres ser un bandido, lo es —Torny se tragó otro sorbo, se recostó en el calor. El trineo golpeó otro bache, cogió aire. Wax soltó su grito de Vis.

—Así que eso no va contigo. ¿Ni un hueso de bien mayor en tu cuerpo?

—Solo el siguiente movimiento, eso es todo.

Una mirada curiosa, de hierro. —Entonces, ¿por qué sigues aquí? Conseguiste tu objetivo, ese diario. Seguramente podrías haberte escabullido —Eujo vaciló, lanzó una mirada hacia el frente—. ¿O Bliss te siguió demasiado de cerca?

—Podría haberla perdido, si hubiera querido.

—¿Pero?

Torny levantó la botella. Decidió no tomar otro trago y optó por su odre de agua en su lugar. Estar un poco mareada era una cosa, llegar inconsciente era algo muy diferente. Además, ya tenía suficiente valor para abrir esta puerta en particular.

—Hay reglas cuando trabajas en grupo —dijo Torny, y Eujo asintió—. Algunas son flexibles, como quién se lleva el mérito cuando un trabajo sale bien. Otras no lo son, como qué hacer si te atrapan.

Eujo permaneció en silencio. Lista, la Reina.

—Ese fui yo. Acepté un trabajo que salió mal. Mala suerte. El tipo volvió con sus amigos horas antes de lo que debía, todo porque olvidó su voulge najahn. Intenté salir por la ventana de la cocina, uno me agarró la pierna, me arrastró hacia dentro y me puso un cuchillo en el cuello. —

Ahora Torny sí tomó un trago. La historia, el recuerdo lo exigía—. Me llevaron con Masayo esa misma noche, y ella me hizo una oferta. Tres ladrones por uno.

—No lo hiciste.

—Estoy aquí, ¿no? —espetó Torny—. Quizás tú estés hecha de acero, Eujo, pero yo prefiero mantener mi cuello intacto. Les di otro trabajo, y atraparon a sus culpables. Corrió la voz, y Yarvick me echó de la isla.

—Debería haberte matado.

—Probablemente lo habría hecho, si no me hubiera subido al siguiente barco que salía. Autoexilio.

—Suena más a autopreservación.

Torny le lanzó la botella a Eujo, lo suficientemente suave para atraparla, pero lo bastante fuerte para darle un buen golpe, aunque la Reina la atrapó sin problemas.

—Júzgame todo lo que quieras, no me importa —dijo Torny—. Pero ahora ya sabes por qué. El diario está pagando una deuda que nunca podré saldar. Lo del Guardián, también es por eso. Gente murió por mi culpa, y estoy viviendo con ello.

—Siempre lo harás. Ese no es un peso que se vaya nunca.

Era el turno de Torny de sentir curiosidad. —¿Tienes una historia ahí?

Otro trago. Eujo parecía querer decir más, pero Wax dio otro grito, diciendo que el Tajo estaba a la vista, que se movían muy rápido. La Reina guardó la botella, le dio a Torny una única mirada triste, y luego trepó desde su improvisado nido para echar un vistazo. Torny la siguió, asomándose por encima de las alforjas apiladas.

El Tajo Dorado no se extendía como las escarpadas montañas Foti, sino que se elevaba en una suave ondulación desde la tierra, ascendiendo suavemente sobre el horizonte antes de descender en la distancia. A pesar del día gris, el Tajo hacía honor a su nombre con una vasta franja que corría a lo largo de su borde superior, como si alguien hubiera pintado chispas a lo largo de la curva. Captaban la luz como un millón de estrellas, casi cegadoras en sus destellos dorados.

A sus pies, visible como una mancha con humo tenue, se encontraba su objetivo, otro puesto avanzado najahn. Con él vendrían instrucciones, una prueba y otra skar. Otra línea en una deuda que Torny nunca podría pagar.

39
EN LAS ROCAS

Noctia no estaba cómoda. Una caída por un acantilado en Vis y Sawi podría encontrarse acurrucada en la arena de un cayo tranquilo, lista para sumirse en un sueño placentero durante horas, días sanando los traumas. Le habría gustado eso, lo habría aceptado sin problemas, excepto que los sueños no eran realidad, no lo habían sido durante mucho tiempo.

Sus ojos se abrieron de golpe, la roca áspera presionando contra su costado y su mejilla. Había aterrizado en una estrecha repisa, con una pendiente que descendía hasta que una playa cubierta de guijarros se fundía con las gélidas olas rompientes. A lo lejos, contra el horizonte, mirando hacia el norte, Sawi podía distinguir unas manchas nacaradas, témpanos de hielo en movimiento. Haciendo juego, aunque solo en color, con los copos que caían del cielo. Atardecía, tarde. Pronto llegarían el frío y la oscuridad, y Sawi apenas llevaba puestos unos harapos de prisionera.

Nadie moría nunca congelado en Vis, pero eso no significaba que Sawi no hubiera oído historias de situaciones límite en las montañas, cazadores que se alejaban demasiado, se rompían un tobillo y tenían que arrastrarse de vuelta. Aquí, no tenía adónde ir: en todas partes sería el mismo frío, la misma muerte mordiente.

Ami, sin embargo, podría tener una solución. Podría saber adónde podrían ir las dos fugitivas.

La idea hizo que Sawi se incorporara de su caída improvisada, un esquive desesperado de los virotes de ballesta mientras se aferraba a la pierna de Ami. Había perdido ese agarre en algún momento durante la caída, un segundo o dos antes de desplomarse sobre las piedras y quedarse allí, con los ojos cerrados, los moretones brotando, esperando el disparo fatal que nunca llegó.

No es que no fuera a llegar eventualmente.

Sawi sacudió la cabeza, un acto de leve desafío que, no obstante, encendió una vida desesperada. Había luchado hasta aquí. No se detendría ahora. No ahora.

Al ponerse de pie con cuidado —las botas najahn funcionaban lo suficientemente bien para mantener el agarre en las piedras—, Sawi miró hacia atrás, hacia los acantilados afortunadamente desiertos. Más allá de las piedras inclinadas, alcanzó a ver la parte más alta de la torre de la prisión. Sin ventana, sin líneas de visión que permitieran a los perseguidores saber dónde habían terminado las dos. Unos minutos de libertad, entonces.

Para correr, para rescatar.

El cuerpo de Ami yacía desplomado más abajo y a la izquierda, en una caída más pronunciada hacia una piscina turbulenta que se llenaba de carámbanos mientras las gotas abandonadas se congelaban. La figura de Ami salpicaba la roca negra y gris, con corales verde fangoso agrupados en las grietas. Sawi se abrió camino hacia abajo, alternando manos y pies en agarres irregulares.

La tarea ayudó a despertar a la vis, su naturaleza simple

y decidida nivelando a Sawi. Los pasos para acercarse al cuerpo de Ami se sucedieron en línea, una que Sawi extendió al llegar al lado de Ami, arrodillándose en la estrecha franja sobre las olas rompientes.

Levantar a la Guardiana, huir de la Ciudad Anillada. Buscar comida, forrajear, sobrevivir. Construir un pequeño refugio con piedras. Usar los skars para mantenerse con vida.

Ami ya se había aferrado a esto último. Cuando Sawi giró el cuerpo de la Guardiana, con una mano ligera en el hombro y un giro, apareció el medio rostro dorado de Ami. Los arañazos que deberían haber cubierto su cuerpo ya parecían suaves manchas rosadas, retrocediendo mientras los dos skars verdes anidados en su careta hacían su trabajo. Sintiendo sus propios dolores, Sawi extendió la mano hacia uno y luego se detuvo.

Lo que no se podía ver de una caída como esta podía ser mucho peor que lo que se veía.

—Gladdring te dejaría —murmuró Sawi, trazando una ruta a lo largo de las rocas—. Haría algún comentario amargo sobre que es una lástima y no movería un dedo.

Aunque, probablemente, Gladdring ya estaba muerto. Eso, o vistiéndose para una ejecución pública. Para su propia sorpresa, Sawi se encontró murmurando una oración a Vis por el alma del hombre. Había sido terrible, sí, pero también le había salvado la vida, le había dado a Sawi algo más que recolectar fruta para llenar sus días.

Ampliado, si podía llamarlo así, sus horizontes.

Los impactos vertiginosos del Tenet en la vida de Sawi se manifestaron en recuerdos fugaces mientras la vis cargaba a Ami sobre sus hombros, y luego emprendía una caminata entrecortada lejos de esas olas y hacia el acantilado propiamente dicho. Lejos de las caídas abruptas de Vis, el mundo natural de Noctia parecía construido, hasta aquí abajo, de guijarros. Como si algún bromista juguetón hubiera apilado tantas piedras una encima de otra que formaron la isla. La verdad, tal como la conocía Sawi, era algo más sombrío: esas piedras eran todas parte de la propia Noctia, la diosa, separadas de ella en el mismo golpe que formó la Herida, el cráter.

Una guerra entre dioses, por razones desconocidas. Personas, criaturas, Sawi no estaba segura de cómo llamarlas, pero a pesar de todo su poder tenían suficientes defectos para que todos murieran. Humanos, demonios, animales, todos los que quedaron después de la reyerta divina para poblar un mundo destrozado.

Grandes pensamientos para una recolectora. Sawi sonrió para sí misma, hizo una mueca cuando el frío le tiró de los labios. Los ancianos de Kitaye la mirarían de reojo si supieran lo que estaba pensando, lo que se preguntaba. ¿Qué utilidad, dirían, tiene tratar de entender a los dioses? Mejor murmurar una oración y seguir adelante.

Entonces, ¿por qué rezar a dioses muertos?, podría preguntar Sawi.

—Porque nunca se sabe.

La voz de Ami llegó como un susurro, pero uno con fuerza. Sawi no la habría oído de no ser porque la cabeza de Ami descansaba cerca de la suya mientras avanzaban penosamente, cada paso un tambaleo pesado, sobre las piedras. El terreno irregular las hacía rebotar con cada movimiento, un progreso lento forzado por la espuma del oleaje, las superficies resbaladizas y redondeadas. Sawi debía haber estado tan concentrada que había estado hablando en voz alta.

—Estás viva —dijo Sawi—. Pensé que...

—Ningún maldito najahn va a matarme. ¿Cuánto hemos avanzado?

—Unos pocos pasos.

—Demasiado lento.

Sawi se encogió de hombros, dejando caer a Ami contra las rocas. La Guardiana se desplomó con un gruñido, pero le dirigió a Sawi una sonrisa cargada de amenaza. Sus ojos se enfocaron. Su cabello, al igual que el de Sawi, seguía siendo un desastre enmarañado y ambas vestían ropas más aptas ahora para el fuego que para su piel, pero estaban vivas, y el momento empujó a Sawi a soltar una risita medio enloquecida.

—Nos seguirán —dijo Ami, después de unirse a Sawi en un segundo de alegría—. Y no serán esos guardias cabezas huecas. Serán soldados de verdad, o algo peor.

—¿Peor?

—Te lo contaré más tarde, cuando pueda darte pesadillas de verdad —dijo Ami, poniéndose de pie con una postura tambaleante que solo se estabilizó cuando Sawi le ofreció su hombro.

Para apoyarse, no para cargarla. No de nuevo.

—Me lo dirás ahora, porque no confío en que te quedes por aquí.

—¿A dónde más voy a ir?

La pareja comenzó a arrastrarse de nuevo, siguiendo la línea de la costa hacia el este. La luz menguante del día prometía un camino traicionero, uno que las nubes se asegurarían de mantener oculto después de que Sichi se elevara. Una preocupación que Sawi descartó para sí misma: los paseos nocturnos por la jungla ofrecían el mismo riesgo. El enemigo más letal aquí, con diferencia, sería el frío.

—Si los mapas comerciales de Gladdring son correctos

—dijo Ami—, hay un pequeño pueblo no muy lejos de aquí. A lo sumo, una caminata de medio día.

—Ya casi es de noche.

—Entonces caminaremos en la oscuridad.

—Podríamos morir en la oscuridad también.

Ami no dejó de moverse, pero Sawi sintió que giraba la cabeza. —No estás preocupada, a pesar de lo que dices.

Había personas a las que engañar, situaciones que ocultar, pero esta no era una de ellas.

—Estamos aquí, Ami. Preocuparse no va a cambiar nada.

—Lo primero inteligente que has dicho.

Otro insulto, pero Sawi lo dejó pasar. Ami, toda espinas. Gladdring había insinuado que no siempre había sido así, que la amiga favorita del Aegis solía ser una presencia reconfortante en todas las islas. Sin embargo, los años habían desgastado las bromas y las sonrisas, una vitalidad asesinada al fin por el demonio ardiente y su rostro marcado.

Por todo lo que Sawi había pasado, Ami había visto cosas peores.

Siguiendo el consejo de Sawi, la pareja caminó casi hasta la orilla, donde los guijarros se reducían a grava fina, ofreciéndoles una superficie llena solo de agujeros de cangrejo. Al menos allí los tropiezos solo llegaban hasta sus rodillas, a aguas poco profundas, aunque heladas. Un tobillo torcido era preferible a un cráneo destrozado, especialmente cuando las cicatrices del Vis estaban cerca.

Cuando la oscuridad reclamó la noche, reduciendo el mundo a un rosa tenue por donde Sichi podía colarse, Ami le pasó una cicatriz a Sawi. El calor de la piedra, sus susurros tejiendo sus músculos doloridos, masajeó sus moretones de vuelta a la salud. Aunque el estómago de Sawi aún gruñía y su garganta raspaba, el recolector mantenía a raya el frío abrazo de Noctia.

—Cuando lleguemos al pueblo, ¿qué vamos a hacer? —preguntó Sawi—. ¿Construir un bote?

—Encontrar una manera de salir de allí —Ami seguía apoyándose en Sawi, aunque la Vis sentía que era más para mantener el equilibrio en la oscuridad—. Los Najahn sabrán a dónde vamos, pero no tenemos otra opción.

—¿Salir cómo?

Ami se rió, una de sus risitas mordaces y sombrías que servían tanto de insulto como de alivio. —Ningún bote va a estos pueblos en invierno. No, preguntaremos, y de las opciones que nos den, elegiremos la peor.

—Para que los Najahn vayan en la otra dirección.

—Sawi, ahora nos están cazando. Cada segundo, cada minuto, cada hora que le ganamos a los Najahn es una que vivimos. Así que mentimos, desviamos y nos escabullimos tanto como podamos.

Las palabras se estrellaron junto con las olas, el viento. Sawi las dejó arremolinarse. Se preguntó por la fuerza detrás de ellas, de dónde sacaba Ami su fortaleza.

—¿Hasta cuándo, Ami? ¿Cuál es el final?

La Guardiana se tomó su tiempo para responder, las suaves piedras crujiendo bajo sus botas.

—Pensé que tenía uno una vez. Tenía una amiga que también tenía uno. Un final, una meta, un sueño.

La voz de Ami, como la de Sawi, se había vuelto áspera por la falta de agua. En la fría penumbra, la Guardiana parecía menos una persona y más un espíritu, una bestia etérea. Como diría Wax, Sawi estaba dejando que su imaginación se apoderara de ella, pero aquí afuera, ¿qué importaba?

—¿Y ahora?

—Estoy eligiendo uno nuevo —respondió Ami, cambiando la aspereza, adquiriendo un filo familiar—. Vamos a encontrar una manera de vengarnos de Fassle, de esos monstruos Najahn, y de paso salvar a mi amiga.

—¿Y cómo vamos a hacer eso?

Ami apretó su agarre en el hombro derecho de Sawi, haciéndola girar hacia ella. La placa dorada de la mujer tomó la poca luz que pudo, brillando casi como vidrio ensangrentado mientras el resto desaparecía en las sombras.

Pero Sawi pudo ver con suficiente claridad cuando Ami tocó la piedra cerca de su ojo izquierdo, la cicatriz del Vis.

—Con estos, Sawi. Con estos destruiremos su mundo.

40
LLAMA INICIAL

Contra los demonios ardientes, los soldados del Rey Muerto tenían pocas posibilidades. La barricada se desmoronó y con ella llegó una ola de calor abrasador, el resplandor naranja-amarillo inundando las filas putrefactas reunidas. El sudor cubrió la piel de Svarde en un segundo, el frío habitual de la caverna desapareció mientras su visión se nublaba, su aliento se secaba y sus ojos le picaban. Un amanecer subterráneo, el mundo ardía en gloriosas llamas.

El ejército destartalado del Rey Muerto, apenas sombras contra el aura, cargó y murió de nuevo por ello. Los harapos que quedaban se incendiaron cuando demonios y aliados se acercaron. Los afortunados guerreros con lanzas y hondas golpearon al enemigo desde cierta distancia, marcando a esos ídolos ardientes con manchas blancas y negras.

El resto desapareció, sus restos cenicientos soplando de vuelta hacia Svarde, Maena y el Rey Muerto como la propia ventisca de Foti.

Detrás y al lado de los propios demonios, esos monstruos coronados de obsidiana que blandían látigos, llegaron sus maquinaciones. Eructando ruido y fuego en igual medida, las construcciones retumbaron sobre los restos de la barricada y aplastaron los despojos del Rey Muerto, convirtiendo los números en forraje para sus ruedas con orugas.

—Esto ni siquiera es una batalla —gritó Maena mientras el Rey Muerto levantaba su pesada espada, apuntándola hacia los demonios—. ¡Tenemos que huir y esperar a Jochi mientras aún podamos!

Svarde tuvo que estar de acuerdo y así lo dijo, pero el Rey Muerto no parecía escuchar. En cambio, el alma acorazada, con su sello negro ahora cubierto por los restos flotantes de su bando, avanzó con propósito indomable, un contrapunto metálico a los demonios que Svarde habría respetado si no fuera tan estúpido.

El valor frente a las probabilidades imposibles no era valentía, solo suicidio con otro nombre.

—Va a conseguir que lo maten —dijo Maena, moviéndose junto a Svarde—. Digo que nos larguemos. Esperemos a Jochi. Este tipo está acabado.

—¿Qué hay de la espada? Si pueden usarla, entonces...

—Probablemente se derretirá.

Svarde estaba a punto de argumentar, en medio del creciente calor de la caverna, que estos demonios probablemente no podían igualar el fuego de una forja, pero sus palabras flaquearon cuando el Rey Muerto se fusionó con sus soldados y entró en la confusión.

El hombre había dicho que había sido el Guardián de Demion cuando las islas estaban oscuras, después de que los dioses murieran y nada salvo el caos tuviera control sobre el mundo. Svarde no lo había considerado hasta este momento, pero el viaje a través de las islas entonces debió haber sido peligroso, lleno de almas desesperadas y criaturas liberadas por la Herida. Sobrevivir a todo eso, sobrevivir tantos años aquí abajo sin nada más que la muerte como compañía...

El Rey Muerto esquivó el primer látigo que se dirigió hacia él, inclinando su paso hacia un lado para que la cabeza con garras del arma pasara de largo. Dejando que su mano izquierda tomara la pesada espada, el Rey Muerto se lanzó con su mano derecha enguantada y agarró la pesada cadena del látigo. Con una fuerza que hizo maldecir a Maena, el Rey Muerto tiró del eslabón, y el demonio que sostenía su extremo, hacia adelante. Mientras lo hacía, el Rey Muerto arremetió con la hoja en su mano izquierda, asestando un golpe directo al pecho del demonio tambaleante.

Las brasas volaron en todas direcciones cuando la espada se hundió, el negro y el blanco extendiéndose sobre el demonio mientras su triángulo de obsidiana destellaba diseños salvajes. El mango del látigo golpeó el suelo de piedra, seguido por el cuerpo oscurecido del demonio. Aún sosteniendo la cadena del látigo en su mano derecha, el Rey Muerto retiró el golpe, levantó la hoja y ajustó su agarre, inclinando la punta hacia abajo mientras seguía avanzando.

Una sola estocada descendente puso fin al monstruo, el resplandor de la caverna parpadeando mientras un fuego se apagaba.

El Rey Muerto no podría haber atraído más atención que si hubiera saltado arriba y abajo mientras gritaba su propio nombre. Svarde vio cómo casi todos los demonios giraban esas miradas negras hacia el hombre acorazado, los vio apartarse, manteniendo esos látigos dirigidos hacia objetivos más fáciles. En cambio, una de las tres máquinas trituradoras, cada una varias veces más grande que los altos monstruos, giró hacia el Rey Muerto y avanzó. La boquilla en forma de hocico en el frente de la máquina echó vapor, encontró su energía y vertió un líquido ardiente.

Girando su hombro izquierdo hacia adelante, el Rey Muerto recibió el salpicón en su armadura. El Rey Muerto blandió su látigo capturado, su mano derecha moviéndose por la cadena para agarrar el mango cerca del cuerpo de su dueño. El balanceo llevó la cabeza con garras a lo largo y sobre el suelo, derribando a más de unos pocos soldados muertos. El látigo despejó al demonio caído, y cuando el disparo ardiente se apagó —el hombro izquierdo del Rey Muerto brillaba de calor, pero el hombre parecía por lo demás inafectado— la cabeza del látigo cantó a través del espacio para golpear la boquilla de la máquina, arañando, rompiendo la pieza por completo. Como una tubería sin terminar, la siguiente explosión del artefacto se derramó sobre sí mismo, convirtiéndose en su propia ruina humeante.

—Nos está comprando tiempo —dijo Maena después de otra maldición impresionada—. Tenemos que correr, Svarde.

—Entonces ve —Svarde levantó sus hachas, cruzó la mirada con Kivi mientras la ferrita mantenía su posición en el techo—. Trae a Jochi y tráelo aquí. Nosotros mantendremos la línea.

—Morirás.

Svarde se rio mientras el Rey Muerto encontraba otro demonio, encontraba otra víctima para su gigantesca espada.

—Todos morimos, Maena. Mejor hacerlo por algo que por nada.

Tan bien como se sintió decir las palabras, la familiar prisa de Foti que Svarde esperaba mientras daba sus primeros pasos, hachas en alto, murió tan rápido como su grito de batalla en el bochorno de la caverna. El calor agotó su impulso, pero restauró sus sentidos, llevando a Svarde a dirigirse hacia la izquierda, alrededor del batallón de cadáveres del Rey Muerto hacia el borde de la caverna. Arriba, Kivi siguió al bárbaro.

Detrás, Maena se escabulló.

Los demonios ardientes parecían haberse dado cuenta de que la verdadera amenaza yacía en el Rey Muerto y no en su menguante horda de muertos. Svarde no necesitaba ver a los demonios para notar el cambio de táctica, pues la luz anaranjada dorada se desplazaba para seguir sus movimientos, con las auras enfocándose en el Rey Muerto. El viejo Guardián recibía golpes desde todos los ángulos ahora, esquivando algunos con su armadura, desviando y bloqueando otros con sus manos y esa espada. La defensa, para un hombre tan corpulento, con golpes llegando a distancia de mayal, no daba lugar al ataque.

Solo a la oportunidad. Al menos para Svarde.

Dos demonios ocupaban el flanco izquierdo, reinando sobre un mar de cadáveres humeantes. Uno se encendió hacia Svarde mientras el otro gastaba su energía arremetiendo contra el Rey Muerto. Una docena de cuerpos empuñando lanzas permanecían en pie, su número disminuyendo rápidamente mientras los barridos del mayal arrancaban piernas y destrozaban torsos marchitos. Acercándose, con los ojos casi cerrados por el calor, Svarde lanzó sus hachas. Las armas lo necesitaban demasiado cerca para sobrevivir, y sus bordes maltrechos hacían mejor trabajo a distancia.

Ambas armas giratorias con contrapeso dieron en el blanco, incrustándose en el cuerpo azul-naranja del demonio y lanzando chispas. Manchas negras y blancas crecieron donde golpearon. La obsidiana del demonio relució, con su mayal levantado. Un golpe destinado a Svarde, y uno que planeaba contrarrestar con una lanza recogida.

El enorme brazo medio del demonio, uno de cuatro, se echó hacia atrás, el mayal resonando tras él. Sus otros miembros barrieron las molestas lanzas y espadas de los cuerpos menores como si fueran meros insectos. Svarde dobló las rodillas, listo para esquivar. Evadir y golpear, entonces-

Kivi cayó, la ferrita aterrizando su cuerpo de piedra sobre el brazo del mayal del demonio, doblándolo hacia el suelo. Las garras de la ferrita se clavaron, sus mandíbulas se cerraron, y el cráneo de obsidiana brilló más que antes, un deslumbrante destello azul y dorado.

Y dando a Svarde su señal.

El Foti cargó dos largas zancadas, alzando su lanza y lanzándola cuando su pie izquierdo tocó el suelo. El proyectil voló, invisible y sin bloquear, hacia un golpe directo al pecho del demonio, enterrándose por encima de las hachas fundidas de Svarde. Un tiro certero, un tiro devastador, y uno cuyo éxito Svarde no pudo celebrar, pues los amigos del demonio lo habían notado.

El aliado del lado izquierdo del demonio se retorció, atraído por alguna comunicación que Svarde no podía entender —¿acaso cambiaba el calor que emitían los demonios? ¿Podían los otros ver las chispas parpadeantes de obsidiana de su amigo?— y agarró a Kivi del brazo de su compañero. El demonio que la atrapó lanzó a la ferrita, enviando a Kivi a estrellarse contra la pared de la caverna, muy detrás de las líneas de los demonios, donde el resplandor solo brillaba con más intensidad.

—Pagarás por eso —murmuró Svarde, recogiendo una

segunda lanza de un dueño que ya no la necesitaría, ni nada, nunca más.

El demonio que Svarde había golpeado se derrumbó, su cuerpo ardiente enfriándose hasta convertirse en dura roca negra. Las hachas y el asta de la lanza se soltaron mientras Svarde, junto con un trío de cadáveres, se enfrentaba al segundo demonio. Detrás del monstruo, el Rey Muerto continuaba su esfuerzo condenado, aunque liberar un lado parecía darle algo de vida al Guardián: si bien su armadura mostraba abolladuras, mientras brillaba con golpes calientes, el Rey Muerto avanzaba ahora contra otra de las construcciones, con la espada al frente en un cruzado cortante para astillar el blindaje frontal de la máquina.

Vivir, Svarde entendió, dependía de mantener al Rey Muerto en pie. Morir sería demasiado fácil.

Su propio demonio balanceó su mayal bajo, un golpe barredor a las piernas que Svarde evitó trepando por el cadáver a su lado. Las piernas del cuerpo se hicieron añicos, pero la garra y su cadena pasaron para cuando Svarde rodó al suelo. Desde su posición agachada, Svarde alzó y lanzó la lanza. Justo en el blanco, y justo a tiempo para ser atrapada por el brazo más pequeño del demonio, a la altura del hombro. El demonio comenzó a barrer el mayal hacia atrás, girando la lanza mientras lo hacía, apuntando a empalar a Svarde si el bárbaro hacía otro movimiento.

Saltar hacia atrás significaba ser golpeado por el mayal. Subir significaba una lanza en el pecho. Ir hacia adelante, bueno, eso era lo que un Foti debía hacer. Svarde se lanzó hacia adelante, zambulléndose mientras la pesada cadena del mayal volvía a cruzar, la garra raspando el suelo detrás de él. Svarde extendió sus manos, sintió el dolor estallar en su espalda cuando la lanza lanzada pasó demasiado cerca, y sus dedos se cerraron sobre los eslabones de la cadena. Cualquier triunfo por el agarre murió rápidamente cuando el mayal siguió barriendo hacia la derecha, arrastrando a Svarde por el suelo áspero, desgarrando sus cueros.

Pero, a pesar del dolor, el movimiento le dio impulso a Svarde. Cuando el demonio ralentizó el balanceo, Svarde soltó, rodó fuera de la cadena y rebotó entre cuerpos arruinados cerca de la espalda del Rey Muerto.

No exactamente un lugar seguro para estar. Svarde presionó sus palmas contra el suelo, se puso de pie mientras los familiares ruidos metálicos del Rey Muerto sugerían que el hombre se asentaba en una postura de guardia. La razón se mostraba a su alrededor: varios demonios más y la segunda construcción yacían muertos y fríos. Detrás de ellos esperaban más, sus mayales listos, sus brazos moviéndose para desviar las pocas piedras lanzadas por los pocos cuerpos que aún las arrojaban.

Svarde tosió, alejó los dolores arenosos y se paró junto a su única oportunidad. Buscó alguna señal de que Kivi hubiera sobrevivido y no vio nada más que fuego hacia el túnel.

—¿Vives? —retumbó el Rey Muerto en el silencio abrasador.

—Por ahora —respondió Svarde—. Voy a por mi ferrita.

—Un movimiento insensato.

—Todo esto es un movimiento insensato. —Svarde se agachó, recogió algún fragmento de metal de algún tipo—. Mejor que valga la pena.

—No podemos ganar.

—Nah, pero podemos hacer sangrar a los bastardos. Eso es suficiente para mí.

El Rey Muerto, en la caverna ardiente, asintió lentamente. Como en respuesta, en lo profundo del túnel donde esperaban los portales, llegó un crepitar ondulante, un infierno encontrando su trueno, dirigiéndose hacia ellos.

41
SOPA DE HUESOS

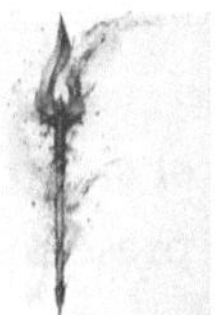

Si los skars eran solo una pequeña parte de los dioses, su poder ponía en perspectiva el de los propios dioses. Wax y Bliss pasaron las horas detrás del buey atravesando velozmente el paisaje de Whent —sin rastro de las ranas— hablando sobre Vis, sobre su viaje, sobre los dos pasajeros que se emborrachaban constantemente detrás de ellos, pero Wax seguía volviendo a las piedras y a las deidades que las crearon.

En cierto modo, los skars confirmaban que los humanos como él no eran más que juguetes cósmicos, diminutas motas en un universo grande y peligroso. Las propias heridas de Wax, las pesadillas persistentes que visitaban su sueño, los frecuentes desvaríos y miradas perdidas en la nada encontraban su lugar en esta relación: Wax no era nada, sus traumas no eran nada, era solo una mota aleatoria en un remolino aleatorio.

—Y por eso sigo adelante —dijo Wax mientras el buey se acercaba, con la noche cayendo, a la Grieta Dorada y el puesto avanzado en su base.

«¿Qué?», gesticuló Bliss con una mano, mientras la otra

sujetaba las riendas mientras el trineo atravesaba una ventisca tras otra.

—Digo que no somos nada, Bliss, así que no hay presión.

«¿Para hacer qué?»

—Para conseguir estos skars, convertirnos en el Aegis. Salvar las islas. Los dioses obviamente no se preocuparon, o habrían detenido todo esto. —Wax levantó el collar, frotando con el pulgar el skar rubí de Foti, sus murmullos una compañía siempre presente en su mente—. Nos esforzamos tanto solo porque las personas que hicieron esto no pudieron mantener la cabeza. Cometieron un error, y ellos tenían toda la responsabilidad.

«No he bebido suficiente cerveza para seguirte.»

—Lo que digo, Bliss, es que si lo logramos, genial. Si no, no es nuestra culpa. —Wax se recostó contra el respaldo del asiento del trineo, una superficie áspera y congelada cuyo frío no penetraba el grueso abrigo de Vis—. Pase lo que pase, simplemente divirtámonos.

Bliss no respondió más que con una mirada de reojo y el ceño fruncido a su hermano. Lo cual, bien, ella podía tener sus opiniones. Bliss, y Quik, siempre tendían hacia el enfoque más serio, tratando de convertir esto o aquello en un significado más amplio, alguna lección más general. Bueno, Wax estaba haciendo eso ahora, y si a ella no le gustaban sus conclusiones, ese era su problema.

Él más bien disfrutaba sintiéndose insignificante.

El puesto avanzado de Najahn, sin embargo, no compartía la opinión de Wax. A diferencia de sus contrapartes de Vis y Foti, que operaban con relativa calma, el fuerte de Whent tenía altas empalizadas con puntas afiladas, más de una con la mancha desvaída del rojo de la sangre. Banderas púrpura-negras ondeaban, sus sombras ondulantes brillando sobre la docena de guardias de pie fuera de la puerta principal para recibirlos. Voulges y chakrams estaban listos, y una torre de vigilancia que supervisaba el asunto albergaba a dos ballesteros más con virotes preparados y apuntados.

Al acercarse, Bliss tiró de las riendas, haciendo que el buey comenzara a reducir la velocidad. Lo que debería haber sido una aproximación tranquila se tambaleó cuando el buey perdió el agarre en la nieve. El skar de Kance, siempre ansioso por flotar y volar, no tomó bien la respuesta del buey, y la gran criatura perdió el equilibrio, cayendo y deslizándose mientras el trineo giraba. Torny, Eujo y Wax soltaron maldiciones, buscando agarres. Bliss intentó tirar más fuerte de las riendas, un movimiento de pánico que solo sirvió para levantarla del asiento del trineo cuando todo el artefacto se enganchó de lado en la nieve y volcó.

Qué rápido podían cambiar los destinos.

Wax se elevó por los aires, lanzándose libre del trineo y golpeando la nieve a gran velocidad, levantando una fría nube mientras rodaba por los montículos. Alforjas y suministros llovían por todas partes, acompañados por el crujir y el chasquido de la madera al romperse el trineo. En algún lugar entre todo eso, el buey resopló, gimió su propia confusión, rodando sobre sí mismo hasta detenerse contra la empalizada con un fuerte golpe. El propio Wax terminó sentado, sacudiéndose la nieve de la cara, solo para encontrarse con la punta de una voulge apuntándole.

—Hola —ofreció Wax a la mirada severa del casco que lo observaba contra el sol poniente—. Somos dos Renovaciones, y nos encantaría una cena caliente.

La sopa de harina de hueso, en efecto, llegó caliente una vez que el cuarteto había recogido sus suministros, sus cuerpos cansados fueron escoltados a la posada del puesto avanzado, y los skars fueron recuperados del muy confundido y agotado buey. Servida, como siempre en Whent, con suaves patatas y zanahorias, la comida, sin embargo, traía consigo un zumbido diferente: a saber, el sonido de otras voces ignorándolos.

No desde Noctia había estado Wax tan privado de atención, e incluso allí la presencia de Eujo les había traído suficientes miradas indiscretas para mantener al Vis inquieto en su asiento. Aquí, sin embargo, tenían una competencia más dura: primero, la Renovación de Foti les había ganado la mano, pero se había lastimado la pierna en el viaje. Wax le ofreció al hombre, un bromista fornido con polvo de fragua aparentemente pegado para siempre en su piel, un skar de Vis para acelerar la curación, solo para que lo rechazara. Un guiño, una broma sobre que quedarse atrapado aquí significaba la garantía de no quedar encerrado en la silla del Aegis, y Wax vio su oferta rechazada. El séquito del hombre mostraba más entusiasmo por la cerveza del norte que por cualquier cosa relacionada con la Renovación de todos modos, y sus risas resonaban entre las inmensas vigas de madera.

En segundo lugar, y más grave, se manifestaba a través del armamento exhibido. Las ruidosas discusiones estratégicas, los anuncios que detallaban turnos e informes de exploración. Whent, en el extremo norte, era aparentemente una isla peligrosa. Las incursiones de los demonios iban en aumento, lo que explicaba las empalizadas ensangrentadas, y los enfrentamientos ocurrían cada pocos días. Los Najahn respondieron en consecuencia, reforzando la fuerza aquí a varios cientos, muchos más de los que Wax había visto o escuchado jamás en el puesto avanzado de Vis.

El efecto militar creaba un ambiente diferente, con aquellos que se unían a la tripulación Foti para celebrar, haciéndolo menos por aburrimiento o diversión y más por su propia supervivencia, su esperanza de un mañana tranquilo. La sopa de harina de hueso reflejaba las escasas raciones, ahora menos reforzadas con el Señor de la Guerra de Whent arrastrando a tantos comerciantes de la Isla a su campaña suicida bajo tierra.

La líder del puesto avanzado, una mujer robusta ataviada con cueros negro-púrpura, se unió a ellos en su larga mesa. Utna soportaba su deber con fortaleza, como si las cargas del mando flotaran sobre sus hombros.

—Al menos Jochi se está llevando a los demonios con él. Hemos podido ampliar nuestro alcance, barrer algunos de los malditos monstruos del Tajo.

Torny y Eujo se habían retirado rápidamente después de terminar su sopa, el accidente y el alcohol antes de ello agotando su ya corto sueño. Bliss parecía lista para unírseles, con los ojos entrecerrados. Wax, sin embargo, abrazó la calidez comunitaria a su alrededor, los fuegos rugientes, las risas y los olores de la civilización. Al igual que el casino Foti de Cassignol, la casa de huéspedes Najahn vibraba en la frecuencia de Wax.

—¿Estás diciendo que hay demonios en el Tajo? —preguntó Wax, y Utna asintió como si esperara la pregunta.

—Es un corte directo en el suelo —dijo Utna—. Se hizo cuando Whent intentó evitar que Vis matara a Noctia. Podría haber sido otra Herida, pero en su lugar obtenemos oro.

—¿Por qué?

Utna negó con la cabeza, bebió el té caliente que le daban a alguien con demasiada responsabilidad para algo más fuerte.

—Esa es una pregunta para los eruditos. Todo lo que sé es que hay cuevas allí por las que los demonios pueden trepar.

—¿Crees que encontraremos algunos?

—¿Quieres subir mañana? —preguntó Utna.

—No creo que Las Siete Islas quieran que esperemos —Wax dirigió su mirada hacia la tripulación Foti y Utna suspiró.

—Una mancha en las Renovaciones, ese —murmuró la comandante Najahn—. Enviaremos un destacamento con ustedes. Los cubrirán hasta la sección de skar. Esa parte tienen que hacerla solos.

—¿Por qué? ¿Por qué tenemos que hacerlo nosotros? ¿No podrían tener todos los skars simplemente sentados en una habitación en Noctia, listos para que los tomemos?

Utna parpadeó. Su mano se deslizó bajo la mesa, y por un momento Wax se preguntó si iba a sacar algún cuchillo. A su lado, Bliss se despertó de golpe. Aunque su propia arma esperaba en la habitación, la hermana de Wax parecía lista para saltar sobre la mesa y dar una patada. El skar Foti, de vuelta en el collar de Wax, vibraba con el deseo de incinerar a la capitana y a todos los que los rodeaban.

—Tradición —respondió Utna, después de una pausa demasiado larga—. Tradición y comprensión. El Aegis es un honor, también es un sacrificio. Solo quien lo ha ganado, lo merece.

«Suena como una frase hecha», señaló Bliss con los dedos, un baile que Utna notó.

—No crees eso —dijo Wax. No necesitaba presionar a Utna, pero había sido un día largo, su viaje había sido tan peligroso, que su necesidad de repente parecía sin sentido —. ¿Por qué arriesgar tanto?

Utna de alguna manera apretó aún más la boca. Empujó su silla hacia atrás de la mesa y se puso de pie.

—Si quieres una respuesta a esa pregunta, hazla cuando regreses a la Ciudad Anillada. Tal vez el Círculo te lo diga cuando te siente en la silla de la Herida, cuando sea demasiado tarde para que importe.

—¿Qué significa eso? —preguntó Wax, pero las palabras se desvanecieron contra la espalda de la líder Najahn mientras se alejaba pisoteando hacia otra mesa.

«Significa que todo esto me gusta cada vez menos», señaló Bliss, frunciendo el ceño a Utna.

—Secundo eso —Wax tragó su cerveza, un sabor caramelo y fuerte que combinaba bien con el frío exterior—. Supongo que significa que tendremos que llegar hasta el final para averiguarlo.

«Tal vez».

Bliss, sin embargo, no elaboró en el camino hacia sus habitaciones, diciendo en cambio que necesitaba pensar un poco.

Siempre era peligroso cuando su hermana se quedaba atascada en algo.

Utna, al menos, cumplió su palabra: veinte Najahn completos esperaban a Wax, Torny, Eujo y Bliss a la mañana siguiente. Sus alforjas habían sido llenadas, sus estómagos saciados con un desayuno de torta de patata, y sus botas reemplazadas por versiones con púas más capaces de agarrarse al terreno helado de la ladera de la Gran Vena. La mañana los recibió con una luz solar nítida, sin nubes que ensuciaran el cielo azul. La puerta trasera del puesto avanzado se abrió, su aliento humeante guió a todo el grupo hacia afuera, y Wax dejó de lado la desconcertante conversación de anoche.

Mirar la Gran Vena tan de cerca trajo de vuelta la familiar emoción de la aventura. Los skars saltaron para unirse, sus murmullos elevándose a rápidos cuchicheos mientras Wax daba sus primeros pasos. Los Najahn comenzaron una canción de marcha, una que Wax no reconocía, pero que captó lo suficientemente rápido. Los pies golpeaban, la nieve se apartaba, y su fuerza ascendía.

A su derecha, mientras caminaban, Eujo miraba una herramienta que Utna misma les había dado esa mañana a cada uno. Un cincel de diamante, sus bordes brillando más que la nieve. Necesario, según dijo la capitana Najahn, para llegar lo suficientemente profundo para encontrar los skars. Necesario también, añadió, para salir.

—El Tajo Dorado contiene el poder de Whent, y su venganza —declaró Utna mientras las puertas se abrían.

Esta vez, cuando Eujo pidió más información a la comandante, Utna esbozó una sonrisa. No miró a la Reina, sino a los ojos de Wax.

—Eso es algo que ustedes, las Renovaciones, deben descubrir, no algo que yo deba decir. Buena suerte, y no le den a este maldito dios otra alma que guardar.

42
SIEMPRE UN VIS

Balancearse por la jungla Vis, agarrando lianas y troncos, viendo el suelo pasar bajo sus pies, hizo que el lento viaje por los acantilados rocosos del norte de Noctia fuera un ejercicio tedioso. Quik soportó los resbalones, los arañazos en la dura piedra y el creciente entumecimiento en las puntas de sus dedos en silencio mientras seguía a Masayo. La Tenet abrazaba los viajes nocturnos con facilidad experimentada, sin tropezar ni una sola vez por lo que Quik pudo ver. Sus múltiples envolturas, telas fluyendo alrededor de sí mismas en una mezcla de túnicas que Quik no podía seguir, atrapaban la luz dispersa de Sichi cuando el viento arreciaba, un tono plateado rosado en la oscuridad.

Quik, por su parte, evitaba las túnicas en favor de una vestimenta más tradicional para rastrear, vistiendo cueros de Najahn —no había ganado la pesada cota de malla ni la quería para esta travesía— y caminando con un abrigo grueso de piel que lo mantenía lo suficientemente cálido. Sus guanteletes, abandonados en su habitación cuando partió en su primera expedición de espionaje, descansaban contra los muslos de Quik, una presencia reconfortante en medio de las rocas frígidas. Como viejos amigos, esas garras de madera, y unas que no volvería a dejar atrás pronto.

Su objetivo, según Masayo, era una aldea a medio día de marcha intensa por la costa. Habían perdido algo de tiempo confirmando que ni los cuerpos de Sawi ni de Ami yacían entre las piedras más allá de la torre de la prisión, sin encontrar nada más que algo de sangre salpicada y tela rasgada. Masayo afirmó que la evidencia sugería que la pareja vivía, que se alejaba caminando hacia la libertad. Quik, observando las olas grises estrellarse, quería decir que se habían caído a las aguas y ahogado.

Su propio instinto de cazador le decía que eso era falso, pero mejor una mentira que tener que observar, tener que destrozar a su viejo amigo.

Ese pensamiento, más que cualquier otra cosa, era responsable de los pies errantes de Quik, de su caminar más lento de lo esperado en la oscuridad. Masayo no lo había señalado, pero Quik imaginaba que ella tenía la pregunta, y posiblemente la respuesta, en su mente: ¿por qué un cazador Vis experimentado como él tendría tantos problemas acechando en la noche?

Porque cada paso no acercaba a Quik a su presa, a algo que deseara.

Se detuvieron en la madrugada, antes del amanecer, para comer. Masayo y Quik tenían cada uno su propia bolsa provista por los cocineros de Najahn. Rollos y frutas secas, hace tiempo frías. Odres de agua llenos y fríos. Comieron en silencio, Masayo fumando su pipa, rompiendo el ambiente solo una vez que ambos habían vuelto a empacar sus cosas.

—Nos estamos acercando —dijo Masayo—. Poco después del amanecer, espero que veamos el pueblo. Entonces veremos quién eres.

—¿Qué?

—No eres tonto, Quik, así que no actúes como tal ahora. La Tercera Mano, mi Tenet, y uno que existía mucho antes que yo, que permanecerá mucho después, no tolera otras lealtades, otros sentimientos.

—¿Ni siquiera hacia el Círculo?

Masayo sonrió, una sombra naranja detrás del humo de su pipa. —No somos una marioneta de Tamas, no tiramos de los hilos, si es eso lo que estás insinuando. Pero sí, si Las Siete Islas lo necesitan, si nuestra supervivencia depende de ello, tomamos los asuntos en nuestras propias manos.

—Ya me lo imaginaba.

El Lira, de vuelta en Vis, operaba en las sombras igual que el culto de Masayo lo hacía aquí. Una sociedad dispuesta a actuar para salvar Las Siete Islas, una fuerza de cierto consuelo para la gente que prefería no preocuparse por tales cosas. Para personas que no cavaban un poco más profundo, que no se preguntaban quién entre los Lira decidía que Las Siete Islas estaban en riesgo. Un pensamiento que el mismo Quik no tuvo hasta que se sentó allí mismo observando a Masayo calcular.

Si ella podía tomar la decisión sobre quién vivía y quién moría entre los Najahn, entonces ¿por qué no en todas las islas? Una daga clavada entre las costillas en Kance podría ser un dardo envenenado en Kitaye, una roca que cae en Foti. Todo lo que importaba era que Masayo pensara que alguien o algo era una amenaza.

—No lo apruebas —dijo Masayo, asintiendo, aunque Quik había intentado mantener su expresión lo más neutral posible—. No es que lo entendieras. Es demasiado pronto. Tus habilidades son valiosas, tu potencial grande. Tu corazón y tu mente son los únicos problemas ahora.

—O mi única esperanza.

—Oh, por favor. Soy tan propensa al discurso dramático como cualquiera, Quik, pero estamos en un acantilado frío rastreando a dos traidores. Prescindamos de las palabras elevadas y vayamos al grano. —Masayo le apuntó con su pipa—. Te traje con la esperanza de que pudieras ayudarme a rastrear a estos dos, un seguro que no necesitaba porque ustedes los Vis dejan un rastro tan obvio como cualquiera. Ahora eres un riesgo, uno que no toleraré.

Con su mano izquierda, Masayo alcanzó debajo de sus túnicas, sacó de algún bolsillo o bolsa oculta un enredo de alambre envuelto.

—Esto es un amarre de Kance. Atarás tus pies, luego tus manos con él. Hazlo, ahora. —Masayo le lanzó el bulto a Quik. Él lo atrapó, sintió fibras suaves sin ninguna de las debilidades de una cuerda—. Cuando hayas terminado, lo revisaré. Si está bien, si te sujetará bien, no te mataré ahora.

La primera vez que Quik escuchó una amenaza dirigida hacia él fue en Foti, después de más de veinte años en Las Siete Islas. Su vida hasta ese punto marcado cuando Sledge, con arco en mano, desafió a Quik a moverse y morir, se había construido sobre la cooperación, en escaramuzas ligeras y cacerías pesadas. Su tamaño disuadía cualquier cosa más seria. La propia sociedad de Kitaye, con cualquiera que se hiciera una molestia siendo empujado a los márgenes, mantenía las cosas lo suficientemente seguras.

De vuelta en Foti, Quik tuvo que decidir en ese momento qué arriesgar. Seguir enfrentándose a los bandidos significaba que su hermano, el Renovado, podría recibir una flecha en el corazón. Una ecuación sencilla, incluso para alguien con poco interés por las matemáticas, a pesar de lo que Annalyse había intentado enseñarle a Quik durante sus pocos días juntos.

Aquí, se sentaba solo. Nadie a quien proteger, al menos

nadie a quien Masayo pudiera matar allí mismo. Tampoco había testigos. Si el Teniente de la Tercera Mano desaparecía entre las rocas, Quik podría culpar a Ami, al mal tiempo y a un tropiezo en la oscuridad.

—¿Qué estás esperando? —dijo Masayo, aunque la leve sonrisa mientras daba otra calada parecía decir que entendía, que lo estaba desafiando.

Bueno, quizás había desafiado al hombre equivocado.

Quik lanzó el alambre hacia Masayo mientras ella daba otra calada. Se impulsó hacia atrás al arrojar el enredo, presionando con sus manos sobre las frías piedras para ponerse de pie. Mientras las piernas de Quik se estiraban, metió las manos en sus guanteletes, deslizando las palmas a lo largo de las tensas correas, con los dedos encontrando su lugar en esas garras lisas.

Masayo dejó que el alambre rebotara en sus túnicas y cayera sobre las rocas. Dio otra calada y observó a Quik prepararse.

—¿Así que esa es tu elección? —preguntó Masayo—. ¿Tu lealtad hacia esos traidores es mayor que hacia los Najahn y todo lo que pueden ofrecer a tu hermano?

—No lastimo a mis amigos.

—Lástima que ellos no sintieran lo mismo —dijo Masayo, levantándose por fin. Dejó la pipa, humeante y anaranjada, sobre las piedras—. Te hirieron, Quik. Te encerraron en una jaula y te golpearon casi hasta la muerte. ¿Por qué protegerlos?

—Sawi no me hizo nada.

Había huecos allí, si Quik quisiera excavar, pero no aquí. No ahora. La introspección y el interrogatorio podrían ocurrir después de esto, cuando fuera y encontrara a Sawi y Ami en el pueblo. Entonces podrían aclararlo todo y encontrar un camino a seguir.

Masayo ya no retorcería más su mente.

—Si así es como lo ves. —Masayo suspiró—. Vamos entonces. Muéstrame lo que tienes, Vis.

Una vez más, Foti jugaba en la mente de Quik mientras flexionaba las rodillas, trazando la corta distancia entre él y Masayo. Esa isla rocosa y plagada de lava había sido su primera pelea real contra otro ser humano, y había aprendido una maldita cosa: los humanos no peleaban con reglas.

Las manos de Masayo desaparecieron bajo sus túnicas. Esperando sacar algún cuchillo, alguna piedra, alguna aguja impregnada de veneno. Quik hizo dos suposiciones: una, que Masayo no lo quería muerto. Y dos, que necesitaba huir más que necesitaba ganar. Unirse a Sawi y Ami más que equilibraría las probabilidades.

Así que bajó su guantelete derecho, dejando que las garras rasparan y recogieran varias piedras. Con un duro lanzamiento por debajo, Quik envió las rocas, un par de guijarros y una con verdadero peso, volando hacia Masayo. La Teniente giró el hombro, recibiendo los proyectiles como Quik podría protegerse contra una brisa. Un gesto fácil de esquivar, pero ese era el punto.

El giro de Masayo puso sus brazos fuera de posición, algo que Quik aprovechó impulsándose con su pie izquierdo mientras lanzaba las rocas. Saltó hacia su derecha, aterrizando sobre su pierna derecha flexionada y lanzándose en un golpe descendente hacia el hombro girado de la Teniente. Las túnicas sombrías se movieron en la oscuridad, y Quik sintió sus garras morder la tela, vio a Masayo girarse más, dejando que el golpe de Quik pasara de largo en un inofensivo enredo con sus túnicas.

Todo según el plan. Había frustrado un guantelete, pero el izquierdo de Quik llegó alto y rápido, golpeando directamente sobre su derecha y en línea con la cabeza encapuchada de Masayo. Rápido, letal.

Excepto que la Teniente se agachó con su giro, el golpe de Quik recogiendo más tela mientras el cuerpo de Masayo bajaba, y su mano izquierda completaba su giro para entregar un golpe desprotegido al estómago de Quik. El impacto vino con una punzada helada, no un golpe contundente ni un corte tajante.

Quik intentó retroceder, encontró sus guanteletes atrapados en las túnicas. Masayo se mantuvo cerca, trabajando en las costuras mientras Quik intentaba, sin éxito, liberarse. Por todas partes parecía haber tela fluyendo, como si estuviera en una batalla con una manta. Esos golpes agudos continuaron, pequeñas puñaladas subiendo y bajando por su estómago, piernas, pecho.

Suficiente.

Quik abrió los brazos de golpe, arrancando las túnicas con sus guanteletes, el barrido forzando a Masayo a retroceder un paso. Las túnicas cayeron sobre las rocas, revelando a Masayo en cueros ajustados tachonados de brazales, cinturones y allí, alineando un collar que Quik nunca había visto, varias piedras familiares.

La sombra de Masayo parpadeó y Quik sintió otra punzada, cerca de su hombro. Bajó la mirada y notó un dardo familiar. Madera delgada, pequeñas plumas entrelazadas en su extremo posterior. Hecho en Motila.

—Cobarde —dijo Quik, su lengua endureciéndose en su boca, piernas y brazos temblando—. Tienes skars.

—Pelear sin conocer a tu oponente es un error terrible —dijo Masayo, acercándose, aunque sus manos permanecían listas.

No es que Quik pudiera manejar un golpe, ya no. Sus rodillas golpearon duramente las piedras, y su cabeza habría seguido de no ser por el alcance de Masayo, atrapándolo y bajando a Quik al suelo.

—Hay más en las Islas que Renovados y demonios —murmuró Masayo—. Se juegan partidas, el poder cambia de manos. Algunos quieren controlar, otros quieren sobrevivir. Unos pocos, Quik, unos pocos pueden hacer ambas cosas.

La Teniente encontró el manojo de alambre, y mientras Quik luchaba por mantenerse despierto, por frustrar la oscuridad que bailaba en su mente, sintió las líneas apretadas envolverse alrededor de sus muñecas y tobillos.

—Puedo ayudar a tu hermano a vivir, puedo ayudarte a prosperar, siempre y cuando me ayudes —continuó Masayo—. Pero no más juegos. Cuando esto termine, volveré por ti y te daré una última oportunidad de hacer tu elección. Piensa bien, Vis.

El resplandor anaranjado de la pipa, recogida y fumada, se alejó en la noche. Las olas muy abajo se estrellaban contra los acantilados, un ritmo constante que llevó a Quik a un sueño que no quería, no merecía y no podía evitar.

43
LA GRIETA DORADA

Asombroso lo que un buen sol y un viento cortante podían hacer con una resaca. El dolor de cabeza de Torny, persistente a pesar del largo descanso nocturno, finalmente sucumbió al gélido beso de la naturaleza mientras el grupo subía por el sendero hacia la Grieta Dorada. Estar rodeada de autoridad armada debería haber puesto nerviosa a Torny, pero después de las ranas cazadoras, toda esa armadura y metal se sentía un poco como una fuerte manta.

Ella y los otros tres llevaban ese manto de Najahn durante todo el camino, pasando las dos horas con sus habituales bromas, conversaciones tranquilas y aliento silencioso y humeante. La Grieta llenaba el silencio por sí sola, con retumbos, chasquidos y susurros mientras la nieve y el hielo se formaban, caían y encontraban nuevos hogares.

—Me gusta —señaló Bliss, caminando junto a Torny y respondiendo a la pregunta de la bandida sobre si a la Vis le parecían inquietantes todos esos ruidos—. La selva de mi hogar también canta. Una canción diferente, pero se siente igual.

—Mientras no me aplaste —respondió Torny.

Bliss sonrió. —¿Nerviosa?

—Después de la lava, el río y el océano, sí, estoy nerviosa. Ya he tenido suficiente de la naturaleza.

No es que la Ciudad Anillada de Noctia no tuviera su propia música, ya fuera una canción de libre fluir de un concierto, una esquina, un bar, o el silbido y los gritos de los barcos y los marineros. Es solo que Torny los conocía todos, entendía cómo se alineaban en su mundo, pero aquí afuera cada crujido podía ser algo mortal. Como lo había sido en Rana y Foti.

—Entonces te gustará Tamas —intervino Eujo, dejando a Wax un paso adelante cerca del frente de Najahn—. La isla está invadida de gente y sus juguetes.

—Y buenos espíritus, o eso he oído.

—Los mejores. Te costará volver a la bazofia de Noctia.

—Estás sobrestimando mis gustos.

—Sin duda.

La Grieta Dorada creció a medida que se acercaban a la entrada, cubriendo su vista con peñascos y acantilados nevados. Unos cuantos pinos desaliñados desafiaban la altitud, sus copas temblando mientras la brisa silbaba a través de las crestas de piedra. La imponente boca de una cueva, reforzada con columnas de roca tallada, ofrecía refugio y el verdadero comienzo de la aventura. Los Najahn anticiparon el momento, con un campamento en miniatura esparcido alrededor de la abertura: tocones y piedras pulidas que servían como sillas, dos fosos para el fuego y cofres abastecidos con provisiones.

Todo congelado, eso sí, pero a medida que los Najahn encendían fuegos con el pedernal que llevaban, el método de descongelación se hizo evidente. Otros soldados dejaron caer mochilas que contenían leña, esterillas para dormir y herramientas para pulir y afilar el equipo.

—Nos quedaremos aquí todo el día —dijo el capitán de la guardia Najahn a Wax, Eujo y sus Guardianes mientras se montaba el campamento—. Cuando se acerque el anochecer, marcharemos de vuelta al puesto avanzado y regresaremos mañana cerca del amanecer. No intenten descender en la oscuridad. Aquí hay comida y refugio.

—¿Crees que llevará tanto tiempo? —preguntó Wax mientras Torny miraba de reojo las esterillas arrugadas. Nada comparado con las camas de la casa de huéspedes—. ¿Es tan lejos?

El Capitán de la Guardia miró hacia la abertura y torció el labio. —Lejos, no. La distancia no es de lo que deben preocuparse. Mantengan la cabeza en su sitio, no se asusten y estarán bien. Lo mismo con cualquier skar.

—Nunca eres muy dado a los consejos útiles, ¿verdad? —preguntó Torny mientras Wax asentía—. Todos ustedes, los Najahn, dondequiera que vayamos, hablan con estas frases vagas. ¿Quieren que muramos? ¿Es eso? ¿Mantener esa silla vacía para que los demonios tengan más tiempo de juego?

—Estoy siguiendo órdenes —el rostro del hombre se endureció, el ceño fruncido se convirtió en un gesto cortante hacia Torny—. El Aegis no puede ser débil. Tienen que ganarse el derecho.

—Claro, amigo. Dile eso a los pueblos que se están quemando ahora mismo. Apuesto a que están muy preocupados por la "debilidad".

—Torny —dijo Eujo—, déjalo. Vámonos.

Wax estuvo de acuerdo, y los dos Renovados comenzaron a bajar por la cueva. Torny pensó que tenía tiempo para lanzar otro par de pullas a los Najahn, y lo habría hecho si Bliss no la hubiera agarrado del brazo, arrastrando a la bandida tras sus supuestos protegidos.

—No son el enemigo —señaló Bliss mientras Torny se liberaba—. Nos están protegiendo.

—Vamos. No creerás eso de verdad, ¿no? —preguntó Torny—. El Círculo probablemente tiene mil skars en la Ciudad Anillada, simplemente no quieren ceder ninguno.

—¿De verdad lo crees así?

Torny estaba a punto de responder que no lo creía, lo *sabía*. Los Dedos Ágiles, y cualquiera que prestara verdadera atención, entendían que los Najahn "protegían" los tesoros skar en las islas menos por la Renovación y más por su propio beneficio. Cuál era ese beneficio había sido un misterio para Torny hasta este viaje, hasta que había visto lo que los skars podían hacer.

Ahora la pregunta cambiaba: si los Najahn tenían todo ese poder sentado en la Ciudad Anillada, ¿por qué no lo usaban?

La reluciente cueva, un descanso de la piedra negra y las cenizas de Foti, no le dio respuesta a Torny, pero sí la distrajo con sus destellos prismáticos. El hielo y la nieve cubrían todo en el primer tramo, una brisa helada seguía al cuarteto hacia el interior y chasqueaba a través de carámbanos colgantes, montones de nieve dura y un camino desgastado con huellas de botas congeladas. La luz del sol murió lo suficientemente rápido como para que Bliss y Wax encendieran antorchas, las llamas danzando con mil reflejos de sí mismas.

—Al menos es hermoso —dijo Eujo—. El Remolino era oscuro y húmedo. Foti, sofocante. Vis tenía todos esos bichos en las telarañas.

—Pero la vista —añadió Wax mientras se agachaban

bajo una formación de carámbanos dentados—. En la cima, tuviste que disfrutarla, ¿no?

—Con Silvrin y su espada respirándome en la nuca a cada segundo.

Torny dejó que la conversación siguiera su curso, en su lugar sacó su cincel y giró el instrumento de diamante entre sus dedos. Casi tan largo como los cuchillos con los que Torny trabajaba, el cincel tenía un buen filo. Si realmente podía cortar el hielo como este, entonces podría ser una buena herramienta para abrir un cofre o una puerta obstinada.

Utna no notaría si faltaba uno, ¿verdad?

—¿Alguien más piensa que esto se está haciendo más pequeño? —preguntó Wax, apartando a Torny del intento de robo del cincel—. El hielo se está cerrando.

"Y volviéndose dorado".

Los gestos de Bliss proyectaban sombras a través de la luz de las antorchas, y cuando sus manos bajaron, Torny vio a lo que Bliss se refería: la nieve y el hielo ya no contenían solo azul y blanco, sino gotas como de miel esparcidas por todas partes. Se hacían más densas a medida que el grupo avanzaba, los confines ciertamente estrechándose hasta que Wax se detuvo en seco, frente a una pared de hielo tan dorada como plateada.

—Supongo que aquí es donde entran los cinceles —dijo Torny—. Ponte a ello, Wax.

—¿Por qué yo?

—Porque estás delante.

Wax se rio, sacó el cincel y lo miró durante un largo segundo. Luego colocó el instrumento contra el hielo. Un golpe suave. Otro, con diminutos copos de hielo cayendo al suelo. No llegó a dar un tercero.

—Permíteme —declaró Eujo, arrebatando el cincel de la

mano de Wax y añadiendo el suyo, girando el agarre hacia el extremo más pesado y romo del cincel—. ¿No los usáis en Vis?

—Nunca.

—Entonces observa.

Presionando el extremo afilado contra la pared de hielo, mientras usaba la parte roma del otro, Eujo martilleó a lo largo de la parte superior. Torny, tomando el cincel de Bliss para copiar el movimiento, comenzó a trabajar en el lado derecho. No había cincelado mucho, pero trabajar con herramientas pequeñas le resultaba bastante natural a la bandida, y juntas, la pareja y esos bordes de diamante, separaron la mitad de la pared. Un fuerte empujón con el hombro —Wax y Bliss ayudaron— agrietó la barrera, haciéndola desmoronarse ante ellos.

Más allá, el suelo de la cueva desaparecía, hundiéndose en un abismo cubierto de venas doradas no más gruesas que una cuerda. Las líneas rectas, similares a una telaraña, se entrecruzaban en la cámara, formando un extraño laberinto donde un paso en falso te enviaría en caída libre quién sabe cuántos metros. Como para enfatizar el punto, Wax pateó un fragmento de hielo por el borde, y el grupo observó, escuchando durante demasiado tiempo antes de que su crujiente final hiciera eco en sus oídos.

—Bueno, esto es encantador —dijo Torny—. ¿Algún voluntario?

El destino, al menos, no era difícil de interpretar: cruzando el abismo, su borde lejano visible al final del alcance de la luz de la antorcha, insinuaba que la cueva continuaba.

—Iré yo —dijo Wax, sonriendo—. Por fin, un desafío que puedo afrontar.

El Vis no esperó, ni siquiera entregó su antorcha. Con

un solo toque, probó una cuerda de hielo dorado. Encontrándola resistente, Wax dio un paso sobre la oscuridad, su mano libre encontrando otras cuerdas para equilibrarse mientras el Vis avanzaba talón con punta a lo largo de la línea, cambiando a otras con un equilibrio impecable.

A Yarvick le habría encantado tener a Wax en su tripulación.

—Definitivamente continúa por aquí —gritó Wax al llegar al otro lado sin dificultad—. Vamos, Guardianes. Moveos.

Bliss siguió a su hermano ante la invitación, cruzando, sin antorcha, más rápido de lo que Wax lo había hecho. Torny se unió a Eujo al borde del abismo, mirando hacia esa oscuridad. Su estómago se revolvió. La pareja de Vis, y Eujo con los altos picos de Kance, probablemente veían suficientes alturas como para evitar marearse por la distancia hacia abajo, pero...

—¿Puedes ir última? —preguntó Eujo—. Esto... no es lo mío.

Torny arqueó una ceja escéptica hacia la Reina. —Pensé que Kance se trataba de agilidad de pies.

—Con ambas manos al aire libre. No sobre hielo con abrigos voluminosos. —La Reina le tendió la antorcha a Torny—. Por favor.

La bandida estaba a punto de replicar, decir que ella tampoco se sentía muy cómoda con este cruce, pero la preocupación en el rostro normalmente firme de Eujo silenció la réplica. En su lugar, surgió un brillo más suave y nuevo: el trabajo de un Guardián, Bliss y todos seguían señalando, era ayudar a llevar la Renovación a los skars. Eujo necesitaba que Torny tomara la antorcha, y Torny era su maldita Guardiana.

Podría haber robado el diario, pero, como Wax le había dicho, Torny seguía aquí. Tenía una responsabilidad.

—Te tengo —dijo Torny, tomando la cálida antorcha y su envoltorio empapado de aceite—. Un paso a la vez, ¿verdad?

—Cierto.

La Reina siguió el camino elegido por Wax y Bliss, dando un paso tentativo y colocándolo en la cuerda de hielo. Se deslizó al tocarlo, y Eujo retiró el pie. Un respiro profundo. Un trago. Confianza al borde. Eujo se frotó las muñecas, una sosteniendo una pulsera particular con piedras particulares.

Una oportunidad que Torny no pasó por alto.

—Oye —dijo Torny—, estarás bien. Tienes ese skar de Kance, ¿recuerdas? Te salvará si caes.

Como si la bandida hubiera quitado un peso de los hombros de Eujo, la Reina se enderezó y sonrió. —¿Sabes qué? Creo que tienes razón.

Esta vez, Eujo dio un paso con fuerza y convicción. Su pie plantado no se movió, sus manos encontraron la misma ayuda que Wax y Bliss habían tenido antes. Una delante de la otra, pasos fuertes llevaron a Eujo a través del abismo y hasta la mano extendida de Wax. Un tirón, y allí estaban, un trío listo para continuar.

—Vamos, Torny —llamó Wax—. Es fácil.

Ojalá. Torny no tenía ningún skar mágico listo para salvarle la vida. Ese pensamiento resonó con los latidos de su corazón, el crepitar cercano de la antorcha mientras daba el primer paso. La cuerda aguantó, al igual que la que Torny agarró con su mano izquierda, moviéndose hacia el espacio. Los viejos instintos se hicieron cargo, guiando sus pasos silenciosos uno por uno, tal como lo había hecho innumerables veces en las delgadas barandillas de los tejados de

Noctia. Su mente quedó en silencio, sus músculos trabajando suavemente, el abismo rodando debajo de ella, un pozo negro que no valía la pena notar.

Bliss esperaba, brazo y mano listos para agarrar cuando Torny se acercaba al final, un último enredo de cuerdas.

—¿Ves? —dijo Torny mientras se inclinaba hacia el último tramo, la antorcha alegre cerca de su cabeza—. Tan buena como vosotros, trepadores de lianas.

Dos pasos más. Torny alcanzó, agarró una cuerda dorada transversal, se agachó debajo de ella para hacer el siguiente movimiento con su pierna derecha. Sintió algo gotear en su hombro. Miró, vio la marca húmeda, vio otra gota caer sobre ella.

Una mirada hacia arriba. La antorcha. Su llama derretía una cuerda ya adelgazada por el paso anterior de Wax. El corazón de Torny se congeló cuando la llama quemó un agujero, cuando la línea se agrietó, se balanceó hacia abajo, chocando con la misma sobre la que la bandida estaba parada como el péndulo de la muerte.

Su cuerda se agrietó, el pie de Torny resbaló y, sin siquiera una maldición digna, la bandida cayó.

44
ENCANTOS JUNTO AL MAR

Si tropezabas con un pueblo de Vis, encontrarías ayuda ofrecida libremente. La isla tenía tan pocas agendas, tan pocos planes, que un extraño necesitado no sería un peón, un sospechoso, una futura víctima.

Al menos al principio.

Cuando Sawi y Ami tropezaron, envueltas en el sombrío amanecer, dentro del conjunto de chozas de piedra que trepaban por el lado norte del cráter, Sawi no esperaba lo mismo. El tiempo suficiente en Noctia la llevó a creer que los primeros ojos que las vieran serían sospechosos, que las manos que se extendieran hacia ellas empuñarían cuchillos en lugar de pan.

Las expectativas no se cumplieron.

Un pescador, cargado de equipo, las vio primero. Había abierto la deformada puerta de madera de su choza, se había arrastrado con un grueso abrigo hacia los caminos suavizados y cubiertos de piedras que marcaban las avenidas del pueblo, y se detuvo en seco al ver a la pareja, ambas apoyándose una en la otra mientras avanzaban. Observó por un largo momento, quizás considerando si estaba viendo un fantasma, hasta que Ami croó un cansado y seco graznido pidiendo ayuda.

Entonces, se desencadenó una acción como Sawi nunca había visto.

El pescador se llevó dos dedos a los labios y sopló, un agudo silbido que se elevó por encima de las olas que se estrellaban abajo. Dejó su caña y su mochila, y vino, con un conocimiento tan seguro de las rocas como el que Sawi tendría de las enredaderas del bosque, corriendo hacia su lado. Hizo pocas preguntas, una aceptación tácita repetida por los otros pobladores que salieron rápidamente para ayudar. Un fuego, alimentado menos por madera y más por musgos, arbustos y aceites, se encendió en la estructura central del pueblo, aún una choza pero con paredes de piedra apilada que duplicaban a las otras en tamaño.

Sawi y Ami se encontraron sentadas en un banco de piedra bajo, con una sopa delgada y caliente empujada en sus manos. La gente se movía, tratando de atender heridas solo para descubrir que la pareja, a pesar de su agotamiento, parecía estar en gran parte ilesa. Sawi casi dijo por qué —la placa facial de Ami tenía las cicatrices ahora de todos modos— pero se mantuvo en silencio ante la negación con la cabeza de la Guardiana, asintió en cambio cuando Ami dijo que habían naufragado, que estaban casi muertas de hambre y perdidas.

Al principio, el pueblo pareció creer la mentira. El desayuno y la mañana transcurrieron en paz mientras el pueblo volvía al orden normal del día. Envuelta en una manta, con el delgado fuego crepitando, Sawi casi se permitió relajarse. Pensar que tal vez lo habían logrado, que habían escapado del hacha de hierro de los Najahn.

—Ni por un segundo —dijo Ami, manteniendo la voz

baja, cuando Sawi cerró los ojos—. Son amables con nosotras ahora, pero eso cambiará cuando aparezcan los Najahn.

—¿Crees que lo harán?

—Soy una ex Guardiana. Tú eres la elegida de Vis por Gladdring. El Círculo no nos dejará ir tan fácilmente, especialmente cuando sepan que todavía estamos en la isla.

Ami tenía ahora su segundo cuenco de sopa, atacándolo como lo había hecho con el primero, con riachuelos corriendo por su barbilla y goteando sobre el suelo de piedra incrustada. Esas delgadas manchas se sumaban a la masa salada que cubría casi todo, una piel de mar húmeda que se extendía por la escasa piedra del interior. Como alguna forja de Foti, todo aquí parecía hecho de roca, aunque carecía de la habilidad de esa isla. Los cuencos y las tazas tenían astillas, con lados ásperos. El techo de paja mohosa cubría lo que no podía manejarse aplastando rocas, como una estrecha abertura en el techo para que escapara el humo del fuego. Un pueblo que vivía con poco, pero Sawi encontró a pocos infelices.

Una vida elegida, como la de los pueblos exteriores de Vis. Una lucha silenciosa, sí, pero en ese silencio había dignidad, independencia.

Sonrió. Wax se habría vuelto loco en un lugar como este. Demasiado poca acción, demasiado poco drama.

¿Y ella?

—Si tenemos suerte, tendremos hoy —continuó Ami después de su último bocado—. Tendremos que tomar lo que podamos de aquí y seguir adelante.

—¿Hacia dónde?

Los ojos de Ami se entornaron, se desviaron hacia la puerta y su vista del mar de pizarra más allá.

—Esa es la verdadera pregunta. Podemos intentar

rodear la isla, ver qué tan lejos podemos llegar antes de que nos atrapen.

—Vaya plan.

—Uno malo, estoy de acuerdo. Hay otra manera, pero me gusta aún menos.

—Cuéntame.

—Subir por la pared del cráter y bajar por el otro lado. Evadir la detección el mayor tiempo posible. Llegar hasta la Égida y suplicar por su protección.

Ami volvió a su sopa, pescó otra cucharada. Sawi había prescindido de los utensilios, bebía directamente del cuenco como todos en Vis. Esas manos libres ahora encontraban más calor bajo los pliegues de la manta, donde nadie podía ver sus dedos amasando.

—La Égida no sabe quién soy —dijo Sawi—. No va a...

—Sé que no funcionará. Nos matarían. La Égida ya no tiene poder. Ninguno que realmente importe, de todos modos.

—Entonces, ¿qué, hicimos todo esto solo para conseguir un día extra añadido a nuestras vidas?

—¿No valdría la pena?

Sawi se encogió de hombros.

—Supongo que esperaba más.

Su propia muerte seguía siendo un concepto que Sawi se negaba a considerar. Había estado demasiado cerca en esa torre Najahn, y ahora que había encontrado un atisbo de esperanza, volver a ese miasma aterrador era un viaje que nunca, nunca volvería a hacer. Era mejor encontrar su destino final creyendo que se mantendría con vida. Mejor eso.

—Hay otra —dijo Ami—. Una tan propensa a matarnos como cualquier otra cosa, aunque tal vez no por una hoja Najahn.

—Sigues insinuando estas cosas, Ami. Suéltalo ya.

—Es porque no me gusta la idea, y estoy tratando de encontrar otra. Los musgos y suministros con los que sobreviven estos pueblos no vienen solo del océano. Lo sé, porque he vivido en esta isla demasiado tiempo. La he recorrido suficientes veces.

—Otra vez, estás evadiendo el punto.

Ami le lanzó una mirada fulminante a Sawi.

—¿Toda la gente de Vis es tan grosera?

—Tenemos cosas que hacer.

—Hay cuevas, entonces. Una justo arriba en la pendiente. Tendrán barricadas para detener a los demonios, pero podemos pasarlas. Escapar a los túneles.

Sawi se rio. Una risa sombría.

—Debes tener las peores ideas de cualquier persona que haya conocido, Ami. Cada una de ellas va a hacer que nos maten.

—No es seguro —Ami negó con la cabeza—. Cuanto más lo pienso, las cuevas tienen más sentido. Sabemos que se extienden bajo las islas, los túneles las conectan todas. Así es como se mueven los demonios. Podríamos llegar a Tamas, Kance o incluso a Vis. Después de unas horas allí abajo, los Najahn nunca nos encontrarían.

El Oscuro Inferior. Un susurro relegado a poderes superiores cada vez que Sawi lo oía en casa. Allí vivían los demonios, cosas extrañas nunca vistas ni oídas. El dominio de los Najahn, la Égida y los temerarios. La única vez que Sawi se había acercado a la oscuridad total había sido en aquella piscina, aquel último momento inocente con Wax antes del monstruo, antes de Svarde, antes de todo esto.

¿Podría enfrentarse a ello de nuevo?

—¿No hay barcos? —preguntó Sawi—. ¿Qué hay de correr sobre el hielo del océano? He oído...

—Has oído sobre juegos y retos de gente que muere intentándolo. Además, todavía es principios de invierno. Si se formara suficiente hielo entre Noctia y Tamas para intentarlo, tendríamos que esperar otro mes. Eso no va a pasar. —Ami se levantó, se sacudió la ropa andrajosa y la manta. Saludó con la mano a la única persona del pueblo, una mujer mayor, que montaba guardia—. Cuanto más lo pienso, Sawi, no hay otra opción. Me dirijo a las cuevas. Te sugiero que vengas conmigo.

—No tenemos nada, Ami. Nada. ¿Cómo vamos a...?

Ami hurgó en su careta y sacó el rubí Foti de color rojo claro.

—Esto.

Una hora demostrando el skar atrajo a la mitad del pueblo con asombro, consiguiendo a cambio nuevas alforjas, ropa seca (tanto como algo podía serlo aquí) y provisiones. Ami eligió un arpón feroz y dentado mientras Sawi, sin mucha confianza, tomó un gran cuchillo destinado a filetear peces enormes. Agua fresca vertida de barriles de lluvia y nieve derretida llenó las nuevas cantimploras. Nuevos abrigos y botas, todos hechos con pieles de animales gruesas y cálidas, completaron el conjunto, una selección pesada que hizo que Sawi se preguntara cómo lograrían marchar durante mucho tiempo.

—Te acostumbrarás —respondió Ami, y como Sawi no veía otra alternativa, no insistió.

Todo eso por un solo skar, la capacidad de encender un fuego, calentar un hogar, derretir una piedra con un poco de pensamiento y esfuerzo concentrado. Tanto Ami como Sawi demostraron la habilidad de la piedra, enfocándola lo mejor que pudieron en pequeñas acciones para los habitantes del pueblo, como calentar sopa o derretir un parche de hielo en un camino. En sus susurros, el skar Foti parecía menos entusiasmado con estos usos mundanos, pero la piedra era una piedra, serviría.

—No te emociones con ella —dijo Ami como advertencia final después de un descanso para almorzar—. Podrías lastimar a alguien, a ti misma o destruir una casa. Trabaja con ella lentamente, deja que te enseñe y no seas estúpida.

—Muy útil, Ami —murmuró Sawi, ajustándose la alforja una vez más.

Cómo la gente podía hacer largos viajes con cargas tan pesadas... En Vis, se podía forrajear lo suficiente para no necesitar tantos suministros. Nunca podrías balancearte en las lianas con una mochila así.

—Están haciendo el intercambio —respondió Ami, asintiendo mientras un aldeano, con los ojos cerrados y sosteniendo el skar en un puño apretado como si la piedra fuera algún dispositivo mortal, hacía que el aire temblara con un calor repentino. Los espectadores vitorearon, silbaron y palmearon la espalda del hombre—. Solo intento mantenerlos con vida.

Si la rápida educación de Ami sería suficiente, Sawi no lo sabría. Comenzaron a subir el acantilado rocoso por la tarde, dejando atrás el pueblo bullicioso y la salada brisa del mar. Su nueva ropa mantenía el frío a distancia, Sawi incluso empezó a sudar con el esfuerzo de la escalada. Ami iba al frente, usando el extremo romo de su arpón como un bastón de metal picado. El silencio se asentó, interrumpido solo por los gritos de las aves marinas y los ruidos dispersos que venían del pueblo.

Sin embargo, lejos de la quietud de la noche anterior, cuando la muerte parecía tan cercana, Sawi sí encontró esa esperanza. Un skar, un intercambio, y habían pasado de estar arruinadas a tener una oportunidad. En cuanto a las cuevas, el nerviosismo que la idea traía a sus nervios, Sawi lo enfrentaría cuando entraran en esos horribles túneles.

Enfrentaría su miedo, y...

—Alto —dijo Ami, justo antes de que Sawi chocara contra ella—. Algo no está bien.

—Nada está bien, Ami.

—No. —La Guardiana miró a izquierda y derecha. Vaciló—. La cueva está justo adelante, pero algo no está bien.

—¿Algún sentido místico de Guardiana te está diciendo esto?

—¿Alguna vez has sentido como si te estuvieran observando?

Sawi empezó a responder, a decir que algo siempre te estaba observando en la jungla, pero Ami la agarró del brazo y la tiró al duro suelo. Con la mochila, Sawi golpeó fuerte, una maldición burbujeó y murió cuando un dardo negro silbó por encima de sus cabezas.

—¿Qué fue eso? —dijo Sawi mientras Ami se quitaba la mochila con un movimiento fluido, balanceando las alforjas frente a ella como una especie de muro improvisado.

—El primer movimiento de la muerte —respondió Ami —. Saca tu cuchillo, Vis. Nos han encontrado.

45
UNA LUCHA EN EL FUEGO

Svarde y el Rey Muerto emprendieron la carga imposible. Flanqueados por cadáveres endebles, la pareja se abalanzó como la punta de una lanza hacia el túnel y la llama crepitante. Para Svarde, el razonamiento era simple: Kivi estaba allí atrás, y morir junto a su ferrita valía más que una decadencia prolongada sin ella. Los motivos del Rey Muerto eran un misterio, pero quizás estaba cansado de su tiempo en la interminable oscuridad.

Sin importar la razón, el enorme señor y su espada igualmente enorme hicieron el primer contacto contra los demonios, un amplio corte transversal que atravesó un mayal giratorio y trazó una línea en el pecho del demonio detrás. Svarde, con el calor abrasador por todos lados, arremetió contra un tercer constructo, ruedas metálicas y engranajes deslizando su torreta hacia ellos. Saltó, clavando sus hachas, recuperadas de su primera víctima, como garras en la armadura negra quemada en el frente de la cosa. El cuero del propio bárbaro chisporroteó al contacto, una sensación desagradable que Svarde ignoró en una escalada de cabeza a pies por el frente de la cosa rodante.

La torreta se alzaba ante él, casi de la altura de Svarde y lista para derribarlo con su boquilla humeante. Svarde esquivó el cañón giratorio, lo golpeó una vez con un hacha y descubrió que sus armas eran insuficientes. El rebote, las chispas, provocaron un gesto de dolor, un segundo de visión del mundo a su alrededor mientras Svarde trataba de encontrar su próximo movimiento.

La lucha envolvía a siete demonios alrededor de los dos cadáveres de máquinas asesinadas en el asalto inicial. Esos demonios azotaban sus mayales, balanceaban sus puños de cuatro brazos o pateaban a los cadáveres más pequeños y marchitos. Sin embargo, esos mismos cuerpos, cuando podían, se levantaban, encontraban lanzas rotas, piedras o eslabones de cadena destrozados y cargaban de nuevo para pinchar, apuñalar o simplemente lanzarse sobre los demonios. Distrayendo, a veces mortales, los cuerpos tambaleantes del Rey Muerto salvaban las vidas del par.

Al menos por el momento. Incluso cuando Svarde se dirigía hacia el enlace de la torreta, donde el cañón se conectaba con la parte superior redonda y voluminosa, la caverna se iluminó con una nueva llama. La fuente del resplandor, captada por casualidad en la vista de Svarde mientras cargaba contra la torreta, parecía igual que los otros demonios, solo que más grande y vestido con lo que parecían ser rubíes fluyentes, una vestimenta carmesí que se derretía y se reformaba. El monstruo llenaba el ancho del túnel, portaba dos mayales más cortos en sus dos brazos más grandes y, con el deslumbrante despliegue que cruzaba su corona de obsidiana, parecía estar dirigiendo el asalto.

—Ahí está nuestro objetivo —murmuró Svarde, agachándose de nuevo bajo la boquilla mientras el constructo la balanceaba de vuelta. Una defensa desesperada, mejor contra, digamos, esos demonios más grandes que contra el humano más pequeño. No es que Svarde se estuviera quejando.

El hogar de la torreta ofrecía una puerta blindada en la parte superior, casi bloqueada por ceniza endurecida. Svarde no veía forma de abrir la cosa, pensó que su propio asalto estaba perdido, hasta que una forma de piedra escurridiza resoplando su camino por la parte trasera del constructo le hizo sonreír.

—¡Kivi! —gritó Svarde a nadie, a todos, un familiar manantial del tipo que surgía cada vez que él, Ami o Catya vencían las probabilidades, elevándose en su corazón escaldado—. ¿Te queda algo de apetito?

La ferrita, cuyas garras hacían un mejor trabajo que las hachas de Svarde, se unió al bárbaro en la parte superior del constructo. La máquina, decidiendo que el par no podía ser golpeado por su arma, reenfocó sus esfuerzos en el Rey Muerto, quien estaba ocupado dando la puñalada final a otro demonio más. La boquilla comenzó a brillar con su naranja pre-vertido, solo para que Kivi se lanzara alrededor de Svarde hacia la articulación del cañón con el cuerpo de la máquina. La ferrita abrió su mandíbula de piedra, mordió y arrancó el metal.

Y atrajo la atención equivocada.

Un demonio, recién llegado a la caverna más grande y liberándose de los cadáveres que se aferraban, se volvió, azotando su mayal en un golpe de barrido hacia la ferrita. Svarde, bramando una maldición foti, saltó hacia el golpe, balanceando ambas hachas para atrapar la cadena con su cuerpo y el filo. El peso del bárbaro, la fuerza de su golpe, dobló el ataque en un rebote deslizante contra la placa frontal de la máquina, la cabeza metálica del mayal acuñándose contra la torreta, atrapando a Svarde contra el constructo.

Quizás se le rompieron las costillas, moretones y quemaduras atravesaban su cuero derretido, pero Svarde había pasado más allá del dolor.

La máquina tembló, el aire que Svarde podía ver se estremeció. Kivi dio otro mordisco masivo, los fragmentos de metal escamándose a su alrededor.

Un cráneo de obsidiana, ardiendo con estrellas brillantes, se asomó a la vista de Svarde. El monstruo tiró de su mayal, provocando un jadeo del bárbaro atrapado cuando el metal se clavó en su cintura. Svarde intentó trabajar sus hachas contra los eslabones, pero las encontró de poca utilidad con los brazos atrapados. En su lugar, se conformó con otra maldición ronca, una mirada sudorosa a un demonio que sin duda no le importaba, no entendía.

Kivi mordió de nuevo.

El constructo disparó.

Naranja, rojo, negro explotaron en un rocío arqueado, uno sin dirección, sin intención. Salpicó frente a Svarde, atrapó al demonio que se acercaba en su rostro de obsidiana y lo envió hacia atrás en una pesada caída. Fragmentos brillantes atravesaron el techo del túnel, quemando las rocas colgantes y enviándolas en picada hacia el suelo. Algunos alcanzaron al Rey Muerto y su objetivo actual, llevando a ambos a un punto muerto mientras evaluaban sus nuevas heridas.

Y Svarde, observando todo esto, se encontró ileso ya que el cañón yacía a su izquierda, los riachuelos de su fallido disparo pasando muy por encima o goteando directamente hacia abajo en un arroyo arruinado.

El bárbaro se rio. Una carcajada áspera. Un éxito, una victoria menor en lo que parecía ser una guerra perdida, pero una que reclamaría de todos modos. La risa se volvió genuina cuando Kivi, esa lagartija invencible, rodó cerca de él, humeante y cubierta de naranja brillante, sus ojos de zafiro tan brillantes como siempre.

Mordió la cadena una vez, dos veces, tres veces. Rompió los eslabones. Svarde los apartó, intentó ponerse de pie y descubrió que no podía. Las quemaduras cruzaban su cintura, y todo lo que estaba debajo estaba entumecido, con un dolor tan más allá de su comprensión que su mente lo apagó. Parecía estar bloqueando más que eso también, ya que Svarde se encontró incapaz de recoger sus hachas caídas, sus manos ya no podían moverse lo suficientemente bien para formar un agarre.

Una sentencia de muerte tan segura como cualquier otra.

—Corre, Kivi —jadeó Svarde, solo para ver a la ferrita, que ahora tropezaba mientras el chorro del cañón se fundía más en su caparazón de piedra, golpear su cabeza contra el costado de Svarde.

Rodó contra su voluntad, empujado por la ferrita a lo largo de la placa frontal de la máquina. La cueva retumbó y crepitó de nuevo cuando el monstruoso demonio y su atavío rubí encontraron la lucha contra el Rey Muerto. Una batalla que el viejo Guardián tendría que librar solo.

—No voy a... —comenzó Svarde mientras la ferrita lo empujaba de nuevo, su voz interrumpiéndose cuando una forma más nueva y pequeña apareció en su campo de visión.

—Deja de hablar —espetó Maena—. Por una vez, tienes una buena excusa para quedarte callado. —La capitana Rana, equilibrándose tan limpiamente como siempre en la parte frontal inclinada del constructo muerto, bajó su hombro para que Svarde se apoyara—. Mi peor mitad no me dejaría marchar sin salvar tu tonto ser, así que no la decepcionemos.

¿Peor mitad?

Svarde tenía preguntas, pero no pudo expresarlas mientras su desaliñado trío se alejaba tambaleándose del frente del constructo y se dirigía hacia el lado más alejado de la caverna, adentrándose más en la gran cámara y alejándose de la guerra perdida.

Los restos del Rey Muerto eran ahora verdaderamente eso, librando una causa perdida con su maltrecha docena contra la mitad de esos demonios, con más bastardos ardientes subiendo por el túnel detrás de su aparente líder. El Rey Muerto parecía seguir en pie, librando una desesperada defensa contra los dos flagelos del demonio más grande, cuyos fluidos golpes golpeaban la gran espada como un tambor diabólico. El metal chirriante, las chispas y el horno interminable que abrasaba el aire chisporroteaban en los oídos cocidos de Svarde.

—Este es el plan, Foti —dijo Maena, continuando manteniéndolos en la pared exterior de la caverna—. Volvemos a esa ciudad, nos atrincheramos detrás de esa puerta y rezamos para que Jochi llegue a tiempo para salvarnos el pellejo. —Lo miró, Svarde encontrándose con sus ojos con su rostro costroso, y ella maldijo—. Te ves como la mierda, Svarde.

Intentó sonreír, pero encontró sus labios demasiado cubiertos de costras para moverse más allá de un temblor. Kivi resopló, débil y desesperada.

—No me digas que no lo vamos a lograr —dijo Maena, comenzando el desesperado esfuerzo por atravesar el centro de la caverna, sobre cuerpos quemados y rotos a lo largo de incontables décadas—. No volví solo para morir aquí.

El Rey Muerto no la oyó, pero ellos lo oyeron a él. Un grito desgarrador, uno tanto sorprendido como, pensó

Svarde, aliviado. Sus ojos se volvieron hacia él cuando el gran demonio rompió la guardia del Rey Perdido, deslizándose a través con un golpe de flagelo para apartar a un lado el brazo de la espada del viejo Guardián. Un segundo golpe salvaje agrietó el grueso casco del Rey Muerto con suficiente fuerza para lanzar al soldado hacia atrás en la caverna. El casco se hizo añicos cuando el Rey Muerto golpeó el suelo rocoso, su mano volando hacia atrás, la gran espada silbando en el aire para deslizarse por las piedras.

—Bueno, si eso no es la peor de las suertes —murmuró Maena, continuando tirando.

Mientras el Rey Muerto yacía allí, la caverna pareció estremecerse, una sensación que Svarde no entendió hasta que notó los cuerpos, los que aún estaban de pie, los que se arrastraban por el suelo, y los que intentaban y no podían, desplomándose en esa quietud final. Dejando solo a los demonios en la entrada del túnel, sus brutales figuras ardientes, observando, como si sospecharan una trampa.

—Vamos —maldijo Maena de nuevo—, ¿no puedes ayudarme en absoluto?

Paso a paso, con Kivi levantando los pies de Svarde con un suave mordisco, se abrieron camino a través de la caverna. El propio Svarde encontró que su respiración se acortaba, sus ojos se nublaban, el dolor se desvanecía hacia un final helado. Quería decirle a Maena que lo dejara caer, que lo dejara ir, pero no podía decir ni una maldita cosa, solo podía mirar en silencio borroso mientras pasaban junto al cuerpo del Rey Muerto.

El casco destrozado mostraba un rostro tan pálido por el tiempo, piel lívida y más allá de la muerte, ya arrugándose con la presa de la decadencia rota. Los ojos del hombre cerrados, arrugados, encogidos. ¿Una larga paz encarcelada?

No. Un descanso enfermo, uno que Svarde pensó que sería mejor traer con la finalidad del fuego que esperar aquí en esta caverna rota. Eso, al menos, estos demonios podrían entregar.

—Ah, maldita sea —dijo Maena, atrayendo la mirada desvaneciente de Svarde hacia arriba. Los demonios se avivaron, su líder estallando en nuevos destellos a través de su cráneo de obsidiana. Pies ardientes avanzaron, abriéndose en abanico en la caverna, con el líder cubierto de rubí dirigiéndose directamente hacia su trío—. Lo siento, Svarde. Lo intenté, pero no creo que lo vayamos a lograr.

La capitana Rana tiró de Svarde una última embestida, luego dejó caer al hombre en el suelo rocoso. Maena dio un paso adelante de él, sacando una cimitarra oxidada y sosteniéndola con ambas manos. Un arma débil para un enemigo masivo, pero Maena de todos modos lanzó un desafío Rana con un gruñido. Valiente, loca, y probablemente tan muerta como él.

Pero, quizás, no estúpida. Mientras el enorme demonio se acercaba, Svarde captó un destello oscuro en su reflejo ardiente, uno cerca de la propia cabeza de la bárbara. Una línea irregular gastada por el tiempo, por el conflicto, pero mantenida unida por un poder más allá de cualquier forja simple. Una posibilidad, una esperanza, y Svarde puso todo su doloroso esfuerzo en ello, un asentimiento, un empujón, el más leve movimiento de un dedo.

Una pista que la asombrosa ferrita, ella misma golpeada y casi rota, vio. Con mandíbulas de piedra, mientras Maena esquivaba el primer golpe del flagelo, Kivi llevó la espada del Rey Muerto a la mano de Svarde.

46

GUARDAS SUSURRANTES

Las cuerdas doradas congeladas se rompieron, Torny vaciló y Eujo saltó. La Reina Kance no se detuvo a pensar, no dudó, incluso cuando Wax hizo lo completamente inútil y gritó el nombre de Torny, la Reina desapareció por el borde. Bliss y su hermano se acercaron a ese mismo acantilado helado, la única antorcha haciendo lo posible por mostrar dónde habían ido sus amigos, y no vieron nada más que sombras.

—¡Vivos! —llegó el grito, la voz de Torny, justo antes de que la angustia y la duda se apoderaran de ellos. No tan abajo como la roca que habían dejado caer—. Vivos, de alguna manera.

—¿Cómo? —gritó Wax, mezclando confusión y euforia. Bliss se tumbó boca abajo, asomando la cabeza al abismo, como si inclinándose un poco más pudiera distinguirlos—. ¿Qué...?

—El skar Kance —esta vez fue Eujo, tan confiada como siempre. Wax sonrió al oír su voz. Dos abajo, dos arriba—. Estamos en una repisa, pero hay otra apertura aquí. Os encontraremos.

—¿No tenéis luz? —preguntó Wax, sintiéndose un poco extraño al gritar a la nada.

—Estás hablando con un par de pilluelos de la calle, Wax —de nuevo Torny—. Estamos acostumbrados a acechar en la oscuridad. Seguid adelante.

Torny tenía ahora ese tono invencible, el deleite risueño que viene con esquivar a la muerte. Wax también lo tenía, al igual que Bliss con su sonrisa salvaje mientras su hermana se incorporaba. Otro error fatal convertido en algo bueno por los skars. En algún momento, Wax se encontraría sentado en la silla del Aegis solo porque le debía tanto a los dioses.

Primero, sin embargo, tendría que llegar hasta allí.

—¿Vamos, hermana? —dijo Wax, volviéndose hacia el túnel que continuaba—. ¿Como en los viejos tiempos?

"No tan viejos".

Cierto, y esos recuerdos no tan distantes marcaron sus pasos por el frío túnel de roca, mientras la Grieta Dorada iba perdiendo su capa de hielo a medida que se adentraban en la montaña. Su antorcha captaba los destellos en abundancia, haciendo que Wax entrecerrara los ojos mientras el resplandor ámbar y amarillo los abrumaba. Una vista mística y mágica, caminando sobre un tesoro que habría hecho que toda Noctia se pusiera celosa.

—Los Najahn controlan este lugar, ¿verdad? —preguntó Wax mientras caminaban, el túnel manteniéndose lo suficientemente ancho para que los dos avanzaran en fila india, teniendo Wax que agacharse aquí y allá para esquivar los salientes bajos—. ¿Por qué no están excavando todo esto?

Bliss le tocó el hombro. "¿Porque no quieren ofender a los dioses?"

Un Wax más joven e inexperto podría haber estado de

acuerdo con eso, pero pasar aquellas noches entre los capitanes de negocios de Noctia, sus mercaderes merodeadores, le había enseñado otra cosa. Los Najahn, los poderosos y ricos, no se preocupaban por los dioses, al menos no de una manera sagrada. No, si los Najahn no estaban excavando aquí con el Whent, tenía que haber una razón diferente.

No encontró respuesta para cuando el túnel se ensanchó, terminando en una cámara curva cuya amplia base conducía a una subida similar a una chimenea en su parte trasera, la escalada desapareciendo tras un techo dorado. Pero no solo había oro aquí: como si Whent, el dios muerto, hubiera decidido que un metal precioso no era suficiente, hilos de piedras preciosas serpenteaban y se arremolinaban por toda la sala, deslumbrantes espirales de rubíes y círculos de zafiros. El oro y las gemas también se elevaban aquí y allá en extraños montículos, bultos deformes de todos los tamaños, aunque ninguno mucho más alto que Wax. Como si la habitación hubiera burbujeado una vez, solo para quedar congelada en el tiempo. Mientras miraba, Wax avanzó, casi pisando una estrella de esmeralda justo en la entrada, Wax casi la pisa hasta que Bliss lo atrapó, lo retuvo.

"Cuidado", señaló Bliss. "Todas estas cámaras de skar tienen trampas".

Buen punto. Wax se arrodilló, sosteniendo la antorcha frente a él. Que esta era la cámara del skar no había duda: los skars mismos estaban en un montículo central, elevándose como un crecimiento natural y salpicados de pequeñas piedras. La luz de la antorcha parecía guiada hacia él, reflejándose en las gemas, las paredes relucientes, para bañar el centro en un halo dorado anaranjado. Hermoso, si preferías los tesoros a las cosas más naturales.

La diferencia entre el túnel a los pies de Wax y la cámara

del skar resultó ser mínima: la piedra impregnada de oro continuaba, ahora libre de hielo. Las formas de piedras preciosas dispersas por todas partes en el interior parecían ser la única diferencia, y quizás el marcador de una trampa. ¿Evitarlas o dirigirse solo a ellas?

"Déjame ir primero", señaló Bliss.

—¿Por qué?

"Porque soy más rápida que tú".

—Oye...

Ella se escabulló pasando a Wax antes de que su hermano pudiera enumerar todos los ejemplos, los admitidamente pocos, en los que había superado a su hermana en una carrera a través de la jungla. Bliss se dirigió al suelo dorado, caminando sobre la roca, evitando los patrones de piedras preciosas, y cruzó hasta el montículo central sin que apareciera un solo demonio, pared que se derrumba u otro horror para separarle la cabeza del cuerpo, o algún otro final espantoso.

"Parece que eso funcionará", señaló Bliss.

—Fácil, entonces.

Wax dio un paso, siguiéndola. Su pie tocó el suelo dorado y una ráfaga recorrió su mente, los tres skars en su collar despertando a la vez y emitiendo susurros rápidos e ininteligibles. Wax vaciló, tratando de ordenar los impulsos, lo que esas piedras tontas estaban diciendo, solo para ver a Bliss moviendo frenéticamente los dedos más adelante.

"¡Tu pie!"

La piedra dorada no se contentaba con quedarse quieta. La roca brillante ya no parecía sólida. En cambio, se arrastró por su pie plantado, trepando por él como un musgo descontrolado en Vis. Wax intentó levantar su bota, pero la encontró inamovible. Ni siquiera un meneo. Su pie izquierdo también parecía atascado. A estas alturas, Wax había descubierto que el instinto y la reacción eran mejores guías para la supervivencia que la deliberación, y no se detuvo a pensar lo que podría significar perder una bota en una montaña helada, en su lugar, liberó su pie derecho en calcetines y tropezó hacia adelante.

Ese mismo instinto dirigió su paso, la antorcha en la mano de Wax daba suficiente luz para divisar esa espiral esmeralda. Wax aterrizó sobre las piedras lisas, arrastró su pie izquierdo para igualarlo, sus dedos retorciéndose y sus envolturas de tela sintiendo el frío de inmediato, pero por lo demás permaneciendo intactos entre las gemas verdes. Wax se tambaleó, observó, pero las esmeraldas no se levantaron para devorarlo. Detrás, ambas botas desaparecieron en la piedra dorada, tragadas en pequeños montículos.

Los montículos.

Esos bultos sin forma adquirieron un nuevo significado mientras Wax recorría la cámara con la mirada. No eran solo características sin sentido, sino cosas atrapadas por el extraño suelo. Como había dicho Bliss, cada cámara de skar tenía una trampa. Ahora necesitaban averiguar cómo funcionaba esta.

—¿Por qué no me están atacando? —señaló Bliss, de pie junto al montículo central con los skars dorados—. ¿Cuál es la diferencia?

—¿Le caes mejor?

—¿A quién no? Pero pongámonos serios, Wax.

—Que esté haciendo bromas no significa que no esté pensando.

Una línea de rubí se extendía a la izquierda de Wax, dirigiéndose hacia el centro de la habitación, mientras que una cruz de piedra marrón brillaba a su derecha. El oro yacía entre ambas, aunque Wax sintió que un buen salto podría hacerlo cruzar. Aun así, era mejor confirmar si necesitaba acrobacias. Quién sabe, tal vez la habitación solo odiaba las botas.

El Renovador se arrodilló, movió un solo dedo del pie fuera de su hogar esmeralda hacia la piedra dorada. La roca tembló, como agua quieta iniciando una ondulación, y Wax retiró su pie rápidamente. Vale, definitivamente no eran las botas.

—Tendré que saltar —dijo Wax.

—Obviamente.

—¡No te veo ayudando!

Bliss frunció el ceño, luego caminó de vuelta a través de la cámara, cerca de Wax. —Puedo impulsar tus saltos, ¿quizás?

—¿Hacia qué lado, crees?

Miraron ambas opciones, rubí contra topacio, y ambos terminaron mirando la línea del color de Foti.

—Dime por qué y te diré si estoy de acuerdo —pidió Wax a su hermana.

—La esmeralda no te está comiendo, y tienes un skar de Vis. Tal vez el rubí no lo hará, ¿porque también tienes uno de Foti?

—¿Pero tú no tienes skars, y no te están atacando?

Otro encogimiento de hombros. Aun así, la idea de Bliss coincidía con la de Wax, y cualquier oportunidad era mejor que ninguna. Con un asentimiento y una mirada de medición, Wax saltó. Bliss le siguió, extendiendo la mano y estabilizando a Wax en el estrecho aterrizaje. Sus ojos se dirigieron a sus dedos de los pies, los encontró intactos, y la sonrisa fácil y arrogante regresó.

—Otro dios conquistado —dijo Wax, los skars en su mente parecían igualmente complacidos—. Míranos, Bliss. Renovadores profesionales.

—Claro, Wax. Profesionales.

La ruta de forma de gema hacia el centro requirió algunas elecciones improvisadas, rodeándolos por la habitación y más de unos cuantos montículos, en los que Wax se negó a pensar. Cuando aterrizó en una salpicadura de zafiro cerca de los skars centrales, Wax no dudó, extendiendo la mano para arrancar una de las piedras doradas. El skar abandonó su hogar sin protestar, un nuevo susurro bajo uniéndose a los que burbujeaban en su mente. Wax lo colocó en el collar, asintiendo ante la pregunta de Bliss.

—Es el skar. Ahora solo tenemos que encontrar a Torny y Eujo.

—No había otro túnel.

—Entonces podrían estar de vuelta en el abismo —dijo Wax—. ¿Vamos hacia allá?

Antes de que Bliss pudiera decir sí o no, Wax sacó su pie de los zafiros, directamente sobre el oro. El susurro del skar de Whent se aceleró, y no se formó ningún montículo. Caminar seguro y fácil. Le lanzó una sonrisa a su hermana.

—Profesionales —repitió.

—¿De qué estás balbuceando? —preguntó Torny, entrando a zancadas en la habitación con Eujo pisándole los talones a través del mismo túnel que Wax y Bliss habían usado—. ¿Los encontraste? Bien. Porque estoy cansada después de...

—¡Alto! —gritó Wax cuando Eujo puso un pie en el suelo dorado. Torny, dejada sola, solo pareció confundida. Eujo siguió avanzando, sus pies llegando justo más allá de las botas apiladas de Wax antes de quedarse atascada—. ¡Sal de tus botas, Eujo!

—¿Qué? —respondió la Reina, tirando de su pierna y luego mirando hacia abajo. La piedra dorada trepaba, deslizándose en su bota más pequeña mientras ella se inclinaba para desatar los cordones. Torny se dio la vuelta, boquiabierta, mientras Bliss y Wax comenzaban a cruzar la cámara

—. No puedo...

Eujo se interrumpió con una maldición, la roca dorada fluyendo sobre sus dedos mientras intentaban liberar los cordones. Intentó apartar la mano, la encontró firmemente sujeta mientras más maldiciones salían de su boca. Torny, armada con su cincel, intentó dar un golpe a la roca, solo astillando la parte más mínima. Cuando Wax llegó a Eujo, la roca dorada había consumido su mano, subiendo hacia su muñeca, mientras que su pierna izquierda tenía un montículo cubriendo su tobillo, creciendo rápidamente.

—Sacad vuestros cinceles —espetó Torny, golpeando la roca de nuevo—. Tal vez podamos...

—No es suficiente —señaló Bliss, aunque hizo lo que la bandida pedía, dando su propio golpe inútil.

Wax, sin embargo, encontró la mirada de Eujo mientras ella tiraba, sus ojos muy abiertos, la cara roja por el esfuerzo. Un miedo profundo la invadió, el mismo que Wax había visto en Sawi mientras se alejaban a rastras del demonio. El conocimiento seguro de que la muerte no estaba lejos. Hace un par de meses, Wax podría haber creído esa mirada, podría haberse rendido al miedo, de que estaban muy por encima de sus capacidades, de su lugar en Las Siete Islas.

Con los skars retumbando en su mente, Wax no albergaba tal pensamiento. En cambio, escuchó los susurros y desató sus deseos.

47
EL CAZADOR

Deshiva, la cazadora principal de Kitaye y comandante, si se podía usar tal palabra, de los portadores de armas de la ciudad, se erguía en el centro del círculo. Un claro tallado en la naturaleza, rodeado de huesos de animales, entre ellos hanokos, ganados por las exitosas cacerías del año, por los mismos reclutas que ahora la rodeaban. Las veintitantas almas que se graduaban en las filas de cazadores de la ciudad ese año tenían sus tatuajes frescos brillando en los pocos rayos de sol que llegaban al suelo de la jungla, todos con collares de dientes hechos de sus propias presas, el silencio ganado con su propio honor.

Las palabras brotaban de los labios de Deshiva en una cadencia constante que Quik apenas oía, no recordaba. Sus oídos se sentían pastosos, sus ojos rojos de pasar la noche mirando el cielo en su hamaca, abrumado y asombrado consigo mismo. Con las semanas pasadas acechando criaturas al lado de un cazador u otro, con su primera victoria en solitario sobre un hanoko tres días antes. Había seguido al felino hasta su guarida sin ser detectado, le había quitado un bigote mientras la criatura dormía y había regresado con el trofeo, un mejor indicador de habilidad que una muerte innecesaria.

Esas cacerías, las necesarias para el sustento o la protección, vendrían después, aunque Quik ya soñaba con ellas.

Deshiva levantó su lanza, adornada con innumerables plumas, y comenzó la unción, invitando a cada cazador que tocaba con su punta reluciente a declarar su nombre, su familia y su arma. Muchos eligieron lanzas mientras Deshiva recorría el círculo, pocos escogieron espadas, y solo un par optó por el cobarde arco y flecha, una utilidad en el mejor de los casos si fallaba la verdadera habilidad de un cazador.

El hanoko que había rastreado era una criatura grácil, púrpura, gris y salpicada con las cicatrices de una larga vida entre las lianas. Quik había observado al felino tomar su almuerzo, su cena de las criaturas que deambulaban por el suelo del bosque, sus garras adaptándose cada vez a la necesidad, ya fuera para un rápido ascenso o una persecución entre espacios estrechos.

Utilidad letal.

Su elección le valió a Quik una mirada evaluadora, despertó la curiosidad de Deshiva, si no del todo su respeto. Eso no se podía ganar en el círculo, eso solo se podía ganar con el tiempo, con el éxito, con-

Un pico amarillento lo picoteó, mordiendo y tirando de la mejilla de Quik. Sacudió la cabeza y el pájaro graznó, se elevó hacia la luz del amanecer y huyó. Un parpadeo o tres ahuyentaron el sueño, los efectos posteriores del dardo Mottilan mantenían sus músculos lentos, su mente aún más. Reproducir las razones por las que yacía sobre roca dura en el frío se sentía como recuperarse de una noche con demasiado vino y poca agua.

Hasta que Quik llegó a la razón.

El cazador se acurrucó. Miró alrededor, vio su bolsa, sus guanteletes apilados a un paso de distancia. Masayo, entonces, asumiendo que su tarea estaría terminada mucho antes de que Quik pudiera encontrarla y atacar de nuevo. Tal vez pensó que matar a Sawi haría que Quik cambiara de opinión. Tal vez pensó que se rendiría.

Tal vez no se daba cuenta de cuán paciente, cuán determinado tenía que ser un cazador Vis.

Quik dejó atrás la bolsa, se puso los guanteletes y emprendió una carrera a trote hacia el este. La humedad gélida se había formado durante la noche, cubriendo el acantilado escarpado con el hielo propio de la muerte. Al principio el cazador tropezó, resbaló, cayó, cada error moldeándose en maestría. Eligió las cimas más secas, donde el sol gris creaba puntos secos. Se agarró a los arbustos para equilibrarse, plantó los pies uniformemente para evitar resbalar. Los guanteletes abandonaron su cintura y encontraron sus muñecas, sus duras garras buenas para extenderse, agarrarse.

Se movió. Persiguió.

Aunque no había rastro.

La jungla dejaba muchas señales. Las piedras áridas de Noctia daban pocas, salvo por alguna roca volcada o un tramo de tierra manchada. Al principio Quik intentó jugar al juego del cazador, observar el camino de Masayo, antes de abandonarlo por el objetivo más amplio: Sawi y Ami se dirigían hacia un pueblo. Masayo también lo haría. No se lo perdería.

Y aunque el día había avanzado demasiado cuando captó el humo, los edificios debajo de él, los habitantes del pueblo agrupándose en la plaza de la pequeña aldea, Quik aún sintió ese mismo estallido de satisfacción: una corazonada correcta, la caza continuaba.

Habría descendido al pueblo, habría intentado hablar con los lugareños para ver si habían visto a sus objetivos descarriados, pero Vis le simplificó las cosas: las maldiciones Foti de Ami se llevaban claramente en el viento invernal y atrajeron a Quik más hacia el este, alrededor de un saliente de pizarra.

La vista cambió el placer de la caza por pánico. Ami y Sawi estaban agazapados detrás de sus bolsas mientras Masayo observaba desde arriba. La líder de la Tercera Mano no estaba hablando, emitiendo demandas, sino que parecía estar trabajando con sus manos debajo de esas túnicas devastadoras. En cuanto a qué, esa respuesta llegó rápido, con una chispa parpadeante silbando desde los dedos de Masayo hacia la bolsa, donde la mota estalló en llamas, chamuscando el cuero de la bolsa y agarrando las costuras más fáciles.

Un movimiento duro, contrarrestado cuando Ami presionó sus piernas contra la piedra, empujó la barricada de la bolsa hacia arriba y cargó hacia adelante subiendo la pendiente. La Guardiana usó su brazo izquierdo para levantarse, su derecha nivelando algún extraño palo de metal como una lanza corta. Sawi, abandonado, se escabulló junto a las piedras.

Dividirse y obligar a Masayo a tomar una decisión. Inteligente.

El propio Quik comenzó un lento arrastre, con el pecho casi sobre las rocas, cortando por encima de Masayo. Una carga salvaje podría funcionar, pero los instintos del cazador le decían que un ataque secreto tenía mejores posibilidades. Incluso mientras se arrastraba, con los guanteletes caminando sus garras sobre los guijarros, Quik mantenía sus palmas palpando, buscando una piedra arrojadiza.

La Teniente no esperó a que Ami llegara, en su lugar cortó hacia la derecha y lanzó algo a Sawi. ¿Otro dardo? Quik no podía decirlo, aunque Sawi chilló y cayó. Si tropezó o no, no estaba claro, y no era algo que pudiera cambiar.

El movimiento de Masayo le dio a Ami el tiempo que necesitaba para alcanzar a la Teniente, y la Guardiana se negó a considerar cualquier cosa que no fuera un asalto total. Se abalanzó sobre Masayo desde la izquierda de la Teniente, por debajo y con un empujón de lanzamiento en el último momento para poner la bolsa caliente en el aire, golpeando a Masayo como-

No, la boca de Quik se abrió cuando Masayo se agachó, esquivando la bolsa lanzada, pareciendo doblarse alrededor de sus lados como el agua ondula alrededor de una piedra arrojada. Masayo apareció por el lado opuesto, con un pequeño cuchillo de alguna manera en su mano derecha, y atacó a Ami.

La Guardiana, sin embargo, no era una Vis extraviada, alguna recluta Najahn o un noble desafortunado marcado para morir. Ami tenía su arma cruzando su cuerpo después del lanzamiento, aparentemente anticipando el movimiento de Masayo con un instinto de luchadora que Quik solo podía admirar. Masayo encontró su ataque desviado, el puño izquierdo de Ami golpeando el rostro de la Teniente en un duro jab.

Por una vez, Masayo perdió el equilibrio, tropezó un paso atrás. Ami trajo su arma en un revés, el extremo curvado gritando hacia la cara de Masayo solo para que la Teniente cayera, plantara su espalda en las rocas mientras el golpe de Ami pasaba por encima. Masayo lanzó su pie izquierdo, estrellándose contra la rodilla de Ami, enviando a la Guardiana a una maldición arrodillada, su cabeza justo donde la patada de Masayo podía alcanzarla.

Ami rodó con el golpe, esparciendo rocas por todas partes. Mantuvo el agarre de su arma, detuvo su deslizamiento, se levantó justo a tiempo para detener el contraataque de Masayo, otra estocada lanzada, en un bloqueo con el brazo, empujando la puñalada hacia arriba y sobre su hombro. La victoria dejó a Ami abierta a la derrota, una segunda patada de Masayo en la barbilla de Ami, empujando a la Guardiana hacia arriba y hacia atrás, sobre su espalda. Masayo tenía el cuchillo volteado en un instante, listo para un final desgarrador.

Excepto que había tardado demasiado. Quik tenía su posición, tenía su piedra elegida, y la lanzó rápidamente. La roca, casi del tamaño de una palma, golpeó a Masayo donde su capucha no estaba, estrellándose contra su frente y derribando a la Teniente. Sus túnicas grises giraron mientras caía por la pendiente, Quik saltando a sus pies y siguiéndola.

—¿Tú? —oyó preguntar a Ami, aturdida, mientras el cazador pasaba.

Una pregunta para responder en otro momento.

Masayo se liberó bruscamente de la caída, desviándose hacia la izquierda de Quik, donde otro afloramiento ofrecía suelo de grava y algo de estabilidad. Se puso de pie, el cuchillo ahora en su mano izquierda, mientras Quik se acercaba. La sangre corría, dividiéndose alrededor de su ojo izquierdo. Ya no había sonrisa, ni pose arrogante, solo el enfoque de una asesina, igual que un hanoko acorralado.

—Te di una segunda oportunidad —dijo Masayo mientras Quik se detenía frente a ella—. Pensé que eras más inteligente.

—Solo soy un Vis.

—Qué lástima.

La muñeca de Masayo se crispó. Un movimiento que Quik no procesó realmente hasta que notó que el cuchillo que ella había sostenido ya no estaba en su mano, hasta que un destello rojo confirmó que la hoja ahora se clavaba en su muslo, donde sus gruesos abrigos dejaban una abertura al viento. Cuando se dio cuenta, Masayo se movió de nuevo, ambas manos volviendo a sus túnicas y saliendo con más cuchillos. Se acomodó en una posición agachada uniforme, esperando.

Y diciéndole a Quik lo que necesitaba saber. Golpeó la hoja, sacó el cuchillo, aunque la quemazón permaneció.

—Cosas tan útiles, los cuchillos —dijo Masayo, manteniendo su posición agachada mientras Quik ponía sus guanteletes en posición—. Cúbrelos con veneno, ocúltalos para trabajo cercano o láncelos para un final silencioso, sin necesidad de ballesta. El mejor invento de los dioses.

Quik no dignificó las palabras con una respuesta. Forzó esa pierna ardiente a lanzarse hacia adelante, un golpe de arriba hacia abajo que levantó polvo, justo como lo había hecho antes, en las laderas. Masayo avanzó para recibirlo, lanzándose hacia adelante y hacia abajo, lista para entrar, apuñalar hacia arriba y acabar con Quik de un solo golpe.

Solo que Quik no iba por el golpe de arriba, en su lugar barrió con su mano izquierda y su guantelete en un movimiento de abajo hacia arriba. El movimiento forzó a Masayo a un desesperado paso lateral, el guantelete de Quik atrapando, desgarrando sus túnicas. El impulso del cazador lo llevó más allá del contraataque de Masayo, los cuchillos demasiado pequeños para hacer algo más que rasgar su abrigo. Quik plantó su pierna derecha, la quemazón extendiéndose por debajo de su rodilla, hasta su cintura, y pivotó para, esta vez, un golpe desde arriba.

Masayo aún no se había dado la vuelta, el intento de contraataque dejando sus brazos y piernas inclinados hacia adelante y no hacia el lado. Lanzó su brazo izquierdo, el cuchillo arriba para encontrarse con el guantelete que se acercaba, pero la pequeña hoja no estaba hecha para bloquear. Quik la empujó al suelo y continuó, presionando contra Masayo y cortando a través de sus túnicas ya rasgadas, hacia su costado. Mientras la ligera resistencia ralentizaba el golpe, Quik volvió a traer su mano izquierda en un movimiento ascendente, solo para sentir la mordedura de una nueva aguja en su antebrazo.

El cuchillo de Masayo desgarró sus cueros, enredó su piel. Debería haber detenido el golpe, debería haber terminado el movimiento de Quik justo ahí, pero Deshiva entrenaba bien a sus cazadores: cuando puedes dar el golpe mortal, no te detienes por nada, ni dolor, ni herida, ni amenaza.

Quik llevó el guantelete izquierdo a encontrarse con su hermano, aceptando la profunda puñalada para atrapar a Masayo en el medio, las afiladas garras de madera penetrando profundamente, arrancando un jadeo, un espasmo y silencio. Quik captó los ojos desvanecientes de la Teniente, sus rostros a solo un suspiro de distancia, y en ellos no vio nada, ni respuestas, ni secretos, ni promesas.

Como cualquier otra presa, en la muerte Masayo estaba quieta.

En vida, la quemazón se extendía, la sangre de Quik corría, y se desplomó sobre su victoria, derribándolos a ambos sobre las rocas mientras la primera nevada del día comenzaba a caer.

48
EL PODER DE LA MONTAÑA

Ser ladrona, escabullirse en secreto, había preparado a Torny para todo tipo de cosas nefastas. Puñaladas por la espalda y traiciones, trampas y engaños. Lo que definitivamente *no* la preparó fue para los malditos skars. Había visto a Wax hacer estallar monstruos y barcos con la piedra Foti, había sentido cómo la roca Vis curaba sus cortes, y Torny había montado el trineo sin problemas mientras el skar Kance de Eujo permitía que el buey se deslizara sobre la nieve. Todo aterrador, maravilloso y fuera de lugar en el mundo racional en el que había crecido.

Así que cuando Wax puso su mano sobre el cuerpo de Eujo, que se estaba petrificando rápidamente, Torny retrocedió. Rápido. Más rápido cuando la cámara comenzó a temblar, cuando trozos dorados se desprendieron y se estrellaron, golpeando los diseños de piedras preciosas — ¿quién los había hecho, de todos modos?— y haciéndolos añicos. Luchando contra el impulso de agarrar algunas de esas piedras preciosas, y quizás se hubiera embolsado una o dos esmeraldas que se desprendieron entre los crujidos,

Torny se agachó detrás del gran montículo central de skars y observó.

Eujo, que había estado medio convertida en piedra dorada cuando Wax puso su mano sobre ella, se liberó de su prisión mientras la roca se desprendía. Las grietas corrieron a lo largo del revestimiento, grietas que no terminaban cuando llegaban al suelo de la cámara, sino que se extendían a lo largo, hacia arriba y alrededor. Cuando las líneas que se agrietaban y estiraban golpeaban una piedra colgante, esta caía. Cuando no golpeaban nada, las grietas simplemente seguían avanzando.

—¡Detente! —dijo Eujo, tropezando mientras salía y la habitación se sacudía—. ¡Estoy libre, Wax!

Pero no estaba libre. Mientras pronunciaba esas palabras, el suelo a sus pies volvió a agarrar sus botas, incluso mientras la cámara seguía temblando. Wax lo dijo, el Renovador Vis intentando rastrear el progreso de Eujo con su magia skar y cayendo después de una violenta sacudida. Bliss agarró a su hermano y lo arrastró lejos cuando otro trozo de roca se estrelló contra el suelo donde había estado.

Peor aún, más allá de ellos, la única salida de la habitación parecía perdida detrás de unas piedras enormes.

—¡Torny! —gritó Wax, y la bandida se asomó por detrás del montículo para verlo sentado—. ¡Lánzale un skar a Eujo!

Eso sí podía hacerlo. Torny agarró un skar dorado, apartó los susurros gruñones de su mente y lo lanzó a través de la habitación. Eujo, de nuevo atrapada hasta los muslos, atrapó el skar. Lo encajó en su brazalete. Su prisión, como si se hubiera activado con un interruptor, se detuvo. Eujo cerró los ojos, la Reina se veía tan majestuosa como Torny la había visto jamás en la cámara resplandeciente, aún iluminada por la antorcha de Bliss. Las piedras doradas que la aprisionaban se desprendieron, alejándose como agua que fluye.

La cámara se sacudió con más fuerza. Lo suficiente como para obligar a Torny a ponerse de puntillas, bailando con el suelo cambiante. Una grieta enorme partió el techo, y el grito de advertencia de Wax hizo que Torny retrocediera. La roca se estrelló entre la bandida y sus amigos, separándolos, aplastando el montículo de skars y enviando la mitad de Torny a una oscuridad trepidante.

Bueno, excepto por esos skars.

Esas motas doradas destacaban en medio del estruendo, la caída y el movimiento. Torny se dirigió hacia ellas, una mente desesperada aferrándose a algo, cualquier cosa que pudiera sacarla de la oscuridad antes de que otra roca que caía la convirtiera en papilla. Se arrastró sobre gemas lisas, sobre piedras irregulares, haciéndose cortes en su camino hacia las motas.

Qué haría con ellas, quién sabe, pero en la oscuridad, en medio del pánico que debería haberla paralizado pero que ahora, después de demasiados episodios con este particular choque de nervios, simplemente se convertía en concentración, Torny vio en esas motas una oportunidad.

El primer skar que agarró, con el cuerpo en el suelo, encogida salvo por los brazos extendidos para minimizar la posibilidad de que una piedra errante le rompiera una pierna, le dio una idea. No en palabras, no, sino en vagas y fuertes oleadas a través de la mente de Torny, como un sueño espasmódico que persiste después de despertar, llamándola a soltar el skar.

Torny se aferró. No cedió. Aún no.

Había visto lo que Wax y Eujo habían hecho con uno, pero derretir un poco de polvo dorado no iba a ser suficiente. No aquí, no ahora. En cambio, Torny extendió la mano izquierda y agarró un segundo skar. Luchó contra sus susurros, sumándose al primero. Pasó la piedra a su mano derecha, agarró una tercera, una cuarta.

El estruendo continuaba. Algunos gritos amortiguados llegaron desde el otro lado de la gran piedra. Donde Torny necesitaba estar.

Los skars tomaron ese pensamiento y lo llevaron más allá, el cuarteto una fuerza arrolladora que empujó a Torny a ponerse de pie y hacia la roca que bloqueaba el paso. No podía ver, y golpeó la piedra con el hombro, un empujón fuerte que debería haber hecho rebotar a Torny, tirarla al suelo, magullando tanto sus huesos como su ego. En cambio, el impacto se sintió como golpear un suave colchón de paja. Líneas brillantes blanco-doradas se extendieron desde el punto, lo que Torny pensó que era magia antes de que se apagaran, revelándose como chispas disparadas mientras la roca se partía.

Aún sin llegar al otro lado, los skars continuaron empujando, moviendo los pies de Torny por el suelo, a través de la roca destrozada y hacia el resplandor de la antorcha de Bliss, el trío de Renovadores de vuelta cerca de la salida de la cámara, tratando de derretir las rocas que bloqueaban su camino. Todos se giraron en medio de los escombros que se desmoronaban, con variaciones de asombro y alegría en sus rostros mientras Torny se desplomaba en la habitación.

Nuevamente, los skars atraparon a la bandida, captando su deseo de abandonar la cámara y mordiéndolo, aferrándose a él. El suelo lleno de rocas atrapó la caída de Torny y la levantó de nuevo, haciendo rodar sus pies hacia adelante mientras la bandida maldecía y les decía a los otros tres que se apartaran. Las gemas, la piedra dorada se enrollaron detrás de ella, una capa de piedra siguiendo a

Torny y envolviéndola mientras chocaba con los escombros que bloqueaban el túnel.

Al igual que con la roca, líneas brillantes crepitaron a través del impacto, haciendo volar el bloqueo túnel abajo. Los skars, presentados con una apertura, susurraron una pregunta indistinta, una que Torny supo cómo responder: sacarla a ella y a sus amigos de allí.

Los skars accedieron, Wax y Eujo unieron sus gritos al de Torny mientras las piedras los llevaban túnel abajo, ondulando la tierra para moverlos en una cascada rodante. Donde el túnel resultaba demasiado estrecho, donde se presentaba un golpe rápido contra la roca dura, los skars rugían en la mente de Torny y apartaban el problema, lo derretían, lo remodelaban en una suave ondulación que impulsaba al grupo a lo largo de su camino.

Las piedras tomaron el abismo como un pequeño contratiempo, empujando el final del túnel hacia adelante, la roca misma creciendo como mala hierba en un puente que lo atravesaba. Un movimiento espectacular, uno para el que Torny tomó prestado el hábito de Wax de gritar de emoción mientras volaban hacia el otro lado. Su desenfreno hizo caer las cuerdas doradas restantes en una lluvia resplandeciente, a la que se unieron más piedras de arriba, grandes y pequeñas.

La más mínima duda arañó a Torny mientras volaba hacia el túnel al otro lado del abismo. La montaña seguía retumbando, temblando y sacudiéndose. Las grietas seguían su avance. Esos colmillos de roca de arriba seguían cayendo.

¿Cuánto podría soportar el Tajo y seguir en pie?

Pero la montaña no se les vino encima. Los skars escupieron al cuarteto por la salida del túnel hacia el camino por el que habían subido horas antes. Corriendo delante de ellos, más abajo hacia el puesto de avanzada, estaban los guardias que habían sido su escolta. Huir de una montaña temblorosa parecía prudente, pero Torny no pudo resistir una sonrisa cuando las rocas la dejaron en la entrada de la montaña.

—¿Qué tal, eh? —dijo Torny, dirigiendo esa misma sonrisa a sus amigos, los tres con aspecto de estar un poco mareados y muy confundidos—. Nunca digáis que no puedo sacarnos de cualquier apuro.

—¿Cómo? —croó Eujo mientras se arrodillaba en el suelo, respirando con dificultad—. ¿Qué has hecho?

—¿Nunca te has dado cuenta de que estos bebés pueden trabajar juntos? —Torny levantó los skars, ahora divididos en pares entre sus manos derecha e izquierda. Sus susurros casi la hicieron estremecerse, pero podía manejarlo. Como cualquier conversación que quisiera ignorar—. No sé por qué no agarraste un puñado en cada lugar. Seríamos...

—Los Najahn te matarán —dijo Eujo, negando con la cabeza—. No estás con ellos y no eres una Renovación. Esa es la ley.

—Bueno, claro. Si se lo decimos.

Torny esperaba ayuda de Wax y Bliss, pero ambos Vis solo la miraron con nerviosa duda.

—Oh, vamos. —Torny agitó sus manos. El poder era obvio—. ¿No veis cuánto más fácil sería todo esto? ¡Mira lo que acabamos de hacer!

Los skars saltaron ante sus palabras. Su susurro se precipitó, inundando a Torny con el impulso de mostrar su poder, su energía, lo que los fragmentos de Whent podían hacer. La bandida intentó resistirse, intentó decirles a las piedras que se callaran, pero como una roca rodando colina abajo, los skars no pudieron frenar.

La montaña, aún retumbando, se sacudió con más fuerza. La nieve a los pies de Torny se removió. El hielo se agrietó. La bandida tragó saliva.

—¿Qué está pasando? —preguntó Eujo, volviéndose con los demás para mirar hacia el Tajo Dorado, hacia el hielo y la nieve que caían de su cima, con las rocas no muy lejos.

«Es hora de irse», señaló Bliss.

—De acuerdo. —Wax puso sus palabras en acción, tirando de la mano de Bliss y corriendo por el sendero.

Eujo los siguió, dio un paso antes de notar que Torny no los seguía.

—¿Vienes, ladrona? —preguntó Eujo.

Los skars... no la dejarían. Le mostrarían a Torny, si esperaba justo aquí, todo el poder que tenían. Cuatro skars, juntos, trabajando al unísono, podían derrumbar esta ladera de la montaña, enterrarlo todo, y llevar a Torny a la libertad. Imparable, increíble, todo el poder de Whent en la punta de sus dedos.

Silencio absoluto. Torny se sobresaltó, sus propios pensamientos solos en su cabeza. Miró sus manos, encontró sus dedos libres. Eujo, frente a ella, agarrando las muñecas de Torny. Ira y comprensión en los ojos de la Reina.

—No son herramientas —dijo Eujo—. No están destinados para ti. Vete, ahora.

Por un brevísimo segundo, Torny buscó los skars, enterrados al instante bajo los montones de nieve. Entonces Eujo la empujó, y la bandida, con los pies haciendo la misma vieja magia de siempre, encontró sus pasos en el camino helado. Las dos corrieron, y detrás de ellas, la montaña tembló. La nieve retumbó.

—Vale, quizás tengas razón —dijo Torny mientras ella y

Eujo se agarraban una a la otra en el descenso, empujones y tirones para mantenerse en movimiento, de pie—. Pero estaríamos muertas si no hubiera conseguido esos skars.

—¡No te equivocas! —gritó Eujo por encima del retumbar creciente—. ¡Pero puede que muramos de todos modos!

Torny habría mirado hacia atrás, pero no necesitaba hacerlo. El suelo tembloroso daba una terrible respuesta, y el terror en el rostro de Wax, justo delante, lo confirmaba: los skars tenían razón, las piedras podían derribar una montaña.

Y ahora no tenían forma de escapar de ella.

49
A LOS TÚNELES

Sawi observaba, sintiendo cómo la sensibilidad volvía poco a poco a sus extremidades, mientras Ami y Quik envolvían el pequeño cuerpo de Masayo en las túnicas del Tenet. Quik le quitó un collar del cuerpo, con varios skars brillando, y lo metió en su bolsa. Prueba, dijo, de que había muerto. Ami y Quik descendieron al pueblo, hacia la gran hoguera que los habitantes habían iniciado con su skar Foti, y arrojaron el cuerpo dentro. Qué acuerdos se hicieron, qué promesas se susurraron allá abajo, Sawi no lo sabía.

Y no le importaba.

Por segunda vez en muy pocos meses, la habían disparado con un dardo envenenado. Había estado al borde de la muerte, había pasado más días preguntándose si la persona a su lado podría clavarle un cuchillo entre las costillas, de los que Sawi jamás hubiera imaginado posible. La aventura, lo que Gladdring prometió, resultó ser una ansiedad constante, sospecha, amenaza. Quizás Wax lo había vivido diferente, en su viaje a través de las islas, pero desde aquí, desde aquí todo lo que Sawi veía eran razones para volver a casa y olvidar que algo de esto hubiera ocurrido jamás.

Recoger fruta bajo el sol sonaba bastante perfecto en ese momento, mientras estaba sentada rodeada de bolsas, con el cabello salpicado de sal ondeando al viento.

Quik y Ami regresaron con semblante sombrío. Ambos tenían heridas, aparentemente no graves. Ambos tenían ideas sobre qué hacer a continuación, alineadas de manera terrible.

—¿No venís conmigo? —preguntó Sawi mientras el trío se encontraba ante la boca dentada de una cueva, una que, según decían los habitantes del pueblo, conduciría a los interminables túneles bajo las islas—. ¿Por qué?

Quik, por su parte, parecía tan agotado como se sentía Sawi. Su habitual porte fuerte, hombros erguidos y rostro orgulloso se marchitaban bajo el maltratado cuero najahn. Los guanteletes, salpicados de sangre, colgaban de su cintura como las garras asesinas de una bestia. Las manos de Quik permanecían escondidas en los pliegues, como si no supiera qué hacer con ellas. Un hombre atrapado entre sueños.

Como Pan. Todas aquellas veces presionado para ser algo más que un recolector.

—Le hice una promesa a Wax —dijo Quik, apenas fortalecido por el juramento—. Las Islas son peligrosas, y necesita ayuda.

—¿Y crees que los Najahn, estos Najahn, le darán alguna?

Ami, ocupada llenando sus bolsas con algunas cosas tomadas del propio equipaje de Masayo, resopló. Sawi asintió en su dirección.

—No hay otra alternativa —continuó Quik—. Necesitan que una Renovación tenga éxito. Nosotros también la necesitamos. Y necesitamos que sea Wax.

—¿Por qué? ¿Por qué no puede simplemente renunciar y volver a casa?

—No lo hará, Sawi. Hubo un momento en que pensé que podría, después de Rana. La Reina Kance lo convenció.

Los detalles que Sawi había escuchado de segunda mano, transmitidos por Ami y Annalyse durante los días que mantuvieron a Quik en la jaula, en la arena, mientras Sawi impulsaba la pequeña rebelión de Gladdring. El angustioso viaje de Wax, su casi muerte en el mar y en el Remolino. Debería haberse rendido en la Ciudad Anillada. Haber tomado un barco de vuelta a Vis. Como Annalyse.

Una escapada que Sawi habría aprovechado, de haber tenido la oportunidad.

—Debería haber ido con él —dijo Sawi, apartando la mirada mientras lo decía, como si las olas pudieran aliviar tanto la culpa por las palabras como la verdad no dicha de que, ahora, quería cualquier cosa menos eso.

—No mires atrás —Quik señaló la cueva con la cabeza —. Necesitarás toda tu concentración en eso.

—Tiene razón —intervino Ami, entrando en la conversación, con su mochila y bolsas puestas, sosteniendo las de Sawi hacia ella. La placa facial de la Guardiana nuevamente sostenía skars de Vis—. Es hora de movernos, para poder avanzar algo antes del anochecer.

Sawi frunció el ceño.

—¿Qué importa la noche ahí dentro? Estará oscuro todo el tiempo.

—El agotamiento, entonces. Cuanto antes nos alejemos de esta isla, mejor.

—Tiene razón —añadió Quik—. Es hora. Me tomará un

par de días volver. Después de eso, no sé qué harán los Najahn.

—De un peligro a otro. Despídete, Sawi. Vámonos.

La Guardiana les dio espacio, moviéndose hacia la boca de la cueva y encendiendo una antorcha improvisada. Tela rasgada de la túnica de Masayo empapada en aceites de pescado del pueblo, envuelta alrededor de una vara de madera. Les duraría el primer tramo, después del cual, según Ami, encontrarían musgos o caminarían solo guiados por el tacto.

—No mueras ahí abajo —dijo Quik primero—. No sería agradable desperdiciar todo mi esfuerzo.

—¿Todo tu esfuerzo?

Quik sonrió.

—No te vi hacer nada. Solo estabas ahí tumbada.

—Yo estaba... —Sawi suspiró, frunció el ceño, pero lo dejó desvanecerse en una sonrisa—. Lo siento, Quik. Siento no haber hecho nada cuando te vi. Me sorprendí, y Gladdring me dijo que me mantuviera alejada.

—Parece que debería tener una charla con ese Gladdring —Quik hizo sonar sus guanteletes.

—Fassle va a ahorcarlo, si no lo ha hecho ya —Sawi se echó la bolsa al hombro—. Estábamos en el camino correcto, Quik. ¿Lo sabes? Los skars son nuestra única oportunidad.

—No es algo de lo que debas preocuparte. Vuelve a casa con vida —Quik comenzó a alejarse, luego se detuvo, inclinó la cabeza—. ¿De verdad crees eso, que los skars lo son todo?

—¿Tú no?

Quik asintió, sus ojos parecían desenfocados. Ideas bullendo.

—Entonces, cuando vuelvas a Vis, encuentra a Annalyse. Ayúdala. Lo necesitará.

Recoger fruta. Ver el sol salir sobre su amada jungla. Columpiarse en lianas. Esperanzas enturbiadas en el momento, mientras Sawi sentía los hilos de la aventura atrapándola de nuevo, arrastrándola de vuelta.

—Nunca termina, ¿verdad? —dijo Sawi, suavemente, contra el distante romper de las olas.

—Ya no, no para nosotros.

La antorcha, en efecto, resistió durante las primeras dos horas, aunque al final era más un resplandor vacilante que una llama brillante. En ese tiempo, su cueva pasó de ser un lugar muy transitado y saqueado a uno retorcido y errático, con el suelo alternando entre piedra polvorienta y pendientes empapadas y resbaladizas con riachuelos cercanos. Sawi y Ami pasaron por grandes cámaras, escogiendo caminos casi al azar, con la Guardiana y la Vis combinando sus instintos para apuntar en una dirección particular: el sur.

Vis se convirtió en su objetivo, aunque Sawi no le preguntó a Ami sus razones para elegir la isla de la jungla y la Guardiana no las mencionó. El silencio, salvo en las intersecciones, se convirtió en el rasgo definitorio de su marcha, y Sawi no intentó romperlo. Tenía pensamientos de sobra, repasando las últimas semanas, con la poca concentración que le quedaba enfocada en mantener sus pies plantados uno tras otro. Encontraron musgos, algunos de brillantes azules y morados. Las alforjas se convirtieron en portadores de las plantas, y sus botas también, preguntándose Sawi si eventualmente se cubrirían por completo con esa materia.

Pescado seco y escasas verduras de raíz componían sus comidas, complementadas con los pocos hongos que encontraban entre las rocas. Los hongos podían ser venenosos, pero Ami le dio a Sawi un skar de Vis para sostener después de comer estas cosas, y sus susurros calmaban cualquier malestar que afectara sus estómagos.

Caminaron, y caminaron, y caminaron, hasta que llegaron, guiadas por el suave aura del musgo, a una pequeña bifurcación. Una sola entrada a una habitación redondeada, lo suficientemente grande para el par y su equipo. Marcas de garras y huesos dispersos indicaban que algún demonio u otra criatura había hecho su hogar allí, pero el polvo y las telarañas sugerían que ese hogar había sido abandonado hacía mucho tiempo.

—Nos detendremos aquí por la noche —anunció Ami, una decisión unilateral, como tantas otras con ella.

Una responsabilidad que Sawi estaba feliz de abdicar, por ahora.

—¿Cuánto crees que hemos avanzado? —preguntó Sawi una vez que se habían despojado de sus cargas y habían compartido otra pequeña comida, el pescado correoso tan apetecible como la tierra, pero al menos quitaba el borde de su apetito.

—Sawi, las islas tardan días en navegarse entre ellas. A nuestro ritmo, tendremos suerte si estamos bajo Vis en una semana. Y eso solo si vamos en la dirección correcta todo el tiempo.

—Espera, ¿nuestra comida no durará tanto?

Bajo la luz púrpura del musgo, la placa dorada de Ami adquirió un aspecto etéreo, el resplandor rosado de Sichi golpeando la ensenada de Kitaye. Una mejor vista que la sonrisa torcida de la Guardiana.

—Encontraremos más —dijo Ami—. Y lo que no podamos forrajear, lo cazaremos.

—¿Cazar? ¿Te refieres a los demonios?

Ami golpeó ligeramente el arpón en la piedra a su lado.

—Los monstruos están hechos de carne, igual que tú y yo. Si vamos a sobrevivir a esto, Sawi, tendremos que ser peores que ellos. Haremos que los demonios teman nuestros pasos, nuestras armas, nuestro olor. Ellos creen que este es su hogar. Lo haremos nuestro.

Una Sawi más joven, una más acostumbrada a sentarse en Sanas y mirar puestas de sol, podría haber sentido un escalofrío ante las palabras de Ami. Podría haberse acurrucado o desviado la mirada, soltado una negación o incluso reído. En cambio, la Vis sostuvo la mirada de la Guardiana y la devolvió, sucia, cansada y, para aquellas criaturas que acechaban en la Oscuridad de Abajo, mortal.

50
VIDA INTERMINABLE

Desde el principio, cualquier niño de Las Siete Islas se daba cuenta de que su hogar no era normal. Es decir, las cosas no siempre tenían sentido. La mayoría de los días, las rocas rodaban colina abajo como debían, pero de vez en cuando, alguien pasaba y esas piedras volvían a subir. Las aves podían volar y los ferrites caminar, pero ocasionalmente un demonio no más liviano que esos lagartos se elevaba por los aires. La madre de Svarde siempre culpaba a los dioses por estas rupturas de la normalidad.

—Error divino —solía murmurar.

Svarde escuchó su voz mientras tocaba la enorme empuñadura de la gran espada, cuya longitud se extendía por todo el antebrazo del bárbaro. Las palabras de su madre siguieron una repentina expansión, como si Svarde tuviera las yemas de los dedos recorriendo toda la cámara, asomándose aquí y allá, esperando su orden temblorosa. Una que solo podía dar porque la muerte aún no lo había reclamado.

El agarre de Noctia se detuvo. No la sangre que fluía de

sus heridas, los dolores en sus huesos o el traqueteo en sus pulmones mientras Svarde se incorporaba, arrastrando la espada por las piedras. Todo el dolor permanecía, pero parecía incapaz de detenerlo, de impedir que Svarde se moviera, actuara, luchara.

Las maravillas de la hoja quedaron empañadas por el gran demonio frente a él, cuyo calor emanaba de su forma masiva mientras apartaba la frenética defensa de Maena. La cimitarra podrida no representaba peligro para el monstruo, cuyos flagelos apartaban las espadas de la capitana Rana y la obligaban a retroceder en una carrera desesperada. Ella miró a Svarde, mezclando preocupación y curiosidad en la dorada luz del calor. Kivi, la leal lagartija de roca, se arrastró para ocupar el lugar de Maena, menos una amenaza para el demonio y más una mota a punto de ser extinguida.

—Atrás —dijo Svarde, su voz apenas la suya, un sonido desgarrado y destrozado más propio de un anciano que del hombre que ahora estaba de pie, empuñando la espada del Rey Muerto con ambas manos—. Apártate, Kivi.

La ferrite, lanzando una mirada inquisitiva con sus ojos de zafiro, solo obedeció cuando vio al bárbaro de pie como tantas veces antes. Rostro duro, cuerpo golpeado pero erguido, una furia silenciosa en cada músculo tenso. Un hombre que, a juzgar por el charco sangriento a sus pies y las líneas rojas que recorrían su piel, debería estar muerto, pero que parecía demasiado vivo para flaquear, para fracasar.

Y sin embargo, a pesar de su desafío, Svarde no marchó hacia el gran demonio. En su lugar, persiguió esas yemas de los dedos, esos pequeños destellos en su conciencia. Algunos se desvanecieron incluso mientras Svarde los encontraba, esos pinchazos más cercanos a los otros demonios, y al hacer la conexión, descubrió la causa: esos muertos andantes, los luchadores inmortales, eso era lo que sentía y a quienes podía comandar.

Al menos, a los que quedaban.

Una retirada. Svarde la ordenó sin palabras, solo una impresión, incluso mientras decía lo mismo a Maena y Kivi. Corran de vuelta a la ciudad. Cierren las puertas. Esperen refuerzos.

—¿Estás seguro, Svarde? —gritó Maena, aunque su voz indicaba que ya había empezado a correr.

—Solo vayan.

El demonio, con cuatro brazos, los dos inferiores empuñando esos flagelos, cerró la distancia con Svarde en una sola zancada. No hubo reverencia, ni chispa, ni palabras. Solo un golpe, volando desde la izquierda, la cadena silbando a través de la oscuridad sofocante de la cámara. Svarde movió la gran espada, con los pies listos para resistir el peso de una montaña, y detuvo el golpe. El flagelo se envolvió alrededor del metal, la cabeza con garras lanzando chispas al chocar con la antigua hoja. La fuerza movió a Svarde hacia la derecha, sus pies deslizándose, pero manteniéndose firmes.

Así que se afianzó y balanceó.

La hoja, arrastrando consigo el flagelo atrapado, cruzó el cuerpo de Svarde, alineando la cadena del arma con el segundo golpe del demonio. Un flagelo golpeó al otro, chocando y cortando los duros eslabones de metal. El fuego del monstruo ardió en azul y blanco brillante, olas de calor ondulando, y el demonio tiró de sus armas hacia atrás, una regresando entera, la otra con solo media cadena.

Svarde barrió la gran hoja hacia abajo, dejando que el flagelo se deslizara. A su alrededor, dando un amplio margen al conflicto, iban los cuerpos restantes, arrastrándose por la cámara lateral. Persiguiéndolos con pasos lentos, con los flagelos haciendo ocasionales golpes a las víctimas más lentas, venían los otros demonios. Todos ignoraban el duelo en el lado derecho de la cámara, todos les daban espacio.

Porque, supuso Svarde, todos adivinaban el resultado.

El bárbaro no luchaba con espadas. Eran armas Kance y Rana. Los luchadores Foti preferían hachas y martillos, a menos que, como Ami, algún destino te diera una hoja demasiado buena para ignorar. Para él, la gran espada parecía inestable en su agarre, demasiado pesada para una estocada, demasiado incómoda para levantarla sobre la cabeza en un golpe mortal.

Sus primeros momentos maravillosos se nublaron en un presente confuso mientras el gran demonio ponía a girar su flagelo restante, planeando otro ataque. ¿Cómo usaba el Rey Muerto esta cosa?

Hasta que Svarde encontrara su equilibrio, se conformaría con permanecer... ¿vivo?

Entero. Se conformaría con estar entero.

El demonio lanzó otro ataque. Svarde intentó cortar hacia adelante, por debajo del golpe, y encontró que su paso se ralentizaba ante el intenso calor al acercarse al demonio. Inmortal o no, el fuego aún dolía, y la vacilación le costó a Svarde, el flagelo golpeando el hombro del bárbaro y derribándolo al suelo. Las garras se clavaron en sus ropas de ceniza, en la piel debajo, y se desgarraron cuando el demonio retiró su arma.

Un dolor que debería haber dejado a Svarde inconsciente, muerto, incapaz de pensar. Su brazo derecho, probablemente colgando de huesos rotos y músculos destrozados, sin embargo, mantuvo su agarre, se movió cuando Svarde se lo ordenó. Plantando la empuñadura de la gran hoja en la tierra, Svarde presionó con ambas manos, se levantó sobre pies firmes. Esas marcas negras a lo largo de la hoja brillaron, absorbiendo la luz abrasadora del demonio.

El regalo de Noctia, manteniendo a Svarde con vida. Permitiéndole luchar por su isla.

Bueno, mejor que se pusiera a luchar entonces.

Lanzando un desafío Foti, Svarde levantó la hoja hasta su hombro destrozado, por encima de él mientras cargaba contra el gran demonio, cuyo cráneo de obsidiana chispeaba con fuego confuso. El mayal del monstruo se sacudió, una defensa tardía mientras un enemigo ya destruido avanzaba de nuevo. Svarde blandió la espada, venció la lenta respuesta del demonio y rajó la pierna izquierda del monstruo. Escamas blancas y duras se formaron a lo largo del corte, un contacto acuoso sin el hueso y cartílago que Svarde habría esperado. Perdió el equilibrio, el swing llevando a Svarde hacia su derecha, casi hasta la pared de la cámara, mientras el demonio se hundía sobre una rodilla.

El monstruo pareció darse cuenta de su predicamento mientras Svarde se estabilizaba, encontrando la fuerza para sostener la espada como una lanza. Svarde cargó, el demonio hizo restallar su mayal restante como un látigo, enviando la mano con garras disparada hacia su enemigo. Svarde se desvió a la derecha, colocándose detrás del brazo del demonio, el mayal pasando sin hacer contacto. Ahora, una carrera en línea recta hacia un golpe fatal.

A través del calor abrasador, la cámara llenándose de demonios, más construcciones con ruedas. Sus amigos desaparecidos, pero aún era posible una victoria. Svarde se aseguraría de lograrlo.

La punta se acercó, los pies ardientes de Svarde despegándose del suelo, hasta que algo golpeó su talón trasero, enviando al guerrero al suelo, Svarde concentrándose solo en mantener agarrada esa espada, su única oportunidad.

El mayal. Svarde lo vio mientras caía al suelo, rodando una vez. El demonio lo había hecho retroceder, su extremo con garras logrando un golpe rasante. Suficiente. El monstruo, cojeando, en cuclillas, retrajo su arma y se inclinó sobre Svarde. Las brasas ardían a lo largo del cráneo de obsidiana, todo lo demás era un rugiente naranja y dorado. El fuego abrumaba, consumía.

Todo salvo uno de esos puntos diminutos, una punta de dedo, cerca. Fuerte. Inamovible. Svarde lo alcanzó, pidiendo, gritando, suplicando ayuda, alguna esperanza antes del final.

Un espasmo.

El brazo inferior derecho del demonio se dobló, puso su mano ardiente sobre la de Svarde, las que sostenían con fuerza la espada. Otro movimiento, otro acto que debería haber llevado a Svarde lejos al reino de Noctia, y uno que una vez más se mantenía distante. El cráneo de obsidiana descendió, inclinándose mientras se acercaba al cuerpo roto de Svarde.

¿Qué estaba diciendo? ¿Era una burla victoriosa, en esas chispas? ¿Un final respetuoso a una batalla bien librada? ¿O simplemente una pregunta gritada a través de luces zafiro?

Svarde no obtuvo una respuesta, porque los trazos del demonio explotaron, sus patrones desintegrándose mientras el gran monstruo caía. La presión del demonio sobre sus manos se relajó, el gigantesco fuego se convirtió en cenizas blancas y grises. Cayendo a un lado, revelando el extremo con garras del mayal roto clavado en la parte posterior de su cabeza enfriándose. El asesino, el espasmo, de pie detrás de él, vestido con una armadura de hierro destrozada.

Venganza, aunque desde más allá de la tumba.

El Rey Muerto se inclinó, extrajo la cabeza con garras del mayal mientras los demonios de la cámara se daban cuenta de que algo había salido mal. El colectivo se volvió, casi como uno solo, hacia el espacio oscuro a la derecha de la cámara, donde el aire no era tan sofocante, donde la luz del fuego no brillaba con tanta intensidad. Vieron a un hombre que debería haber muerto cien veces, de pie con una espada firmemente sujeta en ambas manos. Y un segundo, uno al que habían visto caer, tomando las armas del cadáver ceniciento de su líder.

Si esas realidades quebraron sus espíritus, los demonios no lo demostraron. Chispas blanco-doradas corrieron a través de sus cráneos de obsidiana, las construcciones giraron sus boquillas, y Svarde se preguntó cuánto daño podría soportar antes de que incluso la espada no pudiera salvarlo. Una prueba que preferiría no fallar.

—Al túnel —dijo Svarde, o quizás lo imaginó. Difícil de decir.

El Rey Muerto, sin embargo, actuó siguiendo la orden, lanzando la cabeza rota del mayal al demonio que estaba en su camino. Al mismo tiempo, el antiguo caballero blandió el mayal intacto del gran demonio, iniciando un avance giratorio. Su objetivo atrapó la garra lanzada con su brazo superior más pequeño y la apartó de un golpe. Se preparó con su propio mayal en respuesta.

Solo para que el sonido de un cuerno resonara por toda la cámara. Fuerte, brillante, un aullido invernal. En el instante siguiente a su anuncio, los varios demonios en el extremo opuesto de la cámara, frente a la entrada de los demonios, se apartaron bruscamente. Uno cayó, con varios grandes pernos de hierro sobresaliendo de su espalda. Los twangs de las ballestas llenaron el aire, los virotes zumbando al entrar. Aparecieron manchas blancas donde los proyectiles alcanzaron sus objetivos, los demonios girando, tropezando, chispeando.

Svarde y el Rey Muerto aprovecharon la oportunidad. Se abrieron paso entre las construcciones, dejando a los demonios más vulnerables a los demasiados arqueros de Jochi. El par casi invencible se abrió paso a través de uno tras otro. La batalla dio un giro, los demonios abandonaron sus máquinas y corrieron de vuelta al túnel en pendiente, bajando por su oscuridad, y dejando, demasiado pronto, una cámara carbonizada en silencio.

—Deberías estar muerto —dijo Jochi después, el señor de la guerra de pie, sudando en sus pieles frente a Svarde y el Rey Muerto—. No sé quién es este, pero también parece que debería estar muerto.

—Una larga historia —respondió Svarde—. Pero contigo aquí, creo que tendremos tiempo para contarla.

—Esos demonios. Volverán, ¿verdad?

—Si les damos tiempo.

Jochi asintió.

—Tendrán un poco. Olgata regresó, y corrimos. El resto de mi fuerza está muy atrás, demasiado lejos para hacer un avance ahora. Y si nuestra corazonada es correcta, este es solo un lote de los bastardos. Fortificaremos, luego avanzaremos. Juntos, Svarde, acabaremos con esto. Con todo.

Con el peso de la espada en sus manos, Svarde lo creyó.

51
EL PRECIO DEL PODER

Bliss tuvo que abofetear a Wax, un golpe de pánico, para romper el trance del Vis que miraba boquiabierto la montaña que se les venía encima. La Grieta Dorada de Whent se vaciaba, su piedra y nieve rodando por la ladera hacia su pequeño grupo como una ola ondulante. La pluma brillante se elevó hacia el sol de la tarde, mezclándose con el cielo amarillo mientras masas más oscuras y turbulentas descendían.

—No podemos correr —murmuró Wax, dando pasos hacia atrás mientras Bliss tiraba de él.

Unos pasos más arriba en la montaña, Eujo y Torny corrían a medias, caían a medias tras los dos Vis. Con los brazos extendidos y las piernas torpes, erraban los escalones de piedra en un descenso tambaleante. No lograrían escapar de la avalancha, ¿era esa la palabra que gritó Torny? Ninguno de ellos lo lograría.

Los skars también lo sabían. Susurraban sugerencias en los oídos de Wax, impulsos sin palabras para derretir el mundo desde la piedra Foti. El skar Rana parecía confundido, tratando de decidir si podría usar la nieve para algo. El skar Vis hacía lo suyo, murmurando sobre los diversos rasguños y arañazos de Wax bajo su grueso abrigo.

Solo el skar Whent ofreció una idea, una que hizo que Wax respondiera al tirón de Bliss, arrastrándola hacia abajo para arrodillarse junto a él.

—Atrápales —dijo Wax, plantando una mano enguantada en el escalón de piedra frente a él.

Bliss, sagaz como siempre, se lanzó y agarró el brazo de Torny cuando la bandida pasó. Tiró de la esbelta ladrona hacia ellos. Eujo resbaló con el movimiento, cayendo a un lado y rebotando en el duro camino. Wax apartó su atención de sus amigos: ellos se las arreglarían. Él tenía que lidiar con el desastre.

Como el roce de una ondulación al meter la mano en un arroyo, el skar Whent permitió a Wax sentir la fría roca bajo su palma. Una corriente, sí, pero una que podía dirigir con un pequeño empujón, una ligera presión contra la corriente de la roca. Tembló bajo él, el rugido se acercaba. Torny también gritaba, chillando a Bliss, a Eujo, a Wax.

Ignórala.

Wax alzó la mirada. La masa gris tronaba hacia abajo. No había escapatoria, solo resistencia. Y eso, el skar Whent podía proporcionarlo. Wax presionó con las yemas de los dedos, luego arqueó la palma, como si fuera a recoger la piedra como una bola de nieve o un pegote de arena fangosa. La roca se estremeció ante él, las piedras agrietándose en el borde de la influencia del skar. Wax, mientras el skar rugía en su mente, tiró más hacia arriba. Esta vez el granito, la dura roca gris oscura, respondió con una sacudida. Las rodillas de Wax rebotaron cuando, ante él, el camino estalló hacia arriba en una gruesa cuña puntiaguda que apuntaba hacia la avalancha que se acercaba.

La Renovación guiaba la roca, confiando en el skar y en

la sensación ondulante. Un movimiento hacia la izquierda extendió la cuña en esa dirección, una ondulación dentada que se elevaba por la pendiente helada. A la derecha ocurrió lo mismo, la nieve rompiéndose en trozos mientras su hogar estable se quebraba hacia el cielo. Un refugio repentino e improvisado, en el que Wax se encontró apretujado junto a sus tres amigos.

Nadie dijo una palabra, ni siquiera Torny, mientras la avalancha obliteraba cualquier otro sonido. El mundo se sacudió. El cielo desapareció cuando un torrente gris plateado rompió sobre su muro. Los lados más cortos de la cuña desaparecieron, se rompieron y se unieron a la cabalgata. Las botas de Wax, un pelo más bajas que su cuerpo pegado a la barrera, se hundieron en más nieve de la que el Vis había visto jamás. Pero podía respirar, podía ver, y la avalancha no estaba interesada en quedarse.

Pasaron unos segundos y el cielo reapareció, el ruido se calmó, y el caos continuó abajo, dejando una mezcla aplanada de hielo, piedra y nieve a su paso. Una llanura moteada, que llegaba hasta el puesto avanzado.

—Va a quedar aplastado —dijo Eujo mientras esperaban, observaban, recuperaban el aliento.

—Quizás no —ofreció Torny—. Esas grandes empalizadas, ya sabes, pueden...

Las excusas de la bandida se marchitaron mientras las pronunciaba, pero las ofrecía de todos modos. Intentando evadir los demonios que la esperaban, los que Wax veía cada vez que alcanzaba los skars, su poder desatado.

—Está bien —dijo Wax cuando Torny se sumió en un silencio conmocionado, el pueblo Najahn temblando, pequeños puntos corriendo, mientras la avalancha chocaba contra su extensión—. No lo sabías. No es tu culpa.

Torny bajó la cabeza, miró al suelo. Por encima de su

espalda, Eujo encontró los ojos de Wax, la mirada gélida de la Reina tan descongelada como Wax la había visto jamás. No hacía ni días, Eujo podría haber tachado las acciones de Torny de imprudentes, mortales, incluso monstruosas. Ahora pasó un brazo por los hombros de la bandida, atrayéndola hacia un abrazo.

—Nos salvaste —ofreció Eujo—. Salvaste nuestras vidas, Torny. Uno de nosotros será el Aegis, gracias a ti.

—Pero...

—Cuando aceptas la responsabilidad de una Reina —continuó Eujo, pisoteando las palabras de la bandida—, llegas a entender que hay escalas para todo. Pesas una vida contra otra, por terrible que suene, porque no tienes elección. Las Islas contra un puesto avanzado. Tomaste la decisión correcta.

—Y ni siquiera lo sabías —añadió Wax, sumando su brazo también—. No es tu culpa. Lo diré una y otra vez.

Un crujido delante. Bliss, levantándose de su refugio y dando los primeros pasos sobre la nieve. Miró hacia atrás al cuarteto, asintió hacia el desastre.

"Vamos. Puede que haya supervivientes".

Bliss, siempre con el enfoque correcto.

Encontraron vida. Lo que podría haber sido un horror resultó ser solo terrible, con menos de una docena de muertos cuando la avalancha se detuvo cerca del fondo del valle. Los edificios fueron desplazados, las murallas destruidas, pero los Najahn tuvieron tiempo de correr, de prepararse. Torny empezó a decir que ayudaría a enterrar a cada persona perdida, pero Eujo la apartó, dándole una forma más cuidadosa de aliviar su culpa.

Las avalanchas en Whent, en las montañas, eran cosas terribles y naturales. La bandida no la causó. Fueron temblores aleatorios.

Wax no escuchó esa conversación; había estado ocupado desenterrando suministros, buscando más almas atrapadas bajo la nieve, pero Bliss se lo repitió después. Se acurrucaron alrededor de una fogata, una de las varias dentro de los refugios improvisados erigidos con madera viable. Mientras hacía señas, Bliss frunció aún más el ceño, las valientes líneas de su hermana hundiéndose en un pensamiento serio. Wax, ahora comiendo unas patatas escarchadas, meditó las palabras.

—Inteligente —dijo finalmente—. No sabemos lo que la gente haría.

—Están confundidos —respondió Bliss con señas—. Los oyes. La Grieta Dorada no hace esto. Las avalanchas no vienen por aquí. Nunca sabrán por qué murieron sus amigos.

Eujo y Torny se habían marchado pisando fuerte para buscar la muy necesaria cerveza —los barriles, guardados a salvo en los sótanos, habían sobrevivido—, pero Wax recurrió a las señas de todos modos, mientras varios Najahn ocupaban otros lugares alrededor del fuego.

—Si Torny admitiera haber usado todos esos skars, ¿qué pasaría? —preguntó Wax con señas—. La llamarían asesina y la matarían ahora mismo.

—No sabes eso.

—Deberíamos. ¿Cómo trataron a los bandidos en Foti?

Con flechas y voulges. Sin juicios, sin debate considerado.

Bliss volvió a mirar el fuego, los bordes humeantes mientras el calor libraba su guerra contra la nieve. Su mano izquierda hizo señas, lentamente.

—Me preocupa que nos estemos perdiendo, Wax. Nos estamos convirtiendo en asesinos, y lo estamos excusando.

—Tenemos que seguir adelante. Alguien tiene que convertirse en el próximo Aegis.

—¿Tú?

—Eujo. —Aunque al hacer señas con el nombre de la Reina, Wax hizo una mueca—. O yo. Alguien.

—Entonces prométemelo, Wax. Prométeme que no seguiremos haciendo esto. Si tenemos que luchar contra demonios, que así sea. Pero vine contigo porque íbamos a ayudar a las islas. No a destruirlas.

El sí salió fácilmente, porque Wax no tenía otra opción. No podía perder a Bliss. Necesitaba su bastón, sus habilidades. Al igual que, sin importar cuánto caos causara, también necesitaban a Torny. Guardianes para guiarlos hasta el final.

Eujo le había enseñado a Wax eso: el Aegis era lo único que importaba. Tendrían éxito, sin importar el costo. Lo que ese precio significaría para él, Wax lo afrontaría más tarde.

Los skars, sus susurros siempre en su mente, sus impulsos bailando en sus huesos, parecían estar de acuerdo.

52
LA NUEVA GUERRA

El poder aborrece el vacío. Una idea que Quik nunca había considerado, hasta que regresó al barrio Najahn con la noticia de la muerte de Masayo. No dijo nada a los guardias de la puerta, nada a los eruditos en las calles, reservando las palabras solo para varios líderes de la Tercera Mano que Quik no conocía, pero que lo agarraron tres pasos dentro del edificio al lado del acantilado del Tenet y comenzaron un interrogatorio.

Sus ojos, codiciosos y brillantes, mostraban que aceptaban las mentiras de Quik con calculado regocijo. Masayo, por lo que se podía entender de sus comentarios murmurados, había estado liderando el Tenet durante demasiado tiempo. Aquí, por fin, había una excusa para deshacerse de sus cuchillos y reemplazarlos con alguien, quizás varios, nuevo.

—Eso, sin embargo, no es asunto tuyo —dijo uno, encapuchado como los otros dos con túnicas púrpura, como si estuvieran de luto por su líder perdida—. Saldrás de esta habitación, no dirás ni una palabra más sobre esto y continuarás con tu entrenamiento.

—¿Mi entrenamiento? —preguntó Quik entre sorbos de agua fresca y bocados de fruta, deleitándose con el calor del fuego crepitante de la habitación. Una vez que el riesgo de un cuchillo en su cuello había desaparecido, los beneficios de la civilización se filtraron a través de su disminuida precaución. Quik había tomado la decisión correcta, de lo contrario estaría en el frío Oscuro de Abajo, vagando perdido con Ami y Sawi—. ¿Qué entrenamiento?

—Tus rotaciones. Las notas de Masayo dicen que mostraste promesa, pero esta fue solo tu primera asignación —la voz del líder era brillante, como un maestro explicando un siguiente paso lógico—. Después de hoy, puedes pasar a la siguiente.

—¿Qué sucede hoy? —Quik también quería preguntar dónde, qué Tenet seguía, pero esos eran detalles que podría averiguar más tarde.

—El Círculo nos dirigirá a todos, y pronto. Consíguete unas túnicas frescas, tal vez toma un baño para quitarte la mugre, luego sigue a todos los demás. —Las miradas pasaron entre el trío antes de posarse de nuevo en Quik—. Promete ser interesante.

Quik hizo lo que sugirieron; el baño, especialmente, era necesario después de noches sobre las rocas, entre agua salada y excrementos de aves. Tomó un cuchillo de afeitar y se quitó la barba incipiente alrededor de las mejillas y el cuello, se ató el cabello hacia atrás. Sin las túnicas, sus tatuajes Vis se mostraban, fuera de lugar en el por lo demás ornamentado mundo Najahn. Tendría que mirarlos más, recordarle a Quik por qué estaba aquí y de dónde venía.

Pero el viento afuera era frío, la vestimenta era la esperada, así que cubrió su cuerpo con el mismo púrpura y negro que todos los demás.

Los líderes de la Tercera Mano al menos tenían razón en una cosa: todos estaban en la plaza principal, una extensión empedrada frente a la torre principal del Círculo. Una estatua de Demion se alzaba en el centro, alta y feroz bajo la luz gris de la mañana. Un escenario de madera oscura se erguía cerca de la torre del Círculo, erigido con un podio plantado para hablar. Sillas se alineaban a ambos lados, dos eruditos encargados de quitar la nieve que soplaba sobre sus asientos.

La atención de Quik, junto con la de la multitud, se desvió hacia la horca. Un conjunto simple, más alto y a la derecha del escenario, sostenía cuatro sogas. Los sujetos de hoy ya esperaban, encapuchados y arrodillados. Detrás de ellos se encontraban tres Najahn con armaduras brillantes, dos con voulges listos y el tercero, con un casco completamente negro que no mostraba rostro, manos enguantadas. Quik nunca había visto un ahorcamiento antes, solo sabía lo que era gracias a los susurros que volaban a su alrededor.

¿Quiénes, sin embargo, estaban ejecutando? ¿Estaba Gladdring arrodillado allí?

Sin amigos a quién preguntar, sin confiar en la multitud que lo rodeaba, Quik se mantuvo en silencio y observó. Se dijo a sí mismo que jugara el juego del cazador y estudiara a las personas que podrían ser sus próximos enemigos, o los aliados tan necesarios de Wax.

Los Najahn no eran muy aficionados a la música, al menos en asuntos oficiales, pero los guardias de servicio alrededor de la plaza comenzaron a golpear sus voulges contra las piedras cuando alguna señal que Quik no captó circuló. Las puertas de la torre del Círculo se abrieron de par en par, haciendo remolinar la nieve a su paso, revelando más guardias. Detrás de ellos, caminando hacia el escenario, venía el Círculo: Fassle a la cabeza, detrás de él los dos adeptos, y después los Tenets. Se acercaron al escenario, tomaron las sillas, y la que Quik esperaba que estuviera vacía ya estaba ocupada, un rostro de hace un par de horas ya sentado en ella.

Más susurros, curiosos, ante la vista. Algunos tocando lo más importante, lo más extraño, la visión que había hecho que Quik se forzara a cerrar la boca, su mente acelerada con preguntas.

Junto a Fassle, con las vestiduras doradas de un Adepto a su alrededor, estaba sentado Gladdring. Impasible, imperioso, silencioso, pero vivo. ¿Cómo? Sawi había dicho que Fassle había asesinado a un Adepto, había declarado la muerte a los potenciales traidores. Sin embargo, Gladdring...

El líder del Círculo se acercó al podio, provocando un silencio. Incluso la nieve pareció calmar su ímpetu, el viento amainando como para dejar que la voz de Fassle resonara dura y clara por la plaza. Traidores, dijo el hombre, habían conspirado para robar las armas más sagradas de la Isla, los skars. Habían planeado destruir a los Najahn y entregar el mundo al caos. Esos traidores, continuó Fassle, habían sido atrapados. Algunos ya habían pagado el precio, y más lo harían ahora.

—La Guardiana, Ami, y la científica renegada Whent, Annalyse, junto con sus dos colaboradores más cercanos —anunció Fassle—, van ahora a Noctia, donde sufrirán en la oscuridad eterna por sus crímenes.

El hombre hizo un gesto cortante hacia la horca, donde el verdugo agarró a sus prisioneros arrodillados, uno por uno deslizando sus cabezas a través de las sogas. A pesar de estar condenados, las personas no lucharon, no protestaron. Silenciosos, casi inertes, aceptaron sus destinos. Sin últimas palabras, sin discursos, sin la ira ardiente que la verdadera Ami habría mostrado.

Solo un chasquido, una caída, un final.

La visión desgarró algo en Quik, un músculo que el hombre no sabía que tenía hasta ese momento. Lo correcto y lo incorrecto eran maleables. Solo un niño creería lo contrario. Pero ¿esto? ¿Quiénes habían sido elegidos para morir en lugar de la verdadera Ami, la verdadera Annalyse? ¿Y por qué?

—Estos disidentes, por muy traidores que fueran, no nos dejaron sin valor —continuó Fassle una vez que las víctimas terminaron sus forcejeos—. Nos mostraron que ya no se puede dejar solos a los skars, que no se puede confiar en sus islas. En cambio, nosotros, los verdaderos guardianes, debemos asumir la responsabilidad. —Fassle paseó su mirada penetrante por la multitud, asintiendo todo el tiempo—. Las Renovaciones han terminado. El Aegis ha concluido. Exterminaremos a los demonios, traeremos la paz al mundo. Nosotros, los Najahn, nos alzaremos y nuestros enemigos caerán.

El vítore surgió primero de los guardias. De varios rincones entre la multitud. Se elevó hasta convertirse en un rugido, un aplauso, un pisoteo, una promesa a gritos de proteger, luchar y dominar.

—Buscad en vuestros Preceptos la guía —continuó Fassle después de un rato, cuando el ruido se apagó. Su sonrisa se extendía de oreja a oreja—. El nuevo Najahn, con los skars en *nuestras* manos, comienza ahora.

Más vítores, más gritos, y en medio de todo, Quik permanecía confundido. Al menos hasta que un guardia captó la mirada del Vis, frunciendo el ceño. El cazador, entonces, abrió la boca, se unió a los cánticos, sus manos se movieron para aplaudir.

La Renovación había terminado. Los Najahn tomarían el control. Wax y Bliss, entonces, podrían volver a casa. Estar a salvo.

¿No valía eso la pena celebrar?

53
CRIMINALES

La muerte, la destrucción, la pérdida, todas eran cosas con las que Torny había lidiado antes. Pero no por sus propias manos. Una baratija robada, claro, pero Yarvick no jugaba al juego del asesinato, así que no fue hasta que Torny se encontró con Eggrad y Sledge que los cuerpos comenzaron a aparecer bajo sus pies. Esos bandidos se ganaron su nombre, respaldando las amenazas con violencia. Aun así, Torny se mantenía al margen, solo sacaba sus cuchillos en defensa. Nunca jugó a ser la verdugo. Los cuerpos no eran suyos.

No durmió la primera noche en el puesto avanzado de Najahn, sepultado por la nieve. Quemó cada momento trabajando con Utna y los demás para desenterrar la base. Ni una sola vez Torny mencionó los skars que había robado, los que ahora estaban esparcidos por la ladera de la montaña. Ni una sola vez Torny dijo que seguía viendo la nieve turbulenta enterrando vivas a sus víctimas. Al menos, con los guardias de Kance ahogándose en el océano frente a la costa de Rana, Torny no tuvo que verlo. No tuvo que recordar.

Se desplomó en la tarde del segundo día, con Bliss ayudándola a llegar a una cama improvisada en un refugio destartalado. Torny durmió entre los heridos y los enfermos hasta el anochecer, levantándose de nuevo para continuar el trabajo. Durante varios días más, alivió la culpa con esfuerzo, junto a viejos amigos y nuevos, lazos forjados en el trabajo. Los mensajeros regresaron de otras ciudades de Whent con suministros de emergencia, trineos transportando materiales para levantar nuevos refugios, incluso mientras las ventiscas y el frío glacial interrumpían la vida.

Los entierros marcaron el paso del tiempo, uno por la mañana y otro por la tarde durante una semana. Cada uno recibió el debido respeto por parte de Utna. Torny asistió a todos. Una penitencia. Sin embargo, no una absolución: todavía veía la avalancha y aún conservaba el diario, escondido en sus bolsillos. Compartimentar. Un término que Yarvick sí enseñaba a sus ladrones, una forma de sellar la culpa para poder concentrarse en el siguiente trabajo. No era tan fácil como sonaba, pero el trabajo gradual hizo lo suyo, y al final de la semana, Torny volvía a beber cerveza, hablando con Wax y Eujo sobre sus próximos movimientos.

Llegar a Tamas no sería posible en barco a estas alturas del invierno, según dijeron Eujo y Utna lo confirmó. Sin embargo, cruzar el estrecho mar oriental sobre témpanos de hielo, puentes temporales, podría hacerse si uno estaba lo suficientemente desesperado. De lo contrario, esperar varios meses hasta que el clima más cálido permitiera una navegación más segura era la única opción.

—Bueno, eso no va a suceder —dijo Wax después de que Utna mencionara el retraso mientras los cinco se sentaban alrededor de una fogata nocturna. El puesto avanzado continuaba desenterrándose a su alrededor, algunos edificios volvían a levantarse, esas empalizadas formaban un anillo de púas contra el tenue crepúsculo—. Los demonios no están esperando. Tampoco los otros Renewals. Tenemos que movernos.

«No sabemos cómo cruzar el hielo», señaló Bliss.

—Aprenderemos —Wax se llevó la mano al collar que llevaba al cuello con los skars. Torny se daba cuenta cada vez que hacía eso, si Eujo lo notaba, tocaba su brazalete con las mismas piedras. Los portadores de skars se mantienen unidos, o algo así—. También tenemos los skars. Con el de Kance de Eujo, probablemente podríamos flotar la mayor parte del camino hasta allí.

—Claro —dijo Torny—, hasta que decidiera hacer algo diferente y nos arrojara a todos al océano. ¿Adivina cuánto tardaríamos en congelarnos?

Wax se encogió de hombros.

—¿No tienes suficiente frío aquí como está? Tamas está al menos un poco más al sur.

La bandida levantó un dedo.

—Ahora ese es un argumento que podría respaldar.

Bliss señaló su acuerdo, exagerando un escalofrío mientras esbozaba una amplia sonrisa. Utna soltó una risa, cortándola cuando un Najahn se acercó y le tocó el hombro. Se disculpó, dejando a los Guardianes y sus Renewals para que continuaran con la planificación.

—Deux dijo que nos esperaría en el borde oriental —dijo Eujo—. Yo digo que vayamos a ver si llegó a la ciudad. Si no está allí, entonces intentamos los témpanos. De lo contrario, el *Storm's Edge* es un buen barco. Deux es un buen capitán. Podría tener una forma.

—¿Y qué hay de tus amigos? —preguntó Torny—. ¿Los que os persiguieron a vosotros dos fuera de Noctia? ¿Y si nos están esperando?

Eujo entrecerró los ojos, mirando directamente al fuego.

—Podrían estar. Nos encontrarán de nuevo, y seguirán viniendo hasta que tome el trono del Aegis. No hay nada que hacer más que estar preparados.

«¿Por qué no se detendrán?»

—Porque ella tiene miedo. Tiene miedo de mí. De los demonios. Cree que unos pocos skars le darían seguridad.

—¿La otra Reina sabe lo que pueden hacer los skars? —preguntó Wax—. ¿Cómo es que todos parecen saberlo excepto nosotros?

—No todos —respondió Eujo—. Yo no, hasta que sostuve uno. E incluso si lo supierais, los Najahn mantienen los skars protegidos. No lo entendí hasta Rana, pero el Renewal fue una oportunidad para que ella obtuviera un poder real.

—Bueno, cuando lleguemos a Kance, podemos mostrarle exactamente lo que se está perdiendo.

Torny estaba a punto de estar de acuerdo, estaba a punto de añadir que después de lo que habían enfrentado, unos pocos asesinos de pacotilla y una gobernante confundida no eran tan malos, cuando notó que las sombras se movían. Bliss le hizo señas a Wax, el Vis se rio, repitió la broma, y Torny no captó nada de eso. Los sonidos alrededor del campamento, la excavación, el corte, las conversaciones, todos disminuyeron.

Los Najahn se estaban moviendo.

Y no para ponerse en fila para una cena tardía.

—Chicos —dijo Torny, bajando la voz—. Algo está pasando.

—Algo está pasando —dijo Utna, acercándose de nuevo al fuego, con una voulge en las manos. Había encontrado una armadura Najahn, todavía nevada pero que le quedaba bien—. El Círculo ha hecho una declaración. Las circunstancias han cambiado.

—¿A qué? —preguntó Eujo.

—Ya no hay más Renovación —continuó Utna sin dejar que esa verdad calara—. Los Najahn liderarán la lucha contra los demonios. Todas las islas nos apoyarán, tanto con soldados como con skars. —Apuntó la alabarda hacia Wax y luego la dirigió hacia Eujo—. Eso incluye a los que ya habéis recolectado.

—Un momento, ¿qué? —preguntó Wax, poniéndose de pie y retrocediendo un paso del tronco maltrecho que había estado usando como asiento—. ¿Qué pasa con el Aegis?

—Se acabó. Ya no existe. —Utna se quedó mirando fijamente. Una mirada profesional, por deber—. No sé por qué, pero sé que el Círculo no haría esto sin razón. Vamos a la ofensiva, Wax. Como el señor de la guerra Whent aquí presente.

Torny miraba alternativamente a los dos mientras Wax y Eujo seguían acribillando a Utna con preguntas que ella no respondía. Pidió los skars una, dos y hasta tres veces. Durante todo el diálogo, los otros Najahn seguían moviéndose, rodeando al grupo. Algunos murmullos ásperos flotaban en el aire, no todos aceptaban la nueva misión.

Aun así, en un momento, los Renovados (Torny no renunciaría tan fácilmente a ese nombre, porque si no eran Renovados, entonces ella no era una Guardiana, y al diablo con eso) estarían rodeados.

"Elige", señaló Torny, lo suficientemente claro para que Wax y Bliss lo captaran, mientras Eujo hacía otra pregunta inútil a la capitana Najahn. "Corremos ahora o nos atraparán".

"Entonces corremos", respondió Wax con señas, encendiendo un fuego helado en las entrañas de Torny. El mismo que la había dominado cuando tomó el diario. Un movimiento desesperado, sin posibilidad de retroceso.

—De acuerdo —dijo Wax en voz alta, interrumpiendo a Eujo y atrayendo la mirada de la Reina hacia él, donde pudo ver a Bliss transmitiendo el sentimiento con señas. Las manos de Torny se deslizaron hacia sus cuchillos. ¿Podría enfrentarse a un guardia Najahn? ¿A una docena?—. Lo haremos, Utna. ¿Dónde los quieres?

La comandante no era fácil de engañar. No se relajó, no bajó su alabarda. En su lugar, extendió la mano.

—Dámelos. Debemos enviarlos de vuelta a Noctia esta noche. Vosotros cuatro podéis quedaros aquí hasta el deshielo, luego negociaremos vuestros viajes de regreso.

—Suena justo —respondió Wax, alcanzando el collar y cruzando la mirada con Eujo mientras lo hacía. Como siempre, Eujo fue por su brazalete.

Ser una ladrona, escabullirse por la noche en lugares donde no debía estar, había entrenado a Torny para estar preparada para las sorpresas, para controlar sus sobresaltos, para hacer movimientos decididos incluso cuando sucedía lo inesperado. Como, por ejemplo, cuando la hoguera explotó.

Las alegres llamas se apagaron en un destello brillante, el calor salpicando a Torny mientras se encogía, levantándose y echando a correr. Mientras daba el primer paso, sin haberse levantado completamente de su asiento en el tronco, la nieve se convirtió en un torbellino casi cegador. Se elevaron maldiciones y gritos, metal chocando contra metal mientras alabardas y chakrams salían torpemente de sus fundas y estuches. A través de todo esto, Torny mantuvo el equilibrio, corriendo hacia el único lugar que tenía sentido: los establos improvisados, donde se guardaban esos carruajes.

El establo se alzaba en la menguante luz del día cerca de la única abertura de la empalizada. Un techo entablado y cuatro altos troncos rescatados de la avalancha. Dentro, Torny supuso, habría cinco o seis trineos y carruajes acurrucados cerca de los bueyes que los habían traído. Después de su terrible caminata por la tundra Whent, cualquier intento de huir ahora significaba robar un transporte.

Lástima que ese robo implicara pasar por encima de tres soldados Najahn, con sus brazos empuñando alabardas cerca de sus rostros, protegiéndose los ojos de la nieve dura. Aun así, tres soldados contra una ladrona ofrecían pocas probabilidades. Mejor evitar una pelea que elegir una mala.

—¡Están locos! —gritó Torny mientras el fuego estallaba de nuevo detrás de ella. Wax y Eujo arremetían contra los skars para mantenerse con vida, para mantener a los soldados a raya. Cuánto tiempo funcionaría eso, quién sabía—. ¡Ayudadme!

El pánico que Torny puso en su propia voz la enorgulleció, y desconcertó a los ya nerviosos Najahn. Hace unos minutos se estaban preparando para una noche de trabajo, o para una cerveza y un sueño profundo. Ahora una repentina tormenta de nieve, magia extraña y una orden de aprehender a las mismas personas que se suponía que debían salvarles la vida debía estar dándoles vértigo. De cualquier manera, dudaron, sus miradas pasando por Torny hacia el fuego, y la bandida pasó corriendo justo al lado.

Solo uno, después de que Torny llegara a mitad de camino del establo, se volvió y comenzó a seguirla, gritándole que se detuviera. Con el camino despejado, Torny se arriesgó a mirar hacia atrás, vio al Najahn tropezando, y detrás de él una red cerrándose apretadamente alrededor de sus amigos. Bliss, siempre lista con un palo roto que le servía de bastón, se mantenía firme mientras Wax y Eujo brillaban a su lado. Los dos Renovados alternaban entre cerrar los ojos y agitar las manos, pareciendo extrañas marionetas mientras se entregaban a los skars.

O más bien, mientras los skars los poseían. Como las gemas Whent lo hicieron en la montaña, Torny podía imaginar las palabras apresuradas, los impulsos salvajes que extraían un poder desconocido y lo lanzaban por todas partes.

Algunos, no tenía que imaginarlos. El suelo temblaba en fuertes sacudidas, haciendo que la piedra surgiera del suelo y arrojara a los guardias Najahn a la nieve. Esa misma nieve se volvía resbaladiza, congelándose en instantes en un grueso hielo para atrapar a sus víctimas. La ventisca giraba, intensificándose cada vez que un Najahn se acercaba, golpeándolos con duros copos. Utna atraía toda la atención del fuego, las llamas azotando como látigos furiosos para golpear a la capitana Najahn, forzándola a retroceder.

Una exhibición impresionante, aterradora, y Torny podría haberse quedado mirando más tiempo si sus pies no hubieran mantenido su propio enfoque. Los bueyes le indicaron su llegada, sus mugidos ansiosos y confusos mientras se levantaban sobre sus pezuñas. El guardia Najahn también se acercó, pareciendo darse cuenta de que el destino de Torny podría no ser del todo accidental. La alabarda encontró sus manos, nivelando su punta hacia ella.

Torny se lanzó a la izquierda, rodeando a un buey y luego girando a la derecha, mirando los carruajes de carga e intentando encontrar uno que aún estuviera listo para partir. No el primero, y no el que corría a su lado ahora, con las riendas tiradas en la nieve. Torny no tenía ni el tiempo ni el conocimiento para preparar un transporte, una carencia que podría haber lamentado si la situación no fuera tan absurda.

¿En qué momento de su vida podría Torny haber esperado esto, una fuga en un puesto lejano en pleno invierno?

Rodeó el final del segundo carruaje, notó el cuarto. Su par de bueyes se erguía sobre el tercero, un pequeño trineo, y mostraba el brillo del esfuerzo. El carruaje en sí aún contenía suministros, las riendas atadas. Dorado en púrpura y negro, la luz que entraba de las linternas colgadas aquí y allá, el carruaje parecía tan listo para partir que desconcertó a Torny, hasta que recordó las palabras de Utna.

Los skars debían partir esta noche. Sin jugueteos con las gemas, sin dejarlas en manos de otros. Justo como el Círculo. Sin tiempo para la confianza.

—Alto, maldita sea —el guardia se interpuso en el estrecho pasillo entre el tercer y cuarto carruaje, con su alabarda apuntando a Torny—. Te he dado una orden.

Respirando con dificultad, Torny ladeó la cabeza.

—¿Has oído hablar del pánico? Hace que sea muy difícil escuchar.

El guardia, cuyos ojos eran difíciles de ver bajo el casco najahn, no se movió.

—Entonces escucha ahora. Ven aquí, mantén las manos a la vista y no te haremos daño.

Mientras hablaba, la tierra volvió a temblar. Un grito de dolor se llevó el viento. El guardia se estremeció. Torny dio un paso. Hundió las manos en su abrigo. Midió la distancia.

—Las manos fuera —repitió el guardia.

—Hace frío.

Otro paso. A mitad del carruaje ahora. Si quisiera, el guardia podría abalanzarse y clavarle esa lanza curvada.

—No me importa si estás a punto de morir congelada —gruñó el guardia—. Las manos. Fuera.

—Bien, imbécil —Torny caminó por el borde de la

alabarda mientras sacaba las manos, ambas sosteniendo pequeños cuchillos. Con la izquierda, Torny golpeó la hoja del tamaño de un dedo contra la alabarda, empujándola lo suficiente para abrirse paso. Su puñalada rozó la armadura del guardia, que se giró para colocar su placa justo donde era necesario.

En terreno firme, Torny habría muerto. El guardia podría haber corregido su golpe y golpeado a Torny en la cabeza. Sobre la nieve resbaladiza, compactada en hielo por las ruedas de los carruajes y el aliento de los bueyes, las botas del hombre no se sostuvieron cuando el hombro de Torny, siguiendo su puñalada desviada, golpeó el pecho del guardia. Él retrocedió con el impacto, resbaló y cayó hacia adelante, soltando la alabarda para agarrarse a la nieve.

Lo que puso la cabeza del guardia a la altura perfecta para una patada.

—Lo siento —dijo Torny, dando un golpe seco al mentón desprotegido del hombre.

Se desplomó, gimiendo, y Torny giró sobre sus talones. Cortó la cuerda que ataba el carruaje al poste lateral del establo y saltó al asiento del conductor.

—Espero que no estéis demasiado cansados —murmuró Torny, agarrando las riendas y dándoles un chasquido. El par de bueyes resopló y la miró fijamente—. ¡Me habéis oído, moveos!

Con un segundo chasquido, la pareja avanzó a regañadientes, dando a Torny otra vista de la batalla entre las llamas. La red najahn se estrechaba, con Bliss balanceándose activamente ahora, tratando de mantener alejadas las puntas, mientras Wax y Eujo se apoyaban el uno en el otro. Los látigos de fuego eran espasmódicos, los temblores de la tierra silenciosos, y la nieve apenas se agitaba.

—¡Vamos! —gritó Torny, chasqueando las riendas de nuevo—. ¡Bliss!

La llamada, el nombre, resonó por el puesto helado. Las palabras encontraron su objetivo, la Guardiana encontró a sus Renovaciones. La esperanza impulsó un resurgimiento, y mientras los bueyes rehuían el fuego, no pudieron evadir el suelo, el hielo y el barro que se elevaban alrededor de Wax, Eujo y Bliss mientras corrían a medias, tropezaban a medias a través de los najahn derribados por ráfagas repentinas. Bliss arrojó a su hermano y a Eujo a la parte trasera del carruaje, entre alforjas y paja, antes de unirse a Torny mientras la bandida intentaba dirigir a los bueyes de vuelta a la salida.

—¿Cómo haces esto? —preguntó Torny cuando Bliss tomó las riendas, guiando a las criaturas hacia la libertad.

Detrás, más gritos, más maldiciones, algunas botas pisoteando, pero los najahn no lanzaron sus chakrams, no pidieron una persecución dura.

"Fácil", señaló Bliss con una mano mientras pasaban junto a las últimas linternas de la empalizada. "Los diriges lejos del peligro y les dices que corran".

———

Huyendo de asesinos y cosas peores, Wax y sus amigos cruzan el hielo hacia una tierra extraña y mortal.

Con varios skars aún por encontrar, el grupo se dirige a Tamas con pocas provisiones y medios para comprarlas. Sin embargo, Tamas tiene otras formas de ganarse la estancia, y lo que cuesta puede ser más de lo que Wax y Eujo pueden soportar. Aun así, si quieren salvar a sus amigos, a su familia, a su mundo, la única respuesta es seguir el juego.

Continúa las aventuras de Wax y Eujo en *La Danza de los Dioses*:

AGRADECIMIENTOS

Existe la idea de que escribir es un acto solitario, pero nada podría estar más lejos de la verdad. Todo escritor depende de amigos, familia y, por supuesto, de los lectores para seguir tejiendo sus historias.

En particular, me gustaría agradecer a mi esposa, Nicole, cuyo amor y aliento infinitos hacen que cada día sea más brillante. A mis hermanos, Jonathan, Justin y Matthew, y a mis padres, Bob y Mary, que me ayudan a mantener una sonrisa en mi rostro.

Y, por supuesto, a todos ustedes, lectores, que hacen posible esta vida.

Gracias.

SOBRE EL AUTOR

A.R. Knight escribe ciencia ficción y fantasía en el gélido norte de Wisconsin. Acompañado por un par de gatos, disfruta sumergiéndose en aventuras que tratan tanto sobre el villano como sobre el héroe.

Después de obtener un título en periodismo y recorrer el país instalando software sanitario, A.R. Knight pensó que sería bueno volver a lo que amaba. Así que ahora tiene una pequeña oficina y madrugadas para hilar las historias que surgen de su imaginación.

Cuando no está escribiendo, A.R. Knight tiende a viajar a cualquier lugar que pueda, ya sea a islas frente a la costa de Ecuador, a la selva tropical, a hacer snowboard en las Montañas Rocosas o a degustar whisky en Edimburgo. Esa es la ventaja de la vida de escritor, puedes llevarla a cualquier parte.

Para contactar o ver en qué anda, visita www.blackkey-books.com

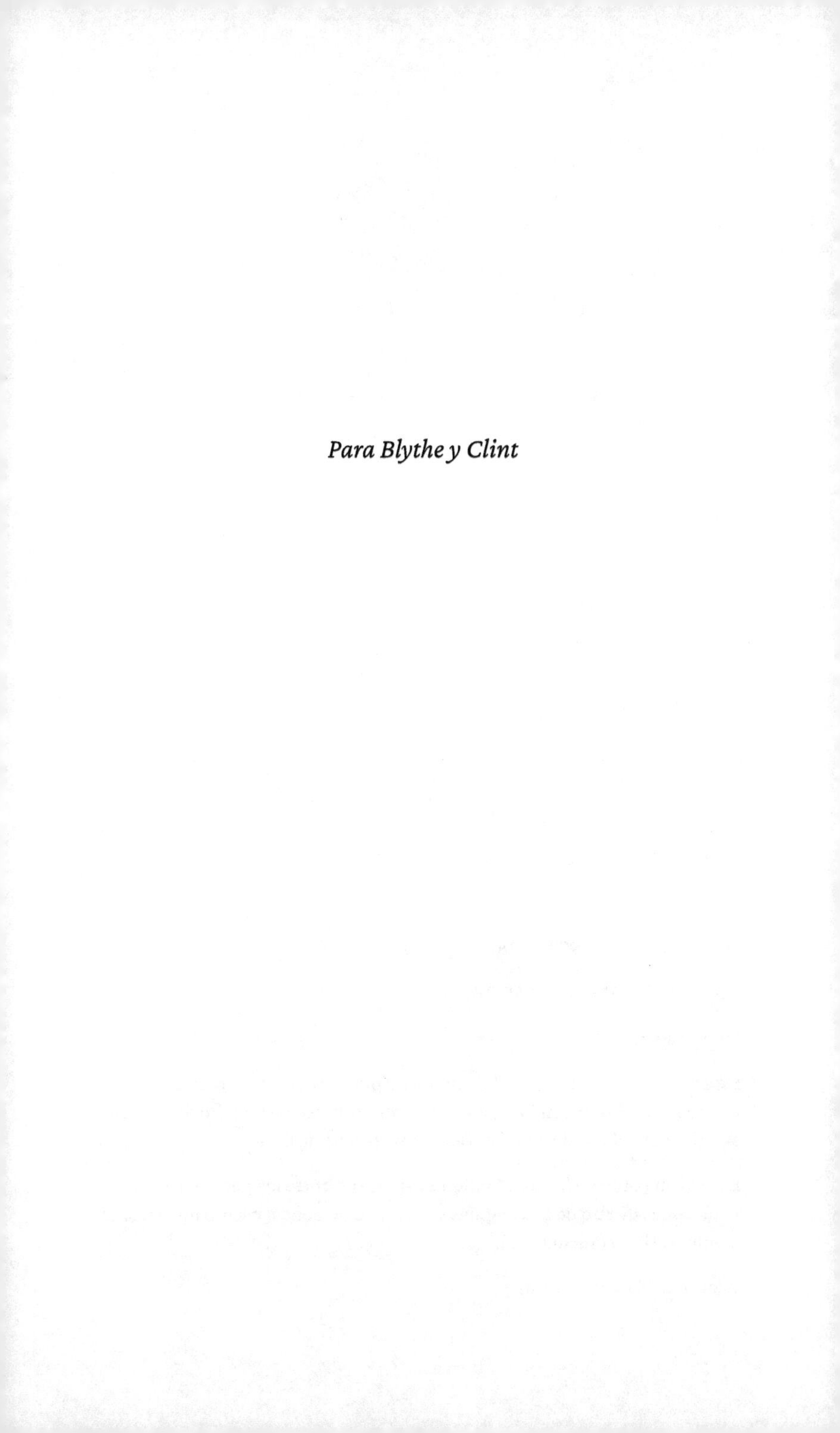

Para Blythe y Clint